HERMES

在古希腊神话中,赫耳墨斯是宙斯和迈亚的儿子,奥林波斯神们的信使,道路与边界之神,睡眠与梦想之神,亡灵的引导者,演说者、商人、小偷、旅者和牧人的保护神……

西方传统 经典与解释
Classici et Commentarii **HERMES**

古典学丛编

刘小枫 ● 主编

柏拉图对话中的神
—— 薇依论古希腊文学
Dieu Dans Platon

［法］西蒙娜·薇依 Simone Weil ｜ 著

吴雅凌 ｜ 译

华夏出版社

古典教育基金·"资龙"资助项目

"古典学丛编"出版说明

近百年来,我国学界先后引进了西方现代文教的几乎所有各类学科——之所以说"几乎",因为我们迄今尚未引进西方现代文教中的古典学。原因似乎不难理解:我们需要引进的是自己没有的东西——我国文教传统源远流长、一以贯之,并无"古典学问"与"现代学问"之分,其历史延续性和完整性,西方文教传统实难比拟。然而,清末废除科举制施行新学之后,我国文教传统被迫面临"古典学问"与"现代学问"的切割,从而有了现代意义上的"古今之争"。既然西方的现代性已然成了我们自己的现代性,如何对待已然变成"古典"的传统文教经典同样成了我们的问题。在这一历史背景下,我们实有必要深入认识在西方现代文教制度中已有近三百年历史的古典学这一与哲学、文学、史学并立的一级学科。

认识西方的古典学为的是应对我们自己所面临的现代文教问题,即能否化解、如何化解西方现代文明的挑战。西方的古典学乃现代文教制度的产物,带有难以抹去的现代学问品质。如果我们要建设自己的古典学,就不可唯西方的古典学传统是从,而是应该建设有中国特色的古典学:恢复古传文教经典在百年前尚且一以贯之地具有的现实教化作用。深入了解西方古典学的来龙去脉及其内在问题,有助于懂得前车之鉴:古典学为何自娱于"钻故纸堆",与现代问题了不相干。认识西方古典学的成败得失,有助于我们体会到,成为一个真正的学人的必经之途,仍然是研习古传经典,中国的古典学理应是我们已然后现代化了的文教制度的基础——学习古传经典将带给我们的是通透的生活感觉、审慎的政治观念、高贵的伦理态度,永远有当下意义。

　　本丛编旨在译介西方古典学的基本文献,凡学科建设、古典学史发微乃至具体的古典研究成果,一概统而编之。

古典文明研究工作坊

西方典籍编译部乙组

2011 年元月

中译本说明

1943年8月24日,薇依在伦敦去世,年三十四岁,她生前留下大量未梓笔记。这些文稿涉猎驳杂,从劳工状况到殖民问题、从数学到宗教,从神话到政治,从诗歌到哲学……所有文稿让我们感受到,在危机四伏的年代,薇依始终关注的是重新审视"我们的文明"(notre civilisation)的诸种基础。

在信仰问题上,薇依从未规避亲近基督宗教。她探寻基督精神的姿态既古老又新颖,带有独特的个性品质,与她素来执著于人类根本问题的个体方式息息相关。在《"超自然认识"绪言》中,薇依讲了一个神秘的灵魂寓言。文中的"他"引"我"爬上一座阁楼,同"我"分享面包和葡萄酒,有一天又突然把"我"赶走。"我"忧惧悲痛,却放弃回去的希望。因为,"我的位置在任何地方,却不在那座阁楼上"。[1]

Catholicisme[公教或天主教]之名源自希腊文καθολικός[大公的,普世的]。薇依自称"永远停留在教会门槛上一动不动",就某种意义而言,正是坚持基督精神大公教诲的姿态。她选择了归属于受诅咒的一边(Anathema sit)。[2] 这意味着她不仅要站在教会之外,还要站在教会之前。在属灵的道路上,薇依走得比一般人更远。在她的理解中,十字架的真理超越了传统的宗教界定。在写

---

[1] 详见附录。
[2] "基督宗教的道成肉身有一个难以逾越的障碍,就是 Anathema sit[逐出教门]这两个字的使用"(《期待天主》:S. Weil, *Attente de Dieu*, Paris:Fayard, 1966,页55)。

给多明我会神父佩兰(Père Perrain)的信中,薇依声称自己很早领悟到,"柏拉图是一个秘教主义者(mystique),整部《伊利亚特》都沉浸在基督精神的光照之下,狄俄尼索斯和俄赛利斯在某种程度上就是基督本身"。①

据佩特雷蒙回忆,薇依有一次谈起对未来的担忧,"她担心人类最终会丧失古希腊精神。我们今天所有最好的东西无不源于古希腊的启示"。薇依认为,古希腊传给世人的教诲包含新约福音书的基督精神,"不论就精神还是语言来说,福音书都是一部古希腊作品。她依恋福音书,但并不因此背离柏拉图:这是同一种精神"。②

薇依自幼学习古希腊文,有深厚的古典语文造诣。她翻译的柏拉图、埃斯库罗斯等古典诗人的文字,虽仅断章片句,不讲究文学性,不注重考据,却严谨贴切,颇得学界人士赞赏。薇依学哲学是古典的学法,没有忽略神话、文学乃至几何数学。薇依的阅读方式是融贯的读法,她把埃斯库罗斯的《普罗米修斯》与柏拉图的《会饮》,毕达哥拉斯定理与《约翰福音》对照起来阅读。薇依热爱古希腊文明的各种形式,诗歌、哲学、数学、几何、天文、医学、物理……这些"无与伦比"的成就全是古希腊人"寻索人类困境与神性完美之间的桥梁",③古希腊精神的伟大,不在于某种表达形式,而在于渗透到世俗生活和神圣启示的各个角落。

薇依还把目光投向基督宗教以前的几乎所有古代文明:埃及、以色列、印度、波斯、中国……她在笔记中大量摘抄和译释古代文明经典:《蒂迈欧》、《薄伽梵歌》、《死亡之书》、《道德经》……1941年,

---

① 《期待天主》,页46。

② 佩特雷蒙(Simone Pétrement),薇依在高师的同窗,亦是她的传记作者。参 Simone Pétrement, "Sur la Source grecque", in *Cahiers Simone Weil*, XVI-2-3,1993,页119。

③ 引自《柏拉图对话中的神》。

在去马赛的路上,有感于不同民族的"宗教哲学传统彼此亲近",①薇依甚至起念编写一部东西方经典读本。在她看来,每个古代文明有各自的属灵启示,说法虽然不一,却都"通往某种超自然的真实",②大公的基督宗教恰恰要涵盖所有这些启示。

除散落于笔记中的零星片段以外,本书收入了薇依绎读古希腊经典的所有完整篇目。薇依文如其人,质朴纯粹又个性鲜明,她的文字以独特的睿哲引领我们重新接近那些耳熟能详的古希腊诗人。

在交代本书的编译情况之前,有必要介绍一下薇依著作在法国的整理和出版情况。

1942年去美国之前,薇依把部分手稿托付给蒂邦(Gustave Thibon)和佩兰神父。蒂邦保存的十册笔记在1947年由普龙出版社(Plon)梓行(按主题编排),即《重负与神恩》(*La Pesanteur et la Grâce*)。佩兰神父保存的手稿分两卷由科隆布出版社(Colombe)梓行,即1950年的《期待天主》(*Attente de Dieu*,含薇依写给佩兰的书信和几篇文章)和1951年的《基督宗教预象》(*Intuitions pré-chrétiennes*)。

1947年,薇依父母返回巴黎,倾力抄录、整理女儿的笔记。时任伽利玛出版社主编的加缪成了薇依的出版人。1949年至1968年间,加缪主编的"希望"丛书先后出版了十一种薇依作品:

一、《扎根》(*Enracinement*,1949年)

二、《超自然认识》(*La Connaissance surnaturelle*,1950年)

三、《致一位修士的信》(*Lettre à un religieux*,1951年)

四、《工人的生存条件》(*La Condition ouvrière*,1951年)

五、《古希腊之源》(*La Source grecque*,1953年)

六、《压迫与自由》(*Oppression et liberté*,1955年)

---

① 佩特雷蒙,《传记》,卷二,页36。
② 引自《奥克文明启示何在》。

七、《伦敦文稿和最后的信》(*Ecrits de Londres et dernières lettres*，1957 年)

八、《历史与政治文稿》(*Ecrits historiques et politiques*，1960 年)

九、《关于爱神的散乱思考》(*Pensées sans ordre concernant l'amour de Dieu*，1962 年)

十、《论科学》(*Sur la science*，1966 年)

十一、《诗歌》，附《获救的威尼斯》(*Poèmes*，suivi de *Venise sauveé*，1968 年)

这些版本只有简明的出版说明，多数出自薇依家人手笔。加缪没有发表任何言论，尽管两位作家在思想上显然彼此亲近。

1950 年代，普龙出版社刊行了三卷《笔记》(*Cahier*)，编审中有薇依的兄长、数学家安德列·薇依(André Weil)和佩特雷蒙，1970 年代修订再版时补了注释，添了战前文稿。

薇依父母去世后，法国国家图书馆收藏了薇依的全部文稿。伽利玛出版社于 1999 年出版了单册的《薇依文集》(*Simone Weil，Oeuvres*)，共 1276 页。在此之前，由 André Devaux 和 Florence de Lussy 担任主编的伽利玛版《薇依全集》自 1988 年起陆续问世，按写作年代编排，迄今没有出全：

第一部分　早年哲学文稿(1988 年/456 页)
第二部分　历史政治文稿(分三卷)
　　第一卷　工会活动[1927 年至 1934 年](1988 年/424 页)
　　第二卷　工厂体验和放弃革命[1934 年至 1937 年]
　　　　　(1991 年/648 页)
　　第三卷　面临战争[1937 年至 1940 年](1989 年/352 页)
第三部分　诗歌、戏剧(未出)
第四部分　马赛文稿(分两卷)
　　第一卷　哲学、科学、宗教、政治和社会问题[1940 年

至1942年](2008年/624页)
        第二卷　古希腊、印度、奥克文明[1941至1942年](2009年/816页)
    第五部分　纽约、伦敦文稿(计划分两卷,未出)
        第一卷　政治、宗教问题(未出)
        第二卷　扎根(未出)
    第六部分　笔记(分四卷)
        第一卷　1933年至1941年(1994年/576页)
        第二卷　1941年至1942年(1997年/744页)
        第三卷　1942年6至7月(2002年/688页)
        第四卷　1942年至1943年[含纽约、伦敦文稿](2006年/656页)
    第七部分　书信(未出)

本种译稿主要依据伽利玛全集版的《马赛文稿》第二卷和《笔记》第三卷、《古希腊之源》、《基督宗教预象》和《薇依文集》,大多数篇目写于1941年至1942年间,当时薇依在马赛。

早期的两个单行本《基督宗教预象》和《古希腊之源》在编排上各有所长。"基督宗教预象"的标题由佩兰神父所拟,全书采集并绎读以"属神的爱"为主题的古希腊文本,分三部分:

一　神的临在
    神寻找人(托名荷马的《德墨特尔颂诗》)
    神与人相认(索福克勒斯的《厄勒克特拉》)
二　神恩的运作(埃斯库罗斯的《阿伽门农》)
三　创世中的属神的爱(《蒂迈欧》、《会饮》、埃斯库罗斯的《普罗米修斯》)

时隔两年,薇依家人梓行《古希腊之源》,据说意在补充《基督宗教预象》，同时驳疑佩兰神父撰写的薇依思想评价。《古希腊之源》分两部分，诗歌部分含《伊利亚特》、《普罗米修斯》、《安提戈涅》和《厄勒克特拉》等，哲学部分含柏拉图对话、赫拉克利特残篇和前苏格拉底哲人残篇等。美中不足的是篇目略嫌混乱，且无相应说明。

全集版《马赛文稿》第二卷又名"古希腊、印度、奥克文明"，其中古希腊部分收入《基督宗教预象》全文、《古希腊之源》和《历史与政治文稿》的部分内容。这个版本不仅校订了旧版中的舛误，还补充了不少未刊文稿，尤其薇依去世前勤勉批注的《蒂迈欧》和《薄伽梵歌》。

本书选译的篇目超过了两个单行本乃至《马赛文稿》（如前所述，全集版受分类之限，个别篇目遂收于他卷）。开卷三篇分涉古希腊的三大神话源流。《伊利亚特，或力量之诗》从荷马诗歌出发，提出力量的概念，以及古希腊精神与福音书精神的承袭。托名荷马的《德墨特尔颂诗》涉及厄琉西斯秘教和俄耳甫斯秘教传统，在薇依思想中占有相当分量。薇依虽未专文评介赫西俄德，但笔记中随处可见赫西俄德神谱传统的踪影，这里选译的几段文字出自《笔记》第三卷。

《论毕达哥拉斯定理》（又名"毕达哥拉斯文本释义"）是薇依的名篇。通过分析毕氏的数学发现，薇依获得一个启示："基督不仅是以赛亚所预言的受难人，是所有以色列先知宣告的救世主，还是古希腊人在几世纪里奋力思考的黄金比例。"此文值得与赫拉克利特、柏拉图等文一起参读。此外，薇依多次强调，克莱安塞斯的宙斯颂诗与赫拉克里特大有渊源，这里作为附录一并译出。

薇依对古希腊肃剧[①]情有独钟，还摹仿写过一部三幕肃剧《获救的威尼斯》（*Venise sauvée*）。她对埃斯库罗斯和索福克勒斯的解释自成一家。例如埃斯库罗斯笔下的普罗米修斯，不仅与约伯近似，和耶稣相仿，更与柏拉图《会饮》中的爱若斯神话有着不解之缘。在题为《普罗米修斯》的长诗结尾，薇依写道，"孤独而无名，他

---

① 又作悲剧。

把肉身交付不幸",这既是影射安提戈涅、厄勒克勒斯等等在困顿中独噙苦涩的肃剧人物,也很难不让人联想到作者本人。

本书以篇名"柏拉图对话中的神"为书名,不仅因为柏拉图的相关文论占全书近半篇幅,更因为柏拉图确乎是薇依解读古希腊精神的核心。"柏拉图从来只把话说一半",但"没有什么能超越柏拉图"。薇依解读柏拉图对话的三篇长文,毕竟仍是笔记,欠缺谋篇,尤其《柏拉图对话中的神》,没有正式结尾,行文跳跃,缺乏连贯,但并未妨碍薇依成为一名出色的柏拉图解释者。这三篇文字分别对应洞穴神话(《王制》)、爱若斯神话(《会饮》)和创世神话(《蒂迈欧》),读来令人神远——有人干脆说,薇依是柏拉图的传人。

最后两篇谈论十二三世纪的奥克史诗和奥克文明,看似离题,却能帮助我们了解薇依的思想所及。"从《伊利亚特》到古希腊哲人、肃剧诗人再到福音书所传承的精神,从来没有超越古希腊文明的界限","福音书的精神却没有在连续几代基督教徒之间得到完整的传承"。① 薇依认为,重新探究从新约传统到中世纪基督教会的过渡,是一个具有现实意义的课题:"人们以为,只要背离基督精神,就能回归古希腊精神,殊不知它们在同一个地方",②当下人类的困境恰恰扎根于现代人文精神对古典精神的误解。

薇依文笔简雅,可惜罕有纯文学创作。这里特别译出她的全部诗作和一则寓言,还有她与兄长谈论数学和哲学的通信,与英国友人谈论肃剧的英文信。著名诗人米沃什(Czeslaw Milosz)写于半个世纪前的评述也一并译出,收作附录。

各篇目不及赘述者,笔者在正文前撰写的"题解"均有交代。文中涉及大量专有名称,仅在相对冷僻的人名、地名和书名首次出现处附原文,并尽可能附在注释中,以免影响阅读的流畅。注释大致分[全集注]和[译按]两种。薇依著作的引文出处尽可能统一使

---

① 引自《伊利亚特,或力量之诗》。
② 引自《奥克文明启示何在?》。

用全集版，拉丁数字表示第几部分，阿拉伯数字表示卷数，后接页码。例如，"全集版第一部分第二卷第三页"，则作"《全集》，I 2, 3"。全集尚未出者，仍使用旧单行本。

本书是在法国人文科学基金会（FMSH）的资助下完成的，谨致忱谢。书中不当之处，还请方家指正。

吴雅凌
2011 年 9 月

目 录

"超自然认识"绪言 …………………………………… 1

论神话诗 …………………………………………… 1
《伊利亚特》,或力量之诗 ………………………… 2
托名荷马的《德墨特尔颂诗》 …………………… 38
赫西俄德的《神谱》 ……………………………… 43

论自然哲人 ………………………………………… 49
论毕达哥拉斯定理 ………………………………… 50
赫拉克利特的神 …………………………………… 97
克莱安塞斯的《宙斯颂诗》 …………………… 107

论肃剧 …………………………………………… 111
《普罗米修斯》 …………………………………… 112
《阿伽门农》 ……………………………………… 123
《安提戈涅》 ……………………………………… 126
《厄勒克特拉》 …………………………………… 133

论柏拉图 ………………………………………… 149
柏拉图对话中的神 ……………………………… 150

柏拉图的《会饮》释义 ·· 210
《蒂迈欧》：创世中的属神之爱 ·································· 255

论中古文明 ·· 269
从一部史诗看一种文明的终结 ·································· 270
奥克文明启示何在？ ·· 282

附录
诗歌 ·· 294
兄妹通信 ·· 315
致贝尔的信 ·· 326

西蒙娜·薇依的重要性（米沃什） ······································ 330

"超自然认识"绪言[1]

他走进我的房间,说:"不幸的人哪,你一无所知。跟我走吧,我要给你你意想不到的教诲。"我跟着他走。

他带我进一座教堂。教堂新而丑陋。他引我到祭台前,说:"跪下!"我说:"我未受洗。"[2]他说:"跪下,在这个爱的所在前,就像在真理的所在前。"我照做了。

他领我离开,爬上一座阁楼,从阁楼打开的窗,看得见整个城市,几个木头的脚手架,船舶在河岸卸货。他令我坐下。

只我们两个。他说话。偶尔有人进来,加入谈话,又离开。

不再是冬天。春天还没有来。树上的枝桠光秃着,尚未发芽,空气冷冽,阳光充足。

太阳升起,闪耀,又消隐,星月从窗口进来。之后又是一个黎明。

有时,他停下说话,从橱柜取出面包,我们一起吃。那面包真正有面包的滋味。我再没有尝到那样的滋味。

他为我倒葡萄酒,也为自己倒了。那酒有阳光的滋味,有这座城邦所在的大地的滋味。[3]

有时,我们躺在阁楼的地板上,温存的睡眠降临在我身上。不久,我醒来,饮着日光。

他答应给我一个教诲,但他什么也没教。我们谈论各种话题,断断续续,像两个老友。

有一天,他对我说:"现在,走吧。"我跪下,我抱住他的腿,我求他莫赶我走。但他把我推到楼梯口。我下了楼,懵懂,心却碎了。我走在街上。我意识到自己根本找不到那所房子。

我没有尝试找到它。我心想,那人来找我是个错误。我的位置不在那座阁楼上。我的位置在任何地方,一间黑牢房,一间摆满小古玩和红色长毛玩意的中产阶级沙龙,一间车站候车室。任何地方,却不在那座阁楼上。

有时,我忍不住对自己重复他说过的一些话,带着恐惧和悔恨。如何证明我准确无误地记住了呢?他不在旁边,没人告诉我。

我知道,他不爱我。他怎么可能爱我?然而,在我内心深处,在我身上潜伏的某一点,时时因恐惧而战栗,一边忍不住想:也许,归根到底,他爱我。

1. [译按]《"超自然认识"绪言》(*Prologue à la connaissance surnaturelle*)写于 1942 年,1950 年做了《超自然认识》的开卷绪言。这篇寓言神秘、隽永而优美,犹如一种精神自传。薇依很重视这篇小文,亲手抄录在《美洲文稿》(*Cahiers d'Amérique*)的开卷。

2. [译按]这个句子很值得推敲。"我未受洗"(Je n'ai pas été baptisé),用的是阳性变位的 baptisé,而不是阴性变位的 baptisée,显得文中的"我"不专指女性或薇依本人,而更像是普遍意义的人类。

3. [译按]面包和葡萄酒的寓意再明显不过。领过圣餐,文中的"我"依然坚信,自己的位置不在阁楼上。

论神话诗

《伊利亚特》,或力量之诗

［题解］"《伊利亚特》,或力量之诗"(*Iliade, ou le poème de la force*)有两个主题,一是力量使人变成物,二是古希腊精神与福音书精神的承接。这篇文章的具体成文时间不详,不过,最初的构思可能要追溯到 1937 年至 1938 年薇依在圣·坎坦(Saint-Quentin)教书期间。文章原定发表在《新法语杂志》(*Nouvelle Revue Française*),主编 Jean Paulhan 提出削减占全文三分之一篇幅的《伊利亚特》诗文,并删掉结尾涉及两种西方源头精神的传承性的重要内容。当然,薇依没有接受这个提议。文章后来分两期发在 Jean Ballard 主编的《南方杂志》(*Cahiers du Sud*, 1940 年 12 月第 230 期和 1941 年 1 月第 231 期),署名 Emile Novis——这个笔名通过重新编排 Simone Weil 的字母次序而得来。

《伊利亚特》的真正主角、真正主题和中心是力量。人类所操纵的力量,人类被制服的力量,在力量面前人的肉身一再缩退。在诗中,人的灵魂由于与力量的关系而不停产生变化,灵魂自以为拥有力量,却被力量所牵制和蒙蔽,在自身经受的力量的迫使下屈从。那些梦想着进步使力量从此仅仅属于过往的人,大可以把这部诗当成一份档案;那些无论从前还是现在都能在人类历史的中心辨认出力量的人,则会把它视为一面最美丽最纯粹的镜子。

力量,就是把任何人变成顺服它的物。当力量施行到底时,它把人变成纯粹意义的物,因为,它把人变成一具尸体。原本有个人,但瞬息之间,不再有人。《伊利亚特》没有停止向我们展示类似的场景:

>……马儿
> 拖带空车在战地上发出长响,
> 悲悼那无缺的御者。他们长眠
> 大地,受兀鸟的疼惜胜过爱侣。①

英雄成为一件物品,拖曳在尘土中的马车之后:

>……黑发
> 飘散两边,满脸尘土,
> 从前那么俊美;宙斯
> 容许敌人在他的故土凌辱他。②

这样一幅场景的苦涩,被我们纯粹地品味着,没有任何给人鼓舞的假象来歪曲它,没有任何慰藉的不朽、任何光荣或故乡的平淡光环。

> 他的灵魂飞离肉身,前往哈得斯,
> 一边哀泣命运,雄武和青春不在。③

在惨痛的对比之下,更令人心碎的是突然忆起另一个世界,却很快地模糊了,那遥远而不稳定的世界,关乎和平与家人的世界,每

---

① [薇依注]所有引文均为新译。一行法文译一句古希腊诗行,严格再现行末移位和跨行,并尽可能保留每句古希腊诗行内部的字词顺序。
[译按]薇依熟习荷马诗歌,信手拈来,因而文中没有标出各段引文的出处。译文尽量保留薇依的诗行原貌,并适当解释各段引文的相关出处。此处引文见卷十一,行160-162。
② [译按]卷二十二,行401-404。赫克托尔死在阿喀琉斯的长枪下。薇依似乎有意避免具体提及哪位英雄,因为,这里说的是普遍意义的人类。
③ [译按]至少出现两次:卷十六,行856-857(帕特罗克洛斯之死);卷二十二,行401-404(赫克托尔之死)。

个人在身边的人眼里是最重要的人。

> 她才刚吩咐秀发的侍女们在屋内
> 把大三角鼎架到火上,好让
> 赫克托尔从战场归来洗个热水澡。
> 天真的女人呵!她不知道再也没有热水澡了,
> 明眸的雅典娜让他死在阿喀琉斯手下。①

当然,那不幸的人,他不再可能洗热水澡了。他不是唯一的一个。整部《伊利亚特》均在远离热水澡。人类的全部生命几乎总在远离热水澡之中度过。

杀人的力量是一种粗浅而赤裸的力量形式。过程越是繁复,结果越是惊人,这是另一种力量,不杀人的力量;换言之,尚未杀人的力量。它肯定会杀人,要么它可能会杀人,要么它只是悬置在它随时可能杀戮的存在者之上;无论如何,它把人变成石头。在把一个人杀死使之变成物的能力之外,还存在另一种呈现为别样的不可思议的能力,那就是把一个活着的人变成物。他活着,拥有灵魂;但他是物。一件物品拥有灵魂,这是多么奇特的存在;对于灵魂来说,这是多么奇特的状态。灵魂时时刻刻要付出多少代价,才能适应这种状态,扭曲自己,被迫顺服?灵魂生来不能寄身于物中;当它不得不如此时,它的一切只能遭受暴力。

把武器刺向一个手无寸铁、赤裸裸的人,这个人在被刺中之前已成为尸体。在前一时刻,他还在策划,求情,心存希望:

> 他思量着,没有动。对方走近,惊恐万分,
> 急于去碰他的双膝,一心想

---

① [译按]卷二十二,行442-446。赫克托尔的死讯传进特洛亚城时,他的妻子安德洛玛克正在家中织布,没有听到消息。

> 逃过阴霾的死亡,黑色的命运……①
> 一手抱着他的双膝向他求饶,
> 一手抓住锐利的长枪不肯放……②

但他立即明白,刺向自己的武器不可能收回。他还剩最后一口气时,已经成为物;他还在思想时,已经不再可能思想。

> 普里阿摩斯的高贵儿子这么说,
> 苦苦求饶。他听到强硬的回话:
> ……
> 他说完,对方瘫软了双膝和心灵;
> 松开长枪,跌坐在地,手摊着,
> 两只手。阿喀琉斯抽出利剑,
> 击中颈旁锁骨;整把剑
> 双刃全扎在里头。他扑倒在地,
> 黑色的血涌出,湿了地面。③

除战斗以外,一个虚弱而手无寸铁的陌生人向一个战士求饶,他不会因此而成为死刑犯;然而,战士只要有片刻不耐,就足以让这人丧命。这足以使他的肉身丧失活生生的肉身特性。一块活的肉首先以惊跳显出生命迹象;在电击之下,青蛙的腿会惊跳;类似状态

---

① [译按]卷二十一,行64-66。阿喀琉斯在战场上遇见普里阿摩斯(Priam)之子吕卡昂(Lycaon)。吕卡昂曾被阿喀琉斯俘虏,卖给外邦,千辛万苦回到亲人身边才十一天,又再次落到阿喀琉斯的手里。当时他全身赤裸,没有武器,只得哀告对方。薇依同样隐去了两人的名字。

② [译按]卷二十一,行71-72。吕卡昂没带武器,手中抓着的是阿喀琉斯没命中的长枪。

③ [译按]卷二十一,行97-119。依然指阿喀琉斯和吕卡昂。中间略过一段阿喀琉斯的话。

或与某种丑恶或可怕的东西的接触,会促使任何一块肉、神经或肌肉惊跳。唯一不同之处,一个类似的求饶者既不战栗,也不呻吟;他不再被许可;他的双唇即将碰到对他而言最恐怖的东西:

> 没有人看见伟大的普里阿摩斯进来。他站住,
> 抱着阿喀琉斯的双膝,亲吻他的手,
> 那可怕的杀人的手,杀了他那么多儿子的手。①

看见一个被逼至这等不幸境地的人,几乎就如看见尸体般让人寒心:

> 犹如一个人遭遇可怕不幸,在故乡
> 杀了人,去到别人的家中,
> 某个富人家;看见他的人都要发抖;
> 阿喀琉斯看见普里阿摩斯也这般发抖。
> 其他人一样发抖,面面相觑。②

但这只是瞬间的事,很快人们甚而忘了这个不幸的人的存在。

> 他说完。对方想起他父亲,想要哀泣,
> 他碰到老人的手,轻轻推开他。
> 两人均忆起,一个忆起杀敌的赫克托尔,
> 扑倒在阿喀琉斯脚下,老泪纵横;
> 阿喀琉斯却哭他父亲,也哭
> 帕特罗克洛斯;满屋里是他们的哭泣。③

---

① [译按]卷二十四,行477-479。普里阿摩斯冒险去向阿喀琉斯求情,以接回儿子赫克托尔的尸身予以安葬。
② [译按]卷二十四,行480-484。
③ [译按]卷二十四,行507-512。

阿喀琉斯不是出于无情才把抱着自己双膝的老人推倒在地上。普里阿摩斯的话促发他想起自己的父亲,让他感动得落泪。只不过,他自由地采取姿态和行动,仿佛那不是一个哀求者,而是一件没有生命的物品碰着他的双膝。我们身边的人类仅仅凭借他们的在场,就具有某种只属于他们自己的能力,可以中断、限制、修改我们的身体刚刚做出的任何动作;一张告示牌不会像一个路人那样改变我们在路上的进程;我们独自一人在房里时不会和来客人时一样站起、走路、坐回。然而,人类存在的这种难以定义的影响,并不包含这样一些人,他们甚至来不及被判处死刑,一个不耐的动作就足以让他们丧命。在这些人面前,人们照常行动,就像他们不在场似的;而他们,处于随时可能被简化为乌有的危险之中,他们模仿起虚无。一推,他们就摔倒;一摔倒,他们就赖在地上,直到有人偶然想到要把他们扶起。只是,他们最终被扶起,又受到好言好语的对待,却绝不敢把这次死里复生当真,大胆表达自己的心愿;很快,一个被激怒的声音就会把他们迫回沉默之中。

> 他说完,老人战栗着服从了。[①]

求饶者如愿以偿,至少会变回和别人一样的人。但他们是最不幸的存在者,他们没有死去,却在有生之年变成了物。他们的长日里没有游戏、空隙,没有自由空间,以保存任何发自他们内心的东西。他们并不比别人活得更辛苦,也不比别人处于社会更底层。他们是另一种人的类别,是人与尸体的妥协。从逻辑角度而言,人是物,这种说法有矛盾;然而,当不可能变成现实,矛盾就在灵魂中撕裂。这件物每时每刻渴望成为一个男人、一个女人,并在每时每刻失败着。这是从一次完整生命中延伸而出的死亡,这是死亡在毁灭它之前长久冻结的生命。

[①] [译按]卷二十四,行571。

祭司的女儿将承受这样的命运:

> 我不放她走。在苍老带走她以前,
> 在我们的家里,在阿尔戈斯,远离她的故乡,
> 她要奔忙在织机边,并轻步走到我床前。①

那位年轻的妇人和母亲、王子的爱妻将承受这样的命运:

> 也许有一天,你将在阿尔戈斯为他人织布,
> 你将去墨塞伊斯泉(Messéis)或许佩瑞亚泉(Hypérie)提水,
> 你不愿意这么做,却在残酷的逼迫下。②

年幼的王室继承人也将承受这样的命运:

> 她们必将离去,挤在空心船底舱,
> 我也在其中;而你,我的儿啊,
> 你将随我同去,做下贱活儿,
> 在无情的主子眼皮下劳苦不堪。③

在母亲眼里,孩子遭遇这般命运,就和死去一样可怕。丈夫情愿先行死去,也不忍看见妻子遭此不幸。父亲求告天神,让各种灾

---

① [译按]卷一,行29-31。阿波罗祭司克律塞斯(Chrysès)的女儿。克律塞斯要求阿伽门农释放自己的女儿,遭到拒绝。阿波罗为此使希腊人的军中发生瘟疫,最终阿伽门农妥协,但条件是带走阿喀琉斯心爱的女俘布里塞伊斯(Briséis)。

② [译按]卷六,行456-458。这是赫克托尔向妻子安德洛玛克告别时说的话。

③ [译按]卷二十四,行731-734。安德洛玛克抱着死去的赫克托尔痛哭,哀叹他们年幼的孩子可能面临的种种不幸命运。

难降临他女儿受辱的军中。然而,在那些受害者身上,一个意外的厄运足以抹消有关未来和过去(几近回忆)的诅咒、反抗、比较和思考。奴隶不再可能忠于自己的城邦和死去的人们。

只有当某个让他失去一切、毁了他的城、在他眼前杀了他亲人的人受苦或死去时,奴隶才会哭泣。为什么不呢?他只被允许哭泣。他甚至被强制哭泣。在奴役之中,一旦眼泪不会受惩,他岂能不随时准备掉泪呢?

> 她哭诉着,其他妇人也一起悲叹,
> 她们假借帕特罗克洛斯,各有各的伤心。①

在任何情况下,奴隶除奉承主子以外,不得表达任何心愿。因此,在死气沉沉的人生中,倘若真有某种情感产生,并激励着他,那只能是对主子的爱。在爱的天赋上,别的道路均禁止通行;这就好比一只套好的马匹,车辕、缰绳和马衔限制它只走一条路,而禁止走任何别的路。倘若突然奇迹般有了希望,可能在某天因恩惠而重新成为一个人,他又怎能不对那些不久前还如此畏惧的人们产生感激和爱慕呢:

> 我的丈夫,可敬的父母把我许配给他,
> 我亲眼见他被锐利的铜枪刺杀在城下。
> 我的三个同母生养的兄弟,
> 亲爱的兄弟,也全惨死了。
> 但你劝我,当捷足的阿喀琉斯
> 杀死我丈夫,摧毁神圣的米涅斯城邦(Mynès),
> 你让我莫哭泣,还承诺让神样的阿喀琉斯
> 迎娶我做合法妻子,用船送我去

---

① [译按]卷十九,行301-302。指布里塞伊斯。

>佛提亚(Phthie),在米尔弥冬人(Myrmidons)中行婚礼。
>我要永远为你哭泣,温柔的你!①

没有谁比奴隶的丧失更惨重;他丧失了整个内在生活。只有在出现改变命运的可能时,他才能找回一点这种生活。这就是力量的王国:这个王国走得和自然王国一样远。一旦涉及与生命相关的需求,自然同样会抹杀整个内在生活,乃至一个母亲的痛苦:

>即便秀发的尼奥柏(Niobé)也想起要吃东西,
>她的十二个孩子全死在家中,
>六个女儿,六个儿子,全是花般年华。
>阿波罗用银弓射死男孩子们,
>心里恼恨尼奥柏;女猎神阿尔特弥斯杀了女孩子们。
>全怪她自诩比美颊的勒托(Léto)强,
>说什么"女神只生两个子女,我生了许多"。
>这两个子女,虽只有两个,却把他们全杀了。
>他们在死亡中躺了九天,没人来
>安葬。人们在宙斯的意愿下化成石头。
>第十天,天上的神们埋葬了他们。
>但她这时哭累了,想起要吃东西。②

从来没有人如此苦涩地讲述人类的悲惨,悲惨甚至使人类再也没有能力感觉悲惨。

---

① [译按]卷十九,行291-300。美丽的布里塞伊斯一边哀悼帕特罗克洛斯,一边哭诉自己的悲惨身世。

② [译按]卷二十四,行602-613。为安慰痛失爱子的普里阿摩斯,阿喀琉斯讲了这个故事。

他者操纵的力量,一旦成为一种持续的生死权力,就蛮横地强加于灵魂之上,好比极度的饥饿。这是一个冷漠而残酷的王国,即便以无生命的物质来施行也莫过于此。处处显得再虚弱不过的人,即便在城邦之中,也将与迷失沙漠的人一样孤独,乃至更孤独。

> 宙斯的门槛摆着两只土瓶,
> 装着礼物,一只是祸,一只是福……
> 他若只给灾难的礼物,这人将受凌辱;
> 可怕的困境在整个神圣大地上驱逐他;
> 他处处流浪,不受人和神的待见。①

力量怎样无情地摧毁,也就怎么无情地刺激任何拥有它或自以为拥有它的人。没有人真正拥有力量。在《伊利亚特》中,人类并不是这么被区分的:一边是战败者、奴隶和求饶者,另一边是战胜者和主人。诗中没有一个人不在某个时刻被迫向力量屈服。战士们尽管自由又佩带武器,却没少受力量的命令和进犯:

> 他看到人群中有人想叫嚷,
> 就用权杖打他,一边叱责道:
> "可怜虫,安静点,听别人说,
> 听比你强的人。你没勇气也没力气,
> 不论战斗还是集会全无用处……"②

特尔西特斯的话尽管合情合理,并与阿喀琉斯的话极其相似,

---

① [译按]卷二十四,行 526 – 527,530 – 532。语出阿喀琉斯。
② [译按]卷二,行 198 – 202。这里说的是奥德修斯。他受雅典娜的指示,阻止希腊人放弃战争返回故乡。

却为此付出极大的代价:

> 他打他;他弯下身,眼泪哗哗地淌,
> 背上很快露出一道血痕,
> 被金杖打的;他坐下,吓得要命。
> 在疼痛和困惑之中擦干眼泪。
> 其他人尽管苦恼,也乐得笑起来。①

就连阿喀琉斯,那么骄傲的战无不胜的英雄,也在诗歌一开始哭泣,带着屈辱和无能为力的痛苦,因为他眼睁睁看着自己本想带回家做妻子的女人被带走,却不敢反对。

> ……然而,阿喀琉斯
> 流着泪,离同伴远远的,坐在一边,
> 在惨白的海岸边,遥望酒色的大海。②

阿伽门农基于明确的意图羞辱了阿喀琉斯。他想告诉所有人,他才是首领:

> ……这样你才明白
> 我比你强,其他人也不致
> 等闲待我,胆敢和我争高下。③

---

① [译按]卷二,行265－269。特尔西特斯(Thersite)从人群中站出来质问阿伽门农,指责他霸占战利品,又让希腊军中遭灾难,还与阿喀琉斯为了女人起纠纷。特尔西特斯说出要求回乡的希腊战士们的心声,但奥德修斯及时制止了他。

② [译按]卷一,行349－351。

③ [译按]卷一,行186－187。阿伽门农在集会上宣布要带走布里塞伊斯,并说了这些话。

然而,没过几天,轮到这位至高无上的首领掉眼泪,①不得不放下身段去求情。但雪上加霜,他最终求情无效。

同样,没有哪个战士避得开恐惧的耻辱。英雄们和一般人一样瑟瑟发抖。赫克托尔的一个挑战镇住了全体希腊人,除开不在场的阿喀琉斯及其同伴不算。

> 他说完,他们全部默不作声;
> 拒绝可耻,接受进犯又叫人恐慌。②

然而,当埃阿斯出阵应战时,恐惧立即转移阵地:

> 恐惧的战栗让特洛亚人的四肢发软,
> 赫克托尔的心也在胸中猛跳,
> 但他不能发抖,也不能逃跑……③

两天后,轮到埃阿斯感到恐惧:

> 天上的父神宙斯让埃阿斯心升恐惧,
> 他站住,惊惶地背起七层牛皮厚盾,
> 发着抖,迷惘地看向人群,像只野兽……④

就连阿喀琉斯也有一次因恐惧而发抖呻吟,虽然他当时确乎不

---

① [译按]参见卷九开篇。在特洛亚人反攻之下,希腊人军心涣散,当夜的集会上,"阿伽门农站起来,眼里流出两行泪,犹如黑泉从高岩直泻而下"(行14-15)。紧接着,阿伽门农还向阿喀琉斯求和,希望对方出战,但遭到拒绝。
② [译按]卷七,行92-93。
③ [译按]卷七,行215-217。《伊利亚特》里有两个埃阿斯(Ajax),这里指大埃阿斯,在希腊英雄中仅次于阿喀琉斯。
④ [译按]卷十一,行544-546。

是在某个人类面前,而是站在一条河前。① 除他以外,所有人均在某个时刻被征服。意义不在于促成决定胜负,而在于决定盲目的命运。后者由宙斯的黄金天平所象征:

> 这时,父神宙斯摆正他的黄金天平,
> 分别放上两个灭绝一切的死亡的命运,
> 一边是驯马的特洛亚人,另一边是披铜甲的希腊人,
> 他从中间提起天平,希腊人注定的日子往下沉。②

出于盲目,命运建立起某种形式的正义。这正义也是盲目的,它惩罚那些以报复性刑罚武装自身的人。早在福音书之前,《伊利亚特》就明确提出来了,措辞甚至也是近似的:

> 阿瑞斯很公平,他也杀杀人的人。③

如果说所有人一出生就注定要忍受暴力,那么,时机王国在这个真理问题上封锁了人类的精神。强者从来不是绝对强大,弱者也从来不是绝对弱小,然而,无论强者还是弱者均不知道这一点。他们不认为彼此是同类;弱者既不自认为强者的同类,也不被人这么看待。拥有力量的人行走在一个无抵抗力的环境之中,在他周遭的人类问题里,没有什么能在冲动和行动之间激发起栖息着思想的那个短暂间隙。正因为此,这些武装起来的人行事残酷而疯狂。他们

---

① [译按]参见卷二十一:阿喀琉斯大战河神克珊托斯(Xanthe)。在急流巨浪之中,英雄心中也难免恐惧(行247,行270),乃至仰天呼求神的援助,最终雅典娜和波塞冬赶来相救。
② [译按]卷八,行69–72。
③ [译按]卷十八,行309。赫克托尔在众人面前对波吕达玛斯(Polydamas)说的话。

的武器深深刺中手无寸铁、跪倒在他们面前的敌人。他战胜一个将死者,方式是向对方描述他的身体即将遭遇的凌辱;阿喀琉斯在帕特罗克洛斯的火葬堆上杀死十二名特洛亚青年,那么自然而然,① 与我们摘花献在某座坟上无异。他们在运用权力时从不怀疑,总有一天会轮到他们屈服于这些行为的后果。既然一句话就足以使老人闭嘴、发抖、服从,何必去考虑某个祭司的诅咒在预言者的眼里至关重要?人们怎可能克制着不带走阿喀琉斯心爱的女子,既然明知她和他只有服从的份?阿喀琉斯享受地观望可悲的希腊人溃逃,他是否想到,这场无论持续还是结束均如他所愿的溃逃,最终将夺走同伴和他自己的生命?命运把力量借给一些人,这些人却因过于看重力量而毁灭。

他们不可能不毁灭。因为,他们不把自身的力量看成有限的,也不把自己与他者的关系看成不同力量的均衡。其他人的行动不能促使产生某一停顿时刻,正是在那个时刻,人们心中升起对同类的敬重。他们由此得出结论,命运许可他们做一切事,但不许可比他们下等的人做任何事。从此,他们要超越自身拥有的力量。他们不可避免地走向彼世,不知道自己的力量如此有限。他们无可挽回地把自己交付给偶然,而事情也不再顺服他们。有的时候,偶然帮助他们;别的时候,偶然毁灭他们;他们就此赤裸裸地面对不幸,再没有保卫灵魂的强大甲胄,从此也再没有什么能止住他们的眼泪。

这样滥用力量必然遭到的几何学般精确的惩罚,是古希腊人的首要沉思命题。它是史诗的灵魂。它以"涅墨西斯"②为名,是埃斯

---

① [译按]参见卷十八,行336起,卷二十三,行22起,行175起。

② [译按]涅墨西斯(Némésis):惩罚女神,或报应女神。赫西俄德在《神谱》中说她是夜神的女儿(223),在《劳作与时日》中说她和敬畏女神(Aidώς)一起维护人类社会的良好秩序(197-200)。埃斯库罗斯的《普罗米修斯》中,代表歌队的大洋女儿对普罗米修斯说:"那些向惩罚之神告饶的人才是聪明的!"(936)

库罗斯肃剧的原动力。毕达哥拉斯派哲人、苏格拉底、柏拉图以它为起点思考人类和世界。但凡有古希腊文明渗透之处,这个理念深入人心。在佛学浸陶的东方国度里,"因果报应"(Kharma)之说也许正是从这个古希腊理念变幻而来;然而,西方已然遗失了它,在所有现代西语中甚至找不到一个指代它的词。极限、尺度和均衡的理念,本该是人生的行为准则,如今仅存某种技术上的附带用途。我们只有面对物质才是几何学家;古希腊人在修习美德时首先是几何学家。

《伊利亚特》中的战争进程,正是这种摇摆的游戏。一时的胜者自认为坚不可摧,尽管几小时前他还饱尝失败;他忘了运用胜利应像利用转瞬即逝的东西那样。在《伊利亚特》讲述的第一天战斗结束以前,胜利的希腊人本可以获取他们做出所有这些努力的目的,也就是海伦和她的财富;至少我们可以像荷马那样假定,希腊军队有理由相信海伦确乎在特洛亚。埃及祭司们大概也知道这一点,他们稍后告诉希罗多德,海伦其实在埃及。但无论如何,这天夜里,希腊人不再想要海伦了:

> "如今不要让人接受帕里斯的财产
> 或海伦;人人知道,连傻瓜也知道,
> 特洛亚城从此处在毁灭的边缘。"
> 他这么说,阿开亚人个个欢呼。①

他们如今想要全部,一点都不能少。整个特洛亚城的财富将成为他们的战利品,所有宫殿、庙宇、房屋将被付之一炬,所有妇人和

---

① [译按]卷七,行400–404。帕里斯在特洛亚人大会上宣布,不愿归还海伦,但愿意加倍交还当初从阿尔戈斯带回的财产。消息传到希腊人军中,擅长呼喊的狄奥墨德斯(Diomède)说了这些话,并得到阿伽门农和全体希腊战士的赞同。

所有孩童将沦为奴隶,所有男子将变作尸体。他们疏忽了一个细节;这一切不全在他们掌控之下;因为他们不在特洛亚城中。他们明天也许能闯进去,但也许不能闯进去。

同一天,赫克托尔放任自己陷入同样的疏忽。

> 只因我发自心灵和肺腑地明白,
> 神圣的伊利昂(Ilion)总有灭亡那一天,
> 还有普里阿摩斯,以及带长枪的普里阿摩斯的人民。
> 但比起担心特洛亚人将临的苦难,
> 担心赫卡柏(Hécube),普里阿摩斯王,
> 还有我众多勇敢的兄弟们
> 在敌人的袭击下倒在尘土中,
> 我更担心你,某个披铜甲的希腊人
> 将带走流泪的你,强夺你的自由。
> ……
> 但愿我先死,被黄土掩埋,
> 在听见你惨叫,看见你被俘以前!①

这个时候,他为什么不提议,以避免在他看来不可避免的灾祸?但他的提议只能是徒然。第三天,希腊人可悲地溃逃,阿伽门农甚至想开船一走了之。赫克托尔只需做一点妥协,就能轻易让敌人离开,但他甚至不愿意一无所获就让他们撤退:

> 让我们四处点火,让火光直冲天上,
> 免得长发的希腊人在夜里
> 匆匆逃向大海的宽广的背上……
> 不要让他们有机会带着伤回家消受,

---

① [译按]卷六,行447－465。

>……好让所有人不再敢
>向驯马的特洛亚人挑起让人哭泣的战争。①

他的愿望实现了;希腊人留下来了。第二天中午,他们使他和他的同伴们成了可怜虫:

>他们在平原上溃逃,像一群牛
>遭到在夜里现身的狮子追赶……
>阿特柔斯之子阿伽门农也这么追赶他们,
>一路不住扑杀,他们只有溃逃。②

当天下午,赫克托尔重占上风,击退希腊人,迫使对方溃逃。但他很快又遭遇帕特罗克洛斯及其意气风发的军队的进攻。帕特罗克洛斯乘胜追击,最终下场却是丢了头盔,身负重伤,死在赫克托尔剑下。③ 当天夜里,面对波吕达马斯提出的审慎意见,胜利的赫克托尔还以无情的叱责:

>"正当英明的克洛诺斯之子让我
>在船边得荣誉,把希腊人逼到海上,
>蠢材!不要给人们出这种主意。
>特洛亚人不会听你的,我也不允许。"
>赫克托尔这么说,特洛亚人个个欢呼。④

第二天,赫克托尔落败。阿喀琉斯在整个平原上步步紧逼他,

---

① [译按]卷八,行507起。
② [译按]卷十一,行172–173,177–178。
③ [译按]薇依几句话交代了卷十二至卷十六的战事。
④ [译按]卷十八,行294–296,行309。

想要杀他。在战斗中,阿喀琉斯始终是两人中最强的那一个;何况他休息了好几周,等不及要复仇和获胜,而对手却筋疲力尽!最终,赫克托尔独自一人站在特洛亚城下,彻彻底底地独自一人,他等待死亡的来临,并努力让自己的灵魂接受这个现实。

> 天啊,我若退入城门躲进城墙,
> 波吕达马斯首先会让我羞愧难当。
> ……
> 现在我因疯狂损折了人马,
> 我愧对特洛亚男子和拖曳长纱的特洛亚妇人,
> 只怕那些不比我强的人要说:
> "赫克托尔太自满,以致亡了国。"
> 不过,我若放下这突肚盾牌,
> 摘下头盔,我若把长枪倚墙放,
> 主动去找高贵的阿喀琉斯呢?
> ……
> 可我心里为何要考虑这些做法?
> 我不能靠近他,他不会怜悯我,
> 敬重我,只会杀了我,仿佛我赤裸裸,
> 像个妇人……①

赫克托尔无法避免属于不幸者的一丝一毫的痛苦和耻辱。他独自一人,力量幻灭了,勇气只够阻止他躲进城里,却不够阻止他四处逃命。

> 赫克托尔一见他心中乱颤,不敢
> 再作停留……

---

① [译按]卷二十二,行99起。

> ……这不是为一头羊或一张皮革,
> 他们不是在争夺寻常的竞赛奖品,
> 而是在争夺驯马的赫克托尔的性命。①

赫克托尔身受致命伤后,向阿喀琉斯求饶,这些徒然的求饶只能加强征服者的胜利。

> 我以你的生命、双膝和双亲之名哀求你……②

然而,《伊利亚特》的听众知道,赫克托尔之死只能带给阿喀琉斯一丝短暂的喜悦,阿喀琉斯之死只能带给特洛亚人一丝短暂的喜悦,而特洛亚城的覆灭也只能带给阿开亚人一丝短暂的喜悦。

暴力就这么毁灭它所触及之物。无论对操纵暴力的人,还是对承受暴力的人,暴力最终均从外在显现。由此产生某种命运的观点,即刽子手和受难者同样无辜,征服者和被征服者是同处于苦难中的兄弟。被征服者是征服者的不幸起因,征服者也是被征服者的不幸起因。

> 他生有一个注定早死的独子;
> 他已年迈,我却不能尽孝,远离故土,
> 在特洛亚给你和你的儿子们添烦恼。③

只有节制地运用力量,才可能避免一系列恶性事件。这种节制需要某种超过人性的美德,那几乎与在软弱中保持尊严一样罕见。再说,节制也不总是没有弊病;因为,四分之三以上的力量由威信构

---

① [译按]卷二十二,行 136–137,行 159–161。
② [译按]卷二十二,行 338。
③ [译按]卷二十四,行 539–541。阿喀琉斯对普里阿摩斯说。

成,而威信则首先由强者对弱者的傲慢的冷漠构成,这种冷漠具有传染性,乃至传到了受冷遇的弱者那方。然而,一般说来,一种政治思想并不会建议暴力行为。暴力倾向才是几乎无法抵抗的。《伊利亚特》中偶尔也有人说些合理的话,特尔西特斯的发言就是最高典范。发怒的阿喀琉斯也有一样合理的言辞:

> 在我看来,没有什么比得上性命,即便传说中
> 繁华无比的伊利昂城的全部财富……
> 丰美的羊群和牛群可以抢来……
> 人的性命一丢,可再也抢不回。①

只是,合理的话说也白说。一个下等士兵这么说,就得受罚,被迫闭嘴;一个首领这么说,也只能算言行不一。英雄们的无理,每回都要有神前来劝解。到最后,人类有可能意愿避免命中的杀戮和死亡的占领这一想法,甚至从人们的精神里消失了。

> ……宙斯指定我们这些人
> 从少时到年老,操劳不休
> 在哀伤的战争中,直至一一死去。②

很久很久以后,卡罗纳的战士们③也和这些战士一样,感到自

---

① [译按]卷九,行401起。
② [译按]卷十四,行85-87。语出奥德修斯。
③ [薇依自注]1917年4月,反抗军将高唱"卡罗纳之歌",歌中的叠句是:"因为我们全被定了死罪,我们全是牺牲品。"

[译按]一战中,法国战士不满尼威尔将军造成大量伤亡的作战方案,群起反抗,并遭到1917年替代尼威尔的贝当的强力镇压。"卡罗纳之歌"(Chanson de Craonne)相传有许多版本,最著名的两个版本分别出自 Paul Vaillant-Couturier 和 Henry Poulaille 之手。

己"全被定了死罪"。

只是一个简单不过的圈套,就让他们陷入这样的处境。一开始,他们心中轻盈无比,一如所有感觉自身充满力量而对方只是虚无的人。他们手里握着武器,而敌人尚不在场。除非敌人的声誉让人预先气馁,否则人总是比一个不在场者强大许多。一个不在场者不会强加任何必然性的桎梏。就这么出发的人,心中尚无任何必然性,他们就这么出发,就像去玩一场游戏,就像去度一个摆脱日常约束的假期。

> 咱们自命豪勇时的牛皮吹到哪儿去啦?
> 当初你们不是在利姆诺斯(Lemnos)吹牛,
> 一边大口吃着直角牛的肉,
> 大碗喝那满溢的美酒吗?
> 你们夸口一人能对付一两百个特洛亚人,
> 如今却连一个[赫克托尔]也对付不了!①

一经启动,战争瞬时不再像一场游戏。战争的必然很可怕,绝对有别于与和平事业相连的必然。人的灵魂只在无从逃避时才会屈服于这样的必然,一旦逃避则过上没有必然的日子,只有游戏和梦想、专断而不现实的日子。危险变成抽象概念,人们摧残生命,就如孩子破坏玩具那般漠然。英雄主义是一种戏剧姿态,被自我吹嘘所玷污。倘若在某个时刻有大量生命涌现,增强了行动力量,人们更要自以为战无不胜,得到了某种阻止失败和死亡的神圣援助。于是,战争变轻易了,并受着卑贱的爱戴。

然而,在大多数人那里,这种状态不会持久。总有一天,恐惧、失败、心爱的同伴的死亡会迫使战士的灵魂屈服于必然之下。于

---

① [译按]卷八,行229-234。阿伽门农为鼓舞希腊军队的士气大声说话。

是,战争不再是一场游戏,一个梦想;战士终于明白,战争真实地存在。这个现实如此残酷,远远超过可能承受的残酷,因为它包含死亡。一旦人们意识到有可能死亡,死亡的思想就不能持久,只能闪现。当然,人都会死,士兵也可能在战争中自然老死;然而,对于那些灵魂屈从于战争桎梏的人而言,死亡和未来的关系与他人不同。对他人来说,死亡是预先强加给未来的一种限定;对他们来说,死亡就是未来本身,是职业赋予他们的未来。人类的未来是死亡,这有悖自然。战争的实践一旦让人每时每刻感知有可能死亡,思想就不再可能从今天穿越到明天而不同时遭逢死亡的形象。灵魂就此绷紧,仿佛再也不能忍受;然而,新的黎明带来同样的必然;日复一日,年复一年。灵魂每天都在遭遇暴力。每个清晨,伴随每个呼吸,灵魂不停受到损伤,因为,思想不可能不经历死亡而在时间里翱翔。战争由此抹杀了一切目的论,乃至战争的目的论。战争甚至抹杀了结束战争的想法。没有置身其中的人无法想象这样一种暴力的处境,而置身其中的人也无法想象这种处境的结局。因此,不会有任何努力以促成那个结局。面对武装起来的敌人,人的双手不能停止抓紧并运用武器;他的脑中本该有所运筹,找寻出路;但他已然丧失为达到这一目的的全部运筹能力。他完全沉浸于自我施暴。在人群之中,无论涉及奴役还是战争,难以忍受的不幸总在以自身的影响持续着,因而显得容易承受;它持续着,因为它剥夺了各种摆脱不幸的必要手段。

从此,屈服于战争的灵魂疾呼拯救;但拯救也带有某种悲剧而极端的形式,某种毁灭的形式。节制而理性的结局在思想看来只能赤裸裸地带来不幸,如此残酷的不幸,即使作为记忆也难以忍受。恐怖、痛苦、疲倦、杀戮、消亡的同伴,人们相信,除非力量的酒意前来淹没这一切,否则它们不可能停止折磨灵魂。无限的努力可能只带来无谓或有限的好处,这个想法很伤人。

怎么!我们要听任普里阿摩斯和特洛亚人自夸

> 留下阿尔戈斯的海伦,无数希腊人为她
> 远离故土,丧生在特洛亚城下?①
> ……
> 怎么!那道路宽阔的特洛亚城,
> 我们为它历尽艰辛,如今却要放弃它?②

对奥德修斯来说,海伦有什么要紧?甚至特洛亚城又有什么要紧?即便这座城邦黄金万贯,也弥补不了伊塔卡城③的没落。特洛亚城和海伦只有作为希腊人的血泪起因才是要紧的。只有占有特洛亚城和海伦,才能掌控这些不愉快的记忆。敌人的存在迫使某些灵魂摧毁自身一切自然生成的东西,这些灵魂相信只能摧毁敌人才能获得拯救。与此同时,心爱的同伴死去,还催生了某种阴郁的仿效死亡之情。

> 啊!那就让我立即死去,既然朋友
> 危难时刻我不能救助!他远离故土,
> 过早走了,我却不能帮他免于死亡。
> ……
> 现在,我要去找那杀死我朋友的
> 赫克托尔;我的死亡我会接受,
> 无论宙斯和众神何时让它实现。④

---

① [译按]卷二,行160-162,行176-178。在赫拉对雅典娜和雅典娜对奥德修斯的话中重复出现。

② [译按]卷十四,行88-89。奥德修斯当众质问打退堂鼓的阿伽门农。

③ [译按]伊塔卡(Ithaque)的奥德修斯的故土,整部《奥德赛》就是讲述他的艰辛返乡。

④ [译按]卷十八,行98-100,行114-116。阿喀琉斯在得知好友帕特罗克洛斯死讯以后对母亲这么说。后两行也见于卷二十二,行365-366,阿喀琉斯对着死去的赫克托尔说。

同样的绝望还促使毁灭和杀戮：

> 我心里明白，我命定战死在此。
> 远离心爱的父母；只是，
> 我必要把特洛亚人杀个够！①

带有这种双重死亡需求的人，但凡没有变成别的样子，从此只属于不同于生者的族类。

战败者求饶，想要活下来，这一胆怯的生的愿望又能在上述的人的心灵中得到何种反响呢？一方持有武器，另一方手无寸铁，这已然剥夺了那个受到威胁的生命的全部意义。既然上述的人自己早就打消了活着很美好的信念，又怎么可能在如此卑微而无用的哀告中看重这个信念呢？

> 我跪着求你，阿喀琉斯，尊重我，可怜我，
> 宙斯的孩子啊，我有权恳求你尊重。
> 因为，在你家，我曾第一个品尝德墨特尔的果实，
> 你在那天从丰美的果园劫走我，
> 把我卖了，在远离父亲和家人的
> 神圣的利姆诺斯，换得一百头牛。
> 我以三倍赎金重获自由，算来这是
> 第十二天黎明，自从我回到伊利昂，
> 在百般磨难以后。我不料又落入你手里，
> 多么悲惨的命运。父神宙斯想是忌恨我，
> 才把我再次交给你；母亲生下短命的我呵，

---

① ［译按］卷十九，行 421–423。阿喀琉斯回答预言他的死亡的河神克珊托斯。

> 老阿尔特斯(Laothoè)的女儿拉奥托埃(Altès)……①

这一微弱的希望又得到怎样的回应!

> 得啦,朋友,你也得死,抱怨做甚?
> 帕特罗克洛斯也死了,他可比你强多啦。
> 再说我,你难道没看见我俊美又高大?
> 我出身高贵,母亲还是个女神,
> 但死亡和残酷的命运照样要降临。
> 也许是黎明,也许是夜里或正午,
> 总会有人拿着武器来断送我性命……②

一个人若不得不毁掉自身的所有生的愿望,那么他必须付出使心碎裂的宽容的努力,才能做到尊重他者的生命。在荷马诗中,几乎没有哪位战士有能力做到这种努力,也许除了帕特罗克洛斯,他"懂得对所有人温柔",在《伊利亚特》中没有做过任何粗鲁或残暴的事。从某种意义而言,他正好处于整部诗歌的中心。只是,在几千年的历史中,我们又能数出几个人具备这样一种神圣的宽容呢?我们几乎数不出两三个人的名字。由于缺乏这种宽容,战胜的士兵就如自然的祸害;他着魔于战争,尽管方式不一,却和奴隶一样成为物;言辞在他身上就如在物质之上一般无效。他和物一样,但凡与力量接触,便要承受不可避免的后果,也就是力量一遇到谁,谁就会变得又聋又哑。

这就是力量的本性。力量把人变成物的能力是双重的,并从两方面得到施行:力量冷漠然而平等地石化两种人的灵魂,承受力量的人和操纵力量的人。从一场战争开始趋向解决的时刻起,这种特

---

① [译按]卷二十一,行74-84。吕卡昂向阿喀琉斯求饶,参见前文注释。
② [译按]卷二十一,行106-112。阿喀琉斯回答吕卡昂。

性在武器方面达到最高级别。战争的解决并不由那些算计、运筹、作出决断并加以实施的人们,而是由那些丧失了上述能力的人,他们被转变,沦落到要么只是被动的无生的物质行列,要么只是冲动的盲目的力量行列。这是战争的最终秘密,在《伊利亚特》中通过譬喻得到表现。诗中的战士们要么如同火灾、水淹、暴风、猛兽或各种盲目的灾难起因,要么如同受惊的动物、树木、水、沙或一切受外在强力驱使之物。希腊人和特洛亚人,从今天到明天,有时是从这个钟头到下个钟头,轮番遭遇着这样那样的嬗变:

> 犹如牛群遭到一头凶恶的狮子袭击,
> 它们本在广阔润泽的牧场上吃草,
> 数以千计……
> 全部惊惶逃窜;阿开亚人也是如此,
> 在赫克托尔和父神宙斯的追赶下溃逃……①
> 犹如猖獗的大火降临茂密的丛林,
> 狂风盘旋处处着火,连树木
> 也在烈火之中连根倒下;
> 阿特柔斯之子阿伽门农就这么让
> 溃逃的特洛亚人人头落地……②

战争的艺术无非就是促成类似变化的艺术,至于军备、进程,乃至重创敌人的死亡,只是达到这个效果的手段。它的真正目的在于战士的灵魂。只是,这些变化总是如此神秘,出自诸神的手笔,由神们来触动人类的想象。无论如何,这种双重的石化特性是力量的根本特点,灵魂但凡遭遇力量,惟有奇迹才能脱身。然而,类似的奇迹罕见而短暂。

---

① [译按]卷十五,行630起。
② [译按]卷十一,行155起。

那些肆意操纵着他们所支配或自认为支配的人和物的人们的轻狂,迫使战士去毁灭的绝望,奴隶和战败者的崩溃,还有杀戮,所有这些构成了同一幅恐怖的画面。力量是唯一的主角。倘若不是处处散布着一些充满光照的时刻,那么世界将是一片黯淡无生的单调。在这些短暂而神圣的时刻,人类拥有一个灵魂。在某个瞬间里苏醒的灵魂,很快又迷失在力量的王国。这样的灵魂在苏醒时是纯粹的,尚未受损。这样的灵魂不带任何模糊、复杂或困惑的情感,只有勇气和爱。有的时候,人会找回自己的灵魂,灵魂会与他协商——当他像站在特洛亚城下的赫克托尔那样,不再有神或人的援助,试图独自面对命运。在别的时候,人在爱的时刻找回自己的灵魂;几乎没有哪种纯粹的人间的爱不曾出现在《伊利亚特》。

好客的传统,即便隔了好几代人,也能战胜战争的盲目:

> 这样说来,你到阿尔戈斯,我会是好主人……
> 让我们不用动刀枪,即便在混战中。①

孩子对父母的爱,父母对孩子的爱,时时出现诗中,简洁然而感人:

> 忒提斯流着泪,回答他:
> "我的儿啊,我生下短命的你,像你说的……"②

还有手足之爱:

---

① [译按]卷六,行224起。吕西亚的格劳科斯(Glaucos)和阿尔戈斯的狄奥墨得斯在战场上相遇,彼此述说家世。格劳科斯是英雄柏勒罗丰(Bellérophon)的后代,因此,狄奥墨德斯说:"你很早就是我祖辈家里的客人,神样的奥纽斯(Œnée)曾在厅堂里款待无瑕的柏勒罗丰,留了他二十天"(行215–217)。

② [译按]女海神忒提斯(Thétis)在诗中多次对儿子阿喀琉斯这么说话,如见卷一,行413起,卷十八,行94起。

我的三个同母生养的兄弟，
亲爱的兄弟……①

夫妻之间的情爱注定不幸，却显出令人惊叹的纯洁。丈夫提到等待着沦为奴隶的爱妻的种种屈辱，惟独不提一样屈辱，即便是想一想也要提早玷污他们之间的温情。② 妻子对即将战死的丈夫所说的话也再简单不过：

……我还不如
下到坟土，倘若失去你；
你走了，我再不会有依靠，
只剩痛苦……③

妻子对死去的丈夫说的话更让人唏嘘：

丈夫啊，你这么年轻就丧了性命，
留下我在家中守寡，孩子还小，
不幸的你我所生，我想他活不到
成年……
因为，你死前未从床榻向我伸出双手，
你没有留给我一句明智的遗言，
让我泪流不止，日夜去想。④

---

① ［译按］卷十九，行303-304。布里塞伊斯哭悼自己的兄弟，参见前文注释。
② ［译按］参见卷六，行455起。薇依也许在暗示，赫克托尔独独没有提到，妻子将像大多数特洛亚亡城的妇人们那样被迫委身给战胜方的希腊人。
③ ［译按］卷六，行410-413。安德洛马克对赫克托尔说的话。
④ ［译按］卷二十四，行725-728，行742-745。安德洛马克哀悼死去的赫克托尔。

战友之间的情谊是最后几卷诗的主题:

>……惟有阿喀琉斯
>在哭泣,思念心爱的同伴;睡眠
>制服众生却对他无效;他在床上辗转反侧……①

然而,爱的最纯粹的胜利,战争的至上的救赎,却是从敌人心中生起的爱慕之心。它驱散了为死去的儿子、死去的朋友复仇的渴望,它以更大的奇迹抹去了施恩者和求饶者之间、战胜者和战败者之间的距离。

>然而,在他们满足了吃喝的欲望之后,
>达尔达诺斯之子普里阿摩斯开始欣赏阿喀琉斯,
>他是那么高大俊美,有一张天神的脸。
>阿喀琉斯也欣赏达尔达诺斯之子普里阿摩斯,
>注视他的美仪,倾听他的言谈,
>等到他们互相看够了以后……②

这种宽恕的时刻在《伊利亚特》中极其罕见,却足以让人深深遗憾地感应那些被暴力破坏或即将破坏的东西。

只是,若不是连连出现某种无法消除的苦涩语气,暴力的积累将显得冷冰冰。这种苦涩语气往往通过一个字,甚至一个断行、词移行末来表达。《伊利亚特》独一无二就在于此,在于这种源自温情、贯穿所有人类、宛如一丝阳光的苦涩。诗歌的语气始终浸润着苦涩,也从来没有沦落为抱怨。在这幅极端而不义的暴力图景中,正义和爱本不

---

① [译按]卷二十四,行3-5。
② [译按]卷二十四,行628-633。普里阿摩斯冒险去向阿喀琉斯求取儿子赫克托尔的尸体。

可能找到一席之地。但整部诗却处于正义和爱的光照之下,尽管除了语气,我们几乎感觉不出。没有什么珍贵之物遭到轻视,无论它注定毁灭与否;所有人的不幸一一曝光,既无掩饰也无轻蔑;人人处在人类的共同生存处境,不会更高也不会更低;一切遭到毁灭的东西均获得哀悼。对于作者和听众而言,战胜者和战败者一样亲近,均是同类。倘若真有差别,那就是敌人的不幸也许更让人感到痛苦:

> 他就此倒下,陷入无情的长眠,
> 不幸的人,远离妻子,为了保卫家人……①

诗中讲到阿喀琉斯在利姆诺斯出卖的少年的最终命运,又是何种语气!

> 他和亲爱的家人欢聚仅仅十一天,
> 自从利姆诺斯回来算起;第十二天,
> 神明让他再次落入阿喀琉斯手中,
> 把他送往哈得斯,尽管他不愿意。②

还有只经历一天战争的欧福尔波斯的命运:

> 他那堪比美惠女神的头发沾满血污……③

当人们哀悼赫克托尔时:

---

① [译按]卷十一,行 241 – 242。这里指倒在阿伽门农长枪下的伊菲达玛斯(Iphidamas)。
② [译按]卷二十一,行 45 – 48。指吕卡昂,参见前文注释。
③ [译按]卷十七,行 51。头一回参加车战的欧福尔波斯(Euphorbe),第一个向帕特罗克洛斯掷出长枪并把对方刺伤(卷十六,行 809 起)。

> 贞女和幼童的守护人……①

这几个字足以表现被力量玷污的贞洁和被武器损伤的孩童。特洛亚城门口的泉水成为让人心碎的象征物,赫克托尔在逃命中匆匆经过:

> 紧挨着是一条条宽阔的水槽,
> 全用石头砌成,制作精美,从前
> 特洛亚妇人和美丽的女儿们在此洗衣,
> 在阿卡亚人到来之前的和平年代。
> 他们从这里跑过,一个逃一个追……②

整部《伊利亚特》沉浸在人类最大的苦难阴影之中,也就是一座城邦的沦陷。即便诗人出生在特洛亚,这个苦难也不会显得更加沉痛。不过,当讲到远离故乡悲惨死去的阿开亚人时,诗人的语气并没有发生改变。

就连简单回忆起和平年代的生活,也让人伤感不已。这另一种生活,生者的生活,显得那么安详和充实:

> 自黎明降临、白日初升以来,
> 双方互掷枪杆,不断有人倒下。
> 但到了伐木工准备午饭的时候,
> 就在山中谷地,他双臂累乏
> 砍够了粗木,无心再干活,
> 肚里还渴望着美味的食物时,

---

① [译按]卷二十四,行730。安德洛马克的哭悼。
② [译按]卷二十二,行153–157。

到了这时,达那奥斯人的阵线乱了。①

但凡战争所缺乏、摧毁或威胁的,在《伊利亚特》中均笼罩着诗意。但凡是战争事实的,则从来相反。从生到死的过渡没有受到丝毫掩饰:

> 他的牙齿全掉了,两边
> 眼睛充血,血从张开的嘴和鼻孔
> 流出,死亡的黑云笼罩了他。②

战争事实的冰冷与残暴没有一丝隐瞒,因为,战胜者和战败者一样不被欣赏、轻视或仇恨。命运和诸神几乎永在决定战争的变化万千的结局。在命运限定的范围内,神们拥有胜负的最终支配权;总是由他们制造出疯狂和背叛,从而使和平每次遭到阻挠;战争是神们的事务,而他们的动机无非是人性与玩笑。至于战士们,无论胜负,他们均被比作兽或物,不能引起欣赏或轻视,而只能让人遗憾人类居然变成如此下场。

《伊利亚特》的超凡的公正也许借鉴了某些迄今遗失的文本典范,却没有后继的仿效者。我们几乎感觉不出,诗人是希腊人而不是特洛亚人。诗中的语气似乎直接见证了那些最为古老的诗歌的起源;在这一方面,历史也许永远无法给出确切的答案。倘若修昔底德说的是真的,那么在特洛亚城沦陷八十年之后,阿开亚人也遭遇了一次外来的入侵,我们不妨猜测,这些时时提及枷锁的诗篇,也许出自被征服的阿开亚人的手笔,他们中的一些人很可能也流亡他乡。他们既像战死在特洛亚城前的希腊人那样担心"远离故乡"地生活和死去,也像特洛亚人那样遭遇了城邦

---

① [译按]卷十一,行 84 – 90。
② [译按]卷十六,行 348 – 350。埃律马斯(Erymante)的死。

的沦陷,他们的身边既有作为战胜者的父辈,也有和他们命运一样悲惨的战败者;这场依然近在眼前的战争,没有因傲慢的狂热或羞辱而在时光的流逝中被掩去真相。他们可以同时以战胜者和战败者的身份来表现这场战争,并由此认知单单是盲目的战胜者或战败者所无从认知的东西。在那里,一切无非一场梦,人们只能做起那些遥远的从前的梦。

总之,这部诗是一个奇迹。苦涩仅仅表现在唯一合理之处:人类灵魂对力量的隶属,归根到底也就是对物的隶属。这种隶属性对所有人类而言是一样的,虽然每个灵魂因德性高低不同而呈现出不同的隶属特征。没有一个《伊利亚特》的人物能够幸免,正如没有一个大地上的凡人能够幸免。因此,也没有一个屈服于这种隶属关系的人遭到轻视。在灵魂内部,在人类关系中,但凡能逃脱力量王国的,都被爱戴,却是被痛苦地爱戴,因为毁灭的危险始终悬在空中。这就是西方所拥有的唯一一部史诗的精神所在。《奥德赛》只是一部优秀的模仿之作,一会儿模仿《伊利亚特》,一会儿模仿东方诗歌。《埃涅阿斯记》尽管是一部出色的模仿之作,却有失冰冷、夸张和趣味不佳。中世纪武功诗歌由于缺乏公正,未能达到伟大的境界;在《罗兰之诗》中,一个敌人的死亡没有对作者和读者造成任何影响,比如罗兰之死。

阿提卡地区的肃剧,至少埃斯库罗斯和索福克勒斯的肃剧,是对史诗的真正传承。正义的精神光照着这些肃剧,却从不加以干预;力量以冰冷的残酷姿态现身,永远伴随着致命的结局,无论运用力量的人还是遭受力量的人均无从逃开;灵魂在束缚中饱受屈辱,却从来不被伪装,不被包装以轻易的怜悯,或遭受轻蔑;在恶的沦落之中受伤的人,不止一个获得赞美。如果说《伊利亚特》是希腊精神的最早显示,那么福音书则是最后一次神奇的现身。在福音书中,希腊精神不仅仅在于要求人们在一切善德之外寻找"天主的公义王国",还在于人类的困境在一个同为神和人的存在者身上得到展现。耶稣受难的叙事表明,道成肉身,也要受苦难的败坏,在痛苦和死亡面前发抖,在绝望的尽头感觉被人和神抛弃。人类困境的情怀带来一种简朴的语气,这是希腊精神的标志,也是阿提卡肃剧和《伊利亚特》的意义所在。福音书中的圣言在很多时候与史诗的语气奇特地接近。那个满心不愿意被送往哈得斯的特洛亚少年,①总让人想到耶稣对彼得所说的话:"别人要把你束上,带你到不愿意去的地方。"②这种语气与福音书的精神密不可分;因为,人类困境的情怀是正义与爱的一种条件。一个人若是不能理解多变的好运和必然在何种程度上把人类灵魂置于隶属位置,那么,对于那些因为偶然的灾难而有别于自己的人们,他也就无法看待成同类,并像爱自己那样爱他们。压在人类身上的重负呈现为多样的形态,这促使产生了某种假象,仿佛人类之间存在着无法沟通的类别差异。只有认知力量王国,并懂得不去顺服这个王国,才有可能去爱,并做到公正。

在人类灵魂与命运的关系这个问题上,谎言是如此轻易,充满魅惑:每个灵魂在何种尺度中塑造自身的命运。有些是无情的必然在任何一个灵魂中都能伴随变化无穷的宿命做出的改变,还有一些则因美德和恩典而始终不受损坏。傲慢、侮辱、仇恨、轻视、冷漠、遗忘或忽略的渴望,所有这一切都会带来诱惑。有关苦难的正确表述尤其罕见,人们在描述苦难时,几乎总在假意相信,要么失意是不幸者的天然使命,要么灵魂可能承受苦难却不留下任何烙印,与此同时,他们并没有以自身的方式改变所有想法。古希腊人往往具备不说谎的灵魂力量;他们为此得到报偿,在任何事情上均能保持最高的清醒、纯粹和简朴。然而,从《伊利亚特》到古希腊哲人、肃剧诗人再到福音书所传承的精神,从来没有

---

① [译按]指吕卡昂,参见前文注释。
② [译按]约翰福音 21:18 – 19:"我实实在在告诉你,你年少的时候,自己束上带子,随意往来;但年老的时候,你要伸出手来,别人要把你束上,带你到不愿意去的地方。耶稣说这话,是指着彼得要怎样死,荣耀神。"

超越古希腊文明的界限；自从人类摧毁古代希腊以来，这种精神仅存浮光掠影。

古罗马人和希伯来人自以为逃脱了人类的共同苦难：前者作为命运所选中要主宰世界的民族，后者则凭靠他们的神的恩典，以及他们顺服这个神的各种精确措施。古罗马人轻视外邦人、敌人、战败者、庶民和奴隶；他们既没有史诗也没有肃剧。他们用角斗来取代肃剧。希伯来人把苦难看成一种原罪的标志，因而也是一种轻视的合理动机；在他们眼里，被征服的敌人是神嫌恶的人，被判定去赎罪，这使得残忍被允许，乃至不可避免。也许除约伯书中的几个章节以外，旧约没有哪个文本能够发出和古希腊史诗一样的声音。在基督宗教盛行的二十个世纪里，人们在言行中赞美、阅读和仿效古罗马人和希伯来人，每当需要为某个罪行辩护时，必然会援引他们。

不仅如此，福音书的精神并没有在连续几代基督教徒之间得到完整的传承。自从早期起，人们以为在带着喜悦承受痛苦和死亡的殉教徒身上看见恩典的征兆，就仿佛恩典的效应在普通人身上会比在耶稣身上更显著似的。人们若能明白，神一旦道成肉身，就不可能不在面临命运的严酷时一边恐惧地发着抖，那么他们想必也能了解，那些看似高高超越在人类苦难之上的人，无非是在借助假象、狂醉或盲信而任意伪装命运的严酷。没有谎言的保护，一个人在遭受力量时，他的灵魂不可能不同时被殃及。恩典有助于保护灵魂不受败坏，却不可能保证它不受伤。由于过度的遗忘，基督宗教传统极少懂得去领会那使得耶稣受难叙事的每一句话都令人心碎的简朴。话说回来，强制改宗的习俗也掩饰了力量对那些操纵力量者的灵魂的影响。

尽管在文艺复兴时代重新发现古希腊文学曾经带来短暂的狂醉，但希腊精神始终没有在二十个世纪中得到复苏。在维庸、莎士比亚、塞万提斯、莫里哀的作品中，这种精神有所闪现，拉辛的戏剧中也曾出现过一回。在《太太学堂》(*L'Ecole des femmes*)、《费德尔》

(*Phèdre*)中,人类在面临爱情时的困境得到赤裸裸的揭示;话说回来,那是一个奇特的世纪,与史诗年代相反,人类只能在爱情中发见自身的困境,战争和政治的力量效应却必须永远笼罩在荣誉之中。我们也许还可以援引别的作者的名字。然而,欧洲人创造的全部诗篇,均比不上这同样出自欧洲人的第一部诗作。当他们懂得不相信逃避命运、不崇拜力量、不仇恨敌人、不轻视不幸的人时,他们也许也会找回史诗的精神。我很怀疑这一天会很快来临。

托名荷马的《德墨特尔颂诗》

[题解]《托名荷马的"德墨特尔颂诗"》(*Hymne homérique à Déméter*)本系1951年的《基督宗教预象》的开篇,收在第一部分"神的临在"的第一小节"神寻找人"(又见《全集》,IV 2, 150–153)。第二小节讨论一则名为"挪威公爵"的北方寓言。薇依称柏拉图首先是一个秘教主义者,解释古希腊思想,必然不能绕过古希腊的秘教传统。托名荷马的《德墨特尔颂诗》恰恰记载了古希腊厄琉西斯秘教的神话起源。一般认为,这篇颂诗为秘教仪式而作,年代在赫西俄德与阿尔基洛克两位诗人之间。在神话中,冥王哈得斯经宙斯授意,劫走了珀耳塞福涅(Perséphone,又名刻瑞斯[Corès])。痛失爱女的德墨特尔使大地遭旱,寸草不生,祭拜神族的人类眼看就要灭绝。宙斯只好让哈得斯放了珀耳塞福涅。但珀耳塞福涅已经吞下一颗石榴子,这使她永远地处于生界与冥界之间。值得注意的是,珀耳塞福涅同样是俄耳甫斯秘教信徒的敬拜对象。

神寻找人:Quaerens me sedisti lassus⋯[你为寻觅我劳瘁奔波⋯⋯]①

---

① [译按]语出天主教安魂弥撒《末日经》(Dies irae,直译为"震怒之日",暗合《启示录》所预示的最后审判之日)。在《致一位修士的信》的第34个问题里,薇依同样援引了这句话。另见《隐秘爱神的几种形式》(《全集》,IV 1,324)。

注意:在福音书中,除非出了错,从来没有人寻找神。在所有譬喻中,总是基督在寻找人,或神通过他的仆人把这些人带到基督面前。再不然,有人似乎偶然找到了天国,于是,但也无非是,他变卖一切所有的。①

《德墨特尔颂诗》(行 1 – 21,行 30 – 31);

刻瑞斯被劫叙事(托名荷马颂诗):

> 美发的德墨特尔,神圣的女神,我要歌咏她,
> 她,还有她那纤踝的女儿,被阿伊多涅斯(Aïdonée)
> 劫走,打雷而远见的宙斯给了这个礼物。
> 他带她远离佩带金剑、果实甜美的德墨特尔,
> 当时她正和胸怀深广的大洋女儿们一起玩耍,
> 采着花儿,玫瑰、藏红花、迷人的紫罗兰,
> 在一片纯美的草场上,还有鸢尾和风信子,
> 还有水仙,犹如为蓓蕾般的处子设下的圈套,
> 从地上长出,遵照宙斯的意愿,为那劫花者助力。
> 这光彩无限的奇观呵,任谁都称赏不已,
> 无论不死的神,还是有死的人。
> 上百种花儿无根地绽放。
> 天上弥漫着植物的芬芳,
> 整个大地在微笑,还有咸涩大海。
> 她蓦地呻吟起来,伸出双手,
> 想抓住这美丽的玩物。道路通阔的大地突然裂开,
> 在尼萨(Nysa)平原;王站在那儿,那劫花者,

---

① [译按]参看马太福音,13:44 – 45。这里有两个譬喻,把天国比作藏在地里的宝贝,或重价的珠子,人遇见了,欢欢喜喜变卖一切所有的,买下它。

>骑着永生的马儿,名称繁多的克洛诺斯之子。
>他在金色马车上抓住她,不顾她挣扎,
>把她带走,她发声哭着,喊着,
>唤着父亲,克洛诺斯之子,至上的神,完美的神。
>……………
>这样,他不顾她反对,凭着宙斯的旨意带走她,
>她父亲的兄弟,那支配者,劫花者。

德墨特尔痛失爱女,以致地上不再生长麦子。人类面临灾难,神界也丧失荣耀。于是,宙斯派人传话给阿伊多涅斯,让他放了少女。阿伊多涅斯微笑地听完神王的传话,并且顺从了。他对刻瑞斯说道(行360–366,行370–374):

>"去吧,珀耳塞福涅,去找你那穿蓝纱的母亲,
>既然你只有孩子一般的勇气和心胸。
>莫要没有道理地大发脾气。
>在神们中,我未尝不是个好夫君,
>我是你父亲宙斯的亲生兄弟。留在这儿,
>你将是一切生者和死者的王后。"

>他这么说。明智的珀耳塞福涅心生喜悦,
>她飞快站起身,兴高采烈;只是,
>他给了她一粒蜜般的石榴子,悄悄吃下,
>因了这计谋,她将不会永远留在
>穿蓝纱的圣洁的德墨特尔身边。

自那以后,一年中,她有三分之二时光留在母亲身边和众神之间,三分之一时光留在阿伊多涅斯身边。

评述:哈得斯,或阿伊多涅斯,要么指"看不见的",要么指"永

生的",或两种意思兼有。他有时是宙斯的兄弟,有时是宙斯本人。因为,古时还有一个地下的宙斯。①

德墨特尔,很可能指大地母亲,德墨特尔女神等同于所有母亲神,这些女神的古代崇拜仪式与天主教中圣母②的身份极其相似。纳尔西斯(Narcisse),即水仙花,③因为太美,只能爱上自己。在所有形式的美中,只有神性的美才可能成为一种被爱的对象,美本身的对象。寻觅乐趣的灵魂,遇见神性的美——在尘世中,神性的美呈现为世界之美,这对灵魂而言犹如一个圈套。神借助这个圈套捕获灵魂,不顾它挣扎。这就是柏拉图《斐德若》的蕴义所在。神必须放灵魂重归自然,不过,令人惊讶的是,在那之前,他悄悄让灵魂吃下一粒石榴子。它若吃下,将永被捕获。石榴子是灵魂在近乎不自知中对神的接纳,并且它不会承认这样的接纳。与灵魂的所有肉身癖好相比,这显得无比微妙,却永远决定了灵魂的命运。这是耶稣基督用来比喻天国的芥菜种,一粒芥菜种,原是百种里最小的,但不久将长起来,成了树,天上的飞鸟都要宿在它的枝上。④

这则神话含有连续两次神对灵魂的暴力,一次是纯暴力,另一次则是灵魂接纳神所必不可缺的,决定着灵魂的救赎。《斐德若》

---

① [译按]例如古代俄耳甫斯秘教祷歌把冥王称为 Zeū χϑόνιε(《献给普鲁同的祷歌》,3)。

② [译按]薇依在笔记中多次提及这种相似性,参见《全集》,VI 3,93 - 94:"在天主教神学中,圣母在天国占有如此重要的地位,不是玛利亚本身,而是别的,她与道的关系,类似于玛利亚与耶稣的关系。否则怎么可能把她列在天使之上? 这是德墨特尔,是伟大的母亲神,是阿斯塔忒(Astarté),是库贝拉(Cybèle),等等。"

③ [全集注]参见《全集》,VI 3,174。

④ [全集注]薇依常常对比刻瑞斯吃下的那粒石榴子和福音书中提到的芥菜种(马太福音,13:31 - 32;马可福音,4:31;路加福音,13:19)。

里的神话和洞穴神话①分别再现了这两个时刻。这些神话叙事呼应福音书中的喜筵譬喻,仆人们到大路上临时招聚客人,但只有穿礼服的才能留下;②呼应了"召唤"与"拣选"之别。这些神话还呼应十个童女的譬喻,只有准备了灯油的童女才能与新郎同席③,等等。

神给人设下圈套,这同样是迷宫神话的蕴义所在,只是要去除后人增补的有关克里特与雅典战争的故事。米诺斯(Minos),宙斯之子,死者的判官,是独一无二的存在者,在古代,他也叫俄赛利斯、④狄俄尼索斯、⑤普罗米修斯、爱若斯、赫耳墨斯、阿波罗和别的好些名称⑥(这些名称的相似性可以得到实证)。米诺托若斯(Monotaure)被描绘成人身牛头,正如俄赛利斯常与牛神阿庇斯⑦混同,或狄俄尼索斯——扎格勒斯(Dionysos-Zagreus)的头上长角(这个形象可以通过与月亮圆缺相关的象征获得说明)。迷宫,犹如人生长路,一经踏上,人类就会迷失方向,不久将无力返回原路或确定前行方向。他流浪着,不知身在何处,直到撞上等在那里吞噬他的神。⑧

---

① [全集注]参见《全集》,VI 3,58 – 59:"[ms. 24]两道门槛,一是神把我们带离此生,二是他让彼世的幸福粒子进入我们的灵魂。除非背叛,第二道门槛具有决定性意义。柏拉图的洞穴中也有这两道门槛:先是锁链被解开,囚徒可以自由活动,再是走进光明之中。"
② [译按]马太福音,22:10 – 11。
③ [译按]马太福音,25:1 – 13。
④ [译按]Osiris。埃及神,传说他被自己的兄弟塞特杀死,尸体切成多块,伊希斯后来使他复生。
⑤ [译按]在古希腊神话里,酒神有三生三死之说,也是经过死亡和复活的角色。
⑥ [全集注]薇依多次等同这里提及的几个神名,如见《全集》,VI 3,284 – 285。
⑦ [全集注]薇依多次提到普鲁塔克等同俄赛里斯和牛神阿庇斯(Apis),参见《全集》,VI 3,p. 175,285。在第 285 页中,她还提到人身牛头怪兽米诺托若斯和迷宫。
⑧ [全集注]薇依在整段评述的边缘画出一道重点线。

赫西俄德的《神谱》

[题解]标题取自《笔记》第三卷的某个段落抬头：*Théogonie d'Hésiode*(《全集》，VI 3, 233)。薇依从未专文谈论赫西俄德。在1942年2月至6月的五本笔记(K8-12，收录于全集版《笔记》第三卷)中，她集中讨论了古希腊神话，也就不可避免地频繁提到赫西俄德及其神谱叙事。这里选译的五段笔记，分别摘自《全集》，VI 3, 233-234；171；174；231；387。每段开头的方括号内标有笔记出处。

[K9. ms. 104-105]克洛诺斯(Cronos)，即无度。唯一的解决办法是把宙斯匿藏起来。冬至抵消夏至(冬至是卑微的象征)。春分、秋分表明这种平衡("弯曲思考、动歪脑筋"①这个说法与天文星象有关)。恶是善的诸子和父亲(善与恶相交)，不过，同样的善，由恶所生，从一开始就是万物的父亲。②

赫西俄德的《神谱》。③ 最早是混沌(Chaos)。接着是爱若斯，连接同和异(天和地)。天和地的孩子是散布于黄道带上的星座。

---

① [全集注]克洛诺斯的专用修饰语：ἀγκυλομήτης，又作"狡猾多谋"。参见赫西俄德，《神谱》，行18，行168，行473，行495。

② [译按]参阅宙斯诞生叙事：赫西俄德，《神谱》，行459-500。

③ [全集注]薇依在这里解读了赫西俄德《神谱》的"天神世家"相关章节(行133-210)。天神乌兰诺斯和大地该亚生下了十二个提坦神。薇依尝试着把这十二个名字一一对应黄道十二宫。她在这段笔记的空白处批注："纯属猜测！"她还调动词源学、名称学、天文现象各方面的资源，乃至柏拉图的异同概念，力图证实自己的这个猜测。同样的猜测方法还运用于(转下页)

对应情况:坏人克洛诺斯,对应埃及的提丰(Typhon),无情、无度,绰号是"弯曲思考",他是巨蟹座(夏至)。大洋神俄克阿诺斯(Océan)的妻子特梯斯(Téthys),海洋女神、哺育女神,等同为宙斯的乳母、山羊阿玛忒娅(Amalthée);宙斯偷偷长大,童年的卑微抵消克洛诺斯的张狂无度。特梯斯是魔羯座(冬至)。福柏(Phoibé)是勒托的母亲,而勒托是阿波罗和阿尔特弥斯的母亲,福柏是射手座。正对着她的是她的夫君科伊俄斯(Coios)(什么意思?也许是数字?),双子座。许佩里翁(Hypérion)的别称是太阳,等同为俄赛利斯,是金牛座。克利俄斯(Crios)是白羊座。伊阿佩托斯(Japet)作为普罗米修斯——被钉上十字架的义人,忒弥斯(Thémis)之子①——的父亲,是天秤座(十字架的天平)。记忆女神谟涅摩绪涅(Mnémosyne)(俄耳甫斯秘教诗文:从记忆之湖涌出冰冷的水)是水瓶座。大洋神俄克阿诺斯是双鱼座。忒弥斯是天蝎座?是的,因为天平座一开始又称作天蝎座的螯,而普罗米修斯(这里由伊阿佩托斯代表)是忒弥斯之子(赫西俄德的神谱不是这么说的,但别的地方有这个说法)。许佩里翁的妻子忒娅(Théa)生下月亮和太阳;既然许佩里翁等同为太阳,忒娅也就等同为月亮;她是处女座,在冬至线上与金牛座相对称(对观伊俄[Io]、欧罗巴[Europe]、带角的处女)。瑞娅(Théa)是克洛诺斯的妻子,宙斯的母亲,与克洛诺斯相邻,是狮子座。她的名字源自 ῥέω[流动,消逝]。她的正对面是谟涅摩绪涅。以上为提坦诸神。②

(接上页)天地的其他后代:库克洛佩斯和三个百手神。薇依在随身携带的《神谱》上的批注也充分显示了这个归纳解释的意图。

① [译按]参看《普罗米修斯》一文。

② [译按]赫西俄德,《神谱》,行 133 – 137:"她与天神欢爱,生下涡流深沉的俄刻阿诺斯、/科伊俄斯、克利俄斯、许佩里翁、伊阿佩托斯、/忒娅、瑞娅、忒弥斯、谟涅摩绪涅、/头戴金冠的福柏和可爱的特梯斯,/最后出生的是狡猾多谋的克洛诺斯。"参照黄道十二宫图,我们可以更清楚地理解薇依的"猜测":

(转下页)

天地另外生下了六个孩子,其中有三个(被藏在大地深处,直至宙斯解救他们)与提坦神为敌。他们是科托斯(Cottos,源自 cotos[仇恨、愤怒],还是 cotis[头]?)、布里阿瑞俄斯(Briaros[强大的],源自 βϱίϑω[沉重的])和古厄斯(gyès[田地,土地])。此外还有三个独眼的库克洛佩斯(Cyclopes,源自 ϰύϰλος[圆]):布戎忒斯(Bontès[鸣雷])、斯特若佩斯(Stéropès[闪电])和阿耳戈斯(Argès[霹雳])。①

我们是否可以假设:布戎忒斯是木星;阿耳戈斯是水星;斯特若佩斯是金星;古厄斯是地球;科托斯是土星;布里阿瑞俄斯是火星?②

"同"因自己生下的孩子们(行星)而惊恐不已,把他们纷纷藏在大地(即"异")之中。在这些孩子中,仇恨的、无度的、动歪脑筋的那一个③阉割了自己的父亲。从被割下的性器生下了没有母亲的阿佛洛狄忒,也就是属神的美。④

(接上页)三月　白羊座(克利俄斯)——九月　天秤座(伊阿佩托斯)
　　　　四月　金牛座(许佩里翁)——十月　天蝎座(忒弥斯)
　　　　五月　双子座(科伊俄斯)——十一月　射手座(福柏)
　　　　六月　巨蟹座(克洛诺斯)——十二月　魔羯座(特梯斯)
　　　　七月　狮子座(瑞娅)——一月　水瓶座(谟涅摩绪涅)
　　　　八月　处女座(忒娅)——二月　双鱼座(俄刻阿诺斯)

① [译按]赫西俄德,《神谱》,行 147 – 149(百手神),行 139 – 140(库克洛佩斯)。[全集注]在百手神和库克洛佩斯的名称词源上,薇依参考了 A. Baillly 版的《希腊语—法语词典》。

② [译按]这里的行星名称分别又对应一些拉丁语神名:木星即朱庇特(Jupiter);水星即墨丘利(Mercure);金星即维纳斯(Venus);地球即该亚(Terre);土星即萨图恩(Saturne);火星即马尔斯(Mars)。

③ [译按]指克洛诺斯。赫西俄德,《神谱》,行 176 – 181:"广大的乌兰诺斯带来了夜幕,他整个儿覆盖着该亚,渴求爱抚,万般热烈。那个埋伏在旁的儿子伸出左手,右手握着巨大的镰刀,奇长而有尖齿。他一挥手割下父亲的生殖器,随即往身后一扔。"

④ [译按]阿佛洛狄忒的诞生:赫西俄德,《神谱》,行 188 – 206:"话说那生殖器由坚不可摧之刃割下,从坚实大地扔到喧嚣不息的大海,随波漂流了很久。一簇白色水沫在这不朽的肉周围漫开。有个少女诞生了。"

——美生自对贪欲的放弃。

注意:如果说闪电(包括火、霹雳)是圣灵,鸣雷是不是宙斯的圣言?

瑞娅(从天上涌出的水?)和无度的克洛诺斯生下宙斯。克洛诺斯本想除掉这个儿子,最终反被征服。① 宙斯随后解救了天神藏在大地深处的巨人,同时得到对方的礼物:鸣雷、闪电和霹雳②(呼应库克洛佩斯的说法,也许还呼应三位一体?)。巨人成为宙斯的盟友,参加了反对提坦的大战。③ 换言之,行星与黄道十二宫之间的征战。据埃斯库罗斯的记载,代表智慧的普罗米修斯也站在宙斯的阵营,因为提坦神们不打算要智慧。④ 在这场战争中,宙斯是太阳。智慧也许是月亮? 提坦神们战败,宙斯获得政权。

和谐,矛盾的统一。在黄道带上固定不变的星座和运转变化的行星之间有所调和。

[K9. ms. 24]《会饮》中的爱若斯,既不施行力量,也不承受力量,既不对他者施暴,也不忍受他者施暴。⑤ 这个爱若斯,就是俄耳甫斯秘教中的爱若斯,世界的安排者。普鲁塔克还说,有人认为,俄赛利斯就是赫西俄德神谱中的爱若斯⑥,而赫西俄德的爱若斯就是俄耳甫斯的爱若斯。由此,依据俄耳甫斯秘教传统,爱若斯和狄俄尼索斯是同一个存在。

[K9. ms. 27]古人说起提坦,指对我们来说是粗暴、无理性、与神分离、如魔鬼般的东西。⑦

---

① [译按]宙斯的诞生:赫西俄德,《神谱》,行 459 – 500。
② [译按]赫西俄德,《神谱》,行 141,行 501 – 504。
③ [译按]提坦之战:赫西俄德,《神谱》,行 617 – 719。
④ [译按]埃斯库罗斯,《普罗米修斯》,行 199 – 218。提坦神拒绝智慧,只使用暴力。
⑤ [全集注]柏拉图,《会饮》,196b。
⑥ [全集注]普鲁塔克,《伊希斯与俄赛利斯》,57,374c。
⑦ [全集注]普鲁塔克,《伊希斯与俄赛利斯》,49,371b。

[K9. ms. 101]赫西俄德:普罗米修斯是神人纷争的裁判①(参见约伯书:神在人与同类之间辩白②)。

Προμηϑεύς[普罗米修斯]这个名字——Προ-μῆϑις[机智,智慧]——与πρό-νοια(明确指"神意")、πρό-φρων[深情的,善意、自愿(做某事)的]有关。③ 参看《会饮》。参看"谁若一门心思歌唱宙斯"④……

普罗米修斯为神和人分配一头牛⑤(《会饮》:爱若斯主持献祭⑥)。参见《安提戈涅》中狄俄尼索斯的修饰词:"分享者"(ταμίαν)⑦。普罗米修斯偏向人类这边;宙斯知道,放任他这么做,随后又惩罚他。

在赫西俄德的神谱中,大地该亚提示诸神应该做什么和避免什么。⑧ 该亚就是墨提斯。在埃斯库罗斯的肃剧中则等同为忒弥斯。⑨

宙斯吞下墨提斯,这是宙斯和普罗米修斯的和解。

[K12. ms. 10]领圣体礼中用的葡萄酒是基督的血。坚信礼中用的橄榄油与圣灵有关。雅典娜从宙斯的脑袋生出,她是否对应圣灵?在赫西俄德的神谱中,宙斯吞下墨提斯,当时墨提斯怀着一个

---

① [全集注]赫西俄德,《神谱》,行535–544。
② [全集注]约伯书:16:21。
③ [全集注]赫西俄德,《神谱》,行536。
④ [全集注]埃斯库罗斯,《阿伽门农》,行174。
⑤ [全集注]赫西俄德,《神谱》,行339。
⑥ [全集注]柏拉图,《会饮》,197d。
⑦ [全集注]索福克勒斯,《安提戈涅》,行1152。
⑧ [全集注]在赫西俄德的《神谱》中,大地该亚指示提坦神阉割天神乌兰诺斯(行164起)、使计阻止克洛诺斯吞吃新生的宙斯(行474起)、指示宙斯吞下墨提斯(行886–891)、建议克洛诺斯的瑞娅的孩子们释放百手神(行625–626)、建议奥林波斯诸神服从宙斯的政权(行884)。
⑨ [译按]墨提斯(Métis),即"机智";忒弥斯(Thémis),即"法则"。赫西俄德的《神谱》中,这两位女神在神王宙斯的妻子中排名第一第二位。

据说比宙斯更强大的儿子。不久,雅典娜就从宙斯的脑袋跳出(参见中世纪常把某个女骑士形象视为圣灵转世)。在《会饮》的神话中,波若斯(Poros)是墨提斯之子。① 普罗米修斯把火(圣灵的象征)称为波若斯。把智慧女神墨提斯等同为普罗米修斯。Qui ex Patre Filioque procedit。②

---

① [全集注]雅典娜是墨提斯的女儿,参见赫西俄德,《神谱》,行886起;波诺斯是墨提斯的儿子,参见柏拉图,《会饮》,203b。
② [译按]尼西亚信经:"从圣父圣子同发。"

论自然哲人

论毕达哥拉斯定理

[译按]《论毕达哥拉斯定理》(*A propos de la doctrine pythagoricienne*)，又名"毕达哥拉斯文本释义"(*Commentaire des textes pythagoriciens*)。1942年5月底，薇依一家途经奥兰到达卡萨布兰卡，在辗转前往美国以前，在一个避难营里住了十七天。薇依在避难营中日夜不停地写作。时值惨淡的流亡现实，这篇有关毕达哥拉斯思想的重要论文一气呵成，充分展示了薇依的哲学魅力和优美文风。文章交付佩兰神父，收在《基督宗教预象》卷末，后来又以薇依写在文件袋上的"毕达哥拉斯文本释义"为标题，收入1999年的《薇依文集》，但缺少开篇的引论段落和基础文本摘引。这里依据伽利玛全集版译出（《全集》，IV 2, 244 – 293）。

今天看来，毕达哥拉斯思想是古希腊文明的一大奥秘。这种思想随处可见。它几乎渗透了所有诗歌、所有哲学（尤其柏拉图，亚里士多德认为他是彻底的毕达哥拉斯门徒①）、音乐、建筑和雕塑。一切科学起源于此：算术、几何、天文、力学、生物；而古希腊科学从根本上无异于我们今天的科学。柏拉图的政治哲学（也就是《政治家》所呈现的本原形态）从中分流而出。毕达哥拉斯思想在当时几

---

① [全集注]亚里士多德，《形而上学》，A, 5 – 6。亚里士多德先谈毕达哥拉斯派哲学和埃利亚派哲学，后说柏拉图的理念学说。第6章开篇如下："继上文谈到的哲学之后，是柏拉图的理论，常与毕达哥拉斯学派有关联，但同时也有自己的特点。"(987a27 – 31)

乎涵盖了整个世俗生活。在世俗生活的各个层面之间,在世俗生活与超自然生活之间,我们如今面临多少分异,古希腊就有多少统一。

毕达哥拉斯思想的根源可以追溯到相当古远的历史。在解释这一思想体系的中心观念时,柏拉图提及某个极其古老的启示,很可能就是原始启示(《斐勒布》①)。希罗多德记载,毕达哥拉斯派哲人至少借鉴了埃及人的大部分信仰。② 还有一位古代史家,我想应该是西西里的狄奥多罗(Diodore de Sicile),他强调毕达哥拉斯思想与德鲁伊(druidique)思想的相似之处,而据第欧根尼·拉尔修(Diogène Laërce)的说法,古代有人认为德鲁伊思想是古希腊哲学的源头之一;③顺带地说,这样一来,德鲁伊宗教的祖先就是伊比利亚人(ibérique),而古希腊文明中的形而上和宗教部分则源自佩拉斯古斯人(Pélasges)。

题外话:伊比利亚人、佩拉斯古斯人(也就是爱琴—克里特—特洛亚和其他被同化民族)、腓尼基人、苏美尔人和埃及人似乎在史前的地中海沿岸建立了某种同质文明,这种文明深受超自然纯粹精神的浸染④。在旧约圣经中,这些民族大多被称为含(Cham)的后代。据古希腊作者的记载,早期希腊人刚到希腊时,毫无属灵认知;我们也许可以从中得出一个适用于印欧人种的结论。旧约圣经中说,在

---

① [译按]当指《斐勒布》,16b:"古人比我们更好,也更接近诸神,他们把这个传统传给我们。"参见下文的长段引文,另参见《柏拉图对话中的神》。

② [全集注]埃及是宗教之地,也是毕达哥拉斯和柏拉图的受教之地。在《历史》中,希罗多德提到,俄耳甫斯秘教与巴克斯教在教仪禁忌上有相同之处,实际源自埃及和毕达哥拉斯(II,81);毕达哥拉斯和柏拉图宣扬的灵魂转世学说最早也来自埃及(II,123;IV,95)。自希罗多德的记载以来,毕达哥拉斯始终与埃及难分难解,无论涉及日常教仪、饮食规定,还是涉及生活方式、哲学根源。在《伊希斯与俄赛利斯》中,普鲁塔克称毕达哥拉斯是"埃及祭司的最伟大的追随者,同时也最受对方仰慕"(354E)。

③ [全集注]第欧根尼·拉尔修,《名哲言行录》,I,1;西西里的狄奥多罗,《历史文库》,V,28,6。

④ [全集注]参看《奥克文明启示何在?》一文。

出埃及以前,以色列少有对神的认知。在一般认为是雅弗(Japhet)后代的印欧人和旧约中的闪米特人中,其实有两类人。一类向他们所征服的民族学习,吸收对方的属灵认知,包含凯尔特人、希腊人和巴比伦人。另一类则冥顽不化,包含罗马人,也许还有亚述人,以及至少是出埃及前的希伯来人。把这些想法和旧约中挪亚三个儿子的经文①联系起来,我们不难发现,挪亚是一个纯净、正义而完美的人,他经验了某种秘仪的酒醉,他赤着身子也自有秘仪的含义,他获得了一个神启,他的小儿子含亲眼见证了这个神启,而其他两个弟兄拒绝参与。含的后代为此受咒诅,这是过于纯净的事物在此生中必有的遭遇。希伯来人修改了这个故事,好为他们屠杀伽南辩解。但以西结明确地把埃及比作人间伊甸园里的生命树,把腓尼基(至少在早期)比作看守生命树的基路伯(chérubin)。② 倘若这个思路对头,那么在整个古代,自史前埃及至基督宗教,存在着一股绝对纯粹的属灵思潮。这股思潮曾与毕达哥拉斯思想交遇。(注意挪亚与神启相连,旧约中神和人立约,就是说和挪亚立约,以彩虹为记号。没有神启,神和人之间不可能有约。丢卡里翁(Deucalion)是希腊的挪亚,他是普罗米修斯之子,埃斯库罗斯和柏拉图均记载他与神启有关。③)

如今,我们惟有依靠某种形式的直觉,才能领会毕达哥拉斯思

---

① [译按]创世记,9:20-27:"挪亚作起农夫来,栽了一个葡萄园。他喝了园中的酒便醉了,在帐篷里赤着身子。伽南的父亲含,看见他父亲赤身,就到外边告诉他两个弟兄。于是闪和雅弗拿件衣服搭在肩上,倒退着进去,给父亲盖上,他们背着脸就看不见父亲的赤身……"薇依依据这段旧约经文,写下《挪亚的三个儿子》一文(《全集》,IV 1,378 起)。这里重述了该文中的不少观点。

② [译按]以西结书,31:9;创世记,3:24。

③ [全集注]埃斯库罗斯,《普罗米修斯》,行 484-499。柏拉图在《蒂迈欧》(22a)中提到丢卡里翁,在《普罗塔戈拉》(320d-322a)中讲述普罗米修斯和厄庇米修斯兄弟俩造世间众生的神话。

想深处的一些东西。这种直觉只能发自内心,也就是说,要在我们所研究的文本中真正汲取一种属灵生活。

基础文本包括斐洛劳斯①的两三个残篇、《高尔吉亚》的一个段落、《斐勒布》的两个段落和《厄庇诺米斯》的一个段落。此外还有亚里士多德或第欧根尼·拉尔修转述的一些箴言。阿那克西曼德②虽不是毕达哥拉斯派,这里还应加上他的一条箴言。此外必须尽可能全心关注整个古希腊文明。

先来看文本。③

斐洛劳斯残篇(Diels,《前苏格拉底哲人残篇》④)。

> 任何实在体必定要么有限,要么无限,要么混合有限和无限。纯粹无限是不可能的。实在体既不能仅仅来自有限,也不可能仅仅来自无限,显然,世界秩序和世间万物就是从有限和无限出发,形成调和。(DK 44 B 2)⑤
>
> 假使万物从一开始起均系无限,那么就不会有任何可能被认知的事物。(DK 44 B 3)⑥
>
> 凡被认知的,均包含在数字中。没有数字将无从思考和认知。(DK 44 B 4)⑦

---

① [译按]斐洛劳斯(Philolaos,前470年－前五世纪末),一般认为是传播毕达哥拉斯思想的第一人。

② [译按]阿那克西曼德(Anaximandre,前610－前517),伊俄尼亚学派哲人,泰勒斯的弟子。

③ [译按]薇依的笔记反复抄录并翻译这里提到的"基础文本"。同一段引文出自不同笔记,薇依的法文译法往往不甚一致,本书中一律依照法文原样译出。

④ [全集注]薇依使用从巴黎带到马赛的第四版《前苏格拉底哲人残篇》(*Fragment der Vorsokratiker*, Hermann Diels, 1922)。

⑤ [全集注]括号内的出处编号为全集编者所加。援引这条残篇的地方还有《全集》,VI 2, 407; VI 3, 72, 147。

⑥ [全集注]亦见《全集》,VI 3, 147。

⑦ [全集注]亦见《全集》,VI 3, 148; VI 4, 315。

一是万物的标准。(DK 44 B 8)

最先得到校准的,天体中央的一,名为赫斯提亚。(DK 44 B 7)①

数字的本质与调和容不得虚假,因为虚假不属于这两者。谎言和欲望属于无限的、不可思量的、没有比例的事物的本质。

虚假的精神不可能进入数字,两者从根本上是仇敌。真实才是数字的产物,两者有同一根源。(DK 44 B 11 = vol. I, p. 412.9 – 14)②

数字的本质是产生认知,对于在任何方面处于受困或无知状态的任何人来说,数字是一个向导,一位教师。倘若没有数字和数字的这一本质,我们也就不可能清楚了解万物,澄清事物的内在,以及事物的彼此关系。数字通过灵魂去调解万物和感觉,使万物变得可认知、彼此调和,有一个形体,并有力地区分无限事物与有限事物的每个比例。(DK 44 B 11 = vol. I, p. 411.14 – 412.3)

有关本然与调和就是这样。万物的不变本质和本然本身,只有神才能认知,人不可能认知。如果没有万物的本质作为媒介,我们甚至无从认知实在体,世界秩序正是由万物所构成,有的有限,有的无限。一旦作为媒介的要素不同类,或不同根,必须调和,否则不会从中生成世界秩序。同类、同根的事物不需要调和;不同类、不同根、不同次序的事物必须放在一起加以限制,利用调和,保持在一定世界秩序之中。(DK 44 B 6)③

调和是以混合为基础的统一,是分开思考的人的共通思想。(DK 44 B 10)④

---

① [全集注]同上。
② [全集注]亦见《全集》,VI 3,150。
③ [全集注]亦见《全集》,VI 3,148,157;VI 2,115;VI 4,304,358。
④ [全集注]亦见《全集》,VI 3,149。

参见普罗克洛斯注疏欧几里德：

柏拉图用数学概念教给我们许多有关神性的奇妙理论；毕达哥拉斯思想同样利用这些数学概念，像斗篷般地遮蔽神性学说的神秘道路。这包含 Hieros logos[圣言]、斐洛劳斯及其《酒神祭司》(Bacchantes)，以及毕达哥拉斯有关神性的教学方法。(DK 44 B 19)

柏拉图，《高尔吉亚》：

人人必须尽可能快地逃离这种放纵……不能纵容欲望，试图加以满足；欲望是无边的不幸，虚假的人生。这么生活的人不可能与任何人或神建立亲密的友爱；因为，他不可能建立联合；没有联合，就没有友爱。卡利克勒斯，智者们声称，天和地，神和人之所以在一起，是因为有联合、友爱、秩序、节制和正义。为此，人们把世界命名为秩序（即 cosmos），而不是无序或无度。在我看来，你虽然挺有学问，却没有注意到这些。**你没有看到，几何等式对诸神和人类均施有强大的力量。你以为要专注于获得。那是因为你没有注意到几何。**(507d – 508a)

《斐勒布》：

没有比这更美好的方法，事实上也不可能有。我沉迷于这种方法，但它常常逃避我，令我迷失……这是诸神给人类的一件恩赐，至少我认为这够明显；某个普罗米修斯在从神们的住所丢出明亮的火种时一并捎带上的。古人比我们更好，也更接近诸神，他们把这个传统传给我们。他们说，所谓永恒的实在体从一和多产生，天生包含有限和无限。由于事物内部含有这一永恒秩序，我们每次必须寻找和确定某个单位数。我们会找到它,因为它肯定存在。一旦领会了,我们还必须在一以后,继续观察二,一旦找到了二,就可以接着找到三或其他的数。接着我们必须对每位数的一做同样的工作。最后,最早的那个一不仅同时表现为一、多和无限,而且还带有数。但在弄清多的数,也就是一与无限之间的中介数之前,不能把无限运用到多。只有弄清了,我们才可以放任万物的单位数—迷失于无限之中。正如我所说的,诸神给了我们这个观察、学习和教诲的方法。如今有学问的人们随意设立一,太快或太慢设立多,并且立即从一转入无限;这是因为他们不知道中介。(16b – 17a)①

正是在无限和有限之上,在两相混合的事实基础上,我们才有了季节和一切美的东西。(26b)

所以我说,当我们人类之间的调和中断,自然同时也会败坏,苦难就会出现。如果重新又有了调和,并回归原初的自然,就会有喜悦。我们这是以尽可能简洁的方式探讨这么大的话题。(31d)

《厄庇米诺斯》:

学过这门科学(算术)的人必须立刻转向另一门,人们给起了个可笑的名称,叫几何。这是指一些本质不相同的数之间的彼此相似,这种相似由于平面[几何]图形的使用而变得明显。但凡有思考能力的人都能明白,这不是人而是神创造的一个奇迹。接着又有数的立方,在立体属性上彼此相似,那些不相似的数借助这门称作几何②的科学也能变得相似。细细思考之下,最具超自然意义、最神奇的莫过于,如果乘方连续不断

---

① [全集注]亦见《全集》,VI 1,270 – 272。

② [全集注]薇依用的勘本是 *Platonis Opera* II(éd. Ch. Schneider, Firmin-Didot,1846),内作γεωμετρίαν[几何],现代勘本一般作στερεομετρίαν[立体几何]。

地翻倍,那么整数将带有反比的形式和本质,并且体现在每个比例中。首先是数字的翻倍,如一比二,加倍是一比四。其次是乘方的翻倍,运算之后变成立体可见,从一进到了八。在一比二的比例中有一些平均数,一个是算术平均数,与最小值和最大值等距,另一个是调和平均数,比最小值大,又比同一比例中的最大值小——例如,在六和十二之间,有八和九。在这两个平均数之间,与两者等距,就有我所说的关系。正是透过这种关系,人类获得了协调声音和比例的部分用法,从而得以学习①节奏和调和,这是缪斯女神的极乐歌队的恩赐。(990d)

《蒂迈欧》:

如果只有两种东西,必须还有第三者,否则不可能在两者之间做出美好的调和。这个第三者必须从前两者的中间产生,作为一种连接,把两者连在一起。最美的连接就在于使自我与相关各项达至最高境界。就本质而言,平均比例最完美。因为,任意三个数或三个量,中项对末项的比,等于首项对中项的比,反之亦然,末项对中项的比,等于中项对首项的比,也就是说,中项转成为首项和末项;另一方面,首项和末项也能转成为中项;这样,这三个数必定是相同的,既然彼此相同,它们将是一。(31c – 32a)

约翰福音:

圣父啊,求你因你所赐给我的名保守他们,叫他们合而为一,像我们一样(17:11)……使他们都合而为一。正如你父在我里面,

---

① [全集注]薇依似乎把 $παιδεία$ 误作 $παιδία$。这里应为"运用",而不是"学习"。

我在你里面,使他们也在我们里面……你所赐给我的荣耀,我已赐给他们,使他们合而为一,像我们合而为一。我在他们里面,你在我里面,使他们完完全全地合而为一。(17:21-22)

你怎么差我到世上,我也照样差他们到世上。(17:18)

我是好牧人,我认识我的羊,我的羊也认识我。正如父认识我,我也认识父一样。(10:14-15)

我爱你们,正如父爱我一样,你们要常在我的爱里。你们若遵守我的命令,就常在我的爱里;正如我遵守了我父的命令,就常在他的爱里。(15:9-10)①

《会饮》②:

爱若斯……是大命神,所有命神都居于神和会死的之间……居于两者之间,命相神灵正好填充间隔,于是,整体自身自己就连成一气。(202d-e)

以便他会看到种种知识的美……转向美的沧海……(210c-d)

阿那克西曼德残篇:

这就是顺应必然的万物出生的起点和消亡的终点;因为,依据时间秩序,万物由于自身的不公正,要从彼此那里遭受一次惩罚和一次赎罪。③

---

① [全集注]薇依使用的新约版本是佩兰神父给的:*Novum Testamentum graece et latine* (Eberhard Nestle & Erwin Nestle, 12th ed., Stuttgart, Privilegierte Württembergische Bibelanstalt, 1937)。[译按]译文引自合和本。

② [全集注]亦见《柏拉图对话中的神》。[译按]本书中的《会饮》引文统一使用刘小枫译本(《会饮》,华夏出版社,2003年,2008年重订本未刊稿)。

③ [全集注]亦见《柏拉图对话中的神》;《全集》,VI 2, 406-407。

古代哲学史家们为我们记录下了不少毕达哥拉斯箴言,[1]有些明白而绝妙,比如下面这一条,可能与肉身的死亡有关,但明显在说解脱:"离开此地的,莫再回头。"(*Μηδ' ἀποδημοῦντα ἐπιστρέφεσθαι.*)[2](参见路加福音9章62节:"手扶着犁向后看的,不配进神的国。")还有:"走进神殿,只管崇拜,莫说莫想世事";"领会神意的人,首先是言语的主人"(参见雅各书[3]);"莫在灯旁照镜子",这也许是说,不要在思考神的同时思考自己;"莫不信有关诸神和神圣教理的奇迹";"莫腐败自己的心灵";"最正义莫过牺牲,最智慧莫过数字"。[4] 下面这句读来颇为特别:"莫弄碎面包,这对来世审判不好。"

还有些箴言极其晦涩难解,比如亚里士多德不无轻蔑地援引过的一条:"正义是一个二次方数"(*ἡ δικαιοσύνη ἀριθμὸς ἰσάκις ἴσος*)。[5] 还有第欧根尼·拉尔修记载的另一条:"友爱是一个调和等式"(*φιλίαν ἐναρμόνιον ἰσότητα*)。[6]

这两条箴言和前面提及的大多数箴言暗含同一个理解要点,那就是神学角度的黄金比例概念和中介概念,前一个概念实为后一个概念的形象说法。

我们知道,毕达哥拉斯派哲人们认为,一是神的象征。[7] 古代

---

[1] [全集注]下文箴言全部引自《前苏格拉底哲人残篇》中的"毕达哥拉斯派"(*Fragmente der Vorsokratiker*,前揭,Pythagoreische Schule,DK 58 C)。

[2] [全集注]DK 58 C 6。亦见《柏拉图对话中的神》的笔记批注。

[3] [译按]雅各书中多处就言辞问题劝训信徒,比如"要控制舌头"、"不可论断弟兄"、"警戒自夸"、"忍耐和祷告"等。

[4] [全集注]DK 58 C 4。

[5] [全集注]DK 58 B 4。这句箴言由亚里士多德所记载(《大伦理学》,I,1,1182a)。薇依经常援引,见《全集》,VI 2,474;VI 3,145等。

[6] [全集注]DK 58 B 1。这句箴言由第欧根尼·拉尔修所记载(VIII,24),在本文中成为重复出现的固定句式,亦见《全集》,VI 2,283;VI 3,304;VI 4,304等。

[7] [全集注]参看上文援引的斐洛劳斯第8条残篇。

作者的许多记载,包括亚里士多德的记载,证明柏拉图也有这个说法。① 还有赫拉克利特,与普遍观点不同,他在许多方面和毕达哥拉斯派极为接近,他说过:"一,这唯一的智者,既想要又不想要被命名为宙斯。"②

毕达哥拉斯派哲人们认为,每样造物均有一个象征数字。这里不予探讨他们如何想象这个数字,以及数字和造物之间的关联。

有的数字与单位数一具有特殊关联。这是一些二次方数,或叫平方数。借助中介,在这些数字和单位数之间存在着某种比例等式:$1/3 = 3/9$。

神子在某一合理的造物之中,正如圣父在圣子之中,这一造物是完全公正的。在《泰阿泰德》中,柏拉图说,正义就是与神相似。③ 从几何的角度看,相似即正比。毕达哥拉斯箴言神秘莫测,柏拉图的说法看似浅白,其实意思一样。谁若之于神子,如同圣子之于圣父,谁就是正义的。当然,这种比例的等式不可能丝毫不差地实现。但人类自我完善的可能性有点类似于这个,因为,福音书作者约翰在说到门徒与耶稣的关系和耶稣与天父的关系④时,常常重复同样的字眼。我们可以从中看出对数学正比公式的明显影射。

《蒂迈欧》中有关正比的段落本可以理解为仅仅适用数学,只不过柏拉图在好几处清楚表达了相反的意思。首先是在这个段落本身。"最美的连接就在于使自我与相关各项达至最高境界。"⑤要想真正实现这个条件,不仅第一项,还有连接本身,必须都是一,也就是神。当然,我们不是非如此解释不可。不过,在《会饮》中,柏拉图用同一个表示连接的字眼来定义爱若斯在神和人之间的中介

---

① [全集注]亚里士多德,《形而上学》,A,6,987b15 – 32。
② [全集注]赫拉克利特残篇32。参看《赫拉克利特的神》。
③ [全集注]柏拉图,《泰阿泰德》,176b。
④ [全集注]约翰福音,17。参看上文援引的基础文本。
⑤ [全集注]柏拉图,《蒂迈欧》,31c。

功能。① 此外,普罗克洛斯也说得相当清楚:"柏拉图用数学概念教给我们许多有关神性的奇妙理论。"②

斐洛劳斯说得更清楚(这段可以加入前面的基础文本):

> 不仅从宗教和神性的事物中,还从人类的行事和推理中,从各种技艺和音乐的活动中,处处可见数字的本质和功效具有何等力量。

(依据《会饮》中的解释,"宗教和神性的事物"($\delta\alpha\iota\mu o\nu\iota o\iota\varsigma\ \varkappa\alpha\iota\ \vartheta\varepsilon\iota o\iota\varsigma\ \pi\varrho\alpha\gamma\mu\alpha\sigma\iota$),就是与神相关的,或与作为中介的神相关的。)

这一点没有争议。正如斐洛劳斯所说:认为数学仅仅应用于神学,那就错了。透过某种奇妙的重合,数学还额外应用于人类事务、音乐和各种技艺。

如果说,《蒂迈欧》中有关正比的段落在原有含义之外还多出一层神学含义,那么这不是别的,恰恰就是约翰在福音书中所记载的基督话语的含义,两者是如此相似。

这里头的影射很明显。基督不仅是以赛亚所预言的受难的人,③是所有以色列先知宣称的救世主,他还是古希腊人在几世纪里奋力思考的黄金比例。

细看之下,所有整数分为两类:一类通过某种黄金比例而与单位数一相连,比如4,9,16等等;另一类就是其他数字。倘若如毕达哥拉斯派哲人所说,前一类数字是正义的完美形象,④那么我们这

---

① [全集注]柏拉图,《会饮》,202e。
② [全集注]《柏拉图对话中的神》完整援引了这个段落。
③ [译按]《以赛亚书》,53:"耶和华使我们众人的罪孽都归在他身上……耶和华却定意将他压伤,使他受痛苦,耶和华以他为赎罪祭……"
④ [全集注]第一类数字都是二次方数。参看文中重复出现的箴言:"正义是一个二次方数。"

些罪孽深重的人类就好比第二类数字。

古希腊人是不是在为这些可悲的第二类数字奋力寻求一个中介的过程中发明了几何？几何学的这个起源说法与上文引用的斐洛劳斯文本正相吻合，也与《厄庇米诺斯》中的段落正相吻合——我们可以感觉到，这篇对话充满了柏拉图的口述教诲："人们给起了个可笑的名称，叫几何。这是指一些本质不相同的数之间的彼此相似，这种相似因平面[几何]图形的使用而变得明显。但凡有思考能力的人都能明白，这不是人而是神创造的一个奇迹。"①

这段文字把几何定义为我们今天所说的实数②的科学，2 或其他非平方数的平方根就是一例。它把几何明确定义为无理数的平方根的科学。

泰勒斯的相似三角形概念，与正比有关，但与中介无关。这个概念包含四个项之间的一种正比：$a/b = c/d$。由于缺少文献考据，我们既不能肯定也不能否定，泰勒斯在研究这个概念时带有方便中介研究的意图——也就是说三个项的正比：$a/b = b/c$。

不过，假设已知两个三角形相似的条件，要求求出两条对应边的黄金比例，那么，相关的解法步骤可以把题目的已知条件表述为：求出一个已知斜边和高的直角三角形。

直角三角形的外接圆是后一个题目的解法关键，据说，毕达哥拉斯为这个定理曾做了一场祭献给诸神。③

无论在最初是否一种中介研究，几何为本质上缺乏中介的数字提供了中介的奇迹。据说，这个奇迹长久以来是毕达哥拉斯派哲人

---

① [译按]柏拉图，《厄庇米诺斯》，990d。参见上引基础文本，以及附录中薇依写给哥哥的信。几次译文相较，略有不同，按法文原文译出。

② [全集注]薇依大胆地以现代数学概念来定义古希腊人的发明，比如函数、积分等等。她与哥哥在信中讨论了实数的问题，安德烈·薇依采取了比较审慎的态度。参见附录书信。

③ [全集注]参见第欧根尼·拉尔修，VIII，12。

的一大秘密。更确切地说,秘密在于存在着这种正比关系的各项的无公度性。人们错误地以为,他们之所以保守这个秘密的奇迹,是因为这有悖他们的理论体系;只是如此低劣手段与他们并不相称。

在毕达哥拉斯派那里,ἀριθμός[几何]与λόγος[逻各斯]同义。① 他们把无公度比例称为λόγοι ἄλογοι[无逻辑的逻各斯]。② 要连接单位数一和非平方数,必须有一个外来中介,这个中介必须来自与数字无关的范畴,并且只能以某个矛盾关系为代价才能担任中介功能。表面看来,单位数一和数字之间的这个中介似乎比数字本身低级,类似某种不定式。"无逻辑的逻各斯"犹如一个丑闻,荒诞十足,违背自然。

正如《厄庇米诺斯》所示,古希腊人在可感知自然中发现这个中介,作为最高真理的一个记号,一种印章,他们感到了额外的惊喜。例如在音乐中。音阶本身不含几何平均值(不是音符),但环绕几何平均值而对称生成;一个音符与其八度音之间的几何平均值,等同于这个音符的四度音与五度音之间的几何平均值。通过数字6、8、9、12,我们很快就能看清楚,因为,$\sqrt{6 \times 12} = \sqrt{8 \times 9}$。四度音和五度音还是介于音符和八度音之间的两类平均值:$(8-6)/6 = (12-8)/12$,以及$12-9=9-6$。依据《厄庇米诺斯》,这就是和声的基本音乐原理。③《会饮》中则指出,调和是一种比例的等式,

---

① [全集注]亦见《柏拉图对话中的神》。

② [全集注]参见安德烈·薇依写给妹妹的信:"无公度概念中含有悲剧。比例,即可说的;有些关系却是不可说的(可说的,即全部数字之间的一种关系),logoï alogoï(无逻辑的逻各斯),这个说法本身令人震惊,我很难想象,在一个本质为悲剧的时代,人们以相当高度去认识和品味焦虑,却把这般不同寻常的概念当成一个简单的科学发现,打个比方,好比 e 和 π 的超验性。古希腊人如此绝望地迷恋比例(并且还给它起了这么不同寻常的名称),显然不是没有道理。"λόγοι ἄλογοι这个表述常常出现在薇依文中,如见《全集》,VI 2, 186, 215;VI 3, 64, 532 等。

③ [全集注]柏拉图,《厄庇米诺斯》,990d - e。

homologia 最精确的语义当为正比。

整个古希腊科学的各个门类不是别的,均系对三项数或四项数的正比的探求。古希腊人为此发明了函数,也就是有关两个量的概念,这两个量按比例变化,但两者之间的比例固定不变。阿基米德发现了身体浮在水中的原理,这是一个纯几何理论,也是这个概念在自然研究中最早最出色的一次运用。人们把这个概念称为科学认识世界的法则,其实就是函数概念在自然的运用。

我们的科学之魂在于论证。① 实验方法只在演绎的运用上区别于粗浅的经验主义。依据现今所有的资料来看,古希腊人借助几何的发明及其在自然研究中的运用,最早把论证转移至数字之外的范畴。

当我们想到,正是基督的爱和欲,促使古希腊发明了论证,②那是多么令人惊叹、令人无以复加地陶醉呵!倘若只是从技术运用的目的出发研究线和面的关系,那就不需要精确;近似就够了。

但凡涉及属神的真实,古希腊人力求确实,即便是一个有关这类真实的简单形象,他们也要求最大的确实。自远古时代起,人们也许就认为,整数既有完美的精准和确实,又在比例中隐藏着奥秘,理当专门用来表现属神真实的形象。不过,整数之间的比例这个显学依然近似感知。

古希腊人找到了一种更高级的显学,这是通过求取非数字的正比,这种正比与全由整数组成的正比一样精确。这样,他们找到了一个更恰当的属神真实的形象。

古希腊人对几何的迷恋带有宗教情怀,这不仅可以从一些现存文本看出,还可以从如下奇妙事实中得到佐证:直至丢番图③发明

---

① [全集注]参见附录书信。

② [全集注]"正是由于信仰——受基督的爱启发的信仰,古希腊人才如此渴求肯定,这令他们发明了几何论证"(《全集》,VI 3,394)。

③ [译按]Diophante d'Alexandre(约前200—约前284年),代数之父,著有《算术》。

十进制以前,希腊人没有代数。早在公元前两千年前,古巴比伦人已有代数,能运算二次、三次乃至四次系数的程式。① 毫无疑问,古希腊人也知道代数。但他们不想要它。他们的代数知识非常先进,却全部包含在几何里头。

另一方面,他们并不看重运算的结果、发明了多少定理、这些定理有多重要,而是看重论证的严密。不具备这种精神特质的人是要受轻视的。

通过某个已知数和一之间的中介得出的实数概念,是与算术论证一样严密和明显的论证的对象;与此同时,就想象而言,实数概念是不可理解的。这个概念迫使心智去确实地领会它所无法想象的比例。这是一次令人赞叹的朝向信仰奥秘的入门。

由此,我们可以设想某种确实性的等级,从不确实、容易掌握、涉及感知世界的思想出发,直到完全确实、彻底难以掌握、涉及神的思想。

数学是这两类思想之间的双重中介,既有确实性的中间度,又有不可理解性的中间度。它概要地包含了支配感知事物和属神真实形象的必然。总的说来,数学的中心概念甚至就是中介。

我们很容易理解,古希腊人在发觉数学的这种诗性时,不免为之陶醉;他们有理由从中察觉出某种启示。

如今我们再也做不到这一点,因为我们不再认为,绝对的确实仅仅适用于神性事物。我们想在一切物质化的东西上做到确实。至于涉及神的东西,有信仰就够了。一旦集体意识激发信仰热情,那么信仰果真具备确实的力量;但信仰终究只是信仰。它的力量是虚幻的。

我们的心智变得如此粗俗,我们甚至再也不能设想,有一种涉及不可理解的奥秘的本真而精密的确实性。在这一方面,数学本可以派上无比宝贵的用途。数学在这方面不可替代。

---

① [全集注]巴比伦与代数,参见附录书信。

古希腊几何学家们自觉要求做到完美的精确,在他们之后,这种自我要求消失殆尽;直至五十年前,才有数学家重新提出。对后者而言,这还只是一个标准,类似于帕尔纳斯派诗人的为艺术而艺术。① 然而,这恰恰是真正的基督宗教重新渗透现代世界的缺口之一。要求精确,这与物质无关。这种要求一旦是绝对的,显然也就是失衡的,就数学而言,这不仅表现在研究对象,即量的比例,还表现在研究条件,也就是说,根据某种公理体系,任何定理最终必然会被推导成几个武断选中的公理。在数学中,这种要求必将自行消亡。总有一天,它将作为某种在虚空中运行的要求出现。到了那时,这个要求就会接近得到满足。确实性的需求就会与它的真正对象交汇。

由于神的仁慈,数学没有沦落为简单的技术。因为,谁若局限在技术层面上发展数学,那么他连在技术层面也不可能成功;苏联的经验就是如此。比起纯粹科学,技术应用只是一种附带生成的东西,直接去找是绝不可能找到的。多亏这个天意的安排,在我们这个如此卑劣的物质化的文明中,还继续存在着某种严密而纯粹的理论科学核心。这个核心犹如一个缺口,使得神的气息和光照得以深入文明。还有一个相似的缺口,就是在艺术中追求美。第三个缺口是不幸。必须从这些缺口进入,而不能从充塞之地进入。

"友爱是一个调和等式",这条箴言在神、神与人、人类等方面充满神奇的象征意义,条件是我们必须了解毕达哥拉斯赋予"调和"一词的含义。调和即正比,即各种矛盾的统一。

在把这条箴言应用于神以前,必须先了解调和的另一个定

---

① [全集注]1940年2月29日,安德烈·薇依在信中写道:"数学……不是别的,就是艺术。"西蒙娜·薇依回信:"你说到'坚硬材质',只是,这种材质从根本上不是由迄今实现的数学成果所造就的吗?"在《扎根》中,薇依写道:"有个数学家自愿把数学比做一件用非常坚硬的石头刻出的雕塑作品"(页216)。

义。乍眼看来,这个定义相当奇特:"分开思想者的共通思想"(δίχα φρονέοντων συμφρόνησις)。①

分开的思想者一块儿思想。严格地说,只有一样东西能实现这一点,那就是三位一体。

亚里士多德说:"思想是思想的思想。"②这个说法不能涵盖三位一体,句中的名词有可能是主动态,也有可能是被动态。斐洛劳斯的说法涵盖三位一体,句中的动词是主动态。

思考这条箴言有助于我们更好地理解三位一体教义。

把神单单视为一,那就是说,要么把他视为一样东西,则他是无行为意识的;要么把他视为一个主体,则为了具有行为意识,他需要一个客体,以使创世不是出于爱而是出于必然。这样,神将不只是爱和善。

我们人类只有在与某个客体形成永恒联系时才是主体,我们只有把神想象成既是主体又是客体,才有可能想象他是完美的。

然而,神从根本上是主体,是思想者,而不是思想。他的名字是"我在"。③ 他的这个名字,既作为主体,也作为客体,同时还作为主客体之间的联系。

一切人类思想均包含三个项:主体,即某个思考的人;客体,即被思考的对象;思想本身,即前两者的联系。亚里士多德的"思想是思想的思想"包含了这三项,不过我们必须把句中的"思想"一词分

---

① [全集注]语出 Nicomaque deGérase, *Introduction arithmétique*, II, 19(DK 44 B 10)。薇依多次援引这句箴言,但每次对 δίχα φρονέοντων συμφρόνησις 这三个字做出不同解释,译法也各不相同:"分开思考的人的共通思想"(上文引文);"调和是不同事物的同一观念"(《全集》,VI 3, 465);"分开思考的思想合而为一"(《全集》,VI 3, 65, 147);"一并思考分开的思想"(《全集》,VI 3, 396);"分开思考的独一思想"(《全集》,VI 4, 85, 115);"分开思考的共通思想"(《全集》,VI 4, 276);"分开思考的人的思想即一"(《全集》,VI 3, 326)。

② [全集注]亚里士多德,《形而上学》,Λ, 9, 1074b32-34。

③ [全集注]出埃及记,3:14。耶和华对摩西说:"我是自有永有的。"

别理解成不同的意思。

要把神想象成一种正在思想的思想,而不是一样东西,就必须在神的思想中想象这三个项;不过,鉴于神的至高无上,每个项必须具有位格,尽管神独一无二。鉴于神的至高无上,名词思想在指代神时不得带有被动态,动词思想在主语是神时只能用主动态。神所思想的对象,也是某个正在思想的存在。因此,我们称之为圣子,或形象,或神的智慧。

有关完美的思想,我们人类只能这么领会它的难以设想的特点。我们还可以提出其他更容易想象的表述,但这些表述将远远不够完美。这也是为什么,人的心智虽然不能理解三位一体,却能完全赞同而毫不质疑这个教义。

如果我们把调和定义为不同思想者的共通思想,并以此来解释友爱是一个调和等式,那么,三位一体就是最好的友爱。等式是一和多之间、一和二之间的相等;调和建立起矛盾的统一,其中第一对矛盾就是统一性和多元性。因此,斐洛劳斯把一说成第一起源,把统一性说成第一组成元素。他称统一性为赫斯提亚,家的中心,家火,而火总是对应圣灵。"友爱是一个调和等式"这条箴言同时还涵盖了圣奥古斯丁提到的三位一体中的两个关系,也就是平等和合一。① 三位一体是最高的调和,最高的友爱。

调和是矛盾的统一。第一对矛盾是一和二,统一性和多元性,这对矛盾构成了三位一体。(柏拉图在《蒂迈欧》中把第一对矛盾命名为同和异时,想必也把三位一体当成最高的调和。②)第二对矛盾是造物主和造物。在毕达哥拉斯语境里,这种对立反映了有限性和无限性之间的关联,所谓无限性,就是从外在获取自身的限定。任何限定的准则均是神。创世与神所整顿的物质有关,而神的命令

---

① [全集注]托马斯·阿奎那援引的奥古斯都文本,参见《神学大全》(*Somme Théologique*, pars Ia, 39, 8);亦见《全集》, VI 3, 357。

② [全集注]柏拉图,《蒂迈欧》, 35a – b。

行为就在于确立各种限定。这也是创世记的理念所在。这些限定要么是量,要么与量相似。因此,从广义来看,我们可以说限定就是数字。柏拉图有个说法:"数字是一和无限之间的中介。"①最高的一就是神,只有神有权限定。

在《斐勒布》中,柏拉图依次提到这两对矛盾,并指明两者的不同等级:"我们称为永恒的真实来自一和多,在本原上包含有限和无限。"有限和无限,也就是创世,本原是神。一和多,也就是三位一体,是最初的起源。数字作为第二个对立项出现在三位一体中;假设把数字等同于有限,那么它又作为第一个对立项出现在创世本原中。因此,数字就像一个黄金比例。不要忘了,在古希腊文中,arithmos 和 logos 同义。在《斐勒布》开篇,柏拉图阐述了一个具有惊人深度和广度的观点:一切研究,一切技术,比如研究语言、字母、音乐等等,必须在自身水平上模仿这个原初的等级次序,也就是一,从最广义上理解的数字、无限。心智就此成为信仰的形象。

作为创世主,神既然包含第二对矛盾,那么也同样包含不仅仅由三位一体教义来定义的调和和友爱。神还必须包含在创世支配的限定本原和不定式这一无生命物之间的统一。为此,不但限定本原,就连无生命物,以及两者之间的统一,都必须具有神性位格,因为,这些项及其彼此的关联若没有位格,神就不可能包含关系。然而,无生命物不会思想;不可能具有位格。

这个不可解决的难题通过经临极限而获得解决。位格与无生命物有所交叉;这个交叉点,就是一个临死的人,在他临死之前,环境如此暴劣,以致他变成一件物。这是一个临死的奴隶,血肉模糊地钉在十字架上。

倘若这个奴隶就是神,倘若他是三位一体中的第二位格,倘若他通过第三位格这一神性关联而与第一位格相连,那么,调和就和毕达哥拉斯派哲人所设想的一样完美,在这样的调和里,矛盾之间

---

① [全集注]柏拉图,《斐勒布》,16c - e。

既有最大限度的分离,又有最大限度的统一。"分开思想者的共同思想。"没有什么思想比独一的神的思想更统一。没有什么思想者比圣父和圣子更分离,就在圣子发出永恒呼告的那一刻:"我的神,为什么离弃我?"这一刻是爱的难以理解的完美。爱超越了一切认知。

本体论的证据,完美的证据,不针对一般意义的心智,而仅仅针对被爱激发的心智。这个证据不仅确定神的真实,也肯定三位一体、道成肉身和基督受难的教义。当然,这并不意味着,人类的理性未经启示就能掌握这些教义;这意味着,这些教义一出现,肯定会强加于心智,只要心智获得爱的启示,就不得不赞同这些教义,即便这些教义超出了心智的理解范畴,而它也没有能力加以肯定或否定。神只有作为三位一体才是完美的,而构成三位一体的爱只有在十字架上才是完美的。

神想让爱子有许多弟兄。①

毕达哥拉斯对友爱的定义,奇妙地同时适用于人类与神的爱和人类之间的友爱。

"友爱是一个调和等式。"如果把调和理解为几何平均值,把神与人之间的唯一中介理解为一个即为神又为人的存在者,那么,毕达哥拉斯箴言就直接转化为约翰福音中那些惊人说法。② 既然基督和神合而为一,那么,困境中的人类通过与基督相似,就能获得与神的某种等式。这种等式就是爱。在说到与经验权威的精神联姻时,十字若望(Saint Jean de la Croix)不住重复道,在最高的结合中,神因爱而意愿在灵魂和他自己之间建立某种等式。③ 圣奥古斯丁

---

① [全集注]罗马书,8:29:"因为他预先所知道的人,就预先定下效法他儿子的模样,使他儿子在许多弟兄中作长子。"亦见《致一位修士的信》,问题34。

② [全集注]参见上文的基础文本。"中介:人与神之间的黄金比例"(《全集》,VI 2,96)。

③ [全集注]参见《柏拉图对话中的神》:十字若望的灵性婚姻。

也说:"神被造成人,以使人被造成神。"调和是这种等式的本原,所谓调和,就是矛盾之间的关联,就是黄金比例,就是基督。神与人之间并没有什么类似于等式的直接关联,等式是两个比例之间的等式。

在《高尔吉亚》中,柏拉图说到几何等式,①这个表述无疑等同于毕达哥拉斯所说的调和等式。这两种表述无疑都是得到严密定义的技术性表述,也就是说,两个有共同的项的比例之间的等式,比如 a/b = b/c。在几何平均值、几何级数这类术语中,形容词"几何"的意思就是正比。前面的约翰福音引文带有明确而坚决的代数表述特征,显然是有意为之,另含深意。当然,柏拉图大可直接说道:"几何等式既对诸神又对人类有极大作用。"同一段落中另有一句:"友爱连接天与地、诸神与人类。"依据友爱的定义,这两句话的意思一模一样。柏拉图在学园门口写道:"非几何学家勿入",②无疑在以谜样的方式,同时也借助双关语,表达耶稣基督的话:"若不借着我,没人能到父那里去。"③柏拉图还有另一个说法:"神是永恒的几何学家",④这无疑也有双关奥妙,既指世界秩序,也指圣言(圣子)的中介作用。总而言之,在所有宣告基督来临的预言中,古希腊的数学最是光彩夺目。我们也因而明白,在不确实的状况下,科学会从某种程度上变成恶的本原,正如当犹大从耶稣手里接过面包时,魔鬼进了他的心。无关紧要的东西始终无关紧要;神圣的东西,

---

① [全集注]柏拉图,《高尔吉亚》,507e。

② [全集注]"据 Jean Philipon(亚里士多德动物志注疏: *In Aristotelis de anima libros Comm.* ,页 117,27 Hyaduck)和 Elias(亚里士多德范畴篇注疏: *In Aristotelis categorias Comm.* ,页 118,18 Busse)的记载传统,柏拉图在学园门楣处铭刻了这句话"(《全集》,VI 3,467)。

③ [译按]约翰福音,14:6。

④ [全集注]这句话在薇依思想中占有非常重要的地位。薇依在巴黎高师完成的笛卡儿论文以此句为题词。此外,她有四本笔记的封面抄录着这句话(《全集》,V 1,68;219;VI,2;59)。

在拒斥爱的状况下,反而具有妖魔的效力。自文艺复兴以来,在科学对精神生活的影响上,似乎一直存在着某些妖魔化的东西。想要通过把科学局限在简单的自然范畴而加以纠正,终将徒然无益。科学并不完全属于自然范畴。得数和运算过程是,但科学的灵感不是。在科学中,正如在艺术中,一切真正的创新来自天才手笔;而真正的天才是超自然的,与能力有别。科学对灵魂的作用同样不属于自然范畴,科学要么使信仰更坚定,要么使信仰改变方向,从来不会毫无干系。倘若科学重新忠于自身的起源和目的,那么数学论证的精确性也将重获神恩,正如格列高利圣咏中的音乐技巧蒙获神恩一般。格列高利圣咏中的音乐技巧水平甚而超过了巴赫和莫扎特;和一切伟大的艺术一样,格列高利圣咏既是纯粹的技巧,也是纯粹的爱。科学和艺术一样,不是别的,是对世界的美的某种映像。古希腊科学就是如此。论证的精确性是几何艺术的材料,一如石头是雕塑艺术的材料。

毕达哥拉斯的友爱定义运用在神和人上,由此产生了本质为爱的中介,以及本质为中介的爱。柏拉图在《会饮》中解释了同一理论。

同一个友爱定义也可以运用在人与人之间,尽管相对而言要困难许多,斐洛劳斯说:"同类、同根、同级的事物,无需调和。"[1]毕达哥拉斯的友爱定义最后才运用在人与人的关系上,显得别有深意。友爱首先是神的诸种神性位格之间的爱,其次是神和人之间的爱,最后才是两个人或更多的人之间的爱。这种等级区别并不妨碍人类的友爱在毕达哥拉斯派哲人之间日臻完善,在他们中间就有流芳后世的知己德蒙和芬提亚斯。[2] 亚里士多德把友爱列为美德之一,

---

[1] [全集注]基础文本中的斐洛劳斯残篇6。

[2] [译按]德蒙和芬提亚斯(Demon et Phintias):公元前四世纪的毕达哥拉斯派哲人。据 Aristoxène 记载,芬提亚斯被判死刑,临刑前返乡交代后事,德蒙代受监禁,保证芬提亚斯不回来就替朋友去死。参见 Valere Maxime,4,7;西塞罗,De officiis,3,10。

显然是受毕达哥拉斯传统的影响。倘若扬布利柯没有夸大其辞,①那么毕达哥拉斯派哲人令人赞叹地认同并践行着耶稣留给门徒的最后劝诫:"你们要彼此相爱。"②

毕达哥拉斯定义适用于人类,那是因为,尽管人类确乎同类、同根、同级,思想却不尽相同。在每个人看来,自己就是我,别的就是他人。我也就是世界的中心,这一中心地位引申为空间中的透视。他人,也就是世界的一个个小角落,根据距离我的远近而或多或少值得考虑,大部分实际上无关紧要。一个人有可能把这个中心转移到自身以外的另一个人身上,不管是否亲见过这个人,把自己最宝贵的东西、自己的心思全部倾注在对方身上。这样一来,他自己反成了世界的一个小角落,有时还值得考虑,有时根本不值一提。极度的恐惧有可能和某类型的爱一样制造出这种效果。在这两种情况下,当一个人的中心转移到另一个人身上时,这样的转移永远都是由强迫第一个人顺服第二个人的无意识力量关系造成的。奴隶对主人,卑鄙的人对施善的人,进卫军老兵对拿破仑,某些情夫、情妇、父亲、母亲、姐妹、朋友等等对自己所深爱的对象,这些关系从表面看来截然不同,但在隶属关系的粗暴和无意识等特点上却根本一致。这类关系有可能在短时间里把两个人连在一起,一个月,一天,或几分钟。

一个人一时被另一个人剥夺了以第一人称思考的能力,从而突然顺服对方。撇开这种情况不谈,每个人支配他人,就好像在支配无生命的物,他若有能力就实际这么做了,否则也是这么想的。不过,还有另一种例外。两个人在相遇时,并未因为任何力量而有一方顺服另一方的情况,双方均在同等水平上渴望获得对方的赞同。

---

① [全集注]DK 58 D 7。扬布利柯(Jamblique)在这段残篇里谈及友爱,并引述了德蒙和芬提亚斯的故事。参见《前苏格拉底哲人残篇》,前揭,vol. 1,页471 - 473。

② [译按]约翰福音,15:12。

这样一来,双方都在以第一人称思考,同时也真正理解对方同样在以第一人称思考。公正就像一种自然现象那样应运而生。立法者恰恰要努力创造尽可能多的类似情况。然而,由此产生的公正并不是一种调和,这是一种没有友爱的公正。修昔底德借几个雅典人之口完美地定义了人类之间的自然关系:"人类的精神就是如此,但凡是公正的,无非因为两方均有这个必要性;反过来,假设有一个强者和一个弱者,那么前者会决定可能发生的事,后者只管接受罢了。"他还补充道:"我们信仰诸神,但我们坚信,出于某种自然的必要性,人类但凡有能力,总会处处支配。"①

撇开两方均有这个必要性的情况不谈,正义是一种源自调和的友爱。调和是矛盾双方的统一;矛盾双方又分别是作为世界中心的这个存在和作为世界小角落的那个存在。只有当思想所包含的全部内容实现某个过程,才能有统一。这种过程类似于我们揭露各种透视幻象的本相,从而得以真正看见空间。我们必须承认,没有什么世界的中心,世界的中心在世界之外,没有谁有权在此生说"我"。鉴于对神和真理的爱,我们必须放弃这样一种虚幻的权力,也就是神赋予我们的以第一人称思想的权力。神赋予我们这个权力,是为了我们能够因爱而放弃这个权力。只有神有权说"我是";"我是"是神之名,而不是任何其他存在的名称。然而,这里说的放弃,并不是把世界中心从自我转移到神身上,正如有些人把它从自身转移到另一个人身上那样。否则,这种方式爱神,将如同拉辛笔下的厄诺娜爱费德尔、皮拉得斯爱俄瑞斯忒斯②那样。有些人确是这么爱神。他们甚至殉道而死,却不是真正地爱神。神的"我是"

---

① [全集注]修昔底德,《伯罗奔尼撒战争史》,V,105,2。
② [译按]参看拉辛的两出悲剧《费德尔》和《安德洛玛克》。厄诺娜(Œnone)是费德尔的乳母,为了保护后者的利益,一再怂恿她反诬王子,并阻止她说出真相;皮拉得斯(Pyrrhus)是俄瑞斯忒斯的好友,在后者替父复仇时出谋划策。

才是真实的,与人类虚幻的"我是"截然不同。神并不是人类以为的那种存在形式。人类设想神,必须把他看成既是有人称的,又是无人称的。

只有真正放弃以第一人称思考的权力,而非简单转移,一个人才有可能明白,其他人均是自己的同类。这种放弃不是别的,就是爱神,无论神之名是否出现在他的思想中。正因为此,两个劝诫其实合二为一。① 首先应是爱神。不过,既然人类的每个具体思想均有一个此世的现实对象,这种放弃也必然伴随两种情况而出现:要么思考事物,要么思考人类。在前一种情况下,爱神首先表现为赞同世界的美,斯多亚式的 amor fati [爱命运],赞同日光和雨水的不易察觉的安排,这样一种安排,在此世传达着我们的天父的完美。② 在后一种情况下,爱神首先表现为爱邻人,尤其爱那些虚弱不幸的邻人,从自然法则看来,我们在经过这样的人身边时甚至不会注意到他们。真正的悲悯是超自然的,真正的恩典也一样。

放弃以第一人称思想的权力,就是抛弃全部财富追随基督。一个人的全部财富,就是他以自我为中心所看到的整个世界。人们爱财富、权力和社会声誉,仅仅因为这有利于强化他们以第一人称思想的能力。像圣方济各那样接受真正意义的贫穷,就是接受在自我和他人眼里一无所有,事实上也确乎一无所有。有一首西班牙小调唱道:"要想蔽人耳目,莫若变作穷汉。"这样的接受是爱真理的最高境界。

"友爱是一个调和等式",把这句箴言运用到人类身上,调和的意思是矛盾双方的统一。矛盾双方是自我和他人,两者如此格格不入,惟有在神中才能找到统一。人类之间的友爱和正义是同一样东西,除非形势迫使自外强加正义。在《会饮》中,柏拉图同样指出,

---

① [译按]两个劝诫:爱神,放弃自我。
② [全集注]马太福音,5:45:"他叫日头照好人,也照歹人;降雨给义人,也给不义的人。"

完美的正义等同于爱欲。福音书在提到人类之间的关系时,不加区别地用正义和爱表达同一个意思;正义一词好几回用于恩典。基督感谢在饥饿时给他吃的人,这些人被称为义人。① 完美的友人,就是两个人在生命的大部分时期交往频繁,并彼此始终做到完美的公正。一个正义的行为,就是友爱在两个人之间的瞬间闪现。单方面的友爱只是一种残疾。

在友爱一词所指的三种关系里,神始终是中介者。他是自身与自身的中介。他是自身与人类的中介。他还是人与人的中介。神从根本上就是中介。神是唯一的调和本原。正因为这样,以歌唱方式②赞美神的恩典,再恰当不过。

"无论在哪里,有两三个人奉我的名聚会,那里就有我在他们中间。"③通过这句话,基督向爱他的人做出额外承诺,也就是人类友爱的无比珍贵的好处。作为极罕见的情况,两个真正的朋友在特定时空相聚,无论他们呼唤哪个神的名字,基督就在他们中间。一切真正的友爱皆要通过基督。

然而,有一种人称的放弃和一种友爱,基督不在其间,即便他的名得到清楚而热情的呼唤。当人们放弃单数第一人称而转入复数第一人称时,这种情况就会发生。自我与他人的关系,转换为本质上几乎无异的我们。这几个项同类、同根、同级;依据斐洛劳斯的理论,他们不能通过调和连在一起。他们通过自身而不是中介连在一起。他们之间没有距离,没有空位,不能让神悄悄进入。再没有什么比团结更与友爱相悖,不论团结出自情谊、个人好感,还是由于同属一个社会阶层、一种政治信念、一个民族、一种宗教信仰。直接或间接以复数第一人称进行的思想,远远比以单数第一人称进行的思想更背离正义;因为,复数第一人称不可能进入中间项为神的三项

---

① [译按]马太福音,25:35:"我饿了,你们给我吃。"
② [译按]chant,与前文"调和"(harmonie)暗合,即音乐。
③ [译按]马太福音,18:20。

比例。为此，很可能深受毕达哥拉斯派影响的柏拉图，把一切集体的东西称为兽。① 这是此世向爱设下的最危险的陷阱。几世纪以来，直至今天，不计其数的基督徒掉进这个陷阱。

超自然的正义、友爱或超自然的爱包含在全部人类关系之中；在这种状况下，无需力量和需求的等式，人们追寻彼此的赞同。渴望彼此的赞同，这就是爱德。这是在模仿神放任我们自律的不可思议的恩典。

在三位一体、道成肉身、神与人的恩典、人与人的爱德之外，还有第五种调和，与物有关。当人成为一件物时，这种调和也就包含人，也就是说，包含灵与肉的整个的人，只除了他的自由赞同的能力以外。这种调和还包含每个人所说的自我。第五种调和并不包含什么个人，也不会形成友爱。与之相关的矛盾双方，一方是极限本原，另一方则从外界接受限制，换言之，一方是神，另一方则是无生命力的物质。中介是极限，把万物维持在唯一秩序的诸种极限的网络，正如老子所言："天网恢恢，疏而不失。"②

这对矛盾体决不明显，一开始甚至相当隐晦。与此同时，它极其深刻。它涵盖了几世纪以来人们以认知理论之名所完成的全部重大工程。

斐洛劳斯说，数字赋予万物一个身体。他又补充道，数字做到这一点，是通过把万物变得可认知，这恰恰顺应了 gnomon［晷针］的原理。③ Gnomon 的本义是指日晷上的垂直晷针。这根指针穿过圆盘，静止不动，在太阳光照下，晷针的影子在圆盘上不停转动，变换长度。鉴于太阳的运转，影子的变动由晷针的静止所决定。这种关系也就是如今数学所说的不变量和变分法。这是关乎人类精神的基本概念。

---

① ［全集注］柏拉图，《王制》，卷六，492a – 493d。
② ［译按］《道德经》，第七十三章。［全集注］薇依参考了1941年Pierre Salet 的《道德经》译本。她在《扎根》中也做过相关援引（页222）。
③ ［全集注］斐洛劳斯残篇 DK 44 B。

看到数字赋予万物一个身体,我们不免惊诧。我们原本会以为数字赋予万物一个形式。然而,斐洛劳斯的箴言从字面上看极为准确。在幻象、空想、梦和或多或少接近幻觉的各种状态方面,一切精密分析表明,真实世界的感知区别于似真的谬误,仅仅在于前者与某种必然的联系。(比朗[Maine de Biran]、拉格诺[Lagneau]和阿兰在这方面最有眼光。①)在我们看来,必然总是由固定不变的关系所决定的诸种变化法则的总和。对人类精神而言,真实不是别的,就是必然的联系。这里头存在着某种矛盾,因为必然可理解,而不可触摸。真实的感觉因而造成一种调和和一种神秘。我们绕着某物转一周,就会确定该物的真实性,绕物一周的做法相继产生了各种各样由某个形式的固定不变所决定的形状,这个形式不同于一切外形,就一切外形而言是外在和超验的。通过这个做法,我们认识到该物是一样东西,而不是幻觉,它有一个身体。量的关系在这里起到了晷针的作用,建立了事物的身体。拉格诺显然对斐洛劳斯的箴言一无所知,却通过一个立方形盒子做了相似分析。在这个盒子的各种外形里,没有一个是立方形,但在绕着盒子转的人看来,恰恰是立方形决定着不同外形的多样性。这种决定关系形成了物体本身的身体,以至于我们在看着盒子时以为自己看见了一个立方形,尽管事实上并非如此。我们从未看见的立方形之于透视效果造成的各种外形的比例,等同于日晷的垂直晷针之于各种影子的比例。立方形的例子也许更美。这两种比例均可能通过某种相似的转移提供一切人类认知的钥匙。从广义上思考这两种关系大有裨益。

世界的真实不是别的,就是必然。必然的结构与 gnomon[晷针]的结构一样,由某种东西支撑着。必须有所支撑,因为,必然本身是有条件的。没有支撑,必然只是抽象概念。有所支撑,必然就

---

① [全集注]参见 Lagneau, *Cours sur la perception*, in *Célèbres leçons et fragments*, 2ᵉ éd., PUF, 1964; Alain, *Quatre-vingt-un chapitres sur l'esprit et les passions*, chap. VIII, in *Les Passions et la sagesse*, Gallimard, Pléiade, 1960.

能建立创世的真实。关于这个支撑,我们不可能有别的构想。古希腊人用一个词来定义它:apeiron,既指无限,又指不定。柏拉图称之为水池、子宫、印模、既为万物之母又始终未受损伤、纯洁如初的本质。① 水是最好的代表形象,因为,水无形无色,却又可见可触。在这一点上,我们很难不注意到,物质(Matière)、母亲(Mère)、大海(Mer)、圣母玛利亚(Marie)这些词极为近似,拼法几乎一样。水在受洗礼中的象征用途比一般的洁净功能更能体现它的特点。

物质无非就是顺服必然的东西。除此以外,我们一无所知。从外表看来,必然由变化的量的法则所组成。哪里没有纯粹意义的量,哪里就会有相似的东西。一个变化的量的法则,就是一个函数。古希腊人称作数字或比例,arithmos[算术]或 logos[逻各斯],函数还建立了极限。最清楚的函数形象莫如同角三角。这是一种正比。几何促使函数概念的诞生。

人只要以第一人称思想,必然就是他的敌人。事实上,人和必然就像人和人一样,具有三类关系。借助空想或社会力量的实施,必然似乎是人的奴隶。处于冲突、贫苦、困难、痛苦之中,尤其不幸之中,必然像个绝对而粗暴的主子。在有序行动中,存在着某个平衡点,必然以有条件的特性,在人类面前既是障碍,又是实现各种局部目的的手段,在人的意愿和世界的必然之间存有某种等式。这个平衡点在人与世界的关系中的作用,等同于自然正义在人与人的关系中的作用;在组织工作、技术和一切人类活动时,必须尽可能经常地掌握这种平衡点。因为,立法者的根本任务就是尽可能在社会生活中创造超自然美德的自然形象。人与必然的这种主动平衡点,加上人与人的力量与需求的平衡,构成了自然的幸福,只要类似状况能持久存在下去。渴求自然幸福是美好、圣洁而宝贵的;这就好比小孩子受食物美味的吸引有益身体健康,尽管食物的真正好处不在美味,而在其营养成分。欲求超自然喜悦的经验不会破坏灵魂对自

---

① [全集注]柏拉图,《蒂迈欧》,50d。

然幸福的渴求,反而会赋予后者充盈的意义。只有为完全纯粹的喜悦添上美的情感时,自然的幸福才具有真正的意义。反过来,罪恶和不幸永远败坏了对自然幸福的渴求,方式不同,但效果一样。

在有序行动中,人的意愿与必然之间的平衡只是一种影像;把它当成真实,与说谎无异。人们当成目的的,往往只是手段。疲惫使人产生幻觉。在极度疲惫状态下,人不再赞同自己的行动,乃至自己的意愿;他把自己当成一件物,这件物又生成更多的物,因为它本身也是被迫生成。事实上,人的意愿虽与某种选择观念持续相连,却只不过是顺服必然的现象之一。证据就在于人的意愿包含限度。惟独无限在必然王国以外。在这个世界上,人体验必然,只是一厢情愿地把必然同时当成一种障碍和一个实现前提;由此,这种体验不可能绝对不带幻觉,幻觉与意愿的执行持续相连。想要纯粹地思考必然,必须使必然摆脱物质,因为,物质支持必然,把必然当成一匹编织着相互纠结的条件的布。这种有条件而纯粹的必然不是别的,就是数学的对象,是其他与数学相似的思想活动的对象,这些思想活动和数学一样理论化、纯粹而严谨,但人们无从辨别,因而没有名目。与如今某个普遍偏见不同,数学首先是一种自然科学;毋宁说,数学是最杰出的自然科学,独一无二。其他科学只是数学的特殊应用。

必然因而被思想为有条件,在这样的必然中,人没有任何存在的名义,除思想这个活动以外,他根本没有参与必然。进行思想这个活动的能力当然也从根本上顺服必然,顺服极限和数字。必然的纯粹而有条件的连贯,是论证本身的连贯。这么看来,必然对人类而言既不是敌人也不是主人。但必然是某种异常和强制的东西。认识感知现象,无非是在这些现象中辨识出某种与这一纯粹而有条件的必然相似的东西。心理现象和社会现象也是如此。我们认识这些现象,无非是从中具体而明确地辨识出某种与数学必然相似的东西。所以,毕达哥拉斯派哲人才会说,人类不认识别的,只认识数字。他们把数学必然称为数字(logos)或比例(logismos)。

数学必然是人类的自然部分(也就是肉身和精神)与人类不属于此世的无限微小部分之间的中介。人类是这个世界上无限超过他的自然力量的奴隶,虽然他努力(常常是徒然的努力)在自己身上维持与此相反的幻觉。这种力量支配世界,征服人类,犹如带着长鞭的主子,绝对有把握驯服奴才;这种力量不是别的,就是人类精神称为必然的东西。必然对心智的关系,不再等同于主子对奴才的关系。这也不是颠倒过来的关系,或两个自由的人之间的关系。这是被注视对象对注视的关系。人类有能力像看一幅画般直视最粗暴的力量,并称之为必然,这种能力在人类身上并不属于彼世,而是两个世界的交叉点。不属于此世的能力,是赞同的能力。人可以自由地赞同或不赞同必然。只有当他把力量看做必然时,也就是当他直视力量时,这种自由才是有效的。他不可能自由地赞同原样的力量。奴隶看见鞭子从自己头上扬起,并不可能赞同或拒绝什么,只会颤抖。但人类有可能赞同以必然为名的粗暴力量;在这种情况,他赞同的恰恰是长鞭。任何动力或动机不足以促成这样的赞同。这样的赞同是属人的疯狂,正如创世、道成肉身、基督受难共同构成属神的疯狂一样。这两种疯狂相互呼应。我们的世界是典型的不幸所在,这不奇怪,因为,没有持久中断的不幸,也就没有属人的疯狂去对应包含在创世行为中的属神的疯狂。在创世的过程中,神放弃成为全部,把一丝存在舍弃给有别于他自己的存在者。创世是爱的放弃。真正回应过度的神性之爱,不在于自愿遭受苦难,因为人们自愿遭受的苦难再强烈、再漫长、再粗暴,也不具有摧毁性。一个存在者没有能力摧毁自身。真正的回应方式是赞同自身有被摧毁的可能,也就是有不幸的可能,无论不幸真的发生与否。人类从不会有意识地遭受不幸,无论出于爱,还是出于堕落。至多是在这样那样的影响下,漫不经心地朝前走三两步,并不自知,却到了某个神秘的点上,成为重负的猎物,撞到被迫折腰的岩石上。

赞同必然,这是纯粹的爱,在某种程度上甚至是过度的爱。这种爱的对象不是必然,也不是必然织就的可见世界。人类没有能力去爱物质的原样。一个人爱上一件物品,要么因为他在这件物品里倾注了自己过往生涯的一部分,有时还有他所渴求的未来,要么因为这件物品与另一个人有关。我们爱上一件物品,因为它是我们所爱的某个人的记忆,或者因为它是出自某个天才之手的艺术杰作。世界是一个记忆;记忆哪个我们所爱的人呢?世界是一件艺术品;出自哪个艺术家之手呢?这些问题,我们没有答案。然而,当使人赞同必然的爱存在于我们身上时,我们也就拥有答案存在的实证。赞同必然,并不是因为爱他人。从某种层面上说,爱他人反而是赞同的障碍,因为必然压倒他人,就像压倒我们自己一样。赞同必然,是因为爱某样东西,这样东西不是人,却像人。不像人的东西,不可能成为爱的对象。一个人无论在宗教问题上公开主张何种信仰(包括无神论),只要有对必然的完全真实而无条件的赞同,也就有神的爱的充盈;除此以外没有别的可能。这种赞同构成了基督对十字架事件的担当。

福音书作者约翰把他最热爱和依恋的这位人神称作 logos,从而用一句话①包含了许多无比珍贵的思想,其中就有斯多亚哲人的爱命运(amor fati)理论。Logos 一词沿用自古希腊斯多亚哲人,后者又自赫拉克利特处援引而来。这个词有好些意思,但最基本的意思就是构成必然的变化的量的法则。Fatum 与 logos 在语义上也有关联。Fatum,即必然;必然,即 logos;logos,即我们最炽烈的爱的对象之名。② 在最后的晚餐时,约翰侧身挨在耶稣的怀里,③耶稣既是他的朋友,也是他的主人;我们爱数学的因果逻辑(它常把我们搞得一团糟糊),就应该像约翰的爱一样。很显然,这是疯狂的。

---

① [译按]指约翰福音首句:"太初有道,道与神同在,神就是道"(Ἐν ἀρχῇ ἦν ὁ λόγος, καὶ ὁ λόγος ἦν πρὸς τὸν θεόν, καὶ θεὸς ἦν ὁ λόγος)。

② [译按]神就是道。

③ [译按]约翰福音中并没有指明这人是约翰自己,只说"有一个门徒,是耶稣所爱的",参见 13:23。

在耶稣的话语里,最深刻最难懂的一句①造就了这种荒诞性。人类向必然发出的最苦涩的责问,就在于后者对道德价值的绝对冷漠。义人和罪人同受阳光和雨露的恩惠;义人和罪人还同遭暴晒和水淹。这样一种冷漠,基督邀请我们把它看作天父的完美无缺的表现,并加以模仿。② 模仿这种冷漠,就是单纯地赞同它,就是接受一切存在者的存在,也包括恶,只除了我们有能力也有义务阻止的那一部分恶以外。基督以一句话兼容了斯多亚哲人的全部思想,乃至赫拉克利特和柏拉图的思想。

我们永无可能证明,赞同必然这样一件荒诞的事是有可能的。我们只能信。有些灵魂确乎是赞同的。

必然正是人的自然天性与自由赞同的无限微薄能力之间的中介,因为,人的自然天性顺服必然,而人的赞同能力接受必然。同样,我们思考世界时,也在思考作为物质和神之间的中介的必然。我们赞同必然,神也通过一个永恒的举动,最先赞同了必然。不过,我们把自己身上的命名为赞同,把神中的相似东西命名为意愿。神通过沉思必然,使必然的存在穿越空间和时间。神的思想就是神,在这个层面上,圣子是圣父的形象;神的思想也是世界秩序,在这个层面上,圣言(圣子)是世界的整顿者。在神中,世界秩序就是世界的整顿者,因为,一切在神中皆系主体,皆有位格。

基督既是神和人的中保,又是人与其邻人的中保,同样的,数学必然既是神与万物的中介,又是万物之间的中介。数学必然是一种秩序,依据这一秩序,物物各得其所,与他物相安并存。万物之中把握尺度,等同于人类精神赞同他者的存在,也就是爱邻人。另外,就作为自然存在者的人类而言,维系于各种极限之中,就是正义。

秩序即平衡和静止。受时间支配的世界永在变化之中。驱动世界的能量,就是平衡中断的本原。然而,鉴于平衡的中断既构成

---

① [译按]耶稣临死前的话。

② [全集注]马太福音,5:45

变化,又在变化中相互抵消,这种变化其实也是平衡。这种变化是折射在时间中的平衡。阿那克西曼德的奇妙箴言解释了这一点,这条箴言具有深不可测的含义:"万物顺应必然,从不定性中生成,又在回归不定性中消亡;因为,依据时间秩序,万物由于自身的不公正,要从彼此那里遭受一次惩罚和一次赎罪。"①一切变化,乃至各种再小的现象,从本身来看均含有世界秩序的毁灭本原。相反,从与时空整体中的全部现象的关联来看,每个现象又包含世界秩序的完整在场。这类关联不仅向每个现象强制规定了一种极限,还使其与某种相等又相逆的平衡中断发生联系。

必然既是物质与神的中介,我们不妨设想,神的意愿分别与必然、物质建立了两种迥异的关系。在人类的想象中,这两种关系的差异通过神建立秩序的太初混沌神话②得到不甚完善的表现。人们错误地拿这个神话来质疑古希腊人的智慧,其实旧约创世记同样有记载。还有一个显示差异的方法,就是把必然和三位一体中的第二位格(要么被视为整顿者,要么被视为世界的灵魂)连在一起。世界的灵魂不是别的,就是有位格的世界秩序。俄耳甫斯秘教有一行诗也提到这种差异:"宙斯创世,巴克斯(Bacchus)加以完善。"巴克斯即圣言。物质因神的意愿而存在,但作为中介的必然更接近神的意愿。必然即物质对神的顺服。这样,必然在物质和自由之间建立的矛盾双方,在顺服中得到统一,因为,人类的自由不是别的,就是渴望顺服神。其他自由全是谎言。

一旦这么看待事物,神迹概念不再是我们可以或接受或否认的东西,从严格意义上来讲,神迹不再有意义。③ 或者说,神迹的意义

---

① [译按]见上文的基础文本。两处译法略有不同。
② [全集注]参见斐瑞库得斯残篇(《前苏格拉底哲人残篇》,DK 7 B 1a):"泰勒斯和斐瑞库得斯认为水是本原,但斐瑞库得斯把这个本原称为混沌。"参见创世记,1:2:"地是空虚混沌。"
③ [全集注]《致一位修士的信》第25条详细讨论了神迹问题(p. 51 – 60)。

不是别的,就是在一定程度上对灵魂施加某种好坏参半的影响这个表象。

采取第一人称思想,我们是自下、从里看必然;必然像大地和天穹般从各方面禁闭我们。放弃以第一人称思想,转而赞同必然,我们就是从外、自上看必然,因为我们转移到神的边上。必然的面貌是一种粗暴的制服,不仅从前向我们展示,如今还向我们的近乎全部存在,也就是我们的自然部分展示。一旦我们的思想碎片转移到另一边,必然所展示的面貌就是纯粹的顺服。我们成为自家的孩子,我们爱上这个从前被认作主子、如今受支配的必然的顺服。

然而,若无经验,这种观念改变的可能性不可想象。在下决心赞同必然的时刻,我们无从预见后果。这种赞同乍眼看来真的绝对荒诞。同时还超乎自然。它纯粹是恩典的产物。等到我们意识到这一点,事情已经发生,我们在没有采取任何介入动作的情形下已然介入;除非背叛,我们再也不可能离开神。

正如一个水平平面由上表面和下表面组成,必然也由顺服神与制服造物的暴力之间的交会所构成。在这个交会点上,必然既包含强制,也包含心智、正义、美和信仰。强制的部分显而易见。比如不同属性的三角形和圆形连接,里头总有某些对人类精神来说是生硬、金属般的、不透明、不可缩减的东西。

神中的世界秩序是一个神性位格,可称为作为整顿者的圣言,或世界灵魂;同样的,在我们人类这些小弟兄身上,必然是比例,也就是行动中的思想。斯宾诺莎说:"灵魂之眼即论证本身。"[1]我们不可能改变直角三角形的两个边长的平方和,但倘若人类精神不去考虑如何论证,就不存在什么平方和。在整数方面,1 和 1 可以无限长久地并存,倘若人类精神不把它们相加,它们永远不会是 2。惟有心智的专注才能造就连接,专注力一放松,连接也就消失。在我们身上无疑有许多与记忆、感知、想象、习惯、信仰有关的连接,但

---

[1] [全集注]斯宾诺莎,《伦理学》,V,23。

这些连接不包含必然。必然性的连接,只有作为行动中的心智的专注对象,才能构成世界的真相本身。必然与专注力的自由行为之间的关联犹如一种奇迹。必然的专注力越是强大,这一奇迹越是清晰可见。这一点在无理量的基本原理上(比如 2 的平方根)比在整数的基本原理上清楚得多。我们必须付出更多也更难得的专注力,才能带着整数般的精确去设想无理量,并把无理量视为绝对必然。

心智的专注力构成神的智慧的一种形象。神以思想的行动来创世。我们以心智的专注力,尽管显然不创世,也不造出什么物,却从某种程度上在我们的范畴里激发真相。

心智的专注力是灵魂的自然部分与超自然部分的交会。灵魂以有条件的必然为对象,只能激发一半真相。一旦掌握了这一半真相,并在心智专注力以外加上一种更高级的专注力,也就是接受、赞同和爱,我们就会赋予周遭的事物存在以完全的真相。不过,必然的关系组织因专注力的行动而中止,这个事实本身已然使得必然属于我们,是我们可能去爱的东西。苦难中的人类但凡有所修养,只要看清造成自身苦难的因果之间的必然连接,就会获得些许慰藉。

必然同样参与了正义。只不过,必然是正义的反对命题。倘若没有掌握如柏拉图所说的必然本质与善本质的差异,我们将对此一无所知。① 对人类而言,正义首先是一种选择,选择善,弃绝恶。必然是没有选择,是冷漠。不过,必然还是并存的本原。归根到底,至高的正义就是接受所有确乎存在的生命万物与我们并存。有敌人是允许的,但不能期待敌人不存在。人的内心若无这个期待,除非万不得已,不会做出消灭对方的事;人不会对敌人作恶。在有机会也有义务的情况下不对一个人行善,就是在对他作恶,除此以外别无规则。接受生命万物与我们并存,就不会贪婪权势和财富,因为,权势和财富的用途不是别的,就是遮蔽这种并存,贬低自我以外的所有东西。一切罪行重孽均在以各自的形式否决这种并存;详细分

---

① [全集注]柏拉图,《王制》,卷六,493c。

析每个案例足以证明这一点。

直角三角形不会超出以其斜边为直径的圆。直角三角形遵守这个原理,类似于有人严词拒绝以欺骗方式获取权力和财富。前一种情形可以看成是后一种情形的完美范式。同样的,身体凭浮力浮在水中,不下沉也不上升,这是隐藏在物质中的数学必然。赫拉克利特说:"太阳从不脱离自己的运行轨道,但厄里倪厄斯,这些正义的执行者,还要超过他。"[①]万物自有一种处于世界秩序中的不可败坏的精确性,人类只有达至完美境界,实现自身使命,才有可能展示出相似的精确性。在可见世界中、在数学关系或相似关系中沉思万物的精确性,是达至这一境界的有效手段。我们从沉思中获得的第一个教诲是不选择,赞同一切存在者的存在。普世的赞同即放弃,即便再微小、表面再合理的眷念也足以造成阻碍。因此,我们不应忘记,阳光照耀在所有生命万物之上。这是神的创世意愿的体现,而神是一切存在者的支撑。所谓赞同,就是赞同这种创世意愿。

世界的美让我们得以沉思必然、热爱必然。没有美,这将是不可能的。因为,赞同虽是灵魂的超自然部分的特有能力,倘若没有灵魂的自然部分乃至身体的某种复杂性,这种能力就无法实现。这种复杂性的充盈,即是喜乐的充盈;反过来,极度的不幸使这种复杂性至少在某个时刻不复可能。有些人享有参与基督的十字架事件的无比珍贵的优势,就连他们,倘若没有经历喜乐,也不能达到这种境界。在被抛入人间的绝望底谷以前,基督先经历了最完美的人间喜乐。纯粹的喜乐不是别的,就是美的情感。

美是一种奥秘;美是此世最神秘的东西。但美也是一种事实。任何生命均承认美的力量,就连最粗俗卑劣的也不例外,但很少生命能够辨别美、善用美。最低俗的荒淫亦会祈求美。一般说来,人人会使用与美相关的词汇来指称他们无论对错赋予某种价值的东

---

① [译按]赫拉克利特残篇94。参看《赫拉克利特的神》。

西,不论这种价值的本质是什么。我们几乎要以为,人类把美看成唯一的价值。

严格说来,此世只有一种美,那就是世界的美。其他的美是这种美的映像,要么忠实而纯粹,要么变形而污秽,有的甚至是极端的歪曲。

世界是美的。当我们独处于自然之中,凝神屏息,我们不觉要爱上周遭的一切,缘由却是由粗暴、无生气、既聋且哑的物质所造成。必然越是明显地出现,美越是打动人心,比如在星辰的运行中,地心引力导致山峰或海浪起伏。在纯数学中,必然同样散发着美的光芒。

毫无疑问,美的情感的本质在于,必然虽有一面是粗暴的强制,却也有另一面是顺服神。出于神意的悲悯,我们的灵魂的肉欲部分乃至我们的肉体可以感知到这个真相。

在构成世界秩序的必然连接中,诸种奇迹因神性真相的象征性显现而更加完美。这是奇迹中的奇迹。这就如造物主的秘密署名。

把数学仅仅看成一种理性而抽象的思辨,堪称双重的误解。数学确乎是一种思辨,但它还是自然的科学,一种完全具象的科学,此外,数学还是一种奥义。这三个定义密不可分。

思考圆的属性,也就是具有同一斜边的直角三角形的顶点总和,与此同时,假设圆上的任意一点以及这一点投影在直径的点,这时我们的思考可以延伸至圆的上下两边。两个点的运动,一个是圆周运动,另一个是往复运动,这两种运动连在一起,包含了往复的圆周运动和圆周的往复运动的所有变化可能性。这就是原理。磨刀器的原理与此有关。

另一方面,假设不只一点在进行圆周运动,而是整个圆在自转,那么就有了构成三位一体的永恒运动的完美形象。这种运动自我循环,永无变化。点在圆的范围内往返于直径的往复运动,正是此世生成变化的形象,由诸种连续、反向的平衡中断所造成,犹如某个既静止又在行动中的平衡的多变对等物。这种生成变化是神性生活在此世的投影。在直径上运动的点不会超出圆的范围,同样的,神也指定了适用于此世的一切生成变化的项。如圣经所言,他把水聚在一起。① 圆上的点在直径上的投影线,类似于圆和直径的一个中介;同样的,从量的角度来看,这条投影线作为黄金比例,是从圆的一端到投影点的线和从投影点到圆的另一端的线的中介。这是圣子的形象。一般说来,在建立任何比例不是二次方有理数的量之间的黄金比例时,圆始终不可或缺;而黄金比例的中项始终是某条从圆上的点到直径的垂直线。假设把这条垂直线延伸到圆的另一半边,就在圆内得到一个十字架。假设两个项的比例是1比2,求其中项,那么我们可以论证,任何整数中不会有解,否则这个解将既是奇数又是偶数。因此,我们可以说,构成这个中项,也就是垂直投影线的量既是奇数又是偶数。② 鉴于单位数一属于奇数的事实,毕达哥拉斯派哲人把奇数和偶数的矛盾对立视为超自然与自然的矛盾对立的映像。磨刀人或女裁缝通过踩脚踏板让轮子转动起来,即是同一原理。

这只是小例子。一般说来,广义的数学,也就是这个名称所包括的有关必然比例的一切严密纯粹的学理化研究,既是我们所生存的物质世界的唯一认知,也是神性真实的显著映像。任何神迹、预言均不能与这一和谐的奇观相媲美。想要了解其中的深远意义,我们必须明白,再不开化的人对可感知事物的感知也隐含着大量作为感知条件的数学比例,再原始的技术也从某种程度上应用到或至少暗藏着数学;只有在劳作和科技中系统掌握数学关系,才能获得一种对应自然幸福、与自然力量达成平衡的情感;只有运用数学关系,才能坚信可感知世界是由无生命的物质组成,而不是由无数变幻莫测的神性决定。数学首先是神亲手创作的神秘诗篇。我们不禁要

---

① [译按]创世记,1:9。
② [全集注]亚里士多德,《形而上学》,A,2,983a15 - 20;A,5,986a18 - 11。

怀疑,如此伟大的东西怎可能这么晚出现,古希腊人也许不是发明而是半传承半发现了几何?

在这样的沉思之后,我们对世界有了极其单纯的看法。神造物,不是说他造出自身之外的什么东西,而是他抽身引退,使某部分存在得以在神之外生存。造物的放弃,也就是顺服,对应了这种神性的放弃。世界不是别的,而是一个顺服的整体。这个整体布满光点。每个光点对应某个爱神、赞同顺服的人的灵魂中超自然的那一部分。灵魂的其余部分则受这个整体的支配。那些天生有理性却不爱神的人,只是模糊而密集的整体的碎片。这些人也完全顺服,却是以一块坠石的方式。他们的灵魂也是物质,精神性的物质,顺服于某种和地心引力一般严密的机械论。他们对自由意志的信仰、他们的傲慢产生的错觉、他们的挑战、他们的反叛,只不过是一些像光线折射般受严格限定的表象。这么看来,最恶劣的罪犯与无生命的物质一样,也是世界秩序乃至世界的美的一部分。一切皆顺服神,因此一切皆美。真正明白这一点,人就是完美的,正如天父是完美的一般。

这种普世的爱从属于灵魂的沉思功能。真正爱神的人会放任灵魂的各部分去行使各自的功能。在超自然的沉思功能之下,灵魂还有一部分应尽义务,为此,善恶的对比必须尽可能分明。再往下是灵魂的动物性部分,必须既有棍打又有甜头,巧妙地联合两者,进行有序的矫正。

对于那些爱神的人乃至完美无缺的人来说,灵魂的自然部分总是彻底顺服必然。但超自然的爱在灵魂中建立了一种新的功能并加以改造。

我们如落水的人,抓住海上的一根救命木头,在海浪中颠簸漂流。神从天上向每个人扔出一根绳子。谁若抓住绳子,不顾痛苦和恐惧紧握不放,也照旧要和其他人一样随波逐流;只不过,绳子形成的张力和海浪的冲袭一起形成前所未有的机械运动状态。

因此,尽管超自然不会降临自然范畴,自然还是因为超自然的存在而发生变化。所有爱神的人的共同美德,以及发生在某些圣徒身上的最匪夷所思的神迹,同样可以用这种影响来解释。这种影响和美一样神秘,同属一类,全是超自然在自然中的映像。

如果我们把世界设想成一个庞大的无条件顺服的整体,上头散布着赞同的点,那么,我们也会把自身存在设想成一个微小的无条件顺服的整体,中心有一个赞同的点。赞同,即超自然的爱,也就是降临在我们身上的圣灵。无条件的顺服,就是物质的无生命,在人类的想象中可以用水这个既坚固又流动的元素得到完美呈现。在赞同顺服时,我们也自水和精神中获得再生。从此,我们就是由精神和水单独构成的存在体。

赞同顺服是无条件顺服和神之间的中介。完美的赞同即基督的赞同。我们的赞同无非是基督的赞同的一个映像。基督既是神和我们之间的中保,又是神和世界之间的中保,我们也一样,只要被应许模仿基督,我们也就获得非同寻常的优势,即从某种程度上成为神及其造物之间的中介者。

然而,基督就是中介本身,调和本身。斐洛劳斯说:"不同类、不同根、不同次序的事物必须放在一起加以限制,利用调和,保持在一定世界秩序之中。"①基督就是把造物主和造物连在一起的钥匙。知识是存在的映像,基督则是知识的钥匙。他说:"你们律法师有祸了!因为你们把知识的钥匙夺了去。"②这个钥匙,就是他自己,在他之前的几个世纪早就在预先爱戴他,法利赛人却否认他,最后还要处死他。

柏拉图说,痛苦就是调和的解散、矛盾的分离;喜乐则是两者的连接。基督被钉在十字架,这几乎敞开了大门,也几乎分离了圣父和圣子、造物主和造物。大门微微打开。复活又将门重新关上。那些享有以自身全部存在参与基督十字架事件这个莫大殊荣的人,将

---

① [全集注]亦见上文的基础文本。
② [译按]路加福音,11:52。

穿过大门,走到藏有神的秘密的另一边。

但在更常见的情况下,承受各类痛苦,尤其各种不幸,也能走到大门的另一边,看见调和的本真面目,它转向高处,扯破一张把我们与世界的美、神的美分离开的面纱。约伯书结尾的主题正是如此。无论表面如何,约伯完美地承受了困境。在绝望的尽处,他获得了世界的美的启示。①

在喜乐与痛苦之间,还存在某种等值。② 喜乐也是美的启示。目光不离关键的人,总能朝前走。唯一要做的就是看见。

人生有三大奥秘,但凡是人,就算再卑微,也或多或少对此有所认知。首先是美。其次是在认识世界中沉思理论必然的纯心智运作,以及纯理论观念在科技和劳作中的化用。最后一个,在人类关系的无情和冷酷中有正义、同情和感激的闪现。这是永在人类天性中的三大超自然奥秘,形同三次直接通往基督的大门。鉴于这三大奥秘的存在,人类在此生不可能无辜地过一种世俗或天然的生活。要么是或明确或模糊的信仰,要么就是背叛。

在天底下,在世界上,必须做到看不见别的,只看见神性中介。神是中介,一切中介皆为神。神是神和神之间、神和人之间、人和人之间、神和物之间、物和物之间,乃至每个灵魂与其自身之间的中介。没有经临神,我们哪里也去不了。神是唯一的道路。神就是道。道恰恰是神在古代中国的名称。③

人类不可能设想这种中介的神性运作,只能单纯地去爱。不过,我们的心智绝对清晰地设想出了这种神性运作的微弱影像,也就是比例。在人类的思想里,没有别的,全是比例。只需略加严密地分析可感知物的感知,我们就会承认,感知这个说法其实是指借

---

① [全集注]约伯书,38:1-39:30;40:7-41:26;42:10:"耶和华使约伯从苦境转回,并且耶和华赐给他的比他从前所有的加倍。"

② [全集注]参见柏拉图,《斐勒布》,31d。

③ [全集注]薇依以老子的道对比约翰辅音 14:6:"我就是道路。"

助感觉的中介强加于思想的诸种比例。感觉、理念,乃至人类意识中的一切心理学因素,均是如此。

在我们身上和周围,除了比例,没有别的。在我们沉陷的半个黑暗世界里,一切皆为比例,正如在真相的光照世界里,一切皆为神性中介。比例就是神性中介在我们的黑暗之中的映像。

约翰称基督为比例,logos,其实就是这个意思。毕达哥拉斯派哲人说:"一切皆为数字",①也是这个意思。

明白这一点,也就明白了,人类生活在神性中介之中,不是像鱼在水中,而是像水滴在海洋里。在我们身上、身外、此生、神的国,除此之外别无他物。中介和爱是同一回事。

最高的中介,就是圣灵的中介,穿越无限的距离,连接神圣的父和同样神圣的子,只不过圣子被抽空全部神圣性,钉在某个时空的点上。这一无限的距离由时空的整体所形成。我们生活在其中的以地球为限的部分空间,我们从生到死一秒钟接一秒钟编织生命的部分时间,就是穿越神性之爱的无限距离的一个碎片。存在,乃至我们每个人的生命,皆为这条无限长的直线上的线段;在这条无限长的直线上,两端是两种位格和独一的神,爱在其间穿行,爱即是神。我们不是别的,就是一个场所,让神的神性之爱穿行其间。除此之外别无可能。假设我们明白并赞同这一点,那么,比起神的爱的这种持续不断的穿行,我们的全部存在将显得无比陌生、冷漠和遥远。

注意:这里没有把道成肉身解释为命数之于人类(即人类的命数),反而解释成人性之于归宿的比例,也许令人意外。这两种相逆的比例不可兼容。我们更常提到前一种比例,原因很明显,那就是人们往往关心自己远超过关心神。保罗的一句话明确无疑地显示第二种比例:"神想让他的儿子有许多弟兄。"②这种比例也许比前

---

① [全集注]斐洛劳斯残篇4(DK 44 B 4)。
② [译按]原话似乎是:"[神]使他儿子在许多弟兄中作长子"(罗马书,8:29)。

一种比例更真实,因为,总而言之,与人类有关的比例,首先是神之于人。这种比例也许有助于揭示人生的诸种奥秘。它令我们以全新的眼光去看待自己的命运,尤其是苦难和罪的关系。只有相信我们是作为被钉上十字架的基督的弟兄而被造出来的,那些无辜者的灵魂所遭遇的不幸才有可能真正得到理解。只有相信整个世界的时空是按照基督的十字架而被造出来的,某种无意识的、数学的必然横行整个世界才有可能得到理解,彻底模糊而盲目的绝对统治才有可能得到理解。基督在提到生来瞎眼的人和这种不幸的根源时的话,①很可能藏有这番深意。

不幸的根本结果在于迫使灵魂呼喊"为什么",一如基督的呼喊,②在于不间断地重复这个呼喊直到精疲力竭。不会有答案。有人会找到一个舒适的答案,首先这是他自己臆造出来的答案,其次,从有能力臆造答案这个事实来看,这人受的苦再重,也还没有达到不幸的程度,正如九十度的水不会烧开一样。倘若"为什么"是在寻求原因,答案将很轻易地出现。但这里的"为什么"是在寻求终极目的。整个世界因缺乏终极目的而虚空。灵魂因不幸而撕裂,连续不断地呼求这一终极目的,并遭遇虚空。灵魂若能不放弃爱,总有一天必能听见;它不会听见自己所呼喊的问题的答案,因为答案并不存在,而会听见沉默本身,犹如神的言语一般,比任何答案更具有无限充实的意义。灵魂这时就会明白,神不在此世,与神秘密在此世,实为同一回事。不过,想要听见神性的沉默,首先必须被迫在此世徒劳无果地寻找某种终极目的。只有两种情况具备这样的强迫效果:要么是不幸,要么是由美的情感造成的纯粹喜乐。美有这种效果,因为美不包含任何特别的终极目的,却能给人某种终极目的真实存在的迫切情感。不幸,还有极致而纯粹的喜乐,只有这两条道路。效果同等。但不幸单指基督的不幸。

---

① [译按]约翰福音,9:1-5。
② [译按]耶稣临终前呼喊神"为什么"离弃他(马可福音,15:34 等)。

基督的呼喊和圣父的沉默一起构筑了最高的调和，音乐只是对这种调和的模仿；人类的调和在最高程度可以做到既令人心碎，又充满柔情，却终究相去甚远。人类存在只是世界的一个个小碎片，而整个世界只是这种最高调和的颤音。

在这类似乎为了神的利益而牺牲世界真相的比较中，存在某种泛神论谬误的危险。不过，观察立方形盒子的案例提供了一个完美的譬喻，这是神为我们准备好的。不论从哪个角度看，盒子均不具备立方的外形，我们只看到一些面，角既非直角，边也不等长。谁也没有看到过、未来也绝不可能看到一个立方体。基于同样的原因，谁也没有触摸过、未来也绝不可能触摸到一个立方体。绕着盒子观察，可以看到无穷无尽的外形变化。立方体却不在其中。立方体有别于所有这些外形，在所有这些外形以外，超越了它们的范畴。与此同时，立方体还是所有这些外形的综合。前者成就了后者的真相。

一旦心里明白这一点，随着真实的某种移情，每次看见盒子，我们都会以为直接并真实地看见了一个立方体。这种说法还远远不够。我们非常肯定，在我们的思想和立方体物体之间存在着某种直接而真实的关联。

通过设定这一形体层面的惯性，神给了我们一个爱的完美榜样。这爱，就是我们应爱神。神在我们的感知里埋下某种启示。

无论从哪个角度看盒子，我们再也看不见锐角、钝角或不等长的边，而只看见一个立方体；同样的，无论考察世间的何种事件、何种状态的灵魂，我们略一瞥见，就必须透过现象看清恒定不动的世界秩序，那不是一种数学形式，而是一个位格；这个位格就是神。

小孩子学习训练感官、感知认识、观察周遭事物；不久，在阅读中或操作工具时，他又掌握了相似转移的技巧；同样的，神的爱也意味着类似的学习过程。小孩子先是知道每个字母的读音。不久，当他看一页书时，每个词汇的读音立即透过眼睛进入他的思维。同样的，我们先是抽象地知道凡事要爱神；不久，透过编织日常生活的大小事件,惟有神的时刻临在我们灵魂的中心。达到这种境界的过程,就像孩童学阅读,学徒学手艺,更像婴儿学习感知可感知事物。

为了帮助孩子学习,大人常常拿出一些有规则形状的物体,容易触碰、观察和辨认,比如球体或立方体。同样的,神为了方便人类学习,在社会生活中赐予我们宗教修行和礼仪,在无生的宇宙中赐予我们美。

细究之下,作为最普遍、最自然的生命,人生由奥秘织就,人的心智无法参透这些奥秘,它们是超自然奥秘的影像。惟有借助这种相似,人类才有机会领悟超自然奥秘。

人类思想和世界就此成就了那些杰出的启示经典,只等着我们获得爱与信仰的光照,学会辨读它们。阅读这些经典就是一种见证,乃至唯一肯定的见证。在读罢古希腊原文的《伊利亚特》之后,没有人会怀疑,当初教他古希腊字母的老师是不是骗了他。

赫拉克利特的神

[译按]《赫拉克利特的神》(*Dieu dans Héraclite*)由两部分笔记组成:薇依从希腊文译成法文的126条赫拉克利特残篇,以及相关的简要评述(《全集》,IV 2,129 – 146)。1942年2月23日,在写给佩特尔蒙的信中,薇依声称重新发现了赫拉克利特(《传记》,II,394)。这次"重新发现"意义非凡。从赫拉克里特开始,薇依以独特的方式逐一重读古希腊作者。从某种程度而言,赫拉克利特是薇依绎读古希腊经典的起点,"赫拉克利特的神"是"柏拉图的神"的前奏。残篇编号由薇依本人所加。评述原文中的斜体字,译文以楷体标出。

1. 至于逻各斯(λόγος),这永在真实的逻各斯,人们若从前不曾听说,刚刚听说时是无从理解的。万物顺应逻各斯而生成,他们似乎对此毫无感受。他们只感受到与这里描述相似的一些言语和事件,忙于透过本质分辨事物,解释这些事物的状态。他们既不知道自己睡着了做过什么,也不知道醒来在做什么。

2. ……因此,必须专注于共同的。共同的,有助统一。只是,逻各斯(λόγος)虽为人类所共同的,大多数人却把思想(φρόνησις)当成私人事务。①

3. (太阳)与人的一只脚等大。

4. 倘若幸福存在于肉身之中,那么牛在找到干草吃时是幸福的。

---

① [全集注]"赫拉克利特,残篇2:不应把理性当成私人所有"(《全集》,VI 2,453)。

5. 人类因杀人而玷污清白,又陡然地想靠杀人涤除罪恶。这就像有人摔倒在烂泥中,试图用烂泥把自己洗净。如此行事的人,一定会被当作疯子。他们抓着诸神的影像不放,却像在和一座房子打交道。他们对诸神和英雄根本一无所知。

6. 每天都是新的太阳——

7. 即便所有人化做烟,鼻孔还是辨认得出。

8. 对立的,才有合作;分歧的,才有最美的调和;对抗的,才有万物孕生。

9. 驴情愿要草料,也不选黄金。

10. 有与无、合与分、和谐与不和谐合而为一;一从万物中生,万物从一中生。

11. 凡攀缘阿谀的,必要讨打。

12. 人踏进同一条河,只能遇见不同的、永是不同的流水;灵魂自液体开始,化作蒸气(热而干)而去。

13. 在垃圾中找寻快乐。

14. [此条空白,原文如此。]

15. 他们有拜神的仪式队伍,大唱雄性生殖器的颂歌,这如果不是在拜狄俄尼索斯,就是最最亵渎神灵的行为了。哈得斯和狄俄尼索斯是唯一、同一的神,他们为之狂迷,做了酒神崇拜祭司。

16. [日光]不落,如何回避?①

18. 没有希望,也就没有出乎意料。出乎意料是无从寻觅的,没有通往它的路。②

21. 我们醒着看见的全是死亡,我们睡着看见的全是睡眠——

22. 寻找黄金的人,翻地的多,找到的少。

23. 没有这等事[罪行],他们也不会领会正义之名。

---

① [译按]漏第 17 条,原文如此。
② [译按]漏第 19、20 条,原文如此。

赫拉克利特的神 99

24. 神和人一起怀念战死沙场的人——

25. 不幸（μόρος）最大，福分也最多。

26. 人在夜里触及一道光，他感觉自己既是死了，又是活着。他在睡着时触摸到熄灭视力的死亡，在醒来时又触摸到睡眠。

27. 等待死人的，正与他们的希望主张相悖。

28. 最受尊敬的人懂得认清并预防表象。但正义终将征服虚假的主使和证人。

29. 优秀的人只选择一种好处，放弃别的好处。他们选择永恒的荣耀，放弃必死的东西。大多数人则像畜群那样满足于大吃大喝。

30. 这个世界（κόσμος）一视同仁，它不是由任何神或人所造，它始终存在，无论从前、现在，还是未来，它是永生的火，有规律地点亮，又有规律地熄灭。

31. 火的转变：先是海，自海又转为一半大地，一半飓风。海水流逝，并遵循大地出现以前的逻各斯。[海是 ἄπειρον，物质；火是种子。]

32. 一，这独一无二的智慧，同时想要和不想要被称为宙斯。

33. 法，即顺服一的意愿。

34. 他们听而不明，如同聋子。这证明，他们在场，形同不在。

35. 哲人必须见识多广。

36. 灵魂亡而生成水（参见：烟自水中生——参看洗礼）——水亡而生成土——土生水，水生灵魂。

37. 猪用饲料清洗自己，鸟用尘灰清洗自己——

38. 泰勒斯，第一个天文学家——

39. 忒塔莫斯（Teutamos）之子比阿斯（Bias）出生于普里内（Priène），在世人中最具德性（λόγος）。

40. 知识的深度不等于灵性教诲；否则早就教给赫西俄德和毕达哥拉斯，色诺梵那（Xénophane）和赫卡塔乌斯（Hécataios）。——第欧根尼·拉尔修（IX，1 起）

41. 有智慧只在一点,就是领会真知($\gnomon$)利用万物来支配万物。①

43. 比起灭火,毋宁先熄灭无度($\upsilon\beta\rho\iota\varsigma$)。

44. 民众当如城墙般捍卫法律。

45. 我们用尽办法也找不到灵魂的极限,灵魂自有一种深刻的逻各斯($\lambda\acute{o}\gamma o\varsigma$)。

46. (他把思想称为)神圣的不幸。

47. 莫随意地猜测最重要的事。

48. 箭的名称为生,作品为死(双关语)。

49. 我们踏进又没踏进、我们在又不在同一条河里。

50. 那些不是听见自己而是听见逻各斯的人同意:智慧,也就是一即全部。

51. 他们不明白,对立的,如何又达成同一。调和是一种礼尚往来,犹如弓和琴。(参见老子释义弓弦。②)

52. 时间是个玩西洋棋的小孩。时间王国是孩子的王国。

53. 战争是万物的母亲,万物的王后,战争让一些人做人,另一些人成神,战争让一些人得自由,另一些人成奴隶。

54. 不可见的调和胜过显见的调和。

55. 我重视一切可以看见、听见和学习的东西。③

57. 赫西俄德是大多数事物的主人。我们知道,他通晓大多数事物。他不区分日夜,因为日和夜是独一、同一的东西。

58. [恶与善合一。]医生们四处切割、灼烧,还要求一份他们根本不配拿到的收入……

---

① [译按]漏第42条,原文如此。

② [全集注]参见《道德经》,第七十七章:"天之道,其犹张弓乎。高者抑之,下者举之。有余者损之,不足者补之。"薇依有1923年版的《道德经》法译本(*Le Livre de la Voie et de la Vertu*, trad. Pierre Salet, Payot, 1923)。

③ [译按]漏第56条,原文如此。

59. [印压?]路线(印压工艺中被称为螺钉的工具,既直又斜,一边做上升运动,一边做圆周运动)既直且斜,独一而同一。①

60. 上行与下行的道路独一而同一。

61. 海水是最纯净又最肮脏的水;鱼可以喝,有益健康;人却不能喝,致以死命。

62. 不死者是有死者,有死者是不死者,因为,他们互以生为死,以死为生。

63. [肉身的复活。]他们在生者面前起身,成为生者与死尸的警卫。

64. 闪电支配一切。闪电是永恒的火,智慧的火,管理世界的创造者。

65. 火是需求和满足。

66. 突如其来的火将审判和把握万物。[他在别处称火为永生的。]

67. 神是日和夜、冬和夏、饱和饥。他像[火般]变化,[火]每与香料混合,便依据个人喜好[?]得到新的名称。

67a. [蜘蛛与网,灵与肉。]

蜘蛛坐镇网中,一察觉有苍蝇捣乱某根丝,就会急速赶去,仿佛在惋惜这根丝原有的完美状态。同样,人的肉身一旦有某部位受伤,灵魂就会飞奔过去,仿佛无法忍受肉身的伤痛,灵与肉按比例紧密地联系在一起。

68. [赫拉克利特]称……[不幸?还是什么?]为解药。

69. [两类献祭,一类是绝对纯净的人的献祭,另一类是除此以外的。]

70. [人类的主张,]孩子的游戏。

71. ……不再知道道路通往何处的人。

72. 这一支配整个世界的逻各斯,既与他们持续有最密切的联系,又与他们分离。他们每日遇见的事物显得陌生。

---

① [全集注]笔记批注:"螺钉"。

73. ……不应像睡着般说话行事。

74. [不应像]那些[？]父母的孩子。

75. [睡着的人]是在世界上生成的事物的创造者和合作者。

76. 土灭而火生,火灭而气生,气灭而水生,水灭而土生。火灭即气生,气灭即水生。土灭中有水生,水灭中有气生,气灭中有火生,诸如此类。①

77. 灵魂变湿是乐趣或死亡。[乐趣,这是在出生中的堕落/生成($γένεσιν$)]——我们经历灵魂的死亡,灵魂也经历我们的死亡。

78. 人的行为不包含认知,神的行为相反。

79. 与精灵($δαίμων$)相比,人类显得毫无理性,正如新生儿与成年人相比一样。

80. 要知道,战争是联合($ξύνον$),正义是对抗,万物顺应对抗而生成。

81. [修辞家的技艺],$κοπίδων ἀρχηγός$,刀(或剑)中之王。

84. 在转变中静止。对于同样的人来说,受苦和顺服是困倦吗?对于同样的人来说,因顺服而受苦是困倦吗?

82. 和人类相比,最美的猴子也很丑陋。②

83. 在智慧、美和其他方面,和神相比,最有智慧的人就如一只猴子。

85. 违心的对抗是艰难的;因为,为了实现心愿,人们甚至愿意付出生命的代价。

86. 由于缺乏信仰,人们不认识大多数神性事物。

87. 软弱的人真正热爱生命吗?

88. 生与死,睡或醒,年少或年老,无非一回事。这些事情总在不断地相互变化。

89. 对于清醒的人,只有一个独一、同一的世界。

---

① [全集注]笔记批注:"因此:空气=灵魂。"
② [译按]第82、83条和第84条位置颠倒,原文如此。

90. 火是万物的货币,万物是火的货币,正如黄金之于硬币和硬币之于黄金。

91. 人不能两次踏进同一条河。[万物]显现,周而复始地相互聚合、亲近又远离。

92. 女预言家和她的一张爱出狂言的嘴。

93. 德尔斐神谕的主持人既不揭穿,也不掩饰,只是声明。

94. 太阳从不脱离自己的运行轨道,但厄里倪厄斯(Erinyes),这些正义的执行者,还要超过它。

95. 宁可遮蔽自己的无知——

96. 死尸比烂泥更应抛开。

97. 狗朝生人狂吠。

98. 灵魂能预感到冥间。

99. 没有太阳和其他星辰运行,就只有黑夜。

100. [太阳,周年循环的监督者和守护者,既规定变化的界限……又显露这些变化,]以及带来万物的时日。

101. 我在寻找自我。

101a. 眼睛是比耳朵更可靠的证人。

[事实与传闻。]

102. 对神而言,万物是美、善和正义的。人却认一部分事物为公正,另一部分为不公正。

103. 起点和终点在圆周上相交。

[螺线:内在发展的意象。]

104. 他们的灵性、知识何在? 他们不知道大多数人是恶的,善的只占少数,一味顺服众人的咒语,把人群认做教师。

105. 荷马是占星家。卷18,行251;卷6,行488。①

---

① [全集注]《伊利亚特》卷十八,行251:"还有赫克托尔的同伴,他俩出生在同一个夜晚";卷六,行488:"谁也不能违反命运女神的安排,把我提前杀死,送到冥土哈得斯。"

106. 独一无二的一天，就如任何一天。

107. 灵魂未经教养的人，眼睛和耳朵都是糟糕的证人。

108. 在我听过演讲的所有人中，没有人达到这种境界，也就是说，没有人明白，一个智者当与万物分离（κεχωρισμένον）。

109. 宁可遮蔽自己的无知。[=95①]

110. 心想事成未必好。

111. 疾病令人感到健康的乐趣，恶之于善，贫乏之于丰沛，疲倦之于休憩，同样如此。

112. 理性是最大的美德，智慧就是说真话，顺应自然，认真行事。

113. 理性为人人所共有。

114. 话说得聪明（ξὺν νόῳ）的人，须得利用［众人］［万事］共通的东西证明自己，就像城邦利用法则一样，并且说话时要带着更多的确信。所有人类法则全源自独一的神圣法则。这一神圣法则卓有成效，适用一切，所向无敌。

115. 灵魂的逻各斯（λόγος）会自行壮大。

116. 人人都有可能认识自我，拥有智慧。

117. 醉汉的灵魂是潮湿的，他就像被一个年幼的孩子牵着走，绊绊磕磕，毫不关心走向何方——

118. 灵魂如干燥的光，则最智慧，也最优秀。

119. 习惯是人的精灵。

120. 晨曦和黑夜的交界是大熊星座，正对大熊星座的，是属天的宙斯的［卫士］［或牛？］。

121. 他与以弗所（Ephèse）人相称。

122. ἀγχιβασίην 为靠近而前行？

123. 自然喜欢被遮蔽。

124. 这个完美的世界，无异于随意流淌的污水［垃圾］。［原始的混沌。］

---

① ［全集注］同第95条残篇，薇依抄了两次。

125. 掺在一起的饮料，只要不摇晃，就会一一分开。

125a.［盲目的财富。赫拉克利特对以弗所人说］但愿你们失去财富，不是为了受恶习的制服。

126. 冷的变热，热的变冷，湿的变干，干的变湿。

126a. 依据季节的秩序（λόγος），对于月亮来说，七是统一，对于大熊星座来说，七是分离。大熊星座是不死记忆的记号（σμηείω，指记号；神的形象）。

独一的神。（残篇32）

但他还为神命名：逻各斯（残篇1，残篇2，残篇72）、真知（γνώμη：残篇41）、法则（残篇114）和火（残篇64）。

火有三层意思，这三层意思彼此相似，相互联系：

> 作为元素的火；火焰，燃烧的木材；
> 所有现象中的能量（现代语义）；
> 神圣、超验的火；闪电，不在此世，从天上降临。

这三层意思全部出现在克莱安塞斯（Cléanthe）的宙斯颂诗中：宙斯、火和逻各斯。①

起源于赫拉克利特的斯多亚哲人还给了火另一种命名，同样指能量。他们称作"气、气息"（πνεῦμα）。② 他们说，这种气息维系着整个世界。这与现代科学的解释不谋而合，即不同水平的能量。［最高级的气息，即超自然的能量，由此而规定了神启；他们同样称神圣的火为"气息"（πνεῦμα）。］气息很可能与上述火的第三种用法同义。

---

① ［译按］薇依从三位一体概念出发解读克莱安塞斯的宙斯颂诗，参见《克莱安塞斯的宙斯颂诗》及相关评述；另参《全集》，VI 2,648。

② ［译按］基督宗教术语译作"圣灵"。

希望(残篇18)。

信仰(残篇86)。

人类德性的虚无(残篇83)。

人与人之间的平等(残篇116)。

探讨感性(残篇11)。

救赎是唯一的善(残篇29)。

生活即灵魂的死亡,死亡即灵魂的生活(残篇77)。

水,灵魂之死(残篇36)。①

毕达哥拉斯。"友爱是一种调和等式。"②(调和:关键理念。)(相似使不平等的事物变得平等。)

"离开此地(即此世)的,莫再回头。"

我们对秘教的了解。来自埃及。与救赎有关。秘教仪式被理解为给参加者带去救赎。相关的神:德墨特尔、珀耳塞福涅、狄俄尼索斯。"狄俄尼索斯与俄赛利斯是同一个神。"③"狄俄尼索斯与俄赛利斯是同一种存在。"④欧里庇得斯的《酒神祭司》(*Les Bacchantes*)中的狄俄尼索斯。德墨特尔等同为伊希斯(Isis)。⑤

---

① [译按]笔记紧接着译出克莱安塞斯的宙斯颂诗(行7–13),此略,详见下文。
② [译按]参见《论毕达哥拉斯定理》,《柏拉图对话中的神》。
③ [全集注]普鲁塔克,《伊希斯和俄赛利斯》,356b,362b。
④ [全集注]同上,364d。
⑤ [全集注]希罗多德,《历史》,II,59,156。

克莱安塞斯的《宙斯颂诗》

[题解]克莱安塞斯(Cléanthe,公元前330—前232)是芝诺之后的斯多亚学派代表人。据薇依多次强调,他的《宙斯颂诗》(*Hymne à Zeus de Cléanthe*)与赫拉克利特思想具有不可忽视的关联。这里的译文和评述摘自《马赛文集》第二卷的"伦敦笔记"(《全集》,IV 2,323 – 324)。

克莱安塞斯的《宙斯颂诗》带有赫拉克利特的影响,证据是这首诗与好些赫拉克利特残篇有相似之处,①此外,我们知道,赫拉克利特在斯多亚哲人那里很有权威。②

> 对你,围绕大地转动的整个世界
> 听从你引领到任何地方,赞同你的主权。
> 这是在你无敌双手庇护下的仆从的美德,
> 你带有两刃、如火、永生。
> 当电闪雷鸣,自然中万物战栗。

---

① [全集注]参看《赫拉克利特的神》以及薇依译出的第32、1、2、72、41、114、64条残篇。

② [全集注]斯多亚派的物理学在很大程度上发端于赫拉克利特的逻各斯理论。大多数古代注疏者认为,斯多亚理论中 ekpyrosis[火]的概念尤其如此(参见 Alexandre, in *Meteor.* 62,5; Clément, *Strom.* V, XIV, 104; Simplicius, in *Phys.* 480,27)。在斯多亚哲人的陈述中,最初的火等同于赫拉克利特的火(参见 Stobée, *Eclogae physicae* 1)。

> 你还送来普世中介:①在万物中
> 穿行,混合强光与微光。
> 它出身高贵,是万物的后。(行 7 – 14)②

评述:

第一,雷电的根本美德是成就对神的主权的赞同。③ 因此,雷电是爱若斯,也就是圣灵。这是基督前来丢在地上的火。④ 这点明了普罗米修斯的行为的意义:他盗取宙斯的雷电,以送给人类火种,一件令宙斯不能毁灭人类种族的恩典,因而也就是救赎的恩典。⑤(参看埃斯库罗斯。)雷电有双刃,这让人既想到基督带来的剑("我来……"),也就是使徒保罗所说的,"神的道能剖开",⑥又让人想到克里特宙斯的双刃斧。⑦

第二,不仅人类,没有生命的物质同样因爱而自由顺服⑧神。

---

① [薇依笔记自注] λόγος [逻各斯]。

② [全集注] 薇依笔记中几次出现这段诗文的译文,参见《赫拉克利特的神》;《全集》,VI 2,454 – 455 等。这里的译文与别处略有所不同。

③ [全集注] "克莱安塞斯的颂诗——雷电,恐怖之物——通过圣灵,通过爱若斯,世界为神所说服,赞同神的主权"(《全集》,VI 4,83)。

④ [全集注] 路加福音,12:49。

⑤ [全集注] "阿特(Atè)跑着,脚尖掠过人类的头顶——直至有谁抓住她;她就会钻进这人的内心。在《伊利亚特》中,没有人抓住她。普罗米修斯抓住了她。寻常的人们(也就是没有救赎的),不幸经临他们的头顶,却不曾穿透他们的内心"(《全集》,VI 3,382)。

⑥ [全集注] 希伯来书(4:12):"神的道是活泼的,是有功效的,比一切两刃的剑更快,甚至魂与灵、骨节与骨髓,都能刺入、剖开,连心中的思念和主意都能辨明。"薇依时代的人认为,希伯来书的作者是使徒保罗。

⑦ [全集注] 在克里特古画中,双刃斧是闪电之神宙斯的标志。参见《全集》,VI 3,167;《关于爱神的散乱思考》,60;《致一位修士的信》,第七个问题。

⑧ [全集注] 因爱而自由顺服的这种智慧的说服,在《蒂迈欧》中征服了必然(47e – 48a)。

柏拉图也讲到这一点。这是一部奇妙诗篇的中心思想,可惜诗篇如今已佚失,倘若它能留存至今,科学与宗教的有害对立将会消失。①

宗教丝毫不与科学对立,恰恰相反,宗教促使古希腊人发明了科学。②

第三,这里说的雷电是一个"仆从",一个"永生者"——这种说法往往用来指代一个位格。

第四,斯多亚哲人把 $\pi\nu\varepsilon\tilde{\nu}\mu\alpha$[气,或圣灵]称为火的能量,③在他们看来,火是自然的基础。雷电是一种属天的形式,是这种能量的超验。由此,在赫拉克里特的文本和新约文本之间建立了一种[直接]关联。

第五,依据古代人的观点,火的本然处所在上方,正如土的本然处所在下方。火有上升的本能,正如固体有下降的本能。下行的火是违背自然的。因此,雷电象征爱的疯狂,强迫神做出降临人间的运动。④

第六,逻各斯是一个王,这个说法也用来指一个位格——这就有了三个位格。⑤(Logos 不应译为圣言,而应通译为中介。⑥)

---

① [全集注]薇依在《扎根》中专门讨论了科学与宗教的对立(尤见页222)。

② [全集注]参看1940年薇依写给哥哥的信:"纯净是灵魂唯一的关注;'模仿神'是灵魂的秘密;研究数学有助于模仿神;相信世界遵守数学法则,这令几何学家成为至高立法者的模仿者"(《论科学》,页219-220)。

③ [全集注]薇依也把 $\pi\nu\varepsilon\tilde{\nu}\mu\alpha$ 等同为太阳的火能量,并称雷电为"超自然能量"(《全集》,VI 3,43)。

④ [全集注]"神与造物之间的爱的交流是一条火般的垂直线。这是最高的天际与最底的深渊之间的直接交流"(《全集》,VI 4,382)。

⑤ [全集注]薇依在各种迥异的传统内部寻找神性的三位一体形式,尤其克莱安塞斯的这首颂诗,参见《赫拉克利特的神》;另见《全集》,VI 2,648。

⑥ [全集注]在《致一位修士的信》中,薇依谈及约翰福音开篇的翻译:"把 logos 译作 verbum,也就丧失了某些含义……比例,即调和。——调和,即中介。——我倾向于译成:太初有中介"(p.74)。另见《全集》,IV 2,328-329;《全集》,VI 4,286,382。

第七,出身高贵,这似乎暗示,他是宙斯之子。①

一如基督宗教神学所示,他的职责是做世界的王。

总之,这个文本只缺道成肉身的概念。(但不意味着诗人的精神有同样欠缺。)

---

① [全集注]参看薇依所译的第32条赫拉克利特残篇。

论 肃 剧

《普罗米修斯》

[题解]《普罗米修斯》(*Prométhée*)最早收入《基督宗教预象》,紧随《会饮》和《蒂迈欧》二文之后(又见《全集》,IV 2, 230-244)。在《柏拉图的"会饮"释义》中,薇依一语道破诗人埃斯库罗斯与哲人柏拉图之间的契会:"倘若把埃斯库罗斯的《普罗米修斯》和《会饮》对照起来阅读,我们将发现,柏拉图对话中有好些词语似乎在影射埃斯库罗斯的肃剧,尤其在肃剧诗人阿伽通(Agathon)的那段颂辞里";"柏拉图知道,埃斯库罗斯也许也知道,爱若斯神话与普罗米修斯神话有着紧密的关联"。

普罗米修斯这个名称的本义就是神意。①

赫西俄德讲到,普罗米修斯做人与神之间的中介(*ἐκρίνοντο θεοί θνητοί τ' ἄνθρωποι*:《神谱》,行535)②,分配祭献的牺牲品,他把最好的一份分给了人类。

这让人想到《约伯书》中异乎寻常的一段诗文(16:19-21):

> 现今,在天有我的见证,
> 在上有我的中保。
> 我的朋友讥诮我,
> 我却向神眼泪汪汪。

---

① [译按]参看《赫西俄德的"神谱"》。
② [全集注]薇依提及赫西俄德相关诗文的地方还有:《全集》,VI 3, 226,231,252。

愿他做人与神的中介,
人子与其同类的中介。①

埃斯库罗斯一开场就展示了普罗米修斯在悬岩上被钉上十字架。在整个过程中,普罗米修斯缄默不语。这种缄默令人想到先知以赛亚的义人的缄默,想到耶稣的缄默。"他被欺压,在受苦的时候却不开口。"②

等到独自一人时,普罗米修斯的痛苦完全爆发出来。他的受苦,无疑带有肉身的苦楚。埃斯库罗斯明确指出,他是因爱而受苦。

啊,神圣的天空,快翅的风,
江河的流水,海波的欢笑,
还有你,养育万物的大地,
普照的太阳光轮,我呼唤你们;
看着我,看众神如何让一个神受苦!
请看我遭遇怎样的耻辱,
整个儿被撕碎,还有万年
挣扎的时光要经受。
全因极乐神们的新王
想出这么伤我体面的束缚。
唉,唉,我为眼前和将来的
灾难而呻吟。我的苦难
怎么样才能到头?

---

① [译按]最后两行诗文按薇依译文译出。合和本作:"愿人得与神辩白,如同人与朋友辩白一样。"

② [译按]以赛亚书,53:7:"他被欺压,在受苦的时候却不开口,他像羊羔被牵到宰杀之地,又像羊在剪毛的人手下无声,他也是这样不开口。"

但我何尝发话？我早预知这一切，
清清楚楚，全部未来。没有意外
灾难降临我身。既是注定，
就得尽量承受，我很知道，
必然的力量不可抵抗。
我的不幸说出来痛苦，闷在心里
也痛苦！我送给人类
一个恩惠，唉，才受这样的罪！
我把火种藏在阿魏杆中，
那偷来的火种，技艺的教师，
对人类来说是绝大的资力。
因这过错，我才受罚，
在露天之下被束缚、钉牢。（行88－113）
……
看呀，话已成真。
大地在动摇。
地下轰隆作响，与
雷声相应，如火闪电
迸出万道亮光，旋风卷起
尘土；各色狂风大作，
彼此冲突，相互斗殴。
空与海混淆在一处。
这是宙斯吹起风暴吓唬我。
哦，我的神圣的母亲啊，
推动阳光普照的天空啊，
你们看我在受什么样的苦！（行1080－1092）①

---

① ［译按］依据薇依的法语译文译出，同时参考了罗念生先生的译文。

最后几行诗文是肃剧的结尾。最后一个字 πάσχω 与受难极为接近。普罗米修斯的怜悯没有得到他人的怜悯。在索福克勒斯笔下，安提戈涅也说，她的虔敬行为反而得到不虔敬之名。① 爱若斯神得不到爱，这个想法深深折磨着古希腊人，到中世纪还引得一位圣人痛哭流涕。

这部肃剧用词独特，许多冷僻词的双关语义我们已无从考证，其关键想必就在古代秘教仪式里头。

πόρος 和 μηχανή 这两个频繁出现的词影射了这种秘教仪式，不论在这部肃剧还是在别的文本里。

柏拉图的《会饮》很可能在影射埃斯库罗斯的肃剧，或某个共通的原始文本。② 普罗米修斯没有避难所，在露天之下遭受不公正对待。爱若斯也一样。普罗米修斯猎获了火种。爱若斯是个有本事的猎手。普罗米修斯是个医生，但对自己却没有疗救的方法。爱若斯也是个医生，治疗人类的不幸，令人有机会达至最高的幸福。爱若斯擅长找到各种疗救的方法。这两个神之间还有其他相同之处。但最重要的一点，爱若斯既不遭受强力，也从不会用强力。普罗米修斯和宙斯的关系也是这样的，尽管脚镣和手铐会让人有相反的理解。类似 ἑκόντ᾽ ἑκόντι, σπεύδων σπεύδοντι 这样语法结构特殊的表达法说明了这种关系。③ 柏拉图也用过 ἑκὼν ἑκόντι。

从好些记号可以看出，埃斯库罗斯的肃剧深受毕达哥拉斯的影响。普罗米修斯解释他的教诲如何帮助人类走出噩梦般的蒙昧状态，他列举了自己传授给人类的知识。依据埃斯库罗斯排定的顺序，这些知识包括使用砖和木材建筑房屋，认识四季、星辰、数字、字

---

① ［全集注］《安提戈涅》，行 924。

② ［译按］薇依原文："正如前文所示"。前文指《柏拉图的"会饮"释义》，本译稿中排在后面。

③ ［译按］参看《柏拉图的"会饮"释义》。

母,驯马,航海,医学,占卜,祭祀,使用金属。① 简言之:一切技艺。在这个颇为混乱的列举段落中,数字被称为 ἔξοχον σοφισμάτων[最高的科学]。这是典型的毕达哥拉斯思维方式。

顺便一提,尽管圣经里有一处提到,智慧教给人类劳作和各项技艺,②如今的人们已经不这么想了。然而,假设我们把各项技艺看作耶稣的恩赐,人类生活将会有多少变化呢?

普罗米修斯说到将与宙斯和解,用了 ἀρθμόν[联盟]一词,这个极为冷僻的词与 ἀριθμόν[数字]形成谐音。埃斯库罗斯说 ὡς ἐρρύθμισμαι,显然是为了保留节奏这个概念,才找了个从 ῥυθμός[节奏]派生出来的生词。在另一句里,普罗米修斯以 ἁρμοῖ 为句首,如今译成"刚才",这个用法同样很冷僻,是某个与 harmonie 同根的词的副词与格形式,意思是"镶嵌、调整"。

更重要的是,普罗米修斯自称限定了诸神的特权(διώρισεν,行440)。这与毕达哥拉斯定理中有限、无限这个基础概念直接相关。③ 有关这个问题,参看下文。④ 这种比较很合理,柏拉图也说这部分理论源自普罗米修斯的启发。这种启发还与技艺的启蒙有关。⑤

行269,πέτραις πεδαρσίοις[在凌空的石上]。这个表述让人联想到:"人子必照样被举起来。"⑥

行157,αἰθέριον κίνυγμα[任凭天风吹弄]。无疑指承受坏天气。但就一个被缚在岩石上的身体而言,这个表述显得颇为古怪。它更适合形容被悬空的身体。我们几乎要以为,埃斯库罗斯把绞刑和钉上十字架的刑罚重合在一起。出于某些神秘的理由,基督宗教传统在提及

---

① [译按]《普罗米修斯》,行446–506。
② [全集注]传道书,7:17–20。
③ [全集注]DK 44B 残篇1,2,3,6和11。
④ [译按]参看《论毕达哥拉斯定理》。
⑤ [全集注]《斐勒布》,16c–17a。
⑥ [全集注]约翰福音,3:14。

耶稣被钉时也常用这种表述(挂在木头上,①挂在十字架上)。

普罗米修斯因太爱人类而受苦。他替代人类受苦。宙斯对人类的愤怒全部转嫁到他身上,尽管他从前是、也注定还会重新是宙斯的盟友。

他的计谋帮助宙斯获得王权,他为诸神分配权利和职责,这些只是统治者才做得到,不难预计,有一天他将与宙斯势均力敌,但他却陷入完全无能为力的状况。他被带到一个荒凉的所在,无人交谈,更无人倾听(肃剧中有一些对话者,是仅仅出于戏剧创作的需求)。他被戴上脚镣手铐,动弹不得,被迫固定一种违反自然的姿势。他甚至没有能力躲起来,遭遇如此不幸的屈辱,谁都会强烈渴望躲起来,他却暴露在世人面前,谁都可以随意前去观赏他的窘迫。他被众神嫉恨,又被人类抛弃。

他不忌惮宙斯,他还尊敬人类。他因为追求善,而落得愚蠢之名。②(所有这些说法全在文本中。)

他给人类的恩赐,首先就是救赎,因为他阻止宙斯灭绝人的种族。他没有说自己用什么办法阻止,但他受苦却是为了这个。随后,他还带给人类火种、世界秩序的心智、数字和各种技艺。他还在他们内心设下了盲目的希望,使他们摆脱等待死亡的羁绊。这里的盲目类似于十字若望所说的信仰的暗夜。永生的希望。普罗米修斯因而等同埃及的不死神俄赛利斯。

他解救了人类,却不能解救自己。

他虽无能为力,从某方面看却比宙斯强大。在这部肃剧中,宙斯的角色颇为奇特。在埃斯库罗斯的其他作品中,宙斯的基本特征就是智慧。其次才是强大、公正、善好、悲悯。宙斯首先是智慧的神。在这部肃剧中,宙斯却缺乏智慧,乃至危及王权。他因"缺乏智

---

① [全集注]保罗在《加拉太书》(3∶13)中援引了旧约申命记(21∶23)的一句经文:"凡挂在木头上的都是被咒诅的。"

② [全集注]《普罗米修斯》,行385。

慧的企图"①而被迫丧失王位,只有被解除束缚的普罗米修斯能给予援助。由此得出的结论是普罗米修斯就是宙斯的智慧。在《阿伽门农》中,人们只需把心神转向宙斯,就能获得充足的智慧;②宙斯为人类启开智慧之道,普罗米修斯则自称人类的教师,把这些说法放在一起,我们不由要想到,宙斯和普罗米修斯是唯一、同一的神。我们也必须联系普罗米修斯的受难,才能解释如下话语:"他立下法则:智慧自苦难中来。"③同样,基督徒们知道,必须通过十字架,才能达至神圣的智慧。

倘若没有普罗米修斯,宙斯将会有一个比他强大的儿子,并因此而丧失王权。④ 神之所以是世界的主人,不是凭借权力,而是凭借智慧。

神与其智慧分离,这种想法相当奇特。但这同样发生在耶稣的故事中,虽然不那么明显。耶稣责问父亲为何离弃他,⑤保罗也说基督为世人受了咒诅。⑥ 在受难的终极时刻,有那么一瞬间,从世人的眼光看,圣父与圣子之间似乎有所分离。当然这只是表象。埃斯库罗斯的肃剧中不时闪现的一些字眼表明,普罗米修斯与宙斯的敌意也只是表象——倘若我们读过《解放了的普罗米修斯》(*Prométhée délivré*),这些字眼必然会有更丰富的含义。

有关这种表象的探讨,参看下文涉及毕达哥拉斯的调和概念的部分。⑦

普罗米修斯的母亲是一位女神,她有好些名称,其中一个叫忒

---

① [全集注]《普罗米修斯》,行762。
② [全集注]《阿伽门农》,行174。
③ [全集注]《阿伽门农》,行170。
④ [全集注]《普罗米修斯》,行768。
⑤ [全集注]马可福音,15:34;马太福音,27:46。
⑥ [全集注]加拉太书,3:13。
⑦ [译按]即《论毕达哥拉斯定理》。

弥斯,即神义;另一个叫该亚,即大地。① 她是一个母亲神,也可能叫伊希斯、德墨特尔。在《蒂迈欧》中,柏拉图用一些神秘的字眼称呼她,物质、母亲、乳母、印模,并说万物从她而生,她却始终完整不受损坏。她还在如今一些供奉黑圣母像的所在得到崇拜。

至于普罗米修斯的父亲,埃斯库罗斯不曾提起过。②

大洋神俄克阿诺斯对普罗米修斯说:"你的灾难是个教训。"③ 乍眼看来,这似乎在说审慎的问题。但若联系另一句话:"智慧自苦难中来",这句话将呈现另一层含义。确实没有什么能超过十字架上的教诲。

在这个以锁链和钉锤构筑而成的肃剧中,一切皆自由。在提坦神们与宙斯争战初期,双方均可以自由地争取普罗米修斯的智慧。但提坦神们不肯。他们拒绝智慧。他们选择只使用力量。他们对普罗米修斯不屑一顾。正是这个选择决定了他们的失利,因为,命运把胜利分配给双方中不只使用力量还运用智慧的那一方。普罗米修斯的母亲该亚知道这一点。在提坦神离开以后,普罗米修斯自由地转向宙斯,而宙斯也自由地接纳他,并凭借这种赞同成为世界的君王。④

稍后,普罗米修斯出于对可悲人类的爱,同样自由地——自由而自愿——把自己交付给不幸。"我早已知晓这一切;我自愿,我自愿犯错"(ἑκὼν ἑκὼν ἥμαρτον)。⑤

---

① [全集注]《普罗米修斯》,行1091。在埃斯库罗斯笔下,特弥斯和该亚是同一女神。在《挪亚的三个儿子》中,薇依列举了大地母亲神的各种名称(《全集》,IV 1,380–381)。该亚等同大地母亲,参见柏拉图,《蒂迈欧》,50d。

② [译按]"埃斯库罗斯说普罗米修斯是该亚之子,却绝口不提他的父亲——在赫西俄德里,他的母亲是大洋女儿。普罗米修斯因而具有赫西俄德笔下的爱若斯的身份地位(起初有混沌、再有大地,再有爱若斯)"(《全集》,VI 3,227)。

③ [全集注]《普罗米修斯》,行391。

④ [全集注]《普罗米修斯》,行199–218。

⑤ [译按]《普罗米修斯》,行226。薇依这里的译法与《柏拉图的"会饮"释义》("自愿,自愿是我的过错")有所不同。

只有当灾难降临时,自由不再,唯余强力。被强力受难,被强力处以灾难。宙斯之子、火神赫淮斯托斯负责实施普罗米修斯的刑罚,他不说 ἑκόνϑ' ἑκόντι,而说 ἄκοντα σ' ἄκων:"尽管你我不情愿,我还是得把你钉住。"① 在此,神似乎也顺服了必然;神既是受害者,也是迫害者;神既是奴仆,也是主人。

但普罗米修斯与宙斯的和解将再次是双方自由选择的结果($\sigma\pi\varepsilon\acute{u}\delta\omega\nu\ \sigma\pi\varepsilon\acute{u}\delta o\nu\tau\iota$②)。

注意,赫淮斯托斯声称普罗米修斯与自己有血亲关系($\sigma u\gamma\gamma\varepsilon\nu\tilde{\eta}\ \vartheta\acute{\varepsilon}o\nu$),还是朋友。③ 他本身是火神。

普罗米修斯送给人类的超自然而神圣的火,是同一种火,虽然他为此受到惩罚。

普罗米修斯的献祭从未呈现为一种发生在特定时空的史实。赫西俄德在诗中某处说到他被释放,在另一处又说他永远被钉在岩石上。④

普罗米修斯的故事犹如基督受难的永恒折射。普罗米修斯是自创世以来被杀之羔羊。⑤

一则以神为中心人物的轶事不可能不受永恒折射。帕斯卡说到"直至世界末日的临终的耶稣"⑥。十字若望凭借启示经文的权

---

① [全集注]《普罗米修斯》,行19。
② [全集注]《普罗米修斯》,行192。
③ [全集注]《普罗米修斯》,行14。
④ [译按]赫西俄德,《神谱》,行526-528:"美踝的阿尔克墨涅的勇敢儿子/赫拉克勒斯杀了这鹰,免除这不幸,/伊阿佩托斯之子才脱离残忍的苦楚";行613-616:"宙斯的意志难以蒙骗,也无法逃避/宙斯的意志难以蒙骗,也无法逃避/也逃脱不了他的愤怒,反倒是被制服,/困在沉重的锁链里,足智多谋也无用。"
⑤ [全集注]启示录,13:8:"凡住在地上、名字从创世以来没有记在被杀之羔羊生命册上的人,都要拜它。"在《致一位教士的信》中,薇依两次援用这个表述,同时比较了耶稣的故事和普罗米修斯的故事。
⑥ [全集注]帕斯卡,《思想录》,553(Brunschivig)。

威,说耶稣自创世以来就遭杀害。普罗米修斯的故事与耶稣的故事之间的相似性不存在任何轶事成分,因此也不能用作反驳福音书史实性的证据。同样,这些相似性只会进一步肯定而不会削弱基督宗教教义。只是,这些相似性如此明显,为什么却不被承认呢?

除新约和复活节弥撒经文以外,在解释神带给人类的爱,以及与这种爱相连的苦难方面,我们找不到比这个肃剧的某些段落更感动人心的字句。

这不是告诉所有不信神的人的再有效不过的话吗?——若无受难的纠缠,你们所有的思想引以为源的古希腊文明将永无可能产生。

针对这样一种历史观点,有各种各样的反驳论套。然而,你一进入其中,它将显示出如此明显的真实性,以至于你再也不可能抛开它。

在古希腊传统中,还有另一种精神带有根本的基督宗教特性。这在埃斯库罗斯的肃剧,尤其《乞援人》(*Suppliantes*)中同样可见。某个从神那里获得不幸的人的乞援,我们不可能拒斥这种乞援而不冒犯神。古希腊人以一个绝妙的表述来说明这种精神:"乞援的宙斯"。不是庇护乞援人的宙斯神,而是乞援的宙斯神本身。

《乞援人》这部肃剧中提及这个表述的诗文如下:

> 但愿乞援的宙斯善意看到……(行1)
> 乞援棕枝,神王宙斯的神圣记号。(行192)

希腊语中的 *aidoios* 无法传译。这个词指在受某个不幸的人乞援时对此人产生的特殊敬意。在《伊利亚特》中,这种敬意总是与悲悯相连,解释不幸者所引发的情感。比如普里阿摩斯的儿子、年少的吕卡昂没有甲胄、没带长枪,落入阿喀琉斯的手里:"阿喀琉斯,我跪着恳求你可怜我。"[1]无论在法语中,还是在我所知道的任何现代

---

[1] [译按]《伊利亚特》,卷21行74。《伊利亚特,或力量之诗》一文中也援引了相关段落。

语言中,我们找不到同样的字眼来表达这一微妙情感。

除宙斯以外,乞援的人们还呼唤——

> 纯洁的阿波罗,被从天庭放逐的神。(行214)

阿波罗因为让某个死者复活而与宙斯发生冲突,被从天庭放逐。他必须到大地上,作某个人类的仆从。

> 乞援的宙斯的愤怒当然有分量。(行346)

这岂非与下面这句话含有同一精神:"我饿了,你们不给我吃"?①

> 乞援的正义,分派命运的宙斯之女。(行359)

(令人赞叹的说法!)

> 乞援的宙斯的愤怒等着他们,
> 那些受苦者的怨诉打动不了的人们。(行385起)
> 同时倾向两边的宙斯。(行403)
> 但我们不能不考虑乞援的宙斯的
> 愤怒,这是有死者的最大畏惧。(行478起)

因此,在所有亵渎神灵的举动中,冷漠地面对受苦者最是严重。"乞援的宙斯的愤怒"令人想到启示录中的话:"[他们]向山和岩石说:倒在我们身上吧!把我们藏起来,躲避……和羔羊的忿怒。"②

---

① [全集注]马太福音,25:42。
② [全集注]启示录,6:16。

《阿伽门农》

[题解]薇依译释埃斯库罗斯的《阿伽门农》(*Agamemnon*)行160-178,主要有两个出处:一处在《基督宗教预象》的"神恩的运作"(又见《全集》,IV 2,160-161),含两段,即这里译出的第一和第二段落;另一处是她为 Jean Posternak 整理的古希腊读本(《全集》,IV 2,320),含四段,即随后译出的第三至第六段落。薇依评价这段诗文:"艰涩的古希腊文,几乎无法传译"。个别诗行频频出现于笔记各处。

宙斯,无论他是谁,只要
这么唤他,他心欢喜,
我唤他的这个名字。
我找不出谁和他比拟,
经过反复细思量,
只有宙斯,若要抛开
那焦虑的无益重负。
那位从前也称伟大的神,
洋溢好战的胆气,
如今人们再未提起他。
后来的神也被征服者赶走。
谁若一门心思歌唱宙斯的荣耀,
这人就有充盈的智慧。
他为凡人打开智慧的路;
"智慧从苦难中来,"

> 这是他立下的法则。
> 不幸渗入梦中,就在心旁,
> 苦楚的记忆;不存心的人也会得智慧。
> 这是神强行送来的恩惠,
> 一边端坐神圣的船舵。(行 160 – 178)

"宙斯"的本意即"神",不指代任何更具体的神。这是同根词。我们不知道他的具体名字,对于古人而言,命名即是一种控制,这意味着与假神相反,我们不可能真正达至此神。我们只能把心思转向他,而这足以获得完美。

"作为苦楚记忆的不幸",依据俄耳甫斯秘教用语,这是在预感永生的喜乐、灵魂的神圣终点。这种预感一滴一滴地渗入无意识的梦中;在重获意识的瞬间,我们已被神恩笼罩,余下的只有赞同。神恩的这一行动场景与刻瑞斯神话一致。

甚至在初看之下,我们都能明显感到,这段诗文受古代秘教的影响。诗中拒斥的两个神,显然不像某个倒霉的索邦大学教授所言,①源自赫西俄德或俄耳甫斯的神谱系统。这是两个早于特定神启的假神,有可能在古希腊人与佩拉斯古斯人、腓尼基人、埃及人往来时传入。——这几行诗含有充分而可靠的完美方法,也就是坚持带着爱把心思转向真正的神,没有名字的神。——苦楚的记忆是柏拉图的记忆,灵魂在天外所见景象的记忆;②这一苦楚的记忆渗入梦中,即是十字若望的"暗夜"。

---

① [全集注]指 Paul Mazon 的埃斯库罗斯译本(Les Belles Lettres 希法对照版,1931 年),他在《阿伽门农》第 168 行和第 171 行分别做注释,指出这两个神分别是乌兰诺斯和克洛诺斯。[译按]事实上,这种解释获得了普遍认可。罗念生先生的汉译本也做同解。

② [全集注]指柏拉图《斐德若》中的灵魂飞马神话(246d – 248b)。最优秀的灵魂马车一路颠簸地追随神的马车到了天外,在天体周行一圈,瞥见真实,并以此滋养灵魂,在回到原点以后,便有了这里所说的记忆。

比较这段诗文和《普罗米修斯》，普罗米修斯的故事与基督的故事将具有极其明显的相似性。普罗米修斯是人类的教师，教给人类各种技艺。这里则说是宙斯。因此是一回事。两个神实为一个。宙斯通过把普罗米修斯钉上十字架而为人类开启智慧之路。

自此，"智慧从苦难中来"这一法则可以拿来比较十字若望的思想，只有担当基督被钉十字架的苦难，才有可能深入神性智慧。

此外，比较普罗米修斯的最初几句话和约伯书中的最后几句话，我们将发现，在极度的身体苦楚（伴随而来的还有灵魂的极度绝望）和世界之美的完整启示之间，这两个文本具有同一种神秘的联系。

《安提戈涅》

[题解]在谈论肃剧的文章中,《安提戈涅》(Antigone)写得最早,大概在1936年左右。这篇短文以浅显动人的文字重述了索福克勒斯的《安提戈涅》,最早发表在战前的一份工厂自办杂志(《私语:罗西埃专刊》[Entre nous, chronique de Rosières],1936年5月16日),后来收入《古希腊之源》。在写给杂志主编(据说也是工厂的负责人)的信中,薇依谈起一个老计划,就是"让大众有机会接近我本人极其喜爱的古希腊经典,这比历代法语文学更能深入大多数人的心"(《古希腊之源》,编者说明,pp. 7-8)。

大约两千五百年前,希腊人写下了极美的诗。如今,只有那些专门从事研究的人才读这些诗,这是很可惜的。因为,这些古老的诗满含人性,贴近我们的生活,与每个人息息相关。比起在图书馆里穷尽一生的学士来说,普通大众,也就是那些懂得何谓抗争和吃苦的人,更会为这些诗所感动。

在这些古老的诗人之中,索福克勒斯是最伟大的一个。他写下了许多戏剧作品,有肃剧,也有谐剧①;我们如今只知道他的几部肃剧。在这些肃剧里,主人公往往是一个勇敢而骄傲的人物,独自对

---

① [译按]索福克勒斯在六十多年间写下了一百多出肃剧和谐剧,流传至今的仅有七部完整肃剧:《埃阿斯》、《安提戈涅》、《俄狄浦斯王》、《厄勒克特拉》、《特剌喀斯少女》、《菲罗克忒忒斯》和《俄狄浦斯在科罗诺斯》。参见《罗念生全集》,上海人民版,第二卷,页276-277。

抗某种难以忍受的苦痛处境。他承受着孤独、苦难、耻辱和不义的重负;他的勇气也会时时破碎;但他始终坚持良善,没有放任自己在不幸中沦落。这些肃剧尽管很惨痛,却从不让人心里感到悲哀。读者反而从中获得公正从容的感受。

《安提戈涅》正是这样一部肃剧。它讲述了一个人孤独无依,起而反抗自己的祖国、国家的法律,和国家的统治者,当然,她很快被处死了。

故事发生在一个名叫忒拜的希腊城邦里。有兄弟两人,在父亲去世之后争夺王位。其中一个迫使另一个流亡他乡,并登上了王位。流亡的那个在外乡找到援助;他率领着一支外邦军队,回来攻打自己的城邦,企图夺回权力。战争爆发了;外邦军队纷纷溃逃,但兄弟两人在战场上相逢,相互残杀致死。

他们的叔父成了国王。他判决,兄弟两人的尸体不应享受同等的安葬待遇。其中一个为保护城邦而死,他的尸身应得到法定的城邦礼葬。另一个为攻打城邦而死,他的尸身应丢弃在荒地上,任凭野兽和乌鸦前来吞噬。要知道,在古希腊人的思想里,再没有什么比死后受到这等对待更严重的不幸和耻辱了。国王把这个判决宣告给城邦公民,并声称,谁要是企图安葬那具受咒的尸体,将会被判处死刑。

死去的兄弟两人还有两个小妹妹。其中一个叫伊斯墨涅(Ismène),像我们常常见到的那样,是个温柔又腼腆的女孩儿;另一个叫安提戈涅,却有一颗多情的心,和一份英雄般的勇气。她不能忍受自己兄弟的身体遭受如此可耻的对待。在两份效忠的使命之间,一是忠于挫败的哥哥,一是忠于战胜的城邦,她一刻也没有犹豫。她拒绝放弃自己的兄弟,尽管城邦和人民从此诅咒了有关这个兄弟的一切记忆。她决心不顾国王的反对和死亡的威胁去安葬那具尸体。

整部肃剧在安提戈涅和伊斯墨涅的对话之中开场。安提戈涅寻求伊斯墨涅的帮助。但伊斯墨涅吓坏了,她是个天生顺从而非反抗的人。

> 我们不得不服从最强权的人,
> 奉行他们的命令,就算是更严酷的命令。
> 我只能服从当权的人,
> 天生做不到反抗国家。①

在安提戈涅的眼里,这种服从就是懦弱。她决定单独行动。

与此同时,忒拜人正为胜利和重获的和平而欢欣不已,庆祝新的黎明的来临:

> ……阳光啊,
> 你给忒拜送来最灿烂的光,
> 你终于发亮了,
> 金子般的白昼之眼哦……②

人们很快察觉,有人试图安葬尸身。他们没花多少时间就发现是安提戈涅,把她带到国王面前。国王认为,这件事首先涉及权威的问题。法令要求人们尊重统治者的权威。从安提戈涅的所作所为,他首先看出违抗法令的行为,其次则看出勾结国家敌人的行径。因此,他的言辞毫不容情。而她丝毫没有否认。她明白自己的行动败露了,却一点也没有慌张。

> 在我看来,你的命令不能有多少权威,
> 比起天神未写成文也永不失效的律法。③
> 所有这些在场的人全会赞同我,

---

① [译按]《安提戈涅》,行 64–68。和援引《伊利亚特》一样,薇依没有标明行数出处。

② [译按]行 100 起。

③ [译按]行 456。

> 若不是恐惧堵住他们的嘴,早就说出来了。
> 但是,君王享受太多的特权,
> 尤其还能为所欲为,言所欲言。①

他们之间展开对话。他从国家的角度来评判一切;她则置身于另一个看似比他高明的角度。他强调,那兄弟两人并不是在同一种状况下战死的:

> "一个是攻打城邦,另一个是保卫城邦。
> 难道要同等对待正直的人和有罪的人吗?"
> "谁知道死者会不会接受这样的区别?"
> "仇人就算死了也不能成为朋友。"
> "我的天性不是跟人去恨,而是跟人去爱。"②

面对如此触动人心的言语,国王以判定死刑作为回应。

> 好啊,那你就只管往冥土去吧,你要爱就去爱他们。③

伊斯墨涅来了;她想分担姐姐的命运,和她一起赴死。安提戈涅不答应,努力安抚她。

> 你选择生,我选择死。④
> 勇敢点,活下去。我的灵魂却早已死去。⑤

---

① [译按]行 500。
② [译按]行 518 起。
③ [译按]行 525。
④ [译按]行 555。
⑤ [译按]行 560。

国王让人带走这对年轻的姐妹。但他的儿子,安提戈涅的未婚夫,前来替自己心爱的人儿求情。在国王看来,这不是别的,而是对他的权威的又一次冒犯。当年轻人说众人同情安提戈涅时,国王怒火中烧。他们的讨论很快上升为争吵。国王大喊道:

"难道不是由我一个人来治理这个国家吗?"
"没有哪个城邦是只属于一个人的城邦。"
"难道城邦不归统治者所有吗?"
"这么说来,你大可独自在沙漠中做个好国王。①"

国王固执己见;年轻人怒气冲冲,却一无所获,只好绝望地离开。在场的几个忒拜人开始赞美爱情的力量:

爱情啊,你战无不胜!
爱情啊,你无处不在!
你日夜守在
少女们的娇颜里!
你漂洋过海,
步入荒野农家。
谁也躲不过你,无论天神,
还是朝生暮死的凡人!
谁遇上你,谁就疯狂。②

这时,国王押着安提戈涅上场。他捆住她的双手,把她带上刑场。人们将不杀死她,因为,希腊人认为,让一个年轻女孩儿流血是不祥的;但他们的做法更可怕。他们将活活埋葬她。他们把她丢进

---

① [译按]行 736–739。
② [译按]行 782–790。

一个石窟,用石头封死,让她在里面忍受饥饿和窒息,慢慢死去。她活着的时间没剩多少了。在这般残酷的死亡面前,一直支撑着她的骄傲也破碎了。她哭唱道:

> 祖国的人民啊,看着我,
> 我踏上最后的路程。
> 我看见最后几缕阳光,
> 从今后再也看不见了。①

周围的人没有给她一句好话。在国王面前,他们避免做出友好的示意。他们只是冷漠地提醒她当初还不如顺服算了。国王以前所未有的粗暴语气命令她不要拖延时间。但她不能让自己保持沉默:

> 他们现在捉住我,要把我带走。
> 我尚是处子,没有丈夫;我没听过
> 婚歌,也没养育过儿女。
> 我这样被抛弃,无亲无友,
> 人还活着就要去死者的坟里。
> 我究竟犯了哪一条神律呢?
> 为什么我这不幸的人还要
> 仰仗神明呢?谁能来保佑我呵?
> 我的虔敬反得了不虔敬之名。
> 倘若在神面前这死罪是应得的,
> 我在苦难之中也必会认罪。
> 倘若他们有罪,我也不愿他们受苦

---

① [译按]行806起。

超过他们强加给我的不公平对待。①

国王没了耐心,强行带走她。他把她推进石窟,让人用石头封住,回到宫中。但现在轮到他开始受罪了。有个能预见未来的先知赶来告诉他,他若不放了安提戈涅,就要遭受最可怕的不幸。在漫长而激烈的争执之后,国王妥协了。人们打开石窟,发现安提戈涅已经死去;她在石窟中绞死了自己;她的未婚夫当时正紧抱着她的尸身。那个年轻人自愿被囚禁在这石窟当中。他看见自己的父亲,站起身,在无助的狂怒之下,他当着他的面自杀了。王后听说儿子自杀的消息,也跟着自杀了。人们跑来告诉国王这个消息。这个原本深谙统治之道的人,在悲哀面前彻底崩溃了。忒拜人做出如下总结:

傲慢的人的狂言妄语会招惹可怕的不幸,这使人老来才学会审慎。②

---

① [译按]行 913 – 928。
② [译按]行 1352 – 1353。

《厄勒克特拉》

[题解]薇依译释索福克勒斯的《厄勒克特拉》(*Electre*),主要集中在姐弟重逢的一幕。这里选译了《古希腊之源》(p. 47–56;pp. 63–72)和《基督宗教预象》中"神与人相认"一节(又见《全集》,IV 2,156–160)的三段文字。厄勒克特拉历尽沧桑,在苦难的尽处,绝望地相信弟弟不会回来,不料俄瑞斯忒斯(Oreste)突然出现在她面前。薇依从厄勒克特拉的怨诉里窥探古代秘教含义,从古希腊肃剧思想中识辨基督精神启示。

1

《厄勒克特拉》是索福克勒斯的一出肃剧。在所有作品中最阴郁,又最灿烂。我们从中看到,一个人孤独无依,被迫屈服于苦难和耻辱;而造成这般残酷命运的,不是她所犯下的错,而是各种美德、忠诚、勇气和灵魂的力量。不过,在肃剧的结尾处,有个兄弟意想不到地出场,打破了这种孤独,粉碎了这种压迫。故事在最纯净的喜悦中结束。

厄勒克特拉的故事很适合所有那些在一生中有机会认识到何谓不幸的人。当然,这个故事很古老。然而,苦难、耻辱、不公正、感觉孤独、不幸、为神和人所抛弃,这些东西一点也不古老。它们属于所有时代。生活日复一日把这些东西强加给运气不佳的人。

同样,照亮这出肃剧结尾的喜悦也属于所有时代。筋疲力尽之际,眼看拯救在即;困境中孤单难耐,某天遇见人性的友爱;这样的喜悦,不幸的是,并非所有需要的人都能碰到。但这样的喜悦,所有吃过太多苦的人都会梦想有一天能感受到。

厄勒克特拉是希腊军队前元帅①的孤女。他被妻子的情人所暗杀,妻子也参与了密谋。厄勒克特拉还很小的时候,他就出洋远征了。战争持续了十年。十年,那是很长的。在类似情形下,许多战士的妻子会有情人。厄勒克特拉的母亲克吕泰墨斯特拉(Clytemnestre),和她的情人埃癸斯托斯(Egisthe),在元帅凯旋的当夜,趁他沐浴时杀了他。埃癸斯托斯接着娶了克吕泰墨斯特拉,霸占了城邦的王位。

在父亲被杀之时,厄勒克特拉已是个大女孩。她有个妹妹克律索忒弥斯(Chrysothémis),和一个年幼的弟弟俄瑞斯忒斯。她亲手带大了这个弟弟。姐弟三人均是被杀的将领的亲生孩儿。厄勒克特拉担心埃癸斯托斯把俄瑞斯忒斯一道杀了,就在谋杀发生的第二天让弟弟偷偷逃往外邦。

俄瑞斯忒斯成了逃亡者,靠着施舍,过了好些年黯淡的生活。但厄勒克特拉的日子更不好过。在那个年代,女人必须住在自家中。日复一日,年复一年,厄勒克特拉与杀父仇人生活在同一屋檐下。她深深热爱自己的父亲。在父亲被杀之后,她没有掩饰内心的痛苦,以及她对凶手及其同谋的仇恨。这两人自然也把她当成眼中钉。

他们竭力驯服她,迫使她屈从他们。从谋杀之日起,他们就想用苦难和耻辱来打压她。他们打她,让她一天到晚干苦力活,只有褴褛的衣衫穿,还几乎不给吃的。多年以来,她日复一日忍受着饥饿。

她不得不承受这一切。除非嫁人,她不可能离开这个家;而她很明白,埃癸斯托斯永远不会答应让她嫁人。

---

① [译按]阿伽门农。下文的战争即特洛亚战争。

但她没有妥协。当然,她听从命令,埋头干活,保持沉默。必须得这样。她甚至不能随心所欲好好哭一场。只是,她虽然被迫听从,内心深处却决不顺服。她也不掩饰这一点。她继续哀悼父亲。她一刻也没有停止惹那些支使她的人厌烦。至于他们,大可对她为所欲为;父亲死了,没有人为她出头;但她心里还是忠于父亲。

她凭靠一个希望来支撑自己。自谋杀之日起,她每天告诉自己,她弟弟长大成人后,一定会来替父亲报仇,救她脱离苦海。每次,当埃癸斯托斯或克吕泰墨涅斯特拉欺压她时,她就朝着他们的脸喊俄瑞斯忒斯的名字,这让他们感到害怕。这个名字是她自卫的唯一方式。

终于,希望实现的时刻来临了。不过,在类似情况下,这往往也正是支撑她多年的灵魂力量开始动摇的时刻。

她天天等弟弟来,每日的等待没完没了。这个弟弟似乎永不会来了。她已走到尽头,饥饿、疲倦、孤独和耻辱开始摧毁她的力量和勇气。她的脾气越来越乖戾。她丧失了内心的平衡。此外,她像所有生活过于艰难的女人们一样焦虑:为自己过早地衰老而焦虑。她意识到,这样的生活若再持续下去,她将不会有明天,而只有孤独悲惨的老年等着她。何况她早已失去了青春的娇嫩。

肃剧开场时,俄瑞斯忒斯刚刚到达。他掩藏了自己的身份,厄勒克特拉毫不知情。那是一个清晨。厄勒克特拉在每天这个时间还有点自由,就去给父亲上坟。她和城中的几个妇人结伴同行。这些妇人们都怜悯她。但她们也无非是像人们通常可怜不幸的人那样怜悯她,也就是说带着诸多不理解和些许冷漠。只是,厄勒克特拉除了她们,再也无人倾诉;她情不自禁向她们述说自己的痛苦。

  愿神把我的兄弟带来给我吧!
  我孤苦伶仃,再不能承受
  这屈从多年的苦痛的重负。
  我不停地等他,没有子女,

> 哎,也没有丈夫。日日渐枯萎,
> 泪流从未止。多么徒然,
> 新痛加旧苦。他却忘了我。
>
> 美好的年华早不在,
> 消逝在绝望中。我的苦到了头。
> 举目无亲,厄运折磨我。
> 哪个男子会来爱惜保护我?
> 我不得不像最低贱的奴仆,
> 在自己父亲的家中干苦力,
> 身穿这些屈辱的破衣衫,
> 站在空桌前服侍别人。

妇人们试着安抚她,但她再也受不了这样的苦痛:

> 在自己家里,我和杀父的凶手
> 住在一起,受他使唤,由他说了算,
> 是供我衣食,还是让我缺吃少穿。

她也意识到,这样艰难的生活最终败坏了她自己。

> 这样的生活不可能使我明理,好朋友啊,
> 令我良善。一个人遭遇太多不幸,
> 就会不由自主地变坏。

这时,厄勒克特拉的妹妹克律索忒弥斯带着满腹劝告的话来了。克律索忒弥斯把自己的生活安排得挺舒适。她在暴力面前妥协,完全顺从了。作为回报,当厄勒克特拉的衣食和奴隶没两样,并被当成奴隶使唤时,她得到了主子家女儿般的对待。克律索忒弥斯

不觉得自己不幸。当然,她也寄人篱下,必须奉承和取悦主人,才能换得好对待,而这个主人偏偏又是杀她父亲的人。但克律索忒弥斯情愿不去想这些。这么生活优裕太多,以致人们情愿在最严重的不义行为面前就范,乃至忘记这就是不义! 克律索忒弥斯眼看着厄勒克特拉痛苦万分,丝毫不能理解,她的心里带着一些怜悯和许多愤怒。我们既为弱小者,为什么不屈服呢? 只要厄勒克特拉不像现在这么固执,一切都会好起来的! 这样的话,克律索忒弥斯从前说过无数回,现在还要重复地说。厄勒克特拉坚决不接受她的劝告:

> 不,不! 即便有人答应给我
> 这些让你感到光荣的恩惠,
> 我也决不向他们妥协。你只管享受
> 丰盛的筵席,优裕的生活,
> 却别来打击我的心,那才是
> 我真正的食粮。我不稀罕你那点特权。

克律索忒弥斯告诉姐姐,埃癸斯托斯厌倦了她那没完没了的眼泪,决定把她关到远处的黑牢里。厄勒克特拉也厌倦了一切,她宁死不肯妥协,但为了不妥协,惟有越来越艰难地撑下去,她听到这个消息时反倒松了口气。她已走到痛苦的边缘,只求结束这一切,不再在乎用什么方式。

> 只求埃癸斯托斯尽快来,
> 只求我尽早远离你们所有人!

克律索忒弥斯不明白:

> 你但凡懂点事理,就能过得很快活呀。

但厄勒克特拉带着忧郁的固执回答她：

莫劝我背叛我所爱的人吧！

幸好克律索忒弥斯带来了另一个比较让人安心的消息。她说，克吕泰墨斯特拉做了个梦，梦里说俄瑞斯忒斯就要来了。在那个年代，人们相信梦的预示。厄勒克特拉心里重新燃起希望。克律索忒弥斯看见克吕泰墨斯特拉走来，赶紧避开。克吕泰墨斯特拉和厄勒克特拉展开了无情、苦涩而强硬的对话。随后，克吕泰墨斯特拉在自己的梦的影响之下，做了一个奇特的祷告，她用含糊的言语企求神让死亡降临在自己亲生的两个孩儿身上，也就是俄瑞斯忒斯和厄勒克特拉。

她还没祷告完，来了一个老人。这就好像克吕泰墨斯特拉的祷告还没说出就应验了一般；因为，这个老人前来告诉大家，俄瑞斯特斯在某次体育竞技会上死于意外事故。

其实，俄瑞斯忒斯根本没死。他还活得好好的，并且就在不远的地方。他打发老人来讲这个故事。他还打算自己紧跟着也捧着盛放死者骨灰的瓮前来；因为，在那个时代，人们还火化尸体。他知道，没有人会认出他来。他打算告诉大家，他捧着的是俄瑞斯忒斯的骨灰。这样，埃癸斯托斯和克吕泰墨斯特拉就会放下心来，不再保持警惕，他就可以轻松地找机会杀死他们。

可是，老人的详尽描绘令在场的所有人相信，俄瑞斯忒斯真的死了。厄勒克特拉的希望彻底落空了。克吕泰墨斯特拉的傲慢进一步践踏着她的悲痛：

你们俩总算消停了，俄瑞斯忒斯和你！

厄勒克特拉从前的骄傲荡然无存。她像所有被打败的人那样回答：

我们被迫闭口,却没法让你闭口!

人们很快离她而去。她总算可以毫无顾忌地大哭一场:

> 心爱的俄瑞斯忒斯,你死了,我也活不成呀!
> 我多么不幸,现在还能往何处去呢?
> 我孤苦伶仃,失去了你
> 和父亲,还得再受这些人使唤,
> 在这个世上我最恨的莫过他们。
> 不,从今往后,那剩余的时光呵,
> 我也不想活了。我将坐在这门槛上,
> 身边没有亲人,静候生命的消逝。

但克律索忒弥斯跑来。她没有听到老人讲的话;她认为自己找到了俄瑞斯忒斯就在附近的证据。厄勒克特拉告诉她俄瑞斯忒斯已经死了。克律索忒弥斯哭了。但厄勒克特拉不再哭泣。她重新鼓起阴郁的勇气。她不能放任自己死在这个大门口上。既然她再也不能指望俄瑞斯忒斯的保护,她决心自己去杀埃癸斯托斯。她没有武器,也没有力气。但有什么要紧?她冷静地告诉妹妹,她们两人没有什么好损失的。她们的唯一前途,就是可悲地老去,没有挚爱,没有丈夫,没有家庭,没有靠山,唯有靠埃癸斯托斯的施舍过日子,听凭他的摆布。还不如就此做个了断,一了百了。厄勒克特拉要求妹妹帮助自己。

克律索忒弥斯吓坏了。有些人一无所有,几乎没有什么好损失的,却同样会为即将损失的那一点东西而惊惶不安。克律索忒弥斯就是如此。她不明白,弱者即便在屈服比自己强大的人时,也能敢于说出抵抗的话。她担心这些话被人听见,并因此被判处死刑,甚至是慢慢地被折磨致死。这种畏惧虽可理解,在厄勒克特拉眼里却是一种怯弱。于是,姐妹两人彼此不满地分开了。

这时,俄瑞斯忒斯出场了。他抱着骨灰瓮,他必须骗所有人相信那是他本人的骨灰。姐弟两人相遇,却没有认出彼此。俄瑞斯忒斯当年离开时还是孩子,如今已成人。厄勒克特拉当年还是美丽娇嫩的少女,不幸让她衰老,让人再也认不出她,在她的脸上仅存忧伤。

厄勒克特拉看见那个骨灰瓮,以为里面存放着她弟弟的骨灰,心里受到狠狠的打击。她请求来客给她一点时间。她双手抱着骨灰瓮,对它说话,就像人们在过于伤痛时对着死者说话那样:

> 我弟弟的尸骨啊!我全没有想到会这样,
> 当初我看着你离开,没想到你是这么回来。
> 你不在了:我只能这么用双手掂量你了。
> 当初我看着你离开,你还是充满朝气的小男孩。

有一阵子,她在回忆从前的幸福时光中不能自拔:俄瑞斯忒斯的童年,她对他悉心照料,姐弟之间的温存。但更强烈的痛苦随之而来:

> 现在,这些全在一天里被抹杀,
> 随着你的死去。因为,你带走一切,
> 犹如一场飓风……

她再次端详起那个骨灰瓮:

> 人们就这样把你带给我吗?不是你可爱的
> 模样,而是一掊骨灰,一个虚空的影子……
> 啊!心爱的弟弟,你让我毁灭!
> 现在接我去你的新住所吧……
> 因为,死去的人们,我看是不会受苦了。

城中的几个妇人也在场,劝厄勒克特拉不要太悲伤:

厄勒克特拉,你的父亲也是凡人,别太难过;
俄瑞斯忒斯一样会死。莫要过多地哭泣吧。

然而,就在厄勒克特拉为着一个假象的不幸而哭泣时,俄瑞斯忒斯为着一个再真实不过的不幸而痛苦万分。站在他面前的这个不幸的人儿,衣衫褴褛,瘦骨嶙峋,因孤独和痛苦而过早地衰老和凋谢,他从她的话中明白,她就是他的姐姐。他忍不住喊出痛心的话语:

神啊!我亲眼看见怎样悲惨的不幸啊!
人们何等可耻而罪恶地摧残着这个身体!

厄勒克特拉不明白:

陌生人,你该不是为我痛心吧?

她像所有不幸的人一样,长久以来早已习惯了无人关心自己的痛苦。她花了点时间才明白过来,真的有人在关心她。于是,她开始向对方倾诉心中的秘密,这极大地安慰不幸的人的心灵。她告诉他,她被迫和杀父仇人住在一起,做他们的奴仆。

"他们怎么强迫你?打骂,还是饥饿?"
"打骂,饥饿,各种各样的苦楚。"
"不幸的人哪!你的样子让我心生怜悯!"
"你可知道,你是唯一可怜过我的人。"

俄瑞斯忒斯再也忍不住。他想说出实情。首先,他想拿开厄勒

克特拉紧紧搂在胸口的骨灰瓮。但厄勒克特拉不肯。俄瑞斯忒斯只好承认瓮中是空的:

"俄瑞斯忒斯的骨灰不在里面。这是个圈套。"
"不幸的人哪,他的坟墓在何处?"
"哪儿也不在。活人不会有坟墓。"

厄勒克特拉沉默了好一会儿。她几乎喘不过气来。她几乎不敢去听那个实情:

"你在说什么,我的孩子?""我说的决无谎言。"
"他还活着?""是的,正如我活着一样。"
"你,就是他?""看哪,我戴着
父亲的戒指,你明白我说的是真的。"

痛苦、孤独、耻辱、绝望,全消失了。弟弟和姐姐走出最深的困境,重新走在一起。他们深深地看着彼此,相互触摸,认出对方;他们的精神一起沉醉在最纯粹的喜悦之中。

"哦,恩典的光啊!""亲爱的,我也看见了!"
"什么声音?你在吗?""从此莫去别处聆听。"
"我怀中的人可是你吗?""永远抱住我吧。"

厄勒克特拉欢欣雀跃。俄瑞斯忒斯好不容易才让她安静下来。他们还须谨慎行事,因为,拯救大业尚未完成。但很快就有机会了。俄瑞斯特斯将杀死克吕泰墨斯特拉和埃癸斯托斯。压迫最终将被摧毁。厄勒克特拉将是自由的。

2

从俄瑞斯忒斯开始说话起,我们只要把对话理解成与基督和灵魂相关,就会发现某些字词变得震撼人心。其实,阅读在此之前的厄勒克特拉的怨诉就该这么理解了。在俄瑞斯忒斯所说的第一行话中出现了 $\mu\eta\chi\alpha\nu\acute{\eta}$ [技艺,方法] 一词,我认为这是厄琉西斯秘教的某个仪式术语,与救赎秘教有关。俄瑞斯忒斯此时还没有认出奴隶打扮的厄勒克特拉。她双手抱住那谎称装着俄瑞斯忒斯骨灰的瓮,开始为弟弟哭泣。她回想起童年的俄瑞斯忒斯为了避难被送到外邦,这让人想起耶稣逃到埃及的故事。① 在厄勒克特拉的怨诉里,每行字除了显性含义之外,还有一种完全清楚的秘教含义。

我们如果这么理解,厄勒克特拉是流放此世、落入困境的人类灵魂,俄瑞斯忒斯是基督,那么,当俄瑞斯忒斯说:"怎样不可能的字眼产生了!我再也不能限制自己的言辞",这些话将变得多么感人肺腑。

还有,"啊!这不是一个少女该有的,你所经历的悲惨"(少女是灵魂的传统象征)。还有:"那是因为,我尚未知晓自己的不幸"。还有如下对答:"没有人保护你,对抗他吗?——的确没有,我从前倒有一个,你如今把他的骨灰带来了。"还有当厄勒克特拉说:"你可知道,你是唯一可怜我的人",俄瑞斯忒斯回答:"那是因为,我是唯一关心你因不幸受苦的人。"还有:"活人不会有坟墓";"我说的全是事实";"你要知道,我说的全是真的"。还有厄勒克

---

① [译按]希律王听说犹太人的王在伯利恒出世,就下令杀尽当地所有两岁以下的男孩,约瑟和玛利亚带着耶稣逃到了埃及。参见马太福音,2:13 - 23。

特拉相继以视觉、听觉和触觉欢欣地见证了心爱的弟弟的在场,这里的三行对话美妙无比。俄瑞斯忒斯的应答:"心爱的,我是见证的人";"别处再不会有问讯";"从此你永远都有我";这些应答只有作为神的话才有意义。厄勒克特拉说:"谁从前找到死的法子,谁又找到得救的法子"(依然是 $μηχανή$[技艺,方法]),这再明显不过了。

在俄瑞斯忒斯现身之前,厄勒克特拉必须做到极致的超脱,乃至在对俄瑞斯忒斯的爱上强迫自己。她必须放开那个骨灰瓮。

在俄瑞斯忒斯开口说话以前,厄勒克特拉以为,她所爱的全不存在了,这世上只剩她的敌人,同时也是她的主人,但她一刻也不曾想过妥协,和对方进行协调。她唯一的想法是,既然她爱的人已化为乌有,那么她也想通过死亡化为乌有,她虽然还活着却已感到自身的乌有。她所爱的人不在了,这个看似肯定无误的信念并没有消减反而增强了她的爱。正是这种忠诚的疯狂迫使俄瑞斯忒斯现身。他再也克制不住了;同情让他身不由己。

3

《厄勒克特拉》,1218 – 1229。

[厄勒克特拉:]
"不幸的人哪,他的坟墓在何处?"
[俄瑞斯特斯:]
"哪儿也不在,活人不会有坟墓。"
"你在说什么,我的孩子?""我说的决无谎言。"
"他还活着?""是的,正如我活着一样。"
"你,就是他?""看哪,我戴着
父亲的戒指,你明白我说的是真的。"

《厄勒克特拉》 145

"哦,恩典的光啊!""亲爱的,我也看见了!"
"什么声音?你在吗?""从此莫去别处聆听。"
"我怀中的人可是你吗?""永远抱住我吧。"
"哦,亲爱的妇人们,哦,女公民们,
看哪,俄瑞斯特斯就在这儿!他从前
有办法死去,如今也有办法复活!"

阅读这些诗句,倘若不考虑厄勒克特拉和俄瑞斯忒斯的故事,神教含义相当明显(我一向认为比别处更甚)。倘若接着考虑索福克勒斯肃剧中讲述的故事,显性将更强。

这是两个人相认的故事,在民间传说中很常见。我们以为站在自己面前的是个陌生人,其实却是至亲的人。抹大拉的玛利亚和某个园丁,也曾遇到这样的事。①

厄勒克特拉是国王的女儿,但在那些背叛她父亲的人指使下,她过着悲惨的奴隶生活。她食不果腹,衣衫褴褛。不幸不仅折磨她的肉体,也令她丧失尊严,变得乖戾。但她不肯妥协。她憎恶父亲的敌人,那些牢牢掌控着她的人。只有远在异乡的弟弟可能解救她。她在等待中日渐枯萎。终于,他来了,她却不知情。她以为那是个陌生人,前来宣告弟弟已死,并运回骨灰。她陷入无底的绝望之中,只求一死。然而,她就算不再有任何希望,还是一刻也不愿妥协。她更加憎恶那些敌人。她紧搂着骨灰瓮,泪流满面,俄瑞斯忒斯原以为她是女奴,看见她的眼泪,这才认出姐姐。他告诉她瓮是空的。他在她面前现出真身。

这里头存在着双重的相认。神透过眼泪认出灵魂,又使灵魂认出自己。

精疲力竭的灵魂停止等待神,外在的不幸和内在的枯萎令它以为神不是真的,但它依然爱神,憎恶那些自诩能替代神的世俗好处,

---

① [译按]路加福音,20:13-17。

只有在这时,神才会向它走近,现身,对它说话,抚摩它。十字若望把这称为暗夜。

另一方面,由俄瑞斯忒斯的骨灰和骨灰瓮引发的殇痛,以及紧随而来的相认的喜乐,清楚展现了神的死而复生。下面这行诗毫不含糊地表明这一主题。

> 他从前"凭计谋"死去,如今也"凭计谋"复活!

但"计谋"一词不太恰当。古希腊肃剧诗人、柏拉图、品达、希罗多德在诸多文本中用到μηχανή这个词,这些文本往往与救赎、赎罪等概念具有或显明或隐秘、或直接或间接、或确实或臆断的关系。在秘教传统中,这个词用在救赎概念,含有使一切似真的意思。

[边注:该词在这里指"办法",等同于πόρος一词,有关这一点,参见《会饮》中的爱若斯诞生神话的注解。希罗多德的某处文本清楚不过地用这个词来描述受难。参看下文。]

在拉丁文中,machina一词与此对应。在一出戏的结尾,神从天上降临舞台,被称为 Deus ex machina。

在古希腊诗人中,索福克勒斯的基督宗教启示意味最明显,也许还最纯粹(就我所知,他比近二十个世纪以来的任何肃剧诗人更像基督徒)。这种特质在《安提戈涅》中得到集中体现,这部肃剧可以看作是"信人莫如信神"这句话的写照。神在剧中没有高居天上,而是在地下,与死者为伴。但总归是一回事,说的都是处于彼世的真神。人必须在爱德中模仿神那施与所有人的公正。因此,基督要人模仿天父那把雨水和阳光带给所有人的完美。

索福克勒斯,《安提戈涅》,行 512–523。

> "莫非那在战斗中死去的人不是你兄弟?"
> "是我的兄弟,同一个父亲所生。"

"那你怎么认为善待他是罪过?"
"死者的尸身才不会这么认为。"
"你对他的礼遇终究没多过那有罪的人。"
"因为死去的那个不是奴隶,是他的兄弟。"
"一个是攻打城邦,另一个是保卫城邦。难道要同等对待正直的人和有罪的人吗?"
"谁知道死神会不会接受这样的区别?"
"好人与坏人分不到一样的东西。"
"说不定在下头这一切还挺合理。"
"仇人就算死了也不能成为朋友。"

安提戈涅回答:

我的天性不是跟人去恨,而是跟人去爱。

此话一出,美不胜收,但国王的反驳更令人赞叹。因为,他的话表明,那些只爱不恨的人属于另一个世界,他们在受死亡逼迫的此生没有希望。行524:

你就只管往冥土去吧,你要爱就去爱他们。

在另一个世界,死者的世界,人们才被允许去爱。我们生活的此生不允许爱情。人们惟有去爱死去的人,也就是那些就终点而言从属于另一个世界的灵魂。

安提戈涅是一个绝对纯净、绝对无辜、绝对英雄式的人。为了避免有罪的兄弟在另一个世界遭遇不幸的命运,她自愿赴死。在临近死亡的时刻,她的内在天性崩溃,她自觉为所有人和神所抛弃。她为爱而疯狂,乃至丧命。一开始,妹妹伊斯墨涅就说(行99):

> 你真是发疯了,但对朋友而言,你是个真正的朋友。
> (参看埃斯库罗斯的《普罗米修斯》。)

在好些古希腊肃剧中,我们都看到,由于某种罪孽,引发了代代相传的诅咒,直至某个绝对纯净的人前来承受这份诅咒的全部苦涩。这时,诅咒才会终止。

论柏拉图

柏拉图对话中的神

[题解]《柏拉图对话中的神》(Dieu dans Platon, 1942)的标题表明，薇依无意指向古希腊传统信仰里的"多神"（否则应用复数的Dieux），而是明确指向基督宗教语境中的"一神"（单数的Dieu）。这篇六十来页的长文不算一部真正意义的完整作品，而是薇依在马赛期间的笔记。和同时期谈论其他古希腊作者的做法一样，薇依常常是摘录柏拉图对话的古希腊原文，译成法文，再做出或长或短的释义。有的地方仅简单记下几个备忘的单字。部分笔记是讲座草稿。薇依曾受邀参加马赛哲学学会的柏拉图讲座，谈论柏拉图对话中美的概念，随后又由佩兰神父在多明我修院安排系列讲座。本文依据伽利玛全集版（《全集》，IV 2, 75 – 130）译出。全集版还原了薇依数次修订的前后原貌，由于删改较大（尤其前半部分），阅读起来很难流畅，这里只译出最终版本。个别删改处有必要译出以帮助阅读理解的，则另做说明。原文中的斜体字，译文以楷体标出。

柏拉图作品中的灵性（spiritualité），也就是希腊的灵性。亚里士多德也许是古希腊唯一完全脱离希腊传统的现代意义的哲学家。说到希腊的灵性，还有普及大多数人的著作，我们只有柏拉图。

必须猜想。既然这里不存在或不清楚存在某种理念，……谁是柏拉图？一个继承了某种秘教传统的秘教主义者，整个古希腊曾浸淫于这一秘教传统。①

每个古代民族的使命:某一形态的神圣的东西(古罗马人除外)。以色列:神的独一。印度:在奥义融合中灵魂对神的领悟。②中国:纯粹神性的做法,看似无为的有为的充盈,看似不在、空洞和沉默的存在的充盈。埃及:永生,通过领悟某个受难、死而复生的神,正义的灵魂在死后的救赎,临在的恩善。希腊(深受埃及影响):人类的困境、神的远离与超验。

古希腊历史始于一个残暴的罪:特洛亚城的灭亡。古希腊人远远不像一般民族那样引以为豪,这个记忆犹如一种自咎,萦绕在他们心头。他们从中汲取人类困境的情怀。再没有哪个民族像他们这样表达人类困境的苦涩。

> 宙斯的门槛摆着两只土瓶,
> 装着礼物,一只是祸,一只是福。
> 打雷的宙斯若给出混合的礼物,
> 这人的运气将时好时坏。
> 他若只给灾难的礼物,这人将受凌辱;
> 可怕的困境在整个神圣大地上驱逐他;
> 他处处流浪,不受人和神的待见。③

---

① [全集注]薇依在笔记中留下一段文字,很可能是《柏拉图对话中的神》的草稿开篇:"柏拉图对话中的神和超自然——柏拉图的智慧是一种超自然认知。他是一个秘教主义者。正如他本人所言,他并没有创造出自己的整套思想(这是他与其他所有哲人的差别),古希腊一直有秘教的传统……"(《全集》,VI 2,366b)同一问题在《奥克文明启示何在?》中再次获得阐释。

② [译按]在笔记中,薇依曾以"柏拉图与秘教"为题,收集了柏拉图对话中与秘教有关的文本,随后附有俄耳甫斯秘教祷歌和一段欧里庇得斯《希波吕托斯》的评述(《全集》,VI 2,444)。

③ [全集注]《伊利亚特》,卷二十四,行527-533。这里的引文与《伊利亚特,或力量之诗》中一致。同一时期,薇依还以这段诗文作为系列讲座稿的开场白。

再没有什么人类困境的描绘比《伊利亚特》更纯粹,更苦涩,也更让人心碎了。沉思人类困境的真相涉及一种极高度的灵性。① 整个希腊文明均在寻索人类困境和神性完美之间的桥梁。古希腊人的技艺无与伦比,他们的诗,他们的哲学,他们所开创的科学(几何、天文、医学、物理、生物)不是别的,都是桥梁。他们发明了(?)中介的理念。

但在柏拉图以前,我们找不到一丝希腊灵性的痕迹。但还有一些残篇。俄耳甫斯秘教铭文。俄耳甫斯传统[与厄琉西斯秘教②有关,据希罗多德的记载,厄琉西斯秘教是源头。]③我们对此几乎一无所知。

欧里庇得斯的《希波吕托斯》(*Hippotyte*):④绝对贞洁,与神性的秘密友爱。

⑤你将在哈得斯的左边看见一汪泉水,

---

① [薇依笔记自注]我们保存这些桥梁,审视他们。不论我们信还是不信。

② [全集注]参看《托名荷马的"德墨特尔颂诗"》。薇依认为这首诗与厄琉西斯秘教有关。

③ [译按][ ]内文字被薇依本人所删。

④ [全集注]参看欧里庇得斯,《希波吕托斯》,行 953 – 954:"以俄耳甫斯为教主/在敬拜多种经文中进入狂迷状态。"薇依显然参考过 Budé 希法对照本(1927 年)。Louis Médidier 在引言中提道:"对希波吕托斯而言,σωφροσύνη 不是审慎和均衡,他把它置于绝对贞洁之中"(页20)。另外,第953 – 954 行的注释也值得注意:"忒修斯似乎在暗示,希波吕托斯信奉俄耳甫斯秘教,不仅禁食肉类,还从传为俄耳甫斯的作品中汲取狂欢礼拜的灵感。我们该相信他吗?俄耳甫斯秘教的主神狄俄尼索斯—扎格勒斯与肃剧毫无关联。希波吕托斯拜的是阿尔特弥斯……希波吕托斯信奉俄耳甫斯秘教这个说法实在不可靠。他若是崇拜阿尔特弥斯,倒是很可能参加过厄琉西斯秘教的入会仪式……不过话说回来,这种秘教崇拜狄俄尼索斯和阿尔特弥斯、刻瑞斯,与崇拜狄俄尼索斯—扎格勒斯的俄耳甫斯秘教很有相似之处。"在这里,薇依将贞洁视为"与神性的秘密友爱"的先决条件。

⑤ [薇依笔记自注]先读一读。

有株白柏树伫立在不远处：
不要靠近这泉水，在旁边就好。
你还将看见另一汪泉，从记忆的湖
涌出冰冷的水：园丁们看守在前面。
你要说："我是大地和布满星辰的广天的孩子，
我是天空的后代。这一点你们都知道。
我如此干渴，我已死。快些给我
从记忆之湖涌出的冷冽的水。"
这样，他们就会让你喝那圣洁的水。
从此你将与其他英雄一起统治。①

这个铭文已然包含了一部分我们后来在柏拉图对话中找到的希腊灵性。它含有诸多信息。首先，我们是天空的后代，也就是神的后代。人生是一次遗忘。我们在此生中遗忘超验、超自然的真实。其次，救赎的条件是干渴。必须渴求这个被遗忘的真实，乃至感到干渴而死。最后，干渴必然得到消解。只要我们足够渴求这汪泉水，并且明白作为神的后代我们有权喝它，它就是我们的。

读赫拉克利特残篇——逻各斯（Λόγος）——宙斯——永生的火。读克莱安塞斯残篇。②

毕达哥拉斯派哲人——希腊文明的中心。若不是通过柏拉图，我们对他们一无所知。

柏拉图。明白两件事。

第一，这不是一个找到某种哲学理论的人。与别的所有哲人

---

① ［全集注］薇依多次援引这段俄耳甫斯秘教铭文，她前后至少修订过六次译文。

② ［全集注］指"克莱安塞斯受赫拉克利特影响而写下的宙斯颂诗"（《全集》，IV 2,689）。在薇依译出的赫拉克利特残篇中，第 1 条和第 72 条有关 logos，第 32 条有关宙斯，第 64 条和第 66 条有关火和雷电。

（没有例外，我认为）相反，他不住反复强调，他没有开创什么，他只是在遵循一个传统，有时他会说出这个传统的名目，有时不会。必须在言辞上相信柏拉图。

他要么借鉴迄今尚存残篇的早期哲人，以一种更高超的综合法吸纳他们的思想体系；要么效法他的老师苏格拉底，要么承继某些秘传的希腊传统，如今我们只是通过他才了解这些传统。俄耳甫斯秘教传统，厄琉西斯秘教传统，作为古希腊文明之母的毕达哥拉斯传统，很可能还有古埃及和其他东方国家的传统。我们不知道，柏拉图是不是古希腊灵性的最佳代表，我们除他以外一无所知。毕达哥拉斯及其门徒想必更奇妙。

第二，我们只拥有柏拉图写给大多数人看的普及性著作。可以拿来对比福音书的譬喻。即便这里不存在或不清楚存在某种理念，我们也不能因此认为，柏拉图和其他古希腊人不具备这种理念。

必须在那些往往极其简洁的迹象面前驻足，把分散的文本放到一处，以此尝试深入柏拉图的对话。

我的解释：柏拉图是一个真正的秘教主义者，甚至是西方秘教主义的鼻祖。

涉及神的文本。

注意 θεοί，θεός，ὁ θεός，Θεοί 等用法，要么他在打趣，要么指神性（参 Elohim①）。更常指某种类似天使的东西，完成的、绝对纯粹的存在。

《泰阿泰德》，176[–177a]：

泰奥多洛：苏格拉底，你若能说服所有人，就像说服我一般，那么人间就会有较多的和平，较少的恶。

苏格拉底：可是，泰奥多洛，恶不可能消失。因为，善永远

---

① [全集注]希伯来文中 EL 的复数形式，即神。在旧约中，复数形式出现次数多过单数形式。这个词也用来指异教的多神，比如《出埃及记》中的十诫之一："除了我以外，你不可以有别的神"（20:3）。

必须有或多或少相对立的东西。它不可能在神们之中找到位置；但它必然散布在有死者的所在，在我们这个世界。正因为这样，我们要尽快逃离此生。逃离此生，也就是尽可能与神相似。与神相似，意味着在理性的帮助下变得公正和圣洁。不过，亲爱的，这并非易事：说服大伙儿避恶扬善，却借用一种有别于想表现得无恶和良善的人类所通用的理由。在我看来，那就像老妇人的无知之谈。真正的理性是这样的。神在任何情况下都不会不公正。他具有最高度的公正，在人类中最公正的也就最像他。认知这一点，才是智慧和真正的善德。不明白这一点，显然愚蠢而卑贱。其他表面的机智，其他涉及政治、权力和技术的智慧，则恶俗又功利。那些行不义的人，在言行上亵渎神，千万不要觉得他们干的坏事很可怕。因为，这种谴责只会让他们欣喜若狂，让他们以为，别人并不把他们看成空虚之徒，大地上的无用包袱，而把他们看得雄性有力，是城邦中明哲保身的楷模。应当说实话，与其说他们是他们相信自己不是的那种人，不如说他们是他们不相信自己是的那种人。因为，他们不明白不公正会受到什么惩罚，而这却是世上最不应当忽略的事。这些惩罚并不是他们以为的死亡和鞭笞，这些事有时也不会落在行不义的人身上，而是另一种无法逃避的惩罚。现实中有两类人，一类神圣而幸福，另一类不敬神而不幸。他们看不到这一点。在愚蠢和极度无知中，他们不明白，由于行了不义，他们更像第二类人而不像前一类人。他们为此受到惩罚，只能过一种符合他们所相似的那类人的生活。

基本理念：逃离此生①（恐惧的暴力，1940年6月）。——与神

---

① ［薇依笔记自注］"逃离此生。毕达哥拉斯：离开此地的，莫再回头。"［全集注］DK 58 C 6；《前苏格拉底哲人残篇》（*Fragmente der Vorsokratiker*），vol. I，页465 1.31。亦见《论毕达哥拉斯定理》。

相似(参见:几何学,《厄庇诺米斯》①):"神完全公正。"古希腊人心头永是萦绕着正义的理念(因为特洛亚战争吗?)。因抛弃正义而死。两种道德,一种是外在的,人性的,另一种是真正的,超自然的,来自神的,与最高真实(注意四种美德的说法②)的认知($\gamma\tilde{\omega}\sigma\iota\varsigma$,福音书用语③)混同起来。善的回报在于人是善的这一事实,恶的惩罚在于人是恶的这一事实,这是自发的回报和惩罚(我不做评判,他们自会得到判决④)。

"与神相似"的极其重要的结论。柏拉图的理念是神的思想,或神的属性。

换言之,在自然范畴(包括心理学)中,恶和善不停相互生成;但在精神范畴中,恶只能从恶中生成,善也只能从善中生成。(福音书。)善与恶取决于与神的接触(与神相似)或分离。(因此,这与某种抽象的神观即人无需恩典也能获得智慧无关,而与某种经验观念有关。)

人模仿神如何成为可能?我们有一个答案。耶稣基督。那么柏拉图的答案是什么?读一读有关完美义人的段落。⑤——这种赤裸裸的形象,在《高尔吉亚》中的死者身上得以再现。去除正义的表象,即便关乎神也是如此。让正义者甚至为神所抛弃。⑥

这种正义是什么?

《高尔吉亚》,523[a – 525a]
听一听这个很美的叙事。你可能以为这是传说,但我认为

---

① [全集注]柏拉图,《厄庇诺米斯》,990d。薇依多次援引这个段落。
② [全集注]四种美德一般指智慧、审慎、勇气和正义。参见柏拉图,《王制》,卷四,427d – 434d;《法义》,631c – d。
③ [全集注]比如路加福音,11:52:"你们把知识的钥匙夺了去。"
④ [薇依笔记自注]找到(出处)。
⑤ [全集注]《王制》,卷二,360b – c。这是薇依最常援引的段落之一。
⑥ [译按]义人也是神的表象之一。作为夫子的耶稣也是神的表象,必须被揭去所有装饰,以贫穷为妻,赤裸裸地反映正义和神。

这是叙事。我会把它当成一个真正发生的事讲给你听。

从前是活人审判活人；每个人在命定死去的那天充任法官。审判因而做得很不好。普鲁同和幸福岛的守卫们就去告诉宙斯，他们两方面接到的人均名不副实。宙斯于是说："好吧，我会解决的，既然大伙儿宣称审判做得不好。这是因为，被审判的人都穿着衣服受审，并且他们在活着的时候受审。他们中有很多人拥有犯罪的灵魂，却拖带着华丽的身体、名望和财富。在审判的时候，许多证人前来证明他们一生公正。所有这些影响着法官。何况法官们也是穿着衣服在审判。眼与耳，乃至身体，均如挡住他们灵魂的一道面纱。他们自己的衣服和受审者的衣服，全部堆砌在他们前面。首先，人们再也不能提前知道自己的死期了；如今他们全知道。要去告诉普罗米修斯，让他结束这种状况。其次，他们应当赤裸裸地受审，也就是死去之后受审。法官也应当赤裸裸地审判，必须是死者。他必须以灵魂去审视每个刚刚死去的人的灵魂，才能做出公正的审判。这些死者不仅抛弃了周遭的人，还把全部装饰留在大地之上。我比你们更早知道这些事，我要让我的儿子们担任法官……他们死后要在草地上进行审判，在两条路的交叉路口，一条前往幸福者的岛屿，另一条前往塔耳塔罗斯。"

在我看来，死亡无非是两样东西的分离：灵魂与肉身。这两样东西分离时，每样东西还几乎保持人活着时的状态……一个人若身材高大……那么他的尸身也高大……诸如此类。他活着时若遭到鞭笞，以致遍体伤痕，死后的尸身也会留着这些痕迹。我想灵魂也是一样。当灵魂脱离身体而裸露着时，一切变得显而易见，包括它的自然禀赋，以及它每次爱慕一个对象留下的后果。当死者来到审判处……法官审视每个人的灵魂，并不知道这些灵魂从前分别属于谁，然而，每当遇到某个伟大的国王的灵魂，或者别的国王、别的权贵的灵魂，他常常看到这些灵魂由于伪誓和不义而随着每次行动布满鞭笞与伤痕，一切因谎言和虚妄的后果而遭到扭曲，这样的灵魂由于被凭空抬高,因而毫无正当之处……

相信我,在那里听从我,从而保证幸福的人生和死亡。就让随便什么人把你当成疯子,轻视你,随意冒犯你,看在宙斯份上,甚至忍受别人朝你甩耳光的耻辱吧。因为,你要是真正的好人,在德行方面完美无缺,那么你到了那里就不会遭遇任何可怕的事。(527c–d)

从这个文本中我们得出两点:

第一,还是这样的理念,即审判无非在表述每个人实际之所是。不是在赞赏他所做的事,而是在确认他是什么样的人。恶行只有相对留在灵魂中的创伤才有意义。不存在任何专断,只有某种精确的必然。

第二,赤裸的形象与死亡的形象相连(这是最早的文本吗?……)。这一双重形象具有典型的秘教特质。

一个人即便再明智、有远见和公正,也不可能不受外表的影响,尤其受人们的社会处境(如果你们信奉……①)的影响。想象的结果。没有谁会对衣着不敏感。成功或失败,诸如此类。

真相被所有这一切掩盖起来。真相是在暗中的。(你们在暗中的父……②)真相只在赤裸裸中显露,而赤裸裸即是死亡,换言之,衔接每个人活下去的理由的全部眷念的中断:亲属,他人的观点,物质或道德的占有,一切。

柏拉图没有明说,但他暗示,想要成为正义的人——这就要求认识自我,必须从此生开始变得赤裸乃至死亡。良知的审视,要求衔接我们活下去的理由的全部眷念就此中断。

在《斐多》中,他清楚地说道:

---

① [全集注]雅各书,2:1–5:"我的弟兄们,你们信奉我们荣耀的主耶稣基督,便不可按着外貌待人……"

② [译按]马太福音,5:6:"祷告你在暗中的父。你父在暗中察看,必然报答你。"

那些致力于追求智慧的人,不是为别的,正是为死亡和死后做准备。……死亡不是别的,正是灵魂从肉体分离出去……一个追求智慧的人不会关心肉体,只会尽量摆脱肉体,转而关心灵魂……我们若想得到某种纯粹的认知,必须脱离肉身,和灵魂一起审视事物……只有在这个时候,我们才能得到渴望和喜爱的理性,也就是说在死后,活着的时候办不到。既然我们有肉体的时候得不到纯粹的认知,那么以下两种情况必居其一,要么我们永无可能得到纯粹的认知,要么只有等到死后。因为,只有死后,灵魂才属于自身,来自自身,远离肉体,死前是不行的。看来在活着的时候,要想与知识接近,除非绝对有必要,必须尽量避免与肉体往来联络;并且不要沾满肉体的天性,要保持自己清白,直到神来拯救我们……净化就是使灵魂与肉体尽可能分开,使灵魂习惯于从肉体的各部分凝聚汇合起来,从今往后尽可能独立生活,彻底摆脱肉体。而灵魂从肉体解脱,与肉体分离,也就是我们所说的死亡。①

几乎可以肯定,这一赤裸和死亡的双重形象作为精神救赎的象征,最早来自古人称为秘教的秘密崇拜传统。巴比伦的伊丝塔女神②在冥界的文本。③ 七道大门:"每过一道大门,舍弃一点东西。"

---

① [译按]柏拉图,《斐多》,64a – 67d。
② [译按]Ishtar。美索不达米亚宗教崇拜中的女神,传说她每年会进入冥界再复活。
③ [全集注]薇依很可能参考如下著作:Charles-J. Jean, *La littérature des Babyloneins et des Assyriens*(《巴比伦与亚述文学》), Paris, Librairie orientaliste Paul Geuthner,1924。书中讲到伊斯塔女神入冥界,并有评述如下:"地下王国由冥王 Nergal 和冥后 Ereshkigal 统治。依据大地之后立下的冥界法则第一条,无论谁进入冥界,必须赤身裸体。因此,伊斯塔穿过冥界的七道门时,依据古老法则,每过一道门就要脱掉一件衣服或首饰。"

门的形象含义:叩门,就给你们开门。①

俄赛利斯,还有狄俄尼索斯,死而复生。——进入冥界,犹如秘教入会的仪式。

这一双重形象在基督宗教灵性中的作用。死亡,圣保罗。赤裸,十字若望,圣方济各。

如果说正义要求人们在此生是赤裸并死亡的,那么显然这是人的自然天性不可能做到的,是超自然天性的。

阻碍灵魂通过正义与神相似的,首先是肉身。继俄耳甫斯秘教教徒和毕达哥拉斯门人之后,柏拉图声称:"肉身是灵魂的坟墓。"②

斐洛劳斯说:"我们从古代神学家和预言家那里知道,灵魂因一次惩罚而与肉身相连,就仿佛被埋葬在这个坟墓中一般。"③

柏拉图文本中多处提及肉身的危害。

柏拉图还引用毕达哥拉斯门人的另一个意象,用一只木桶来比喻灵魂中敏感而肉欲的那个部分,也就是爱欲的所在。有些人的木桶有底,有些人的木桶穿孔。木桶穿孔的那些人没有获得启示,他们忙个不停地往桶中倾其所有,却永无可能填满。④

然而,比肉身还要严峻的阻碍是社会。有关这个命题的意象很是可怕。有个理念在柏拉图作品中占有首要地位,并贯穿他的全部对话,却只在以下段落中得到明确阐述,个中原因文中也交代了。我们始终没有给予这个段落足够的重视。

---

① [全集注]路加福音,11:9。
② [全集注]柏拉图,《高尔吉亚》,493a–d;《克拉底鲁》,400c。
③ [全集注]DK 44 B 13(12–14)。
④ [全集注]在《高尔吉亚》中,苏格拉底与卡利克勒斯在定义幸福的问题上发生分歧。卡利克勒斯认为应该好好经营内心的激情而不能克制这种激情(491e–492a),苏格拉底援引斐洛劳斯的残篇(14DK),声称人的身体是一座坟墓,并把激情所在的那部分灵魂比作一只穿孔的木桶:"因为他毫无原则,什么也存不住……地府里最悲惨的是那些不曾加入秘教的人,他们被迫用筛子运水,倒入穿孔的桶中"(493b;493a–494a)。

"你也像大多数人那样,相信只是几个青年受到智术师的败坏,相信这样由几个智术师或私人教师实现的败坏值得人们大谈特谈吗?说这些话的人自己才是最大的智术师:他们促成了整体教育,依据自身欲求塑造出男的,女的,少的,老的。"

他问:"什么时候?"

苏格拉底说:"就在众人聚集于大会、法庭、剧院、军营或其他公共聚集场所,乱哄哄地褒贬某些言行的时候。这些人过度褒贬,大呼小叫,鼓掌起哄,就连岩壁和会场也回响着这些褒贬的喧嚣。"[1]

注意:这种情况看似特指雅典,但要举一反三。从接下来的对话看,柏拉图指向各种形态的社会生活,无一例外。

"在这种场合下,一个青年的心灵又该保持什么状态呢?什么样的私人教诲才能有效抵制,使他不被这些褒贬吞没,不被洪流卷走?他会跟着其他人说好说坏,和大家一样行事,变得和大家一样。"

他说:"苏格拉底啊,他被迫使,只能这么做。"

苏格拉底说:"不过,我还没有说到最大的迫使呢。"

他问:"那是什么?"

苏格拉底说:"这些教诲家和智术师对不服的人的迫使。你没听说他们用诽谤、没收财产和死罪来惩治不服的人吗?你想有什么别的智术师或私人教师的教诲能有效对抗这种做法吗?当然没有,就连起这个念头也很愚蠢。除开他们这种美德教育,现在没有,从前不曾有,将来也不会有别的美德教育。朋友,我指的是属人的教育。俗语说得好,属神的另当别论。你要知道,在当前的政治状况下,若有人的德性得

---

[1] 柏拉图,《王制》,卷六,492a–493a。

救,成为它本该是的样子,那只能说是神力在保佑($\vartheta εοῦ\ μοῖραν\ αὐτὸ\ λέγων\ οὐ\ κακῶς\ ἐρεῖς$)。"①

注意:这是再明白不过地指出,神的恩典是人类获得救赎的唯一通道,救赎来自神而不是人。从法庭、剧院等影射雅典风俗来看,这里阐述的观念似乎没有普遍指向性,然而,"从前没有、现在没有、今后也不会有"这些说法恰恰表达了相反的意思。公众以这种那种模式强加于所有社会,无一例外。有两种道德,社会道德和超自然道德,只有获得恩典启示的人才可能获取第二种道德。

柏拉图的智慧不是一种哲学,一种借助人类理性方法对神的探索。亚里士多德再出色不过地做出了类似的探索。柏拉图的智慧不是别的,是灵魂超向恩典的指引。

公众称那些收费的私人教师为智术师,加以敌视。但其实他们只教授公众的观点,也就是公众聚在一起形成的观点,并称之为智慧。让我们设想一头强悍的巨兽,饲养巨兽的人渐渐了解它的习性和要求,了解如何和它接近,哪个部位可以触摸,它在何时出于何种原因变得易怒或温顺,它在不同情况下惯常发出什么叫声,哪些言语又能使它温驯或发野。这人在饲养过程中掌握了所有这些知识,称之为智慧,并形成一套方法,教授给他人。至于这些观念和要求的美或丑、善或恶,正义或不正义,他其实一无所知。他只根据巨兽的意见来运用这些字眼。巨兽喜欢的,他称作善,巨兽厌恶的,他称作恶,除此以外他没有评判标准。他称那些必然的东西为正义和美的,因为,他看不出,也没法告诉别人,必然的本质和善的本质差别有多么大。②

---

① 柏拉图,《王制》,卷六,492a – 493a。
② [薇依笔记自注]启示。新旧约。

这难道不是一个奇怪的教师吗？可是，一个人如果认为，无论在绘画、音乐还是在政治上，他懂得辨认五光十色的公众集会上的喜怒情绪，并以此构成所谓的智慧，那么他和上述饲养巨兽的人又有什么区别呢？一个人如果和公众混成一片，把一首诗、一件艺术作品或一种社会观念放到公众面前，把公众当成超出必然的东西这个范畴之外的主子，那么他将被迫去做公众喜欢的任何东西。①

这头巨兽，就是社会的巨兽，与启示录中的兽②一模一样。

在柏拉图的对话里，社会是人与神之间的阻碍，只有神可以逾越这个阻碍。这一说法接近路加福音中魔鬼对耶稣所说的话。

魔鬼又领他上了高山，霎时间把天下的万国指给他看，对他说："这一切权柄、荣华我都要给你，因为这原是交付我的，我愿意给谁就给谁。"③

黎塞留（Richelieu）的话。马基雅维里。最确实的马克思主义。——恶不可缩减，而只能尽量加以限制。原则：不在必需物品的范畴之外屈服社会。

很难把握柏拉图这个观点的适用性，因为，我们不知道自己在何种程度上成为社会影响的奴隶。从本质而言，这种奴役几乎总是不自觉的，即便它出现在意识中，也总会有自我欺骗的手段来掩饰它。

---

① ［全集注］柏拉图，《王制》，卷六，493a–d。
② ［译按］启示录，17:3："我看见一女人骑在朱红色的兽上；那兽有七头十角，遍体有亵渎的名号。"
③ ［译按］路加福音，4:5–6。这段经文一般解释为耶稣胜过世俗权力的试探。魔鬼让世俗权力觉得自己就是神。

以下两点有助于揭示这个问题。

第一,巨兽的意见并不一定总是有悖真实。巨兽的意见完全是在偶然中形成的。它喜欢某些坏东西,讨厌某些好东西;但从另一方面来说,有些好东西它也喜欢,有些坏东西它也讨厌。不过,当它的意见与真实相符时,也从根本上与真实无关。

比如:有人想偷东西又克制住了,在顺服巨兽的克制与顺服神的克制之间,存在着极大的差别。

糟糕的是人们很可以声称自己顺服神,实际却在顺服巨兽。因为言词总是可以当成标签用在任何事上。

因此,有人在某一点上的言行与真实相符,这个事实完全不能证明他在这一点上不是巨兽的奴隶。

一切美德在巨兽的道德体系中均配有圣像,谦卑(humilité)除外。这是超自然的关键。谦卑同时还神秘、超验、不可定义、无法传述(埃及)。

第二,事实上,凡是构就我们的教育的,无不是在这个或那个时代得到巨兽赞成的东西。

拉辛。《安德洛玛克》和《费德尔》。倘若他当初从《费德尔》开始写起……

历史。那些名传史册的人,因巨兽而成就名气。巨兽没有赋予名气的人,不论在生前还是死后均默默无名。

最好还应注意一点,巨兽的惩戒有能力让耶稣的全部门徒抛弃导师,无一例外。我们远远还不如这些门徒,可以肯定,巨兽至少在我们身上施加了同样的能力,最糟糕的是我们对此一无所知;每时每刻;包括现在。巨兽在我们身上所占据的那部分,神得不到。

题外话:这样一种关于社会的理论意味着,社会从根本上是恶的(从这一点看来,马基雅维里和几乎所有文艺复兴时代的人一样,无非是柏拉图的学生),一切社会改革或改造的合理目的只能是使社会尽可能少点邪恶。这是柏拉图的观点,《王制》中建立的理想城邦是纯象征性的。在这个命题上人们常有误解。

原则:在必然事物的范围之外决不屈服于社会。

既然承认来自神的恩典是必要的,那么,这个恩典指什么,通过何种形式实现,人们又以何种方式收获它? 文本:《王制》、《斐德若》和《会饮》。柏拉图运用了大量意象。这些意象所表达的根本理念在于,收获恩典的灵魂的禀赋不是别的,而是爱欲。神的爱是柏拉图哲学的根本和基础。《王制》。善与太阳的比喻。

基本理念:爱欲朝向固有目的,即完美,与绝对真实的唯一真相发生关系。普罗塔戈拉说:"人是衡量万物的标准。"① 柏拉图回答:"不完美的事物不能成为衡量其他事物的标准"②;"神才是衡量万物的标准"。③

注意在古埃及人眼里,太阳是神的一种形象;在西班牙人没有发现并摧毁秘鲁以前,秘鲁人把太阳当成唯一的神来崇拜,太阳是神的象征,它高高在上,不可能作为敬拜礼仪的直接对象。

> 每个灵魂都在追求善,以此为行为目标,他们直觉到善确乎存在,却不能充分理解善是什么,也不能像对别的问题那样建立善的坚定信仰。④

善超越正义和其他美德。我们依据这些美德是善的这个标准来寻求它们。《会饮》:"要说有人爱自己身上的一切东西,那是不对的。除了好的东西以外,人们什么都不爱。"⑤

苏格拉底说,他将用一个意象来解释善——

---

① [全集注]语出柏拉图笔下的普罗塔戈拉,参见柏拉图,《泰阿泰德》,152a。
② [全集注]柏拉图,《王制》,卷六,504c。
③ [全集注]柏拉图,《法义》,卷四,716c。
④ [全集注]柏拉图,《王制》,卷六,505d－e。
⑤ [全集注]柏拉图,《会饮》,205e－206a。

有很多美的、善的东西。但当我们谈论美、善本身时,我们又假定了某个单一本质的单一理念,并称之为每样东西的实在。说到东西,我们看得见,但不能构想(νοεῖσθαι)。说到理念,我们不能构想,也看不见。可见的事物,我们利用视觉去看见。然而,除了可见和视觉以外,还缺了点什么。眼睛拥有视觉能力并试图加以应用,事物存在着颜色,但倘若缺少第三样东西,也就是光,眼睛就看不见,颜色也不会被看见……太阳不是视觉本身。太阳不是我们称为眼睛的视觉器官。不过,在所有感觉器官里,眼睛与太阳最是相似。①

我把太阳称为善的后代,由善所孕生,与善相似。因为,善在灵性(νοητός)世界之于灵性(νοῦς)和灵性事物(νοσύμενα)②的比例,正如太阳在可见世界之于视觉和可见事物的比例。当眼睛从日光映射出色彩的事物移开,转而去看夜光中的事物,就会变迟钝,像瞎了一般,仿佛清楚的视觉不复存在。但当眼睛转回去看太阳所照耀的东西,就会看得很清楚。

灵魂的灵性之眼也是一样。当灵魂注视着某个真实和真相的光照下的东西时,他会构想(ἐνόησε),认知,显然有了灵性。当灵魂转向那些搀杂着黑暗世界的东西,那些不断生成和毁灭的东西时,他只有意见,变得迟钝,连意见也变幻无常,显得没有理智。

这个赋予已知事物以真实、赋予认知主体以认知能力的东西,就是善的理念。它同时是作为认知对象的知识和真实的起因(αἰτίαν)。认知和真实是美的,但善的理念更美。我们可以

---

① [译按]柏拉图,《王制》,卷六,507b - e。薇依的援引常常打破对话形式,抽去对话另一方的附和或简单答复。

② [薇依笔记自注]题外话:注意 νοῦς 和 νοητός。[译按]薇依有别于 νοῦς 的一般译法 intelligence[认知,心智],而译成 esprit,对应开篇提及的 spiritualité [灵性]。

把光和视觉看成太阳的同类,而不是太阳本身。同样,我们可以把认知和真实看成善的同类,而不是善本身。善更可敬得多。

不过,还应该审视善的这个意象。太阳不仅使可见事物有可能被看见,还有可能生成、成长、得到养分,虽然太阳本身不是生成。同样,善不仅使可认知事物有可能被认知,还赋予它们真实和存在,虽然善本身不是一种存在,而是在地位和德性上高于存在的东西。①

教育其实不像某些人所宣称的那样。他们声称能把灵魂中本来没有的知识灌输到灵魂里,就好像他们能让瞎子的眼睛看见似的。然而,我们现在的论证说明,每个人的灵魂里都具备学习的能力,学习的器官就像眼睛,倘若不是身体整个儿在转动,眼睛不可能自动离开黑暗转向光明。同样,灵魂整个儿也必须转离生成(暂时状态),直至灵魂能够正视最光彩夺目的真相,也就是善。因此必须有一种转向的技巧,也就是使灵魂转向的最轻松最有效的方法。这和在灵魂中创造视力完全两样。灵魂本身就有视力,只是无法很好地引导这个视力,没有看到应该看的方向,因而必须努力促使它转向。②

也许不应说存在,而应说真相,真实?
几点看法。
视力是心智(intelligence),**正确的方向是超自然的爱欲**。③
尽管柏拉图严格采用无人称的表达方式,这里的善,也就是心智和真实存在的创造者,不是别的,就是神。只不过,柏拉图利用"创造者"一词表示,神是一个人。采取行动的是一个人。

---

① [全集注]柏拉图,《王制》,卷六,507b-509e。
② [全集注]柏拉图,《王制》,卷七,518b-d。
③ [译按]原文用大写字母以示强调。

柏拉图给神起善这个名字,从而再强烈不过地表明,对于人类而言,神就是爱欲朝前的方向。

> 每个灵魂都追求善,把它作为行动的目标,他们直觉到善是某种重要的东西,却不知道善究竟是什么。①

参看圣·奥古斯丁:神是一种善,不是别的,就是善。② 这个说法得自柏拉图。《会饮》:"要说有人爱自己身上的一切东西,那是不对的(这不是自私)。除了好的东西以外,人们什么都不爱。"③

两个想法:

第一,在人与神之间,除爱之外,没有也不可能有别的关系。凡不是爱的,就不是与神的关系。

第二,爱的恰当对象是神,任何人若不爱神而爱别的,他就是错的,会做错事,犹如在大街上错把陌生人当成朋友,紧追不舍。

接着,只有灵魂朝着必须爱的方向时,也就是只有灵魂爱神时,他才有能力去了解和认知。人若没有爱德,就不可能充分运行自身的心智,因为,除神以外,不存在别的光照来源。超自然的爱的能力不仅超越心智,还是心智的条件。爱神,是一切确信的唯一根源。

柏拉图的哲学不是别的,就是一种爱神的行为。

这一来自于善的存在(或真实),不是物质世界,因为,物质世界不是存在,而是生成与消亡的持久混合,是变化。这一来自于善的存在,也不是我们的心智有可能支配和定义的观念,因为,在下文中,柏拉图还将把这些最具体的概念比作影子,比作水中的倒影和影像。

就自然和人的心智而言,这一存在是超验的。解释它的光,也

---

① [全集注]柏拉图,《王制》,卷六,505e。
② [全集注]参看奥古斯丁,《论三位一体》,第八章,第三节。
③ [全集注]柏拉图,《会饮》,205 e – 206a。

不同于我们所能掌握的知识的可懂性。那同样是一种超验的光。

自此,我们似乎很难不把这一存在理解为神,把这一种光理解为神。我们似乎很难不把善、真实与存在这三个概念解释为三位一体。

参看《帕默尼德》,143e。假设有一,那么就有一、存在和这两者的联系(由此又产生一切数字)。不过这是完全抽象的。(假设一真的是一,那么一根本不存在。)

我们从亚里士多德那里知道,一是柏拉图赋予神的众多名称之一。

(善对应圣父,存在对应圣子,真实对应圣灵。)

柏拉图显然把真正的智慧看成一种超自然的东西。我们不可能比他更清楚地解释智慧的两种可能性观念之间的矛盾。有些人相信人的天性自然有可能获得智慧,他们认为,某个人变成智者,这意味着人为的努力使他身上带有某种从前没有的东西。

柏拉图认为,达到真正智慧的人身上并没有比从前多些什么,因为,智慧不存在于他身上,而是连续不断地从别处也就是从神那里传给他。

人能为别人做的事,不是在他身上加点什么,而是促使他转向来自别处、来自高处的光。

除了转向智慧的来源和全心皈依以外,他什么也没做。

这一真实的光,因而就是启示。

不过,身体若保持一动不动或几乎一动不动,视觉方向就无法改变。灵魂也一样。灵魂只有在完整转向时才能获得全新的审视角度。

灵魂要把目光转向神,必须全然背离那些生成和消亡的事物,变化的事物,短暂的事物(精确的等量)。所谓全然,因而也包含灵魂扎根于可感知事物并从中汲取生命的感性、肉欲的那一部分。必须根绝这个部分。这是一次死亡。所谓皈依,就是这样的死亡。

心智存在于所有人身上。运用心智的条件在于超自然的爱(而决非某种心智式的理论)。

一旦丧失与自己相连的一样东西或一个存在,我们会立即感到某种类似于能量消耗的虚弱。然而,所有与我们相连的东西和存在所赋予的生命能量,必须消耗殆尽。这就如一次死亡。

因此,完全的超脱是爱神的先决条件。当灵魂完成全然超脱此世的动作,并完整地朝向神时,他将获得神降临其身的真理的启示。

这堪称为基督宗教神秘学说的中心所在。

注意完整的灵魂这一说法。参见十字若望。再微小的贪恋也会妨碍灵魂的转变。(参见斯多亚哲人的说法。①)正如缺一丝热度也会妨碍木头着火,再细的线没有扯断也会妨碍鸟儿飞翔。② 柏拉图说完整的灵魂③就是这个意思。

皈依如何展开?首先,面向皈依的人是什么样的人?洞穴的譬喻。人类困境的可怕譬喻。我们现在就是这样的(而不是我们从前就是这样的……)。

你可以设想,人类住在一个地下洞穴里,洞口朝光。他们自小住在这个洞穴里,手足和头颈均绑着链条,不能动弹,只能朝前方看,不能转头。在他们背后稍远的高处,有东西燃烧着发出火光。在火光和这些囚徒之间,有一条路延伸在上,沿着这条路,筑有一道墙,就像木偶戏演员在自己和观众之间设一道屏风,把木偶举到屏风上头表演。现在你再设想,有些人沿

---

① [全集注]这里可能影射罗马皇帝马尔库斯·奥勒里乌斯(Marcus Aurelius)的斯多亚思想,他强调普世的感应,也就是万物之间有某种相通之处,因而有物以类聚的趋向,这种趋向只有通过暴力才能阻止。另一种可能则是在斯多亚哲学中,善德没有等级之分,要么是完全的善,要么是根本不善。

② [全集注]引自《攀登加尔默罗山》(*Montée du mont Carmel*),第 1 章,第 11 节(法文本:Œuvres complètes, éd. Père Lucien-Marie de Saint-Joseph, 1959,页 101, 103)。1942 年 5 月 26 日在卡萨布兰卡写给佩兰神父的最后一封信中,薇依同样提及十字若望、木头和飞鸟这些意象(《期待天主》,页 78–79)。

③ [全集注]柏拉图,《王制》,卷七,518c。

着墙走过,手中拿着各式偶像举过墙头,各式各样的木制或石制的假人假兽,并像通常的表演那样时而配音,时而沉默。

格劳孔说,这个譬喻真古怪,还有那些囚徒也很古怪。苏格拉底说,他们是一些和我们一样的人。你说说看,除火光投射在他们对面的洞壁上的影子以外,这些人还能看到自己或同伴的什么吗?格劳孔说,他们的头被限制着不能转动,又怎么可能看到别的什么呢?——①同样的,那些被举过墙头的东西,他们也不能看见别的什么。他们若能彼此交谈,必然会断定,他们在给自己看到的影子起名时,就是在给真实存在的事物起名。如果一个沿墙走过的人说话,在洞穴里发出回声,他们也必然会断定,这是对面洞壁上移动的影子在说话。这些囚徒基本上认为,除玩偶的影子以外,不存在别的真实。

再设想一下,他们既然天生处于这样一种状态,一旦从禁锢和狂迷中获得拯救和矫正,又会变成什么样子?假设他们中有一人被解除了禁锢,被迫突然站起来,转头,走动,看向火光,每个动作都将让他痛苦无比,他将头昏目眩,无法看见那些他从前只看见影子的东西……如果有人告诉他,从前他只看到一些虚无的东西,如今他更转向真实,更接近真实,也以更正确的方向在看世界,那么他会说些什么呢?如果有人指给他看墙头的每件东西,并逼他说出那是些什么呢?他将会不知说什么是好,并且认为他从前看见的影子比如今人们指给他看的更真实。如果他被迫去看火光本身,他的眼睛会感到灼痛,他会逃开,仍旧转向那些他能看清的东西,并且认为它们确实比人们指给他看的更清楚。如果有人强拉他沿着一条崎岖的陡道上行,直至走出洞穴看见阳光,他会觉这如同酷刑,对那个强拉他的人大感恼怒,当他走到阳光下时,他会觉得满眼金星乱串,以致连一样别人告诉他是真实的东西也看不见。他将需要一

---

① [译按]以下为苏格拉底的话。薇依略掉了一些对话情节。

个逐渐习惯的过程,才能重新睁开眼睛。首先看影子是最容易的,接着是看人或别的东西在水中的倒影,然后是看这些东西本身。这样一来,他大概会觉得夜里看天象和天空本身,看月光和星光,比白天看太阳和阳光容易。最后,我想,他将能直接看太阳,不是水中的倒影,或别的地方的反映,而是太阳在本来的地方的本相。①

完美的状态,参见约翰所言:καϑώς ἐστιν[本来所是,真相]。②

这时他就会明白,正是太阳成就了四季和年岁,支配着可见世界的一切事物,并从某种角度而言是他所看见的一切事物的原因。

如果他回想起当初的洞穴,当时的智力水平,以及那些禁锢中的伙伴,他岂不为自己庆幸,而替他们[ ]③

就我们有限了解的秘教来看,这个譬喻极有可能来源于秘教传统,住在地下,浑身绑着链条,甚至有可能是某种崇拜仪式的做法。
(参见《德墨特尔颂诗》。④)

---

① [全集注]柏拉图,《王制》,卷七,514a – 516c。
② [全集注]约翰一书,3:2:"但我们知道,主若显现,我们必要像他,因为必得见他的真体。"
③ [全集注]引文至此中断。参见柏拉图,《王制》,卷七,518c。
④ [全集注]薇依认为,在走出洞穴与秘教入会礼之间肯定存在相通之处。一般认为,托名荷马的《德墨特尔颂诗》与古老的厄琉西斯秘教有关。普鲁塔克有一段文本比较死亡本身和秘教入会礼,指出灵魂在此生不可能获得真正的知识,在死亡的时刻:"一开始有游荡,有绕圈子的艰难行走、黑暗中的可怕行走,并且不知道走向哪里。随后,在到达目的地前,有各种各样的恐怖情景⋯⋯这时出现一道奇妙的光线,纯净的所在和草地迎接你们⋯⋯从此,你们参与了完满的入会礼,变得自由,毫无障碍地前行⋯⋯"(残篇 178 = Stobée,IV,52,49)

人类困境的场景叙事至此达到极致。

我们从一出生就受惩罚。① 毕达哥拉斯派观点。这不算原罪，不过，这段叙事带有刑罚的意味、监禁的意味，因而也就隐含某种相似的罪的意味。

我们在虚幻中出世和生活。我们只遭遇虚幻。乃至我们自己，我们以为看见了自己，其实只看见自己的影子。认识你自己：无法在洞穴之中践行的箴言。我们只看到玩偶的影子。在我们所处的世界里，我们看到的全是影子（或表象），这个世界无异于一件人工作品，一场游戏，一个幽灵。这个对比值得我们反思。真正存在的实在，心智世界，由最高的善所生养，来源于最高的善。物质世界却是被制造出来的。

在我们的世界与神之间再也不可能有比此更大的差距了。

（这个物质世界，或附带世界，就在比它大无穷倍的心智世界之中。没有谁比柏拉图更远离泛神论，更拒斥把神置于世界之中。）

我们在消极中出世和生活。我们一动不动。影像从我们面前经过，我们经历这些影像。我们毫无选择。我们在每个瞬间所经历的东西，全由木偶演员提供给我们（没有人告诉我们他究竟是谁……这世界的王②吗？）。我们一点自由也没有。人在皈依之后（包括皈依过程）而不是在皈依之前是自由的。正如德·比朗所言，我们被修改过。③

---

① ［全集注］影射斐洛劳斯的残篇（DK 44 B13），薇依经常援引，如见《全集》，IV 2,83。

② ［全集注］福音书作者约翰用来指代人类种族的古老对手，也就是撒旦。参见约翰福音，12:31："现在这世界受审判，这世界的王要被赶出去"；16:8–11："他来了，就要叫世人为罪、为义、为审判，自己责备自己……为审判，是因这世界的王受了审判。"

③ ［全集注］参见1819年1月2日比朗的日记："我是一切外在事故的玩弄对象，我任凭力量修改我，却不行动起来让我修改自己。我一个人做得到这一点吗？"（Nechâtel, Ed. de la Baconnière, 1954, t. II, 页199）

有声电影很像这个洞穴。这也表明了我们有多么热爱自己的沦落。

我们在无意识中出世和生活。我们不明白自身的困境。我们不知道自己被惩罚,活在虚幻之中,消极无比;当然我们也不知道自己是无意识的。倘若这个叙事确乎真实,那么想必现实就是这么发生了。囚徒全心依恋自己的囚禁状态。这永是不幸的沦落后果:灵魂纠缠其中,再也不能摆脱(另一种屈服)。

成为人类,正是这一共同的不幸的后果。

如果有外观可怕的影子出现在洞壁上,囚徒会受到惊吓。然而,关于他们自身困境的本质,也就是他们对洞壁上的影子的完全依附,以及他们相信这些影子是真实的错误,他们却一无所知。

自此,皈依不是小事。解除禁锢也不是微不足道。

我们可以这么考虑,当一个人通过启示或更经常是通过他人的口头或书面教诲(往往是一本书)而得知,这个世界不是全部,还有更好的别的东西值得寻索,那么他身上的禁锢也就解除了。

但是,当他开始行动时,却因四肢无力、关节僵硬而百受阻扰,就连一丝动弹也会带来难以忍受的疼痛。这里的譬喻具有不可思议的精确性。

这时,有一种让事情变容易的做法。如果那个解除禁锢的人讲述外面的世界的种种奇观,植被、树木、天空、太阳,囚徒只需保持一动不动,闭上双眼,想象自己爬出洞穴,亲眼看见所有这些景象。他还可以想象自己在这次旅行中遭遇了一些磨难,好让想象更加生动逼真。

这个做法会让人生舒适无比,自尊得到极大满足,不费吹灰之力就拥有一切。

每当人们以为皈依产生,却没有伴随一些最起码的暴力和苦楚,那只能说皈依还没有真的产生。禁锢解除了,人却依旧静止,移动只是虚拟。

那么,标准何在?努力和苦难的感觉并非只有一种,想象的努力和苦难同样存在。再没有什么比内心感觉更迷惑人了。必须还有另外的标准。

柏拉图的意象表明,皈依是一个暴力而苦楚的过程,是一种拔除,包含着一定数量的不可削减的暴力和苦楚。

你若不愿意付出所有这些代价,就不可能达到目的,即便削减一点点也行不通。真实具有某种不可削减性。

柏拉图的譬喻表明,这个过程包含几个阶段。

囚徒解除禁锢以后,在洞穴中穿梭。他什么也看不见;他的周遭确乎一片黑暗。停住脚步观察四周是没有用的。他必须前行,为此付出千般苦楚,同时不知道自己要往何处去。在此,意愿是唯一的动机,心智派不上用场。每走一步,他要付出一次全新的努力。如果他在走出洞穴之前停止前行,即便仅剩最后一步,那他再也没有可能走出去。最后几步最是艰难。

特别注意一点:只要人还在洞穴中,即便已向洞口前行很多,仅剩一步路就能走出去,我们还是对神一无所知。

这是救赎中的意愿部分。徒然的努力,不幸而盲目的意愿的努力,只因这样的意愿没有光照。

人走出洞穴之后,会因头昏目眩而更加痛苦,但这时他已安全。(当然,只要他不稀里糊涂地走回洞穴,否则一切将从头来过。)他不再需要付出意愿的努力,而只需保持等待的状态,看向那些光芒渐渐可以忍受的事物。在等和看的过程中,时间本身也会创造出某种越来越强大的接收光线的能力。

整个过程存在两个混乱阶段,让人完全不知道自己身在何处,彻底迷失。一次是在洞穴中,人身上的锁链松开了,开始转头观望,向前行走。另一次更剧烈,是在走出洞穴、强光袭来的时候。

这两个阶段恰恰对应了十字若望所提出的两个"暗夜":感性的暗夜和灵性的暗夜。①

---

① [全集注]参看十字若望,《灵魂的暗夜》,第一章,第八节。

（我们很难不去想，这个精确的譬喻凝聚了几代之间的秘教经验。）

在最后的时刻，获得解放的人直视太阳本身、善本身，也就是神本身。这个时刻对应了十字若望所说的灵性婚姻。①

然而，在柏拉图的对话中，这还没有结束。

还有一个阶段。（十字若望同样提到了这个阶段。）

> 我们作为城邦建立者的职责，就是要迫使最好的灵魂达到最高的知识，也就是看见善，并上升至那个高度；而当他们达到那个高度以后，我们不能像现在这样容许他们逗留在上头，不愿再下到囚徒中去，分享底下各种或多或少让人轻视的劳苦和荣誉。立法不是为城邦中某个公民群体的特殊幸福，而是运用说服和强制，使每个公民为共同利益做出贡献，从而建立全体公民之间的调和。立法在城邦中造就这样的人，不是要让他们各行其是，而是要利用他们实现城邦的团结。我们不会不公正地对待城邦中的哲人，只会对他们说公正的话语。②"我们培养了你们，既为你们自己也为其他公民，让你们做蜂房中的领袖和王者。你们受到比其他人更高更完全的教育，有能力采取两种生活方式。你们必须轮流下去和其他人同住，习惯在黑暗中观看。因为，一经习惯，你们会比底下的人看清楚上千倍；你们能辨认各种表象，知道它们反映了什么，因为你们已经看见过美、正义和好的东西的真实。这样，我们和你们才能一起居住在一个处于清醒状态的城邦，而不是像如今那样处于昏睡状

---

① ［全集注］如见十字若望，《攀登加尔默罗山》，第二章，第十六节："在这种高级状态的结合里，神不再通过任何幻影、相似或意象与灵魂交流……而是嘴对嘴，也就是纯粹而赤裸裸的神的本质，对纯粹而赤裸裸的灵魂本质。前者如恋爱中的神的嘴，后者如爱神灵魂的嘴。"

② ［译按］此处引文略掉了一些对话情节。

态的城邦。大多数城邦(也就是灵魂)里住着这样一些人,他们挑起影子战争,互相敌对斗殴,以争夺权力,仿佛那是极大的善。但事实却是,城邦的统治者越是不热心权力,城邦越是完善和平定,与此相反的统治者的城邦,情况也相反。"[无为而治。]当我们所培养的人听到这些话时,他们会不顺服吗?那是不可能的,因为我们是在向正义的人提出正义的要求。①

值得一提的是,这个城邦是虚构的,纯粹是灵魂的象征。柏拉图也说了:"或许天上有这个城邦的原型,凡是渴望看见它的人看见它,也能建立属于他自己的城邦。"②

不同类型的城邦公民,代表灵魂的各个部分。走出洞穴的哲人,代表灵魂的超自然部分。

灵魂必须整个儿脱离此世,但只有超自然部分与彼世联系。

当超自然部分面对面地看见神时,它必须转回去支配灵魂,使灵魂整个儿处于清醒状态,而不是像那些没有实现拯救的灵魂那样处于昏睡状态。

灵魂的自然部分一旦摆脱此世,也不可能达到彼世,在拯救过程中处于空的状态。它应该与属于它的此世重建联系,但不是依恋,而是一种合理的联系。

总之,在使灵魂脱离肉身之后,在穿越死亡以走近神之后,圣人必须从某种程度上重新化回自己的肉身,以便在这个世界上、在有死的人生里传播超自然之光的映射;以便把这有死的人生、这个世界转化成一种真实,因为直到此刻一切还如梦幻。就这样,由他去完成创世的剩余工作。

神的完美模仿者要先脱离肉身,再化回肉身。

现在,对于刚刚走出洞穴的人而言,使灵魂适应光线的沉思有

---

① [全集注]柏拉图,《王制》,卷七,519c – 520e。
② [全集注]柏拉图,《王制》,卷九,592b。

哪些？显然有好几条出路。柏拉图在《王制》①中指出一条。心智之路。

从黑暗过渡到凝视太阳，必须有中介，即 μεταξύ。选择不同的中介，意味着走不同的路。在《王制》所描绘的路中，中介是关系②。

中介的作用，一方面是处于无知和完全的智慧之间、暂时的生成和存在的充盈之间的中途，即比例的正中，因为这里指灵魂与神的相似。另一方面，中介还必须把灵魂牵引向存在，并召唤思想。

在心智的路上，召唤思想的，恰是矛盾现身之处。换言之，就是关系。任何地方只要有矛盾的表象，就会有矛盾双方的关联，也就是关系。当某个矛盾摆在心智面前时，心智被迫设想出一种关系，以便把矛盾转变成关联，灵魂继而被牵引向更高处。

《泰阿泰德》中的例子：骰子（比较四点、六点和十二点）。③

结论：数学是这一类关系的科学。四个支派：算术、几何、天文、音乐（后两种数学未经评议。参见柏拉图提出的星辰问题）。

这些科学本身没有价值。它们是灵魂与神之间的中介。

  囚徒解除禁锢，他的信仰从影子转向制造出来的物件（玩偶），再转向火光，然后从洞穴上行到太阳光下，这时，他还不能直视动物、植物和阳光，只能观察水中的神圣影像和真实事物的倒影。他不再是看玩偶的影子了……

  这就是科学的功效，我们列举这些科学，是为了引导灵魂

---

① ［全集注］《王制》指明了一条认知的路，把灵魂引领向洞穴以外的太阳，这条路还相应地包含回到洞穴的部分。除此以外，《泰阿泰德》提出一种"与神相似"的神秘道路（176b）；《斐德若》谈及天外的滋养（247b–d）；《蒂迈欧》的道路与世界秩序的概念有关；《会饮》提出对美的欲求。

② ［译按］薇依在下文中指出，这里的"关系"（rapport），即 λόγος［逻各斯］。

③ ［全集注］柏拉图，《泰阿泰德》，154c。

的最善部分去看见存在的最好部分。①

在这些科学之后来临的又是什么？柏拉图只是把它命名为辩证术，却对它三缄其口。这意味着要试着了解这些科学本身。"不要依靠任何感觉，而要通过纯粹的理性，力求达到每个事物的本质，并一直坚持到依靠心智本身去理解善的本质。"②

在下文中，他还说道：

> 我们提到的科学，如几何学和其他学科，虽然对存在有所认识，但我们可以看到它们在存在的问题上就像在做梦似的，只要它们还在原封不动地运用假设（也就是公理和公设）而不能给予任何说明，它们就不可能清醒地看见存在。只有辩证术可以取缔这些假设，引导灵魂的眼睛朝向本原。③

我们只有借助散布各处的迹象来揣测它。

古希腊有一种秘教主义，所有秘教主义沉思均建立在数学关系的基础之上。非常奇特。（参见普罗克洛斯对柏拉图和斐洛劳斯的注疏。）

优先沉思世界秩序。④

这条从数学到作为善的神的路，显然必须途经世界秩序的概念（世界在此并不受经验论批评的验证），世界的美的概念。我们可能找到的散布各处的迹象，恰恰与这个概念有关。

这些迹象包括：

---

① ［全集注］柏拉图，《王制》，卷七，532b－c。
② ［全集注］柏拉图，《王制》，卷七，532a－b。
③ ［全集注］柏拉图，《王制》，卷七，533b－d。
④ ［全集注］薇依加在笔记页面上方的空白处，作为这一段落的标题。

第一,阿那克西曼德的一段文本。① "万物从不定物质出发开始生成,并且必然通过回归这种不定物质完成消亡;因为,万物本身是不公正的,要在时间顺序中经受彼此的惩罚和赎罪。"

深不可测的文本。

第二,柏拉图的《高尔吉亚》中有一个隐晦的段落:

>……不能放纵欲望,试图加以满足;这会是难以解除的不幸,人生将充满暴力。这样一来,我们不可能成为任何人或神的朋友;我们不可能建立任何联合(κοινωνία);没有联合,就没有友爱。② 卡利克勒斯,智者们声称,天和地,神和人之所以能在一起,是因为有联合、友爱、秩序(κοσμιότητα)、节制和正义。为此,我的朋友,他们把这一切命名为某种秩序,而不是无序或无度。[柏拉图思想中因此存在着神和人之间的联合与友爱的概念。]在我看来,你虽然也挺有学问,却没有注意到这些。你没有看到,几何等式对诸神和人类均施有强大的力量。你以为拥有越多越好。那是因为你完全忘了几何。③

参考:"正义是一个同样相等的数字。"④

第三,《斐勒布》中还有另一更为隐晦的段落:

(先给出例子:音乐,文学。)

>没有比这更美好的方法。我沉迷于这种方法,但它常常逃避我,令我迷失,不知如何是好。这种方法说来容易,用起来却很难。但凡与某种技艺相关的发现都是通过它来实现。

---

① [全集注]阿那克西曼德残篇,DK 12 B 1。
② [薇依笔记自注]神与人之间的联合和友爱,存在于柏拉图的对话。
③ [全集注]柏拉图,《高尔吉亚》,507c – 508a。
④ [全集注]DK 58 B 4(22 – 23)。这是毕达哥拉斯学派的理论。

在我看来,这是神们给人类的恩赐;某个普罗米修斯一定是从神们的住所扔下明亮的火种时,一并捎带上这个恩赐。古人比我们更好,也更接近诸神,他们把这个传统传给我们;他们说,人们称作永恒的万物由一和多组成,天生包含有限和无限。①

(注意:这里说的不是世界本身,而是世界起源的某种永恒秩序。)

既然事物是这么安排的,我们必须在每次寻索时确定某个单一理念。我们会找到这个理念,因为它就隐藏在寻索中。一旦找到了,我们还必须从一出发寻找二,如果有二的话,否则就接着找三或其他的数。我们必须对每位数的一做同样的工作,直到我们不仅明白最初的那个一同时是一、数和无限的多,而且还明白是哪位数。但在弄清作为一与无限之间的中介数之前,无限的概念不能运用于多。只有弄清了,我们才可以让万物的一迷失在无限之中。诸神给了我们这个寻索、学习和教诲的方法……②

(但人们不再知道如何运用这个方法。)
例子。语法——嗓音——嗓音传送的声音之多——知道有多少字母和哪些字母。

音乐。

相反的途径,从无限到一。特伍忒,③文字的发明者,先后造出元音、辅音和哑音;然后,他做了一番计算,把它们合成为文字。

下文还有一段:

---

① [全集注]柏拉图,《斐勒布》,16b-e。笔记批注:"力量与爱欲。"
② [全集注]柏拉图,《斐勒布》,16b-e。
③ [译按]忒伍特(Teuth),埃及神,发明了数字、算术、几何、天文,还发明了跳棋和掷骰子,最终还发明了书写文字(《斐德若》,274c-275e)。

正是在事物的这两个种类的基础之上,我们有了季节和一切美的东西,也就是无限和有限的混合。(26b)

注意这里出现了美的概念——参看《会饮》中的相关段落。① 注意以下几点:

第一,这个理论具有特定的毕达哥拉斯派色彩(参见斐洛劳斯和斐瑞库得斯②),但毕达哥拉斯派哲人们生活在不到一个世纪以前,不可能是柏拉图所说的"古人"。③ 因此,这里说的是某种更古老的传统,俄耳甫斯秘教传统或厄琉西斯秘教传统。

这个传统包含了一种起源发明理论(书写、音乐、某些技艺)、一种普遍发明理论和一种世界秩序理论。所有这些建立在同一原理之上,也就是无限和有限的混合。该原理同时也是(在同一对话《斐勒布》中)一种道德原理(在《政治家》中是一种政治原理)。

第二,有关这个传统,柏拉图提起普罗米修斯。④ 在埃斯库罗斯的肃剧里,普罗米修斯开创了起源的发明、季节的灵魂、星辰的循环和数字⑤。

无需多加比较,我们很容易注意到:

首先,世界秩序的概念与圣经传道书极为接近(但更具体);

其次,在毕达哥拉斯派传统中,$ἀριϑμός$[数字]和$λόγος$[关系]这

---

① [全集注]这里指异乡女祭司第俄提玛的教诲:灵魂朝向美的攀升过程。参看下文引文。

② [全集注]斐洛劳斯残篇:"世界秩序是无限与有限的一种调和"(DK 44 B 1)。"斐瑞库得斯说,宙斯在创造的过程中化身为爱若斯,因为,他把世界秩序和诸种对立体融合起来,把世界秩序引向友爱,并在万物中散布同一性和统一性"(参见下文;《全集》,VI 3,126;斐瑞库得斯残篇 DK 7 B 3)。

③ [译按]《斐勒布》,16c–d。在写给哥哥的信中,薇依同样援引了这个段落,并做了比这里更详细的评述,参看附录书信。

④ [全集注]《斐勒布》,16c–17a。

⑤ [全集注]埃斯库罗斯,《普罗米修斯》,行447–459。

两个词的用法并无关联。Λόγος即圣言（圣子），但更含有关系之义。在柏拉图这里，一即神，无限即物质。至此，"数字就是一和无限之间的中介"①这句话有了奇特的共鸣。

同样，"季节和一切美的东西由无限和有限的混合所生成"②——也就是通过组织原理而生成。

（一切美的东西，也就是一切本身是美的东西，因为宇宙是美的。——参看《蒂迈欧》。③）

在古希腊人眼里，λόγος从根本上就是有限和无限的混合。犹多克索。④

最后不要忘了，作为问题核心的普罗米修斯是一个神，他出于对人类的爱，⑤盗走宙斯的闪电，带给人类火种，并因此被钉上十字架。参看克莱安塞斯的颂诗中的闪电。路加福音，12:49："我来，要把火丢（βαλεῖν）在地上，倘若已经着起来，不也是我所愿意的吗？"（注意"双刃"⑥和"我带来给你们的不是和平，而是纷争"的相似之

---

① ［全集注］柏拉图，《斐勒布》，16d – e。
② ［全集注］柏拉图，《斐勒布》，22a。
③ ［全集注］柏拉图，《蒂迈欧》，29e 起。
④ ［译按］犹多克索（Eudoxe）是公元四世纪的希腊天文学家和几何学家，柏拉图的同时代人。后世通过阿基米德的记载而了解他的理论发现。［全集注］这里既指犹多克索的基础比例理论（我们可以从阿基米德的著作里找出蛛丝马迹），更指柏拉图周围的数学家们所发展起来的一种比的概念，把乘方形式的可公度量（比如一个有理整数与一个二次方无理数的比）含括于统一的相似理论。事实上，很早以来，这种做法就被看成在无理、无度的危机之后复兴古代秩序。当然，回归原始的毕达哥拉斯理想是不可能了，只能如薇依所暗示的，实现数学家们所说的某种"有限和无限"的混合。
⑤ ［全集注］埃斯库罗斯，《普罗米修斯》，行 133。
⑥ ［全集注］《宙斯颂诗》第 10 行如此定义闪电："双刃、火、永恒长生，闪电呵！"薇依多次引用双刃的意象，并引希伯来书（4:12）："神的道是活泼的，是有功效的，比一切两刃的剑更快，甚至魂与灵、骨节与骨髓，都能刺入、剖开，连心中的思念和主意都能辨明"（参见《全集》，VI 4,302）。

处。)这个段落表明,普罗米修斯的火不是物质的火。一切始于堕落与原罪的理论,还有神中的生命这个意象。使徒行传:火的言语。① ——马太福音中施洗约翰的话:"他要用圣灵与火给你们施洗。"②

在《蒂迈欧》这篇对话中,世界秩序的概念带着前所未有的光芒现身,并被人身化为某个叫作世界灵魂的神。③

不过,在提及《蒂迈欧》之前,我们还需看一看美和爱欲的概念。柏拉图提出另一条救赎之路,非心智的路,爱欲的路。《斐德若》、《会饮》。

(具有救世意味的爱。在《王制》中,柏拉图描绘了作为其对立面的另一种爱欲,沦丧的爱,地狱的爱,他称作僭主的爱。④)

既然世界是美的,神就是世界的创造者。⑤《蒂迈欧》。整个城邦处于警醒守夜状态。⑥

《斐德若》指明一条绝对称不上心智的救赎之路,其内容也丝毫不与研究、科学、哲学相近,这是单纯借助情感的救赎,并且一开

---

① [译按]使徒行传,2:1-4:"五旬节到了,门徒都聚集在一处。忽然,从天上有响声下来,好像一阵大风吹过,充满了他们所坐的屋子;又有舌头如火焰显现出来,分开落在他们各人的头上。他们就都被圣灵充满,按着圣灵所赐的口才说起别国的话来。"

② [译按]马太福音,3:11。

③ [全集注]柏拉图,《蒂迈欧》,34b,37c。

④ [全集注]柏拉图,《王制》,卷九,573d。这个段落讲的是僭主。在《斐德若》中,斐德若向苏格拉底复述吕西阿斯的一段辞赋,讲到激情中的人犹如有害的疯子,随时准备牺牲善以满足欲求(239a-240a)。僭主式的人的欲求不但违背自然法则,还会成为灵魂的真正僭主。僭主本人也必遭僭主般的压迫(572b-573c)。

⑤ [全集注]既然神是世界的创造者,那么神的存在和原则必然超过世界秩序和世界之美。这一传统视野同样见于《蒂迈欧》(29e;30b等)。

⑥ [全集注]柏拉图,《王制》,卷九,574e,576b。薇依稍后删除了这个段落。

始是一种完全人性的情感:成为有情人的爱欲。①

柏拉图的爱欲理论②奇迹般地影响后世,浸染众多国度。欧洲。阿拉伯世界。③

> 凡灵魂都是不死的[证据:灵魂是运动的本原]。④
> 要说灵魂是什么样的,只得靠神力之助,而且描述起来会很长;好在,描述一下灵魂与什么相似,人还是力所能及,而且几句话就可以说完。⑤

紧接着是一段渊源古远的譬喻。在与柏拉图几乎同一时代的印度文本⑥里也曾出现相似说法。因此,这个譬喻想必最早出现在希腊人和印度人还是同族同源的年代。

> 不妨将灵魂比作有翅膀的马车与带翅膀的御马者的合力。在神们那里,马儿和御车者都是优良的,出身也优良,在其余的那里,马儿和御车者就混杂不纯了。在我们人这里,首先,御车者要驾驭一对马车,其次,其中一匹马车的马儿俊美、优良,出身也相若,另一匹就刚刚相反,出身也相反。这样一来,对我们来说,驾驭必然就成了一件困难且麻烦的事。那么,怎么有的生物叫做会死的,有的又叫做不死的呢,这一点我们得试着来

---

① [全集注]薇依稍后删除了这个段落的后半部分内容。
② [全集注]参见《奥克文明启示何在?》。
③ [全集注]柏拉图式爱欲这个说法最早甚至源自阿拉伯学者(如 Ibn Dawud、Ibn Hazm 和 Masudi 等)围绕《会饮》的注疏和辩论。
④ [全集注]柏拉图,《斐德若》,245c。[译按]所有《斐德若》引文均引自刘小枫未刊译稿。
⑤ [全集注]柏拉图,《斐德若》,246a–b。
⑥ [全集注]《奥义书》中同样出现马车和车夫的譬喻:"Atmans 即马车的主人,身体即马车,理性是车夫,思想是缰绳"(III,3)。

说一说。凡灵魂都牵着无灵魂的,游历诸天,但不断变换样子。倘若灵魂完善、翅羽丰满,就游到上界,主理整个宇宙;倘若失去了翅膀,灵魂就向下落,直到遇上某个坚实的东西撑住自己;于是,这灵魂就取一个尘世的身体在那里住下来。①
　　翅膀的本然能力是把沉重的东西带到高处。②

在古希腊语中,自然一般指本质。
我们不可能更清楚地说明,翅膀是一种超自然的器官,是恩典本身。

　　一直上升到有神们族居住的地儿,所以,就属于身体的东西而言,翅膀是最接近神性灵魂的部分;所谓神性的东西,就是优秀、智慧、良善,以及所有类似的好品质。翅膀尤其要靠这些好品质来养育自己、使自己生长;要是靠丑陋、坏的以及类似的相反品质,翅膀就会萎缩、烂掉。话说那天上最大的首领宙斯,驾一辆带翅膀的马车,行在前头,规整、照料着所有的事物;跟在他后面的,是神们和精灵们的方阵,排成十一队。唯一只有赫斯提亚留守神们的家……在天界里,有好多好多美不胜收的景观和路径,这极乐的神们族就在其中来来去去,各尽其职守。凡愿意且有能力的,都跟随他们,因为,神们的歌队中没有妒忌。每逢要赴盛会和赴宴饮,神们就陡峭地向上游到天的穹隆,直到绝顶处;神们的马车因被驾驭得好,行走平稳,驾轻就熟,其他的马车要如此上升就很难,因为,他们的马儿受劣性拖累,沉甸甸的,若御车者没有好好驯服这马,他们就会被拖到地上,从上面降下来;在这里,等待灵魂的是极度的辛苦和挣扎。那些被称为不死的灵魂们呢,在到达绝顶后,他们还要出到天

---

① ［全集注］柏拉图,《斐德若》,246a–c。
② ［全集注］柏拉图,《斐德若》,246d。

外,在天穹外表停留一会儿;在那里站着的时候,他们便随天体绕行,观看天外的东西。

天外面的地方,迄今还没有哪个地上的诗人好好歌颂过,当然也绝不会有。那天外的地方其实是这样的——这事应该敢于说出真实,何况这会儿正说的就是真实东西的性质。确确实实在的东西,无色、无形,也摸不着,唯有灵魂的驾驭者—理智才看得见的东西,唯有它才属于真实的认知的那类东西,正是在这天外的地方。①

注意这里依然是宙斯、存在和真知。宙斯靠着存在滋养自己,这一滋养的行为构成认知。宙斯靠着存在滋养自己,这意味着神靠着神本身滋养自己。滋养既是爱欲,又是喜悦。

正如一个神的思想($\vartheta εο\tilde{υ}$ διάνοια)要靠纯粹的心智和真知($νο\tilde{υ}ς$ $καὶ$ $ἐπιστήμη$)滋养而成,每个灵魂的思想同样如此,它出自于吸纳与其相属的东西,一旦灵魂终于见到那东西,就会喜乐无比($ἀγαπ\tilde{α}$),靠这滋养自己,享用对真实的瞥见,直到天体周行满了一圈,灵魂又被带回到原点[二十四小时]。②

神靠神滋养自己。

在周行期间,灵魂见到正义本身,见到审慎,见到知识,不是那种仍在生成变易中的知识,也非随时随地在变换的东西($ἀλλ'$ $ἐν$ $τ\tilde{ῳ}$ $ὅ$ $ἔστιν$ $ὂν$ $ὄντως$)——我们如今叫这些东西为"在那里的东西"——的知识,而是对真实的东西的确确实实的认知。灵魂以如此这般的方式见到了那别一番在那里的东西,并因此

---

① [全集注]柏拉图,《斐德若》,246d - 247d。
② [全集注]柏拉图,《斐德若》,247d - e。

而振作起来,它就又下到天体的内部,驾着马车驶回自己的家。①

灵魂靠神滋养自己。
注意,我们很清楚地看到这是柏拉图的理论。这完全并仅仅是神的属性。②

　　这就是神们的生活;其他灵魂,凡最为优秀地跟随神们并与神们看齐的灵魂,会让自己的御车者抬起头,朝向那天外的地方,随着天体周行一同环驶,但由于受自己的马儿干扰,得费劲才看得见在那里的东西($τὰ\ ὄντα$);另有一些灵魂一会儿升上去、一会儿降下来,由于马儿特犟,它们看见这些,却看不见那些。

　　至于其余的灵魂,尽管跟随神们竭力要上升,却没能力做到,老在下界打转转,不是踩着别人,就是撞着别人,个个争先恐后。这样一来,肯定就闹出纷乱、争斗、拼死拼活,由于御车者笨头笨脑($κακία$),好多灵魂被搞废了,好多灵魂折了自己的翅膀。尽管费尽大力,所有这些个灵魂都掉了下来,无缘得见[没有成功,没有获得入门指引]在那里的东西,回来后,只有靠假相提供的东西来营养自己。要费那么大的力来见到在那里的真相之原($τὸ\ ἀληθεία\ ἰδεῖν\ πεδίον$),其缘由就在于,适合养育灵魂中最优秀的部分的牧场,靠的就是那里的青草地,把灵魂举起来的翅膀,其本然天性也靠这青草来滋养。而且,那条阿德拉斯泰娅法规($θεσμός\ τε\ Ἀδραστείας$)是这样的:凡紧随一个神而见到了真实的东西($τι\ τῶν\ ἀληθῶν$)的灵魂,直到下一次周行都不会受苦,倘若它总能做到如此,那就总不会受到伤害;可

---

① [全集注]柏拉图,《斐德若》,247e。
② [译按]attribut = attribuer 归属,赐予。

是,倘若灵魂没能力跟随神,从而没达到观照,或在偶然的情况下(τινι συντυχία χρησαμένη)因不幸受遗忘和没能耐拖累,灵魂沉重起来,失去自己的翅羽,掉到地上。①

这样,灵魂经历了一个人类世代——它具有这样或那样的人格——(哲人、国王、商人、手工者、僭主,等等;这是加了工的社会品级理论)"根据灵魂在掉到地上以前在上面看到多少真实的东西"。在这里列举的不同品级中,没有奴隶。

人人均有瞥见过真实的灵魂。②

> 从没见过真实的灵魂,就不会进入这种形态[人类形态]。人之为人必须懂得那所谓按爱多思来陈说的东西,也就是从杂多的感觉脱显出来,经理性思考统摄为一的东西。(Δεῖ γὰρ ἄνθρωπον ξυνιέναι κατ' εἶδος λεγόμενον, ἐκ πολλῶν ἰὸν αἰσθήσεων εἰς ἓν λογισμῷ ξυναιρούμενον.)
>
> 其实,这就是对我们的灵魂先前所看见的东西的回忆,当时,灵魂跟随一个神去游历,蔑视[ὑπεριδοῦσα,超验的视觉——超自然地看见——灵魂超越自我地看见]我们如今以为在那里的东西,仰望那确实在那里的东西(ἀνακύψασα)。③

这样,凡是人类都有一个灵魂,无一例外,也包括最卑微的奴隶,这个灵魂来自天外世界,也就是神,并被召唤回归那个世界。这一来源和召唤的征象是建立基本理念的资格,是存在于人类的多变品级中的禀赋;没有这个禀赋,孩子将不可能学会说话。在人类之中,品级的差异仅仅是偶然而多变的。从根本而言,人是相同的,因

---

① [全集注]柏拉图,《斐德若》,248a-c。
② [全集注]此句随后被删。
③ [全集注]柏拉图,《斐德若》,249b-c。

而是平等的。毕达哥拉斯派以等式来定义正义。人类作为神的孩子而具有根本的平等,这个想法至少可以追溯到公元前两千年,当时古埃及人的文献里已有相关记载。①

这里的记忆理论来自俄耳甫斯秘教传统,以"从记忆的湖涌出冰冷的水"②为证。

这些关于记忆和回忆的说法,意义何在? 意义很明显,只需关注意象本身,这也是譬喻的必要做法。假设我有了某个想法……两小时后……我从关注转向空白,只需几分钟;转向空白,却也转向实在。然后,事物突然就在那里,几乎不可能犯错。我从前不认识它,现在却认出它,就好像我一直在等待它。这是日常的事件,却是深不可测的神秘。

我们所有的概念,无非就是关乎这个世界的真实的概念。在我们的理解里,过去是真实的,却毫不在我们的掌握范围之内;面向过去,我们连一步也无法往前迈进,只能接受过去向我们散发的信息。

正因如此,过去是永恒而超自然的真实的最佳形象。记忆的愉悦和美好也许便在于此。普鲁斯特发现了这一点。

这个譬喻有助于领会可感知的特殊事物和永恒之间的关系。就过去而言,存在着某些现实的物件,我们称之为纪念品———一封信、一枚戒指,等等,对灵魂来说,这些物品意味着与过去的某种接触,某种实在的接触。圣礼也是如此……

现在要说到出于救赎目的而运用爱欲的疯狂③(语出柏拉图)。

---

① [全集注]薇依指刻在中世纪石棺上的一段埃及文本:"我造出四种风,好让人类像其兄弟一样呼吸;我造出海河,好让他们像其主人一样善加利用;我按照其兄弟的模样造出所有人类。我禁止他们犯不公正的罪,但他们的心灵完全败坏我的言辞规定"(参见 James Henry Bresasted, *The Dawn of Conscience*, New York, Sxribner's sons, 1935, 页 221)。

② [全集注]参看本文开篇所援引的俄耳甫斯秘教铭文。

③ [全集注]参见柏拉图,《斐德若》,244a – 245c。

这样的爱欲,首先是一种肉身的爱,但更是因美而产生的恩典,任何形式的可感知的美均有可能获得转变。

> 每个属人的灵魂尽管天生(φύσει)就见过那些个在那里的东西(τὰ ὄντα),不然的话,这灵魂也不会进到这样的一个生命;可是,要让个个灵魂由下面的事物回忆起那些别样的东西,却非易事,当初仅仅匆匆一瞥那些东西的灵魂做不到,在跌落到下面来时不幸因某些牵缠而沾染了不义的灵魂也做不到,因为他们已经把那些自己曾见到过的神圣的东西给忘了。①

遗忘;又一个深不可测的意象。我们所遗忘的过去——如某种情感——是绝对不存在的。然而,我们所遗忘的这个过去,并不为此而少一点真实的充盈,属于过去本身的真实,如今不再存在,因为,过去不存在于当下,只是一个过往的真实。

> 仅剩下少数灵魂还葆有足够的回忆,当这些人见到那边的事物的某些个相似物时,就惊愕得不知所措(ἐκπλήττονται),不能自己,也搞不懂自己究竟遇到了什么,因为他们的感觉已经不清不楚了。当然,正义、明智以及灵魂所珍视的所有东西(τίμια ψυχαῖς)在此世的相似品都黯然无光,凭借迟钝的工具,只有极少数人得以瞧瞧这样一些映像,费劲地察看那东西所摹的原样(γένος)。可是,在此之前,要看到美本身的光彩夺目完全可能;那时,我们合在幸福的歌队中,作为随从跟在宙斯后面,其他人则跟在别的某个神们后面,随着一起参谒种种秘教之一——那才真正叫做让人幸福得紧的秘教,我们为此赞颂不已,当时我们自身也整全完满,尚未沾染上那些在以后的时间

---

① [全集注]柏拉图,《斐德若》,249e–250a。

里正候着我们的恶;当时,我们恍然大悟,目光(出自 φαίνω)随着最后的开悟转向(ἐποπτεύοντες)那整全而又单纯、沉静恒定而又让人幸福无比的启明,以及那好纯净的光辉,而我们自己也纯净,还没有被铸成现在裹着我们并被叫做身体的那东西,就像牡蛎囚在甲壳里。

总之,值得记住这些荣耀得很的事情,出于对那个时候的这些事情的想念,说得长了些。就说那美罢,如已经说过的那样,她当时在那些东西堆中光彩夺目;如今,我们已经下到地上来……明智靠视觉却是看不见的;倘若睿智可以提供这样一些自己的清澈形象让我们的眼睛看得见,那它会在我们身上激发起对它何等厉害的情爱哟,①其他让人爱的东西同样如此。②说来说去,唯有美才有这样一种命分:最为明目显眼,而且最让人去爱(ἐρασμιώτατον)。这样说来,一个人倘若不是刚刚开悟,或已经腐败,就不会急切地从这儿转向那儿,朝向那美本身,他盯住的是这儿被叫做美的东西,所以,他望着这美的时候,一点点儿敬拜感觉都没,倒是按四脚兽的规矩屈从于快乐,舔舔地扒着交媾、下崽,毫无节制地放纵情欲,无忌惮,也无羞耻,违背天性地求取快感。相反,那新近开悟者、那当时所见甚多者之一,一旦见到某张神们一般的脸,或者某个身体那副把美描摹得惟妙惟肖的模样,他就一阵颤栗,经历到自己从前曾经有过的不安[沦落的不安](δειμάτων);于是,他望着这张脸简直有如在望着一个神,敬拜之情油然而生;倘若不是怕别人说他疯疯癫癫到了极点,他会祭拜这所爱的少年一如拜个神龛和拜个神。端详这所爱的人时,随颤栗而来的是所期待的转变——浑身出汗、极为少见的高热。因为,经过眼睛,他接受到那美的分

---

① [薇依笔记自注]古怪的情爱吗?

② [薇依笔记自注]此处暂停,引《王制》,472(这段引文最终放在篇末;这一整句用大写字母表示强调)。

泌,因这分泌,他浑身暖乎乎,这是羽毛在自然(φύσιν)地滋润起来,随着这阵子温暖,在那因干涩[硬化,σκληρότητος]而久已闭合的根部,又毛茸茸地生出东西,翅膀的胚芽冲了出来;经持续的滋润,羽毛管发胀,从根处往外冒生,布满灵魂的外表(ὑπὸ πᾶν τὸ τῆς ψυχῆς εἶδος)。从前,灵魂本来周身长满翅膀。

参见:俄耳甫斯秘教传统中带翅的爱若斯。①

> 这个时候,灵魂遍体沸腾[ἀνακηκίει,即"喷涌,渗出"——πέτρης,即"出自岩石的"——κεκίω,即"流淌,流动,散发,传播"——ἀνά,即"在高处"],悸跳,情形就像长牙,牙刚刚在生出来时,牙龈又痒又痛,一个正在生出翅膀的人的灵魂在冒出羽毛时正如此:搏动、发痛、发痒——灵魂正长羽毛。②

这一美的碰撞也曾出现在《王制》,但没有命名,正是它促使囚徒解除了禁锢,并迫使他前行。

这不仅仅是一个譬喻,这实在是一个关乎伴随恩典的诸种现象的心理—生理学理论。我们没有理由不去尝试这样一种理论。恩典来自天外的高处,却落在某个具有特定的心理和生理天性的存在者上,我们没有理由不去考察这一天性与恩典相遇的结果。

柏拉图的理念,在于美起了双重作用,首先美是一次碰撞,引出对另一世界的记忆,其次美是某种能量的物质来源,这种能量对精神进步直接有用。温暖,滋养,这些意象暗示了能量。任何事物都是能量的来源,但能量又分不同等次。比如,在一场战争中,就鼓舞军事士气而言,勋章是一种实在的能量来源,从字面意义的生理角

---

① [译按]阿里斯托芬,《鸟》,行 693 – 702。参看《柏拉图的"会饮"释义》。
② [全集注]柏拉图,《斐德若》,250a – 251c。

度而言。① 再比如金钱之于劳动。

一般说来,所有被人所渴望的东西都是能量来源,而能量与渴望处于同一水平。美是某种处于精神生活水平的能量的来源,这么说是因为,对美的沉思暗示着超脱。一件被感知为美的东西,就是一件人们不去触摸也不愿触摸的东西,只怕把它糟蹋了。要把其他被渴望物件所提供的能量转变成在精神上可用的能量,必须采取超脱和拒绝的行为。拒绝勋章,交出金钱。美的诱惑本身暗示着某种拒绝。这是一种坚持要距离的诱惑。这样,美是一种把低级能量转变成高级能量的机器。

这一分析可以化用于任何类型的精神进步。在任何地方,只要有爱欲,就有可感知的美。一种宗教缺少征象(signe)就无可想象,而这些征象是美的。弥撒以某种相似于艺术品的美对灵魂发生影响。一个人的美德和圣洁,通过面部表情、手势、姿态、声音或任何行为举止,从外在表现为可感知的美。科学包含一种可感知的美。等等。

凡是真正的爱欲,灵魂与肉身最紧密相连的那一部分必然也参与其中,而善必然以美的形式达到灵魂的这个部分。

牙龈受到刺激,发痒难忍。令人赞叹的意象。这里说的依然是不可缩减的那一部分痛苦。这个譬喻令人赞叹,因为萌发和萌发的疼痛在不知不觉中发生了,并且人们对此无能为力。人的意愿只能做一件事,就是看着美的存在,不向对方扑去。别的不由他的意愿。从这一点来看,这个意象比洞穴神话意象还要高妙。

灵魂的翅膀因被爱者的不在而发痒发痛,这是一种极致的疼痛。

> 但只要与这美一分开,灵魂马上干涩起来,那些小孔道的口子——羽毛本来由那里冒出来——变得萎缩、滞塞,于是,翅

---

① [薇依笔记自注]它激发人去做平常无法做出的举动。

膀的胚芽就被闭塞起来；被滞塞的胚芽与情液黏在一起，像脉搏一样勃动，根根都在刺戳那塞住的毛孔出口；这样一来，整个灵魂处处感到刺痛（*κεντουμένι*），难受得发疯；不过，一旦忆起那拥有美的人儿，灵魂又满是喜乐了。①

[当灵魂看见了美，萌芽的翅膀就会得到情液的浇灌，]从针刺般的产痛中舒缓过来，享受到喜乐，一时竟觉得甜蜜得无可比拟。②

这段描述同样可以化用。参见十字若望对暗夜和可感知恩典的轮番交替的言论。

灵魂重新忆起他曾在上头跟随的某个神，并在爱人身上看见这个神的形象。这种记忆首先是极不完美的。

他们靠的是这样一种方式：迫使自己聚精会神地举目仰望自己的神，通过追忆把握住他，被这神附体，从这神身上领得习性和生活方式（*ἔϑη*），尽一个凡人之所能及地分沾一个神。③

有情人努力使他所爱的人尽可能像自己在记忆中看见的神，当被爱的人回应他的这种爱时，他们之间的情爱也就建立在某种共同的神性参与之上。

然而，在这个过程中，灵魂翅膀的痒痛不是他唯一承受的苦楚。还有另一种更剧烈的痛苦。

这是因为那匹驾驭灵魂马车的黑马，一心想朝美的东西扑上去。这不听话的马不顾御车者的鞭策和踢刺，逼使有情人靠近被爱

---

① ［全集注］柏拉图，《斐德若》，251d。
② ［全集注］柏拉图，《斐德若》，251d－e。
③ ［全集注］柏拉图，《斐德若》，252e－253a。

的人。不过,一但看见那被爱的人,有情人就会回想起"美的自然"。

> 一看到美,灵魂颤栗起来,敬畏令他不禁倒退一步,同时不得不往后猛地一拉缰子,使得两匹马儿屁蹾坐地,一匹心甘情愿,因为本来就不抵触御车者,另一匹却瞿着不依。两匹马儿有些扯开了……①

但是,到了下次,黑马依然拖着整个马车往被爱的对象冲。

> 那御车者哩,感受与前次所感受到的一样,只不过更强烈,仿佛遇到栅栏,直往后退,缰头往回拉得比前次更猛,把那匹狂躁的马儿口中的辔头都扯了出来,搞得它那恶言恶语的舌头和下唇鲜血淋漓,把它的大腿和屁股摁倒在地,痛得它要死不活。由于这样子反复多次,那匹不逊的马儿不再搞不轨行径,终于俯首帖耳,听从御车者看着引路,当看到那少年的美时,它也颤栗得不行了。②

正如在洞穴意象中那样,这里有大量不可缩减的疼痛。也正如在洞穴中一样,这里有两种不同类型的疼痛。一种是自愿的,强行逼迫僵硬的身体走动起来,强行逼迫黑马停下来;另一种完全是非自愿的,与恩典本身有关,尽管恩典也是纯粹的愉悦的唯一源泉,但只要灵魂没有达到完美的状态,恩典就会是疼痛的起因。双眼遭遇强光时的头晕目眩,灵魂翅膀的发痒发疼。

自愿的疼痛只具有否定的意义,仅仅是一种条件。为了定义这种疼痛的天性,柏拉图运用了一个令人赞叹的意象,也就是训练。这个意象包含在灵魂马车的譬喻之中,而灵魂马车的譬喻又可以追

---

① [全集注]柏拉图,《斐德若》,254b – c。
② [全集注]柏拉图,《斐德若》,254d – e。

溯到更古远的年代,早在梵文古本中就出现过。①

训练的基础在于我们如今所说的条件反射。人们在结合这样或那样愉悦或痛苦时,会产生新的反射,而这些反射又会自动产生新的反射。这样,我们可以通过某种行为迫使我们内在的野兽,只要关注转向恩典的源泉就不会为了这个行为而感到不舒服。人们一般用鞭打和糖块来训练马戏团的狗。疼痛是一种主要方法。但疼痛本身毫无意义。人可能一整天抽打一条狗,而它什么也没学会。作为惩罚,痛苦毫无用处,甚至还有害,除非痛苦产生于带有如下目的的方法:肉身不得妨碍恩典的行为。方法才是重要的。对于我们内心的野兽,多鞭打一下是不行的,不应超过最终目的所要求的严格底限。但少鞭打一下也不行。

注意黑马既是一种帮助,也是一个束缚。它把马车拉向美,不可抗拒。当黑马被完全驯化以后,灵魂的疼痛已是御马车的充分动机。但一开始,黑马不可或缺。

甚至黑马的错误也有用,因为,每个错误都是训练过程中的一次进步良机。连续的惩罚最终让黑马完全驯服。尤其要注意,训练是一个完成的过程。马儿有可能性情各异,并在很长时间里没有任何可察觉的进步,但我们绝对肯定,只要一次接一次地惩罚它,最终一定会完全驯服它。

这就是安全的来源,这就是希望这个德性的基础。我们身上的邪恶最终会变得和我们一样。我们用以抗拒邪恶的善,始终存在于我们之外,并且无穷无尽。因此,我们绝对肯定,邪恶总有衰竭的一天。

注意,如果说这种训练是一次自愿因而也是自然的活动,那么,这个活动也只有在如下条件得到满足时才能实现,即灵魂受到天外的记忆的触动,翅膀开始萌发。这是一种否定的活动。②

---

① [全集注]参看上文有关《奥义书》的注释。
② [全集注]原文以方框圈住这句话。

至于那带来救赎的,那伴随着愉悦和痛苦的恩典,我们只能接受它,却不可能成为它的一部分,除非我们保持在恩典面前袒露自己,也就是说,保持一种带着爱欲的有倾向性的对善的关注。其余的,无论艰难还是甜美,将自行在我们身上发生。正是从这一点上我们得到证明:这是一种真正的秘教主义,始终存在着第二种元素。

黑马一经驯服,有情人,通过某种感染效应还要算上被爱的人,将越来越清楚地忆起天外的事。哲学在这里出现了,但柏拉图没有说他想到哪类学问。

他在《会饮》中讲得稍微详细一点。这篇对话指出了一条从爱欲出发通向最高认知的道路。在重述某个名叫第俄提玛的具有极高智慧的女人的教诲时,苏格拉底告诫众人,当他们爱上某种形式、某个表象的美时,要首先明白美不是一样完全属于自身的东西,而同样存在于其他表象。因此,这些表象均是美的一部分,但美本身不属于任何一样可见的东西。由此开始沉思行为(美德)中的美,继而又转向科学和哲学理论中的美,"转向美的沧海"。①

这段论述的结论如下:②

> 无论谁,只要在朝向爱欲方面被培育引领到这般境地,依序正确地瞥见各种各样美的事物,在爱欲的路途上终至抵达终点,他就会突然瞥见,自如的美何等神奇(ϑαυμαστὸν),为了这美,他先前付出的所有艰辛都值了。首先,这美是永在的东西,不生不灭、不增不减,既非仅仅这点儿美那点儿丑,也非这会儿美过会儿又不美,或者这样显得美那样又显得丑,或者在这里显得美,在别处又显得丑,仿佛对某些人说来显得美,对另一些人说来又显得丑。对于他来说,这美并非显得是比如一张脸、

---

① [全集注]柏拉图,《会饮》,210d。
② [全集注]笔记中有"I"的字样(ms. 52,页123)。下文"创世:《蒂迈欧》"处相应也加了II的字样。

一双手或身体上某个地方的美,也不呈现为某种说辞或者某种知识的美,不呈现为任何在某个地方的东西,比如在某个生物,在地上、天上或任何别处的东西;毋宁说,这东西[在他看来]自体自根、自存自在,永恒地与自身为一,所有别的美的东西都不过以某种方式分有其美;美的东西生生灭灭,美本身却始终如是,丝毫不会因之有所损益……无论谁,开始瞥见那美,他兴许就会切近地触及这完美的终点。……由操持上升到种种美的学问,最后从学问上升到那门学问,也就是美本身的学问,最终认识何谓美本身。……想想看,要是一个人看见美本身,它如其本然、晶莹剔透、精纯不杂,不是沾染人的血肉、色泽或其他会死的傻玩意一类的东西,而是那神性的纯然清一的美本身,想想看,这人会是什么心情?……谁要是生育、抚养真实的美德,从而成为受神宠爱的人,不管这个人是谁,不都会是不死的吗?①

要想拥有这些,对于人的天性来说,恐怕不会容易找到比爱若斯(ἔρως)更好的帮手了。所以,依我看,每个男子汉都必得敬重爱若斯。②

这一绝对、神圣的爱欲,凝视它使人成为受神宠爱的人,这种爱就是带有美的特性的神。这还不是最终境界;这对应《王制》中的存在(圣言)。

这里说的不是有关美的一种基本理念。这是说的是别的东西。某种爱欲、渴望的对象,某种永恒真实的东西。在逐渐认识什么成就美的过程中,人们有可能触及它。这与肉欲的诱惑无关。这是调和,带着爱,寻求万物之中的调和。

《会饮》的这个章节向我们指出了,在《王制》中的道路上,紧随

---

① [全集注]柏拉图,《会饮》,210e–212a。
② [全集注]柏拉图,《会饮》,212b。

几何和天文之后的是什么。对这些科学的美的沉思;同时,从这种美还将过渡到善。

寻找完美,是《会饮》之道。

柏拉图称《王制》中的道路受普罗米修斯的庇佑。至于《斐德若》中的道路,他没有特别提到哪个神;但他连续地坚持运用一些明显的秘教术语(《斐德若》和《会饮》都是如此)。此外,《斐德若》中还用μανία指神秘疯狂之神,秘教之神,狄俄尼索斯——与俄赛利斯一样,①他是受难、死又复活的神,灵魂的评判者和拯救者。普罗米修斯和狄俄尼索斯是朝向神的灵魂的两大向导。

在《会饮》中,爱若斯扮演了同样的角色。柏拉图通过他发展了中介理论。

> 所有命神[不当译法"半神"]都居于神和会死的之间[μεταξύ,匀称居中]——命相神灵有什么能力(δύναμια)呢?——把人们的祈求和献祭(τὰς δεήσεις καὶ θυσίας)传译和转达给神们,把神们的旨令和对献祭的酬报传译和转达给[ἑρμηνεῦον;赫耳墨斯也是命神!]人们;居于两者之间,命相神灵正好填充间隔,于是,整体自身自己就连成一气。这样一来,命神也就感发了所有涉及献祭、祭仪、谶语和种种占卜术、施法术。本来,神不和人相交,靠了命相神灵的这些能力,人和神才有来往和交谈,无论在醒的时候还是沉睡中。②

---

① [全集注]在写给哥哥的信中,薇依同样谈及疯狂与狄俄尼索斯—俄赛利斯的关系。参看附录书信。她还援引普鲁塔克的《伊希斯和俄赛利斯》:"普鲁塔克也说,有些人认为,俄赛利斯其实就是赫西俄德诗中的爱若斯,而爱若斯不是别人,就是狄俄尼索斯"(《全集》,VI 3,171)。这个话题重复出现在薇依的笔记中(《全集》,IV 2,153,180,225)。

② [全集注]柏拉图,《会饮》,202e – 203a。

爱若斯出生的故事。丰盈(也就是神性的充盈)和贫乏(也就是人性的残缺)的孩子。波若斯(道路,途径,办法,对策),丰盈之神(?),喝多了琼浆,醉倒在地。珀尼阿(贫乏)利用这个机会和他睡在一起……(这无疑是非常古老的传统,因为波若斯的名字来源已无从解释。但无论如何,这是一个神。)

爱若斯粗糙,脏兮兮的,打赤脚,居无住所,总是随便躺地上,什么也不盖,睡在人家门阶或干脆露天睡在路边。因有他母亲的天性,爱若斯总与贫乏($ἔνδεια$)为伴。①

参看但丁关于贫乏的诗句。
圣·方济各和基督的孀妇贫乏的联姻。

> 年少时,他曾为一女子
> 与父亲作战;正如向死神一般,
> 无人会向这女子主动敞开大门。
> 在他的教会随从前,
> 当着圣父的面,他与她结合;
> 他爱她一天胜似一天。
> 这女子自失去头一个丈夫以来,
> 受着冷落,无人过问达一千余年,
> 在他之前一个追求者也没有。
> 世人知道也无用呵:她多么从容镇定,
> 即便在冥王普鲁同面前,
> 听见那令世人丧胆的声音!
> 说了也无用呵:她多么忠诚高贵,
> 玛利亚还留在地上,

---

① [全集注]柏拉图,《会饮》,203c–d。

> 她竟随基督,升至十字架!①

> 由于他父亲的天性方面,他又对美的和好的东西有图谋;勇敢、热切而且顽强,还是个很有本事的猎手……他的天性既非不死的那类,也不是会死的那类……爱若斯必定是爱智慧的,爱智慧的就处于有智慧的和不明事理的之间。这也是由于其出身,因为,他父亲有智慧、有办法,他母亲却不明事理,摸不着门。②

中介的思想在柏拉图对话中起到根本性的作用;正如他在《斐勒布》中所说:"要提防过早达到一。"③

> 默提斯[机灵]的儿子波若斯[丰盈]也在场。他们正在吃饭的时候,波尼阿[贫乏]前来行乞——凡有热闹节庆她总来,站在门口不去。波若斯[丰盈]多饮了几杯琼浆——当时还没有酒,步到宙斯的花园,醉得头重脚软,便倒下睡了。出于自己的欠缺($áπορία$),珀尼阿[贫乏]突生一计:何不与波若斯[丰盈]生一子,于是睡到他身边,便怀上了爱若斯。④

II. 创世:《蒂迈欧》

这里面包含着神的第二个见证。第一个即笛卡儿所说的完美理念的见证。⑤ 第二个是世界秩序的见证。并不是通常所说的使

---

① [全集注]但丁,《神曲·天堂篇》,第11首,58–70。
② [全集注]柏拉图,《会饮》,203d–204b。
③ [全集注]柏拉图,《斐勒布》,17a,18b。
④ [全集注]柏拉图,《会饮》,203b–c。
⑤ [全集注]参见笛卡儿,《形而上学的沉思》(*Méditation métaphysique*, V, in *Œuvres philosophiques*, éd. F. Alquié, Classique Grenier, t. II, 1967, p. 472)。

方法适合目的,那可悲又可笑。世界秩序的唯一合理的见证,就是世界的美的见证。一件古希腊雕像的美引发了爱,但这爱的对象不是石头。同样,世界的美引发了爱,但这爱的对象不是物质。两者的本质一样:以爱见证神。不可能还有别的方式,因为,神不是别的,就是善,与他接触的方式没有别的,只有爱。正如我们不可能通过视觉辨认声音,我们也不可能通过除爱以外的方式认识神。

这一纯粹的善有两种反射,一种在我们的灵魂之中,也就是善的概念,另一种在世界中,也就是美。世界的秩序是美,而不是某种可定义的秩序。正如当每个字只能表达固定的含义时,这样写出来的诗歌想必也差强人意……(也许评论也是如此……)

《蒂迈欧》是一个创世的叙事。它截然不同于柏拉图的任何其他对话,就像是来自别的出处。要么柏拉图借鉴了某种我们所不了解的传统,要么他在写其他对话和这篇对话之间遇到了什么事。不管怎样,这很容易猜想。他走出洞穴,看见日光,又回到了洞穴。《蒂迈欧》是回到洞穴的人的书。[1] 可感知世界也不再呈现为洞穴的样貌。

《蒂迈欧》中存在着某种三位一体:创造者、创世的原型和世界的灵魂。

> 在我看来,我们首先要做出区分:什么是永恒实在、没有生成的东西?什么是永恒生成、没有实在的东西?由思想通过心智($λόγος$)来认知的,是永恒自持的东西;由意见通过非智性的感觉来推测的,是总在变化和消亡、没有实在的东西。何况,凡是生成的东西($γιγνόμενον$)必然有一个创造者($αἰτίου τινός$),没有创造者,就不可能有创造。创造主注视那永恒如一的东西并以此为原型,便能造出实体($ἰδέαν$)和美德($δύναμιν$),这样完成

---

[1] [译按]《王制》的洞穴神话是古希腊灵性的整体神话。《斐德若》和《会饮》解决走出洞穴面对太阳的问题,《蒂迈欧》解决回到洞穴的问题。

的作品必然是完美的。当他注视不断变化的东西并以此为原型,那么他的作品就不完美。①

倘若没有解读的钥匙,这几行文字显得极为晦涩;有了钥匙,一切再清晰不过。钥匙就在于柏拉图建立了一个技艺创造的理论,与神性创世相类比。如果说世界的神圣起源的见证在于它本身的美,那么这个类比选择得很恰当。为什么这是比时钟更恰当的意象呢? 那是因为,一件艺术作品和认知、爱欲一样包含着圣灵的感召(inspiration)。这段文字还包含着头等艺术与次等、再次等、若干次等的艺术之间的区别,其中头等艺术与圣洁性必然相关。许多被看作大艺术家的人只能算次等艺术。

为了好好解释这段文字,我们必须明白,柏拉图在脑海中想到了艺术创造的意象,如一首诗的创作,一件雕塑的制作等,并把这个意象与神性创世的意象加以类比。这段文字包含了艺术创作的完整理论,实验式理论。艺术家若一心只想模仿某件可感知的东西、某个心理现象或某种情感等,那么他只能创作出平庸的作品。在头等艺术作品的创造中,艺术家的关注点指向沉默和虚空。从这种沉默和虚空中降临圣灵的感召,又在言语和形式中渐渐得到发展。在此,原型是超验的圣灵感召的起源——创造者很好地对应圣父,世界灵魂对应圣子,原型对应圣灵。极致超验的原型,与圣灵一样,不可传述。

没有特殊用意。一个诗人若固定用某个字表达某种意思,那他只能是一个平庸的诗人。

原型是有生命的存在,不是一件东西。②

这个比喻选得好,世界之美见证了世界的神圣起源。还有什么

---

① [全集注]柏拉图,《蒂迈欧》,27d – 28b。原文中紧接着还有一句,随后被删。

② [全集注]原文以方框圈住这句话。

比时钟更合理的意象呢？这是一件艺术作品——好比认知，好比爱欲——包含着启示。这几行文暗中区分了与圣洁必然相关的头等艺术作品，和次等、次次等艺术作品。世人眼中的好些伟大艺术家只能算是次等艺术。

谈到整个天体或宇宙，或别的名称，正如在谈到别的话题时一样，首先要提出的问题是，它究竟是永恒真实，没有开端呢，还是被造出来，有开端的？我认为，它是被造出来的，因为它看得见，摸得着，又有形体，这些均是感觉，而可感的东西，就是可以被意见通过感官所把握的事物，处于生成的过程，并显然受生成制约。我们确认过，凡是生成的东西必然有一个创造者。要找出宇宙的创造者(ποιητής)和父亲是一件难事；即便找到了，也不能把他告诉所有人。

不过，我们还要提一个问题：宇宙的工匠在建构这个宇宙时用了哪个模型，是永恒如一的模型，还是不断变化(γεγονός)的模型？倘若宇宙是美的，工匠是善的，那么他显然是注视着永恒的模型。反过来，他就是注视着变化的模型。但创世主必定注视着永恒。因为，这个宇宙是一切被造事物中最美的，创世主则是一切创造者中最完美的。①

让我们说一说，为什么会有生成，创世主为什么会造出这个世界。他是善的，没有一位善者会对任何东西产生欲念。没有欲念，他就会希望一切尽可能与自己相似。……神想要万物皆善，无一物欠缺神性自身的价值。于是，他发现整个可见世界不是静止的，总是处于紊乱无序的运动之中。他认为秩序绝对比无序(πάντως)好[也就是，就其本质而言更好，而不是在某种关系中更好]。至善者决不会也无可能做出不是最美的行为。他在沉思中发现，在所有可见的事物中，一个没有心智的

---

① ［全集注］柏拉图，《蒂迈欧》，28b–29a。

世界绝无可能比一个有心智的世界更美。心智不可能存在于没有灵魂之处。盘算之下,他在建构这个宇宙时,把心智放在灵魂里,把灵魂放在身体里,以此完成一件从根本上尽善尽美的作品。这样,从相似性①来看,我们可以说,神的旨意令世界在生成时赋有灵魂和心智。②

原型。

创世主依照哪一种生物的样子来创造这个世界呢?我们用不着在意那些作为部分的生物。因为,任何与不完美者相似的事物绝不会是美的。有一种生物以其他所有生物的个体或族类为所属部分,我们可以假定,世界与之最是相似。它包含一切理智存在于自身,正如世界包含我们人类和其他一切可见生灵。它在所有理智存在($ωσυρίνων$)中最美,各方面也绝对完善,神依照它创造出了唯一的可见世界,使其自身包含各种族类的生物。③

唯一的世界。

……为了使它与那绝对的生物相似,创世主因此没有创造两个宇宙或无数个宇宙,而是创造了唯一的天,它过去、现在和未来都是唯一的圣子。④

---

① [薇依笔记自注]解释这个词语:十字若望的银色倒影。[全集注]可能指《心灵的赞歌》(Saint Jean de la Croix, *Cantique spirituel*, in *Œuvres complètes*, p.695)第十二节:"哦,清澈的泉水啊,/若在你如银的水影中/你让我突然瞥见/我不停寻索的双眸/我心里早藏起它的初样。"
② [全集注]柏拉图,《蒂迈欧》,29d – 30c。
③ [全集注]柏拉图,《蒂迈欧》,30c – 31a。
④ [全集注]柏拉图,《蒂迈欧》,31b。

天,即世界的灵魂。

这里的天,也就是与世界灵魂相连的心智(下文还将提到)。这就是独子。下文还会提到这一表述。①

从看得见、摸得着的形体产生火和土。三个数,需要两个平均值:气和水。

> 这样,宇宙的形体从这四种元素中创造出来,这些元素在比例上是调和的;由此宇宙拥有友爱精神,内在同一,不可分解。②
>
> 这就是永恒真实的神关于这个总有一天必然出现的神[作为世界主人的圣子]的计划。③

世界的灵魂。④

> 他把灵魂放在宇宙中心,使之穿越整个宇宙,又包裹宇宙的外表[灵魂在形体之外]。他把宇宙造成一个旋转的圆球,唯一的天体,孤独而空寂,能够与自己交谈,不需要其他伙伴,满足于自知自爱。极乐的神怀着这些意图创造了宇宙。⑤
>
> 神创造的灵魂在起源和德性上先于优于物体,以使灵魂统治和主宰,而物体顺服它。⑥

---

① [全集注]《蒂迈欧》对话的最后一个字即 $\mu o \nu o \gamma \varepsilon \nu \eta \varsigma$,薇依译作:"独子"。本篇文章也在援引《蒂迈欧》的最后段落中结束(或者不如说中断)。
② [全集注]柏拉图,《蒂迈欧》,32b-c。
③ [全集注]柏拉图,《蒂迈欧》,34a。
④ [薇依笔记自注]灵魂——神——人类灵魂——还需两个……
⑤ [全集注]柏拉图,《蒂迈欧》,34b。
⑥ [全集注]柏拉图,《蒂迈欧》,34c。

世界灵魂的建构。

灵魂不是 νοῦς 即心智,而是在与创世的关系中得到孕生的神,作为中介位于彼世和此世的交叉之处。

> 在不可分、永恒同一的实质和变化可分、有形的实质的基础之上,他创造了第三种中介性的实质,也就是与异同相关的实质。作为中介,他使这第三种实质一方面与不可分相连,另一方面与有形可分相连。他把这三种新的成分融为一种理式(ιδέαν),用强力迫使不顺服混合的异的类型(φύσιν)与同的类型达成调和。①

世界灵魂的基础和本质,是处于神和物质世界之间的某种平均值。平均值就是中介的理念所在。

这种中介功能奇妙地使世界灵魂对照普罗米修斯、狄俄尼索斯、爱若斯,以及《王制》中的义人。(俄耳甫斯教文本中的爱若斯起到世界灵魂的作用。)

有关爱若斯的俄耳甫斯秘教文本(引自阿里斯托芬的《鸟》)。②

> 起初只有混沌、暗夜、漆黑的虚冥和茫茫的渊谷;
> 那时尚无大地、空气和天空;从虚冥无边的怀里,
> 黑翅膀的夜首先生出了风卵,[世界之卵,参见《斐德若》]
> 经过一些时候,受尽欲求的爱若斯生出来了,
> 他犹如旋风,背上长着灿烂的金翅;
> 在茫茫的渊谷里,他夜里与混沌交合,
> 生出了我们,第一次把我们带进光明。
> 原先世上并没有神们的种族,在爱若斯与万物交合以前。

---

① [全集注]柏拉图,《蒂迈欧》,35a。
② [全集注]阿里斯托芬,《鸟》,行 693–702。笔记批注:"也许不引用。"

万物交会,才生出了天空和海洋,
大地和永生的极乐神族。

参《高尔吉亚》中的φιλία。作为秩序本原的爱若斯。
普罗克洛斯在注疏《蒂迈欧》(32c)时写道:

斐瑞库得斯说,宙斯在创造的过程中化身为爱若斯,因为,他把世界秩序和诸种对立体融合起来,把世界秩序引向友爱,并在万物中散布同一性和统一性。①

另一个对照是苦难。在普罗米修斯、狄俄尼索斯、爱若斯和义人身上均带有苦难。世界灵魂的苦难则是这样的:

神把这个混合体分裂成两个长条,拿这两个长条在中点交叠起来,形成一个大十字,又将每个长条环成圆圈,在交叠点的对面自相结合,同时与另一长条互相结合。他给这两个圆圈配上运动,使其沿着一条中轴线不断地自转,一个圆圈为外圈,另一个圆圈为内圈。外圈的运动他称之为同的运动,内圈的运动则表示异的运动。他支配着相同的一类运动……他按自己的意愿造就灵魂以后,就在灵魂之中构造有形体的宇宙……天的形体是可见的,但灵魂是不可见的,分有理性与调和,是用最优秀的理智造成的,具有永恒的性质,在被造物中最优秀。②

……这个有生命、可见又包含一切可见之物的世界,这一神的可感知形象,它就此生成,无比地伟大、善好、美丽和完善,这作为独子的独一无二的天。③

---

① [全集注]DK 7 B 3。
② [全集注]柏拉图,《蒂迈欧》,36b – 37a。
③ [全集注]柏拉图,《蒂迈欧》,92c。

柏拉图的《会饮》释义

[题解]《柏拉图的"会饮"释义》(Banquet de Platon),最早收在《基督宗教预象》第三部分(又见《全集》,IV 2, 180 – 230)。薇依完整释义柏拉图对话,仅此一篇。《会饮》全篇包含了七个人物的讲辞,读者往往把重点放在苏格拉底的讲辞,也就是他所忆述的狄俄提玛的教诲。在这里,薇依首先关注会饮席间的两位诗人,也就是阿里斯托芬和阿伽通。

《会饮》的主题是爱若斯,即与爱欲同名的神。阿里斯托芬有一段文本①无疑深受俄耳甫斯秘教传统启发。文中讲到,爱若斯在世界之卵中孕生,犹如小鸡被孵,并以金翅破卵而出,这说明爱若斯与世界灵魂实为一回事。他就是神之子。阿里斯托芬成为《会饮》中的讲颂者之一,这别有深意。他发表了堪称最美的一段颂辞。只不过,柏拉图有最深重的理由怨恨他,他曾残忍不公地嘲讽苏格拉底,这未尝没有影响到后来雅典审判苏格拉底的结局。但即便如此,柏拉图还是把阿里斯托芬写进对话,我们可以合理地假设,原因正是这几行有关爱若斯和世界之卵的诗。此外,倘若把埃斯库罗斯的《普罗米修斯》和《会饮》放在一块儿读,我们将发现,柏拉图对话

---

① [译按]阿里斯托芬在《鸟》(行 693 – 702)中有一段宇宙起源叙事,一般认为是明显带有俄耳甫斯秘教风格的最早文本。《柏拉图对话中的神》结尾处同样译录了这段诗文。小鸡从世界之卵破壳而出的意象,在薇依笔记中不算罕见,如见 1942 年 5 月 12 日致 Joe Bousquet 的信(《全集》,VI 3, 57),或《纽约笔记》(《全集》,VI 3, 4, 140, 337)。

中有好些词语似乎在影射埃斯库罗斯的肃剧,尤其在阿伽通这个肃剧诗人的颂辞里。最后还应注意对话的布局本身,这场会饮几乎与饮食无干,却时时牵涉到饮酒,醉醺醺的阿尔喀比亚德(Alcibiade)在终场现身,大费口舌地比较苏格拉底和西勒诺斯(Silène),也就是狄俄尼索斯的随从,这一切显然是要把对话置于狄俄尼索斯的庇护之下。而狄俄尼索斯与俄赛利斯是同一个神,他是受难因而受人崇拜的神,是灵魂的审判者和救赎者,是真相的主人。①

厄里克西马库斯(Eryximaque)的讲辞

这神实在了不起,令人惊叹,把人的和神的事情整个儿全包了!(186b)

最为交恶的东西莫过于最为对立的因素:冷与热、苦与甜、燥与湿以及所有诸如此类的东西。我们的医祖阿斯克勒皮奥斯(Esculape)就懂得给这些交恶的东西浇灌情爱和协调……因此而创立了我们的医术。不仅医术完全受这位神引导,健身和农业也如此……音乐受爱神引导更为明显……原先分立的高音和低音经音乐技艺成了和乐。和乐是和协,而和协是一种相同……起于快和慢的节律也如此,先前是分立的,后来变得相同了。就像医术一样,音乐技艺使得相抵触的东西相亲相爱,让所有这些变得相同。所以,音乐也说得上是认识爱欲在和乐和节律方面的作用。(186d－187c)

所有的祭祀和占卜术所管辖的事情,让神们与人们互相交通,不外乎就是要护理和治疗爱欲。凡滋生丧尽天良的事,都

---

① [全集注]《柏拉图对话中的神》也谈及狄俄尼索斯与俄赛利斯的类比。薇依在援引普鲁塔克的《伊希斯与俄赛利斯》时也有相关言论(《全集》,VI 3,171)。

是由于在对待父母(无论他们尚在生抑或已经过生)和神们时,人们不依从、不敬重端正的爱欲,而是依从没有美德的爱欲。所以,占卜术士从事的事情就是小心看管那些在爱欲着的人们并医治他们,反过来说,占卜术士也是制造人神情谊的艺匠,因为他深通属人的爱欲,懂得这些爱欲的目的当是神法和虔敬。(188b–d)

端正的爱欲,即神圣的爱欲。无度的爱欲,即魔鬼附身的爱欲。

只有当爱神以其节制和公正扶助好的事物,才在我们和神们中间显出其最大的能力,为我们带来种种福分:不仅能让我们彼此之间、也能让我们与比我们更强大的神们和睦相处、充满情谊。(188d)

阿里斯托芬的颂辞

所有神祇中,这位神最怜爱人,扶助人,替人医一种病,要是医好了,人这个族类就可以享最美满的福气。(189d)

医生比喻爱若斯。① 在福音书中,基督谈及自身使命,也做过同样譬喻。一如在基督的语境中,这里也指原罪的医治。原罪恰是一种病,若医好了,人就能享最美满的福气。紧接在这句话之后,柏拉图讲了一个故事,讲到人类最初的福分、原罪和惩罚。这个故事有必要加以解释。

从前,人类是完满的存在体。有两张脸,四条腿,能翻滚前行。

---

① [全集注]薇依在笔记中写道:"爱欲是原罪的医治者"(《全集》,VI 3, 232)。

他们犯了傲慢的毛病,竟想冲上天,与神比高下(既呼应巴别塔,也呼应亚当和夏娃妄图"和神一样"①的罪孽)。宙斯想惩罚人类,又不致灭绝这个族群,否则,人对诸神的崇拜和献祭将一并消失。

基于同一原因,在厄琉西斯秘教的德墨特尔颂诗中,当德墨特尔威胁说要让麦子停止生长、人类死于饥荒时,宙斯让了步。这让人想到神在创世记中与人立约,挪亚第一次献祭时,耶和华决定从此赦免人类。② 这清楚表明,人惟其卑微、不逊,却得以存在,仅仅因为神想要人爱他。人的唯一结局是献祭。神准许人生存,目的是让人有可能为了爱神而自行放弃生存。

为了惩罚人类又不灭绝人类,宙斯把人个个切成两半。古人常应用此法,把一枚戒指、钱币或别的物件分做二半,一半交付朋友或宾主。半个物件代代相传,几世纪过去了,好友双方的后代仍能借以相认。这种相认的凭信,又称记号(symbole)。这是该词的本义。③ 正是在这层意思上,柏拉图说,我们个个是人的记号,而不是人本身,我们找寻着相应的记号,即另一半。这种寻找,就是爱欲。我们身上的爱欲,因而是根本欠缺的情感,罪孽的下场,是回归完整的欲求,这一欲求来自存在的起源本身。因此,爱欲是我们的原始不幸的医生。④ 我们无从知道,心中何以生出爱欲;爱欲就在我们身上,从生到死,不可推卸,好比饥饿。我们唯有学习如何掌控它。

---

① [全集注]创世记,3:5。
② [全集注]创世记,9:11:"我与你们立约,凡有血肉的,不再被洪水灭绝,也不再有洪水毁坏地了。"
③ [全集注]柏拉图,《会饮》,191d("阿里斯托芬的颂辞")。薇依曾相对自由地译出这段文字:"我们个个是某个人的记号(所谓'记号':由被分成两半的东西所建立的相认凭证),就像分成两半的符片。人人都在寻找自己的记号。"(《全集》,Ⅵ 3,231)
④ [全集注]柏拉图,《会饮》,193d:"希望:只要我们好好敬重神们,爱神就会让我们复返自然,治愈我们,使我们变得快乐,享福不尽。"

肉欲是饥渴完满的一种堕落形式。① 这种形式针对从双性人切开的一半而成的男人或女人，但不针对从原男人或原女人切开的一半而成的男人或女人。我们也许会以为，这是原初状态下的性别区分。但柏拉图却说，在此状态下不存在性交，生殖靠别的方式。显然，他在提及这种状态时没有区分性别。他把这些两张脸、四条腿的圆滚滚的人分成三类：男人、女人和双性人，这只是一种说法。他声称，从双性人分成的人往往具有最低下的欲望。这在对话中说得很明白：

> 凡是由结合的那种——也就是过去被叫做阴阳人切开的一半而成的男人，就成了爱恋女人的男人，多数有外遇的男人就来自这种；反过来，凡由这类人切开的一半而成的女人，就成了爱恋男人的女人和有外遇的女人。(191e)

关于由原男人切开的一半而成的男人，他只说到，他们中有一些人可能维持贞洁。这在对话中同样说得很明白："如此火热地与另一个黏在一起，恐怕很难说仅仅为了阿佛洛狄式式的云雨之欢"(192e)。女人同样如此。

阿里斯托芬的整个颂辞隐微不明，显然是作者有意为之。不过基本意思想必是这样的。人类的使命是统一(unité)。人类的不幸是处于二元状态，这归因于傲慢和不公造成的一次原始玷污。性别区分只不过是这种二元状态的感性意象，二元是我们的根本缺陷，肉欲的结合只是疗救的一种虚假表象。不过，欲求脱离二元状态，正是爱欲在我们身上的标志，只有爱若斯神能带领我们从二元转入统一，这最高的善。什么是统一？显然不是两个人类的结合。作为人类的不幸本身，二元犹如一种隔裂，令爱者有别于被爱者，认知者

---

① ［全集注］"在柏拉图看来，肉身的爱欲是真正的爱欲的一种堕落形式。"(《全集》，Ⅵ 3，129)

有别于被认知者,行动内容有别于行动者。这是主体与客体的分离。在统一状态下,主体和客体是单一、同一的东西。这是一种自知、自爱的状态。但惟有神自来如此。我们只有凭借神之爱所引发的与神相似,才能变成如此。

> 这样,我们个个都只是人的一块符片,因为我们像被一切为两片的比目鱼。所以,人人都总在寻求自己的另一片。(191d)
>
> 他们终生厮守在一起,甚至彼此之间从来说不出想从对方得到什么。如此火热地与另一个黏在一起,恐怕很难说仅仅为了阿佛洛狄式的云雨之欢;其实,各自的灵魂明显都在愿望着某种东西,却没法说出来,至多隐隐约约感领到所愿望的东西,含含糊糊暗示一番。(192c – d)
>
> 赫斐斯托斯就再问:"是不是渴望尽可能黏在一起,以至于日日夜夜都不分离?倘若你们渴望这样,我就熔化你们,让你们俩熔成一个,这样,你们就不再是两个人,只要你们活一天,在一起时就跟一个人似的;要是你们死,也死成一个,去到阴间也不会是俩儿。想想看,是不是渴望这样子,要是熔成一个,你俩儿是不是就心满意足了。"听到这番话之后,两人中肯定没有哪个会拒绝,或者表示不想如此。两人都会很干脆地认为,同所爱的人熔为一体、两人变成一个,早就求之不得。个中原因就在于,我们先前的自然本性如此,我们本来是完整的。渴望和追求那完整,就是所谓爱欲。从前,如我已经说过的那样,我们曾是一体;可现在呢,由于我们的不义,神把我们分开了。(192d – 193a)
>
> 这就是为什么,每个男人凡事都得要竭诚敬拜神们,以便我们既逃掉此命,又幸得其余,就像这爱若斯引领和统帅我们那样。谁都万万不可渎犯他——得罪众神通常都是由于冒犯了这位神;要是与这位神相好,相处融洽,我们就都会找到和拥有自己所爱的人……我所讲的整个儿针对的是世上所有的男

> 男女女：我们这一类要有好命，惟有让情爱达至圆满才行，幸遇自己所爱的情伴，回归自己开初的自然。倘若这才是最好的事情，那么，只要眼下能最切近地圆成这美满，必然就是最好的，而这也就是遇到天生合自己心意的情伴。倘若我们要赞颂掌管这一切的那位神，我们就得正派地赞颂爱欲，正是他而今给我们带来如此多的福分，把我们领向与我们自己相属的东西，还给我们的未来带来最了不起的希望：只要我们好好敬重神们，他就会在让我们回复开初的自然，治愈我们，使我们变得快乐，享福不尽。（193a – d）

这么看来，无论肉身的爱，还是更高等级的柏拉图式的爱或友爱，似乎只是这种完整、这种原初统一的诸类影像——人类在灵魂深处呼吁这样的完整和统一。事实上，赫淮斯托斯从未向任何人说过柏拉图假托他说出的一席话。[1] 人不可能与另一个人建立如此不可分离的统一性。惟有与神。惟有重新成为神所爱的，人才有希望在死后的彼世获得他所需求的统一和完整。

柏拉图从不在神话里明说一切。延伸这些神话不算轻率。相反，不延伸这些神话才显得轻率。在这个神话里，柏拉图说，完整的人被切成两半，切面成了身体前端，宙斯吩咐阿波罗把人脸扭到切面，也就是人的感觉器官，并把生殖器移到前面。[2] 倘若延伸这里的譬喻，我们不免想象到，一旦回归完整状态，所有这些器官将从某种程度上位于完整的人的体内。换言之，正如柏拉图在《蒂迈欧》中论及世界灵魂时所言："充分的自知自爱"，[3]既是主体，亦是客体。柏拉图说爱者与被爱者合二为一，指的就是这种状态。这独一无二的存在体必须既是主体又是客体，否则爱将消失，也不会有任

---

[1] ［全集注］柏拉图，《会饮》，192d – e。
[2] ［全集注］柏拉图，《会饮》，190e – 191a。
[3] ［全集注］柏拉图，《蒂迈欧》，34d。

何福分。当然,如此完整,非神莫属,人类只能在与神的爱的结合中参与其中。柏拉图神话指明,借着爱欲在极乐的永生中获得完整,比起人类在原罪中丧失的完整,具有更高的级别。因此,此罪乃"幸运的罪过",①一如天主教弥撒经中所称。

再也不可能比柏拉图更清楚地指明,他唤作爱若斯的神是一个救世神。

从阿里斯托芬的颂辞开始出现爱若斯与普罗米修斯的类比。首先是修饰语 $\varphi\iota\lambda\alpha\nu\vartheta\rho\omega\pi\acute{o}\tau\alpha\tau o\varsigma$[最怜爱人的]②的运用。埃斯库罗斯在肃剧中总说,普罗米修斯是人类的朋友,他太爱有死的人类,甚至太崇敬他们(参看下文的援引③)。没有哪个神比普罗米修斯更爱人类。这个最高级的修辞语借用到爱若斯身上,除非说的是同一个神的两个名称,否则就大错特错了。还有一个类比,涉及爱若斯与宙斯对人类的愤怒之间的关系。在阿里斯托芬的叙事里,宙斯本想灭绝人类,但最终没这么做,以免将宗教本身一并废除。④为此,他使人类蒙受一种不幸,而爱若斯恰是医治这种不幸的神。在埃斯库罗斯的肃剧里,宙斯也想灭绝人类,但最终没这么做,因为普罗米修斯阻止了他,⑤诗人没说用何种方式阻止。为此,宙斯没有惩罚人类,而是让普罗米修斯受难。这两个神话很不一样,却未

---

① [全集注]语出天主教弥撒经《逾越颂》(*Exultet*):"幸运的罪过啊,你竟然为人赚得了如此伟大的救世主!"(O, felix culpa, quae talem ac tantum meruit habere Redemptorem!)

薇依长期关注"幸运的罪过"这个命题,她曾专门摘引过一系列与不幸命题相关的文本,其中包括引自托马斯·阿奎那的《神学大全》(*Somme Théologique*, III, 1, 3 - 3)和奥古斯丁的《忏悔录》)(*Confessions*, VII)的片段。

② [全集注]阿里斯托芬的颂辞,见柏拉图,《会饮》,189d。

③ [全集注]薇依在本文中援引的《普罗米修斯》诗文均与这种对人类的爱有关(行 231 - 241;行 265 - 270;行 385 - 386;行 442 - 450;行 469 - 475)。

④ [全集注]柏拉图,《会饮》,190c。

⑤ [全集注]埃斯库罗斯,《普罗米修斯》,行 231 - 235。

尝没有相似之处。再说,我们不应把这些神话或类似的东西看成叙事,而应看成记号。不同的神话从这样那样的层面揭示着同一个真相。

肃剧诗人阿伽通的颂辞

因为我要说……爱神是所有神中福气最大的,最美而且最好。(195a)

这么一来,爱若斯等同于宙斯。这里的修饰语均系关系最高级,必须理解为绝对最高级,因为,在柏拉图的对话中不存在什么简单的多神教义。

爱神既不在地上走、也不在脑壳上走……因为,爱神把自己的住所筑在神们和人们的性情和灵魂里;而且,爱神绝非毫无抉择地住在所有灵魂里,遇到心肠硬的,就匆匆而过,遇到心肠软的,就住进去。……由此可知,爱神不仅最年轻、最轻柔,体形也流动不定。要是体形僵硬,爱神就不可能随时曲起身子,悄悄溜进每个灵魂又马上溜出来。爱神体形匀称、流动不定的好证据是他的优雅得体,这与爱若斯在方方面面都绝对地相一致,因为,不优雅与爱若斯永远水火不相容。如此斑斓的美色表明,这位神活在鲜花之中;身体也好、灵魂也好或其他什么也好,只要没了血脉或枯啦,爱若斯就不肯落脚;只要花艳香浓之处,爱神定会落脚并待下来。(195d – 196b)

爱若斯被描述成孩童一般的神,这应和了部分传统说法。在前文中,阿伽通还批评第一个发言的斐德若,后者引据俄耳甫斯秘教、赫西俄德和巴门尼德的说法,声称爱若斯在诸神之中最早出生,最古老①。阿伽通认为爱若斯最年轻。我们应该这么理解,这两种看法尽管看似矛盾,却都不无道理,爱若斯绝对是最古老又最年轻的神。

阿伽通引赫西俄德神谱叙事中的诸神大战为据。他说,倘若爱若斯当时在场,做调解者,神们就不会互相残杀——

> 只会相互友爱、和平共处,就像如今这样——自从爱若斯当了神们的王就一直如此。(195c)

乍眼看来,我们不明白这个论据意义何在。在柏拉图的作品中,没有一处强调赫西俄德讲述的这些神的传说有多重要。但在埃斯库罗斯的肃剧中,恰恰是普罗米修斯为宙斯与提坦们之间的争战画上句号,并使宙斯登上王位。他还说:"除了我,还有谁为这些新神划定权限?"②阿伽通更进一步,说爱若斯教会每个神行使各自的职能。注意,阿伽通在这里称爱若斯是神们的王,也就使他等同为宙斯。这似乎与柏拉图有意强调的爱若斯和普罗米修斯的类比性相悖,但仅仅是表面看来相悖。

柏拉图说爱若斯流动不定,悄悄溜进每个灵魂又悄悄溜出来,这类似于福音书中把天国比作面酵、芥菜子、盐③等等。——两者均涉及一个重要理论,即超自然在自然中既无比微小又无比活跃。

柏拉图提及形态之美、比例匀称和流动不定的关联,极为惹人注目。他看似在暗示某个读者想必了然于心的理论。而这个理论恰恰对应了斐狄亚斯(Phidias)以前的古希腊雕塑那种无与伦比的

---

① [全集注]柏拉图,《会饮》,195b-c。
② [全集注]埃斯库罗斯,《普罗米修斯》,行202-223;行304-305;行439-440。
③ [全集注]面酵的譬喻见路加福音,13:20-21;马太福音,13:33。芥菜子的譬喻见路加福音,13:18-19;马可福音,4:30-32;马太福音,13:31-32。盐的譬喻见路加福音,14:34-35;马可福音,9:50;马太福音,5:13。

美。那时的雕像浑然天成,石头仿佛成了一种流动的材质,先是层层流动,再静止、达至完美的平衡。① 流动与平衡的关联,在于流体只有依靠平衡才能转为静止,而不是内在的调和在维持固态。正如阿基米德随后所证明的,流体是完美的天平。此外,平衡意味着比例,阿基米德后来同样有所证明。柏拉图这里和别的几处文字似乎表明,当时的人们已然掌握了后世归于阿基米德名下的一篇纯粹几何学论文里所阐述的力学理论。② 这其实很自然。在古希腊人眼里,比例和美不可分,因而,凡流动过的东西,必然永远且处处是美的。从柏拉图这几行文字及其与古希腊雕塑的奇妙应和看来,艺术在当时与宗教、哲学密不可分,并由此而与科学密不可分,不仅艺术灵感,还包括技艺方面最隐匿的秘诀。③ 我们今天丢失了这种统一性,如今的宗教必须比别的任何东西更肉身化。我们必须找回这种统一性。

有关爱若斯和花儿的几行文字令人想到《雅歌》:"我的良人沉浸于百合花中。"④

> 最重要的是,爱神既不会对神行不义,也不会遭受来自神的行不义,既不会遭受来自人的行不义,也不会对人行不义。因为,爱神不会凭强制力经受什么,如果爱神经受什么的话——因为强制力不碰触爱神;爱神做什么都不用强制力——任何人侍

---

① [全集注]"古希腊雕像:大理石似乎在雕像之中流动。对重负的完美的顺从。与此同时,完美的平衡"(《全集》,VI 3,159)。

② [全集注]"古希腊知识的遐想:阿基米德以天平、杠杆和地心引力等纯数学理论建立了力学"(《全集》,IV 1,487)。另见薇依写给哥哥的信:"他们(指古希腊人)的几何学是一种自然科学,是属于他们的物理学(我想到毕达哥拉斯派的乐理学、阿基米德的力学及其对身体浮在水上的研究)。"

③ [全集注]"知识与我们:在那些幸运的人身上,爱欲、艺术和知识只是灵魂朝向善的同一种运动的三个几乎没有差别的方面"(《全集》,IV 1,152)。

④ [译按]雅歌,2:16;6:3。薇依用的动词是 se nourrir,与合和本圣经的译文有异:"良人属我,我也属他,他在百合花中放牧群羊。"

奉爱神时在任何事情上都是心甘情愿的,双方任谁一方都情投意合,"礼法即这城邦的王者们"宣布,就算正派。(196b–c)

这也许是柏拉图最美的几行文字。这也是整个古希腊思想的核心、最纯净灿烂之处。认知力量,既知它是整个自然的绝对支配者,也支配人的灵魂的自然部分及其所包含的全部思想和情感,同时又知它完全应受蔑视,正是古希腊的伟大之处。如今有许多人敬奉力量甚于一切,他们要么直接冠以力量之名,要么给个更赏心悦目的名目。另有不少人——这类人数却在剧减——蔑视力量。他们不知道力量的效果和威力,必要时欺骗自己,免得深究这类问题。然而,谁能既知力量王国的轻重同时又懂得蔑视呢?(阿拉伯的劳伦斯[1]曾是这样的人,但他已去世。)也许还有几位极其接近神圣的基督徒。但看来极少。这双重的认知却很可能是神之爱的最纯净的源泉。发自灵魂地认知,而不是轻率地认知:自然中的一切,也包括心理自然,服从某种和重负一样粗暴、一样残忍地趋下行进的力量。类似认知必然使灵魂贴近祷告,正如囚徒一有可能就把脸贴在牢房的窗口,或苍蝇趋光而紧贴在玻璃瓶底不走。在福音书中,魔鬼说:"这一切权柄原是交付给我的",[2]这与"我们在天上的父"[3]之间存在某种关联。

---

[1] [全集注]托马斯·爱德华·劳伦斯,又称阿拉伯的劳伦斯(1888–1935)。薇依读过他的自传《智慧的七柱》(Seven Pillars of Wisdom, Londres/Toronto, J. Cape, 1935),很可能读的是英文原著。1938年三四月间,她在写给Jean Posternak 的信中说:"您如果想知道一个真正的英雄、一个清醒的思想家、一个艺术家、一个学者,特别是一个圣人是如何形成的,那么就去读他的《智慧的七柱》吧(我没弄错的话,帕约出版社已出版了法文本)。"(《西蒙娜·薇依手册》,X–2,1987年6月,页130)

[2] [全集注]基督在旷野受到魔鬼的第三次试探,参见路加福音,4:6。

[3] [全集注]天主经(主祷文)开篇。薇依曾译出过这段经文,见《全集》,VI 2,135。

有关力量的这种双重认知,在古希腊同样不是人人拥有,但毕竟有普遍的传播,足以浸染整个文明,至少在好的年代是这样。这种双重认知最早影响了《伊利亚特》,照亮了这部诗篇的每个角落。同样的情况还有古希腊肃剧、史记和大部分哲学。

这种双重认知还呈现为另一样貌。如今,面临一种暴力行为,有些人赞许施行暴力的一方,另一些人则同情承受暴力的一方。这两种姿态均失之懦弱。最优秀的古希腊人——从《伊利亚特》的作者或作者们算起——知道,施行暴力与承受暴力其实一样,全都顺服可耻的暴力王国。无论操纵暴力,还是受暴力伤害,与暴力发生关系导致人的石化,从人变成物。① 惟有规避与暴力发生关系,才称得上善。然而,惟有神可以规避这种关系,也有少数人做得到,这些人因爱而把自己的一部分灵魂转移、隐藏于神之中。

如此思考力量,才能公正地散发同情,同等对待沉沦于力量王国的全部世人,也才能仿效天父的公正,向全部世人播撒雨水和阳光。② 埃斯库罗斯有个妙语,专指这种公正。他称宙斯为"朝两边倾斜的宙斯"(Ζεὺς ἑτερορρεπής,《乞援人》,行403)。

在这个段落里,柏拉图再明确不过地强调,只有完全避免与力量发生关系,才是正义。在人的灵魂里,只有一种能力,力量不可能触及,既不能强制,也不能阻止。这就是向善(对善的赞同)的能力,是超自然的爱的能力。只有在灵魂的这种能力之上,任何形式的暴力均不可能生效。因此,这是人类灵魂的唯一的正义准则。从类比的角度看,我们不得不认为,这同样是神性正义的准则。既然神具有完美的正义,他也就彻头彻尾是爱本身。

爱既是神,必要有所作为,但仅仅为了得到赞同。为此,他在人类灵魂上有所作为。他甚至在物质之上有所作为,因为,据《蒂迈

---

① [全集注]《伊利亚特,或力量之诗》的中心思想。
② [全集注]马太福音,5:45:"他叫日头照好人,也照歹人;降雨给义人,也给不义的人。"

欧》中的说法,"必然为某个明智的游说所征服"。①

他是神,是所有神们的王,是至高的神,然而令人惊讶的是,他不仅主动作为,还被动承受。古希腊语 $\Pi\alpha\sigma\chi\epsilon\iota\nu$ 指被修改、承受、受苦。由此派生出 $\pi\alpha\vartheta\mu\alpha$ 一词,即受难。爱若斯遭到修改、承受、受苦,却不是被迫如此。这完全出于赞同。

我们再次想起普罗米修斯。柏拉图以表示赞同的 $\dot{\epsilon}\kappa\dot{\omega}\nu$ 一词指代专属爱若斯的完美正义,埃斯库罗斯的肃剧中也多次强调出现这个词,有时替换为同义词。普罗米修斯站在宙斯($\dot{\epsilon}\kappa\dot{o}\nu\vartheta$' $\dot{\epsilon}\kappa\dot{o}\nu\tau\iota$,行218)一边,反对提坦神。他自愿这么做,也自然受欢迎。稍后,他又自愿(带着赞同)做出一个最终带来不幸的举动:$\dot{\epsilon}\kappa\dot{\omega}\nu$ $\dot{\epsilon}\kappa\dot{\omega}\nu$ $\ddot{\eta}\mu\alpha\varrho\tau o\nu$[自愿,自愿是我的过错](行226)。尽管不幸,他在受困时不曾遵循宙斯的意愿,而只在重获自由以后才这么做。然而,他迟早会与宙斯和解。从叙事的字面和表面意思看来,普罗米修斯似乎因为某种要挟才重获自由。但事实上,这里头还有来自双方的友爱、自愿的和解。

> 有一天,他会同我联盟,同我友好,他热心欢迎我,我也热心欢迎他。(行190)

下文还有更详尽的援引。②

完美正义的爱若斯神只在相互赞同的条件下作为和承受,这让人想起《王制》中的义人。③ 这位义人在各方各面绝对等同于居住

---

① [全集注]柏拉图,《蒂迈欧》,48a。薇依本人极看重这段文字,甚至把它放在自己的"理论"中心,并在笔记中频繁援引。

② [全集注]薇依在笔记中不仅长篇摘译了《普罗米修斯》,而且还做了详细评述(《全集》,IV 2,231-244)。[译按]指本书中的《普罗米修斯》。

③ [全集注]参见下文:"《会饮》里绝对正义的爱若斯不是别的,就是《泰阿泰德》里的神圣原型、《王制》里的完美义人。"另见《全集》,VI 3,137-138。

在天上的正义女神,正常情况下,他必然要被束缚、被鞭笞、被钉上十字架(参看下文援引)。

最终,我们当然还会想到,这位爱若斯,虽为神,却要受难,但并非在力量的迫使下受难,正是基督本身。

义人本是人,被钉上十字架而死;普罗米修斯是不死的神,依据赫西俄德所代表的传统说法,永在不停地受钉上十字架之刑。① 把这两个意象连在一块,我们也就获得了基督在十字架上的献祭的双重理解:这场献祭一次完成,却因弥撒仪式而不停再现,直至世界末日。

把义人、普罗米修斯、狄俄尼索斯、世界灵魂拿来对比爱若斯神,我们看到,在所有这些名称背后,显现出同一、独一的位格,即神的独子。我们还可以加上阿波罗、阿尔特弥斯、属神的阿佛洛狄忒等等别的名称。

除非否认福音书的历史价值——想要真诚地否认这一点似乎很难——所有这些同化并不损害信仰,反而令人震惊地坚定了信仰。这样的同化甚至是必须的。我们随处可见,尤其从圣徒的生平看得更清楚,神意愿与我们发生联系,以至于为了做到这一点,他的良善需要我们的祈祷。他所能给予的,无限超出了我们所要求的,因为,就在要求的那一刻,我们尚未认识到,在我们所要求的之中蕴藏着善的完满性;不过,在最初几次神恩召唤之后,人若不要求,他就不再给予。倘若世人没有要求,神如何会把自己的独子交给世人呢?这场对话令历史显得无限美好起来。一旦揭示了这一点,我们大可给当今的有智人士一次精神冲击,引起他们对基督信仰的全新关注。

不妨这么告诉他们:"这一神奇的古代文明,它的艺术如今只得到如此低级的赞赏,它发明了全部科学并传承给我们,它的城邦理念构成我们的全部思维框架——创造所有这一切的,正是对本源的渴求,古人渴求几世纪,源泉终于喷涌而出。然而今天,你们却不曾

---

① [全集注]赫西俄德,《神谱》,行616。

拿正眼看过一回……"

——倘若爱若斯神由于不与力量发生关系而成为正义的完美典型,那么,人类也只有通过规避与力量发生关系才能做到公正,规避的唯一方式是爱。他必须因爱而仿效爱若斯,仿效他只在赞同受苦的前提下受苦。人有可能做到这一点。只需从爱神所创造的世界秩序出发,时时刻刻全然赞同诸种事件经过可能带给自己的伤害,并做到无一例外。这是在灵魂最私密处无条件地喊"是",这一声"是"不是别的,正是沉默,却能完全避免与力量发生关系的危险。方法很简单。但仅此一个。这就是爱命运(amor fati);这是顺服的美德,基督宗教的典型美德。只是,这一声"是"只有在完全无条件的情况下才是美德。哪怕最微乎其微的心理保留,甚至无意识的,也足以剥夺它的全部功效。倘若这一声"是"真的无条件,那么它会把发出声音的那部分灵魂切实送至天上,到天父的怀抱里。这一声"是"有如羽翅。

仿效爱若斯神,还必须做到从不施行暴力。作为受生存必然限制的有血肉的人类,我们可能由于某些基本义务而把机械暴力传递他方(我们个个是机械上的零部件),比如首领传递给下属,士兵传递给敌军。限定这种基本义务往往很难、令人痛苦和焦虑。但建立如下规则却相当简单,就是无论对人对己,凡涉及强制,绝不比基本义务多跨出哪怕一毫米远。这不仅仅限于本义的强制,还包括各种伪装成强制的形式,比如压力、雄辩和利用各种心理战术的说服。不在基本义务以外对人对己假以任何形式的强制,不钦羡任何形式的强力或威望(即便目的是善),这同样是一种顺服的美德。在基本义务以外,只需这么做:人身上最好的东西,也就是神的折射,或者不如说朝向神的欲求,应如神启一般发光,对自己和邻人发生作用。这是爱若斯神有所作为的特有方式,我们必须加以仿效。

除了拥有正义,爱神还蛮有节制。人们都同意,节制意味着掌管好快感和欲望,而最强烈的快感莫过于爱欲。既然快感

> 比不上爱欲强烈,当然就得受爱欲支配,爱欲是快感的主人;既然爱若斯统治快感和欲望,爱若斯肯定特别有分寸。(196c)

这一段文字同样具有令人赞叹的深刻性。我们只为满得溢出的快感和欲望所陶醉,欲望又进一步促使我们去追逐快感。先是陶醉,再是满足,继而反感,几近怨恨,随之产生新一轮欲望。然而,爱欲是根本欲望,无限而绝对,任何快感都不可能填满爱欲,遑论漫溢。同样,在神之中,无限的喜乐在无止境充满,而爱的欲望永远无法彻底满足,两者并存不悖。

在我们人类身上,只有这一占中心地位的欲望是无限的。我们的快乐有限,一边产生,一边被爱欲消耗、烧尽。我们只是出于谬误才无节制,我们以为,为了满足自己,只需拥有稍稍多过从前的快乐。若能完全信赖爱欲,为爱而甘愿接受自身永未填满的空虚,也就拥有完全的明智。

此外,"明智"之说,一如"节制",难以译出 σωφροσύνη 的意思。该词在古希腊语中更有力,也更美。欧里庇得斯在《希波吕托斯》中多次用其来指代完美的贞洁。① 也许译作"纯洁"更妥。

> 勇敢也是这种情形,"甚至阿瑞斯也敌不过"爱若斯。并非阿瑞斯俘获了爱欲,而是爱欲俘获了阿瑞斯——正如故事所讲的,是阿瑞斯恋上了阿佛洛狄忒。俘获者胜过被俘获者。爱神既然治住了无敌于天下的勇者,当然就是最勇敢的。(196d)

这看似玩笑,但仅仅表面如此。阿瑞斯显然不会俘获爱若斯,因为力量不可能触及爱若斯。爱若斯俘获了阿瑞斯。换言之,战斗

---

① [全集注]"希波吕托斯:因过于纯洁、过于为神所爱而受到惩罚的人"(《全集》,VI 2, 322)。这是薇依本人极为重视的命题,亦见于《柏拉图对话中的神》的开篇。

的勇敢(还有各种相关形式的勇敢)需要爱欲的鼓舞。低级爱欲只会引出低级的勇敢;纯洁完美的爱欲则会激发纯洁完美的勇敢。没有爱,仅余懦弱。爱从不施行暴力,手无寸铁,那些手持利刃的人却能从中汲取勇气,激发自身美德。爱以出众的形式包容这一美德。爱还包容一切在勇敢中与武装暴力无干的东西。一个人必须具备比战士更多的作战勇气,同时又不是战士,才能长久仿效爱若斯。

> 还剩下他的智慧要说。……这位神是诗人,如此智慧得足以制作出诗人的当然也是诗人。"谁即便以前对缪斯一窍不通",一经爱若斯碰触,马上就成为诗人。可以用来证明这一点的恰当例子是:爱神是位优秀的诗人,凡属乐歌方面的诗作,样样精通。自己没有或者根本不晓得的东西,他也不可能拿给别人或者教给任何别人。谁会反对说,所有活的生命的造化不是出自爱若斯的智慧,凡有生命的东西不是靠爱若斯孕生和养成的?至于说到其他技艺的高超技能,我们不是都知道,凡奉这位神为师的艺人都成就非凡、声名远扬,凡不曾经爱神碰触过的艺人都寂寂无名?真的,阿波罗发明射箭术、医术和占卜术,肯定是受欲望和爱欲的诱导;所以,阿波罗应算作爱神的徒弟;通音乐术的众缪斯、通金工术的赫斐斯托斯、通纺织术的雅典娜、"管治神们和人们"的宙斯,个个如此。
> 爱若斯在神们中诞生以后,神们的作为才真的变得规矩起来,很清楚,因为爱若斯不与丑恶一起混,在爱若斯到来之前,如我在开头所说,神们中间发生过的可怕事情五花八门——或者如传说讲的那样,因为那时命定神为王;但自从这位神诞生以后,对美的东西的爱欲便给神们和人们带来了种种好的东西。(196d – 197c)①

---

① [译按]原文接下来援引了阿伽通的结尾颂辞(《会饮》,197d – e),未加评述。

从这里罗列的四种美德看来,在柏拉图的思想中,正义、明智、勇敢和智慧不是自然美德。它们以超自然的爱为灵感和直接源泉,也不可能从别处产生。在真实的诗方面,甚至在技艺方面,一旦涉及名副其实的新发现,具有创造性的心智直接来源于超自然的爱。这是一个重大真理。在心智中注入活力、增强效力的,既不是天赋和才华,也不是努力、意愿和劳作,而是欲求,对美的欲求。这种欲求若达到一定强度和纯度就算是天才了。但在任何程度上均与关注无异。一旦认识这一点,我们对教育必有别样的看法。我们首先会发现,心智只在快乐中运作。在人身上,这甚或是快乐不可或缺的唯一机能。没有快乐,必将窒息。

文中声称,爱若斯是所有技艺的创立者。这使得爱神与普罗米修斯前所未有地相似。埃斯库罗斯说:"一切技艺均由普罗米修斯传给有死的人类。"他还说,就连宙斯也要顺从必然神,注定得遭遇一场灾难,除普罗米修斯以外,没有谁能帮他逃脱。① 这又是一个相似点。

爱若斯掌管一切生命之物的孕生和养成,这与狄俄尼索斯、阿尔特弥斯②相似,从而也与俄赛利斯相似。这里头存在着诸种象征的交错。动植物的交配是超自然的爱的一种写照,同样的,从交配中产生精液或种子,犹如无限小的微粒,渐渐生长发育,这也可以看成天国在我们心中生根发芽的一种写照。珀耳塞福涅的石榴子、福音书里的芥菜子和麦子,均有同样的寓意。叶绿素吸收阳光的性能,同样是爱若斯神的中介功能的一种写照。③

---

① [全集注]埃斯库罗斯,《普罗米修斯》,行 907-927。
② [全集注]"在欧里庇得斯的《希波吕托斯》中,阿尔特弥斯似乎等同狄俄尼索斯"(《全集》,VI 3,235)。
③ [全集注]"狄俄尼索斯,葡萄酒,汁液。叶绿素也是一种中介意象"(《全集》,VI 3,237)。

苏格拉底的言辞

在这篇对话中,苏格拉底没有以自己的名义说话,而是忆述某个有智慧的女人的教诲。她前来雅典祭神,从而使瘟疫在雅典延迟十年。她的女性性别,当时的形势,加上她频繁运用的秘教用语,种种足以表明,第俄提玛是一名厄琉西斯秘教的女祭司。《会饮》足以辩驳那些相信苏格拉底和柏拉图轻视秘教的人。还有一点也很清楚,这篇对话所包含的理论来源不是哲学沉思,而是宗教传统。

第俄提玛首先让苏格拉底明白,爱若斯既然欲求善、美和智慧,那么他本身就既不是善的美的,也不是聪明的,当然,这并不意味着他就是恶的丑的无知的。不久之前,阿伽通还说,爱若斯拥有完美的善、美和智慧。我们依然要这么理解,这些相悖的看法同时都是正确的。既然爱若斯只在自愿的情况下才受苦,那么,他想必是自愿地让自己欠缺善、美和智慧。

第俄提玛解释说,爱若斯是精灵($\delta\alphaίμων$)。$\Delta\alphaίμων$一词在古希腊语中含义纷多。有时与$\vartheta εός$同义,指神。有时指某种超自然世界的生物,位于人之上,神之下,类似天使。[①] 不过,$οἱ θεοί$,即"诸神",有时也可以指类似天使的生物。有时,$δαίμων$还等同为我们所说的魔鬼。但第俄提玛界定了她对这个词的用法:$δαίμων$指协调者,人与

[①] [全集注]薇依可能想到《蒂迈欧》中创世神对诸神的一段讲话:"你们既是生成的,就既非不死,也非绝对不受败坏,但你们也不会灭绝,或遭遇死亡"(41a–b)。薇依在这段文字的边缘批注:"神这番话说给完美的神们(即天使),而不是说给世界灵魂"(在柏拉图的对话里,神们要么是可见的星辰,要么是传统的神,只在特殊场合变幻为各种形态向人类现身)。参见《全集》,VI 3,115。

神之间的中介。

> [爱若斯]介乎会死的和不死的之间。所有命神都居于神和会死的之间。
> 命相神灵有什么能力呢?
> 把人们的祈求和献祭传译和转达给神们,把神们的旨令和对献祭的酬报传译和转达给人们;居于两者之间,命相神灵正好填充间隔,于是,整体自身自己就连成一气。这样一来,命神也就感发了所有涉及献祭、祭仪、谶语和种种卜术、施法术。本来,神不和人相交,靠了命相神灵的这些能力,人和神才有来往和交谈。(202d – 203a)

我们很难查证,在柏拉图的想法里究竟有好些个类似的中介还是仅此一个。他确实说了,有好些个,爱若斯是其中之一。但他究竟是想说好些个,还是同一个里的好些方面? 在接下来的对话中,他用了单数,似乎又在暗示仅此一个。

柏拉图使用 ἑρμηνεῦον[转译]一词,把爱若斯与赫耳墨斯拉近了。赫耳墨斯是神们的使者,陪伴亡魂进入冥府,他还发明了竖琴,是个童神。

在这段文字里,爱若斯像个地道的祭司。

我们不应忘了,爱若斯不仅是祭司,神与人之间的中介,还在阿伽通的颂辞里等同为宙斯,或把统治技艺教给神王宙斯。

柏拉图明确不过地指出,除开这个神性中介,人不可能与神有任何关联。"若不借着我,没有人能到父那里去。"①

有关中介概念的算术、几何层面,以及这个概念在早期科学发现中的作用,参看下文。

---

① [全集注]约翰福音,14:6。

爱若斯诞生神话

从前,阿佛洛狄忒生下来的时候,神们摆筵,默提斯[机灵]的儿子波若斯[丰盈]也在场。他们正在吃饭的时候,珀尼阿[贫乏]前来行乞——凡有热闹节庆她总来,站在门口不去。波若斯[丰盈]多饮了几杯琼浆——当时还没有酒,步到宙斯的花园,醉得头重脚软,便倒下睡了。出于自己的欠缺($ἀπορία$),珀尼阿[贫乏]突生一计:何不与波若斯[丰盈]生一子,于是睡到他身边,便怀上了爱若斯。这就是为什么,爱若斯也是阿佛洛狄忒的帮手和仆从,他是在阿佛洛狄忒的生日那天投的胎,而且,他生性爱美,因为阿佛洛狄忒长得顶美。爱若斯因是波若斯[丰盈]和珀尼阿[贫乏]所生之子,才处于这般境况。首先,爱若斯总是贫兮兮的,众人以为他既温文尔雅又美,其实远不是那么回事,他粗糙,脏兮兮的,打赤脚,居无住所,总是随便躺地上,什么也不盖,睡在人家门阶或干脆露天睡在路边。因有他母亲的天性,爱若斯总与贫乏为伴。不过,由于他父亲的天性方面,他又对美的和好的东西有图谋;勇敢、热切而且顽强,还是个很有本事的猎手,经常有些鬼点子,贪求智识,脑子转得快,终生热爱智慧,是个厉害的法术师、巫医师、智术师。他[的天性]既非不死的那类,也不是会死的那类;有时,同一天他一会儿活得新新鲜鲜、朝气蓬勃——要是所求得逞的话,一会儿又要死不活的样子,不过很快又回转过来,这都是由于父亲的天性。……智慧算最美的东西之一,爱若斯就是对美的爱欲,所以,爱若斯必定是爱智慧的,爱智慧的就处于有智慧的和不明事理的之间。这也是由于其出身,因为,他父亲有智慧、有办法,他母亲却不明事理,摸不着门。(203b – 204b)

这个神话美妙无比，每个字句值得反复推敲。五个神话人物：阿佛洛狄忒、墨提斯、波若斯（丰盈）、宙斯、珀尼阿（贫乏），还有爱若斯。尽管不尽人意，我们不得不把 Πόρος 译成"丰盈"。Πόρος 一词只有两层含义，一指道、通道、路，一指方法、资源。为了与"贫乏"形成对比，只有取第二层含义来译。然而，我们必须记住道路的含义。中国古人称神为道。基督亦圣言（圣子）："我就是道路。"①此外，πόρος 从动词 πόρω—μορίζω 派生而来，这两个动词的字面意思是开路，引申为招致、提供、给予。这样，从相近意思来理解，πόρος 也就是恩赐（don）。在天主教神学中，恩赐是圣灵的专用语汇。② 在《普罗米修斯》里，埃斯库罗斯三次用到这个词根的双关含义。

第一句：τὴν πεπρωμένην χρὴ αἶσαν φέρειν [必须忍受这专为我注定下的命运]（行 103）；第二句：θνητοῖς γέρα πορών [把神们特有的东西送给人类]（行 108）；第三句：πυρὸς πηγήν... ἢ διδάσκαλος... πέφηνε καὶ μέγας πόρος [火种，犹如……教师，绝大的资力]（行 111）。在最后一句里，πόρος 用来指火。另外，πῦρ [纯粹] 与 πόρος 之间也可能存在双关联系。在克莱安塞斯的献给宙斯的颂诗中，清楚再现了赫拉克利特式的三位一体：宙斯、逻各斯、闪电或火，其中火对应圣灵，这在新约圣经中也数次出现（"我来，要把火丢在地上……"，③等等，圣灵降临节亦是一例）。我们可以得出结论：首先，柏拉图称为"波若斯"（丰盈）的，即是圣灵；其次，柏拉图知道，埃斯库罗斯也许也知道，爱若斯神话与普罗米修斯神话有着紧密的关联。

丰盈是墨提斯的儿子，机灵的儿子。墨提斯几乎与普罗米修斯

---

① [全集注]约翰福音，14:6。
② [全集注]可能影射托马斯·阿奎那的《神学大全》(Pars Ia, Questio 38, Articulum 1)："恩赐有可能成为一种位格名称吗？"
③ [全集注]路加福音，12:49。

同名。① 赫西俄德讲到,有一天,大地该亚——在埃斯库罗斯笔下等同为忒弥斯、普罗米修斯的母亲——警告宙斯,墨提斯注定要生下比他更强大的儿子,并且迟早要推翻他的王权。宙斯为了躲过这一威胁,使计吞下了墨提斯。她是他的妻子,当时已经怀孕。那孩子后来从神王宙斯的脑袋出生,也就是雅典娜。②

在这里,孩子是丰盈。如果说机灵女神是圣言,那么这里的谱系再合理不过。Qui ex Patre Filioque procedit。③

(顺带提一下,雅典娜是橄榄树之神,天主教的圣礼绝大多数与圣灵相关,更是离不开油。此外,雅典娜又名"特里托革涅亚"[Tritogénie],这个修饰语很可能指"第三个出生"。据希罗多德的记载,在埃及,那个受难的人的坟墓就在雅典娜神庙里。④ 在所有神中,除宙斯以外,只有雅典娜带神盾,而神盾与作为圣灵象征物的闪电密切相关。不过,这里的神话没有提到雅典娜。)

属神的阿佛洛狄忒即神性之美。美既为善的意象,善又是神本身,阿佛洛狄忒因而也是圣言(圣子)。希罗多德声称,在波斯人的宗教里,阿佛洛狄忒的名字叫密特拉。密特拉很可能就是以色列人出埃及以后的圣书上所出现的智慧神。

爱若斯在阿佛洛狄忒出生那天受孕,⑤他陪伴她,喜爱她。这是同一神性位格的两个方面:阿佛洛狄忒即神的意象,爱若斯则是中介。

同一个爱若斯,刚才还是神们的王,现在成了贫兮兮的流浪汉。

---

① [译按]"普罗米修斯"(Προμηθεύς)的字面意思是"先行思考";"墨提斯"(Μῆτις)的字面意思是"思考,机智,审慎,尤指知识、见识或实用性的智慧。"Προμηθεύς[普罗米修斯],即Προ-μῆθις,其中μῆθις等于机智,智慧"(《全集》,VI 3,231)。
② [译按]赫西俄德,《神谱》,行886-900。
③ [全集注]尼西亚信经:"由圣父圣子所共发。"
④ [译按]希罗多德,《历史》,2,170。
⑤ [全集注]柏拉图,《会饮》,203b。

这是因为他意愿如此,他意愿做贫乏的孩子。如果说这是一次道成肉身,而丰盈对应圣灵,一切衔接相当完美。

再没有什么比除神以外更根本的贫乏。这是一切被造物的贫乏。创世在困境中想象出某个穷阿女人的计谋,她想与某个富有男人的生命建立长久联系,于是不顾对方反对,为他生下一个孩子。她想象生下了神的孩子。她还选了神喝醉昏睡的时刻。如此疯狂,确实缺了酒醉和昏睡不成。

(柏拉图说,当时还没有酒。① 无疑为了强调爱若斯等同狄俄尼索斯。)

这孩子自小贫困,一如我们人类的弟兄。贫乏流浪的爱若斯,总躺在地上,或干脆在路边,这幅奇妙的场景令人不禁想到圣徒方济各。不过,在方济各之前,基督也一样贫乏,流浪,没有枕头的地方。② 基督的伴侣同样是贫乏。

在这段叙述中,有些字词似乎专为让人联想到埃斯库罗斯的普罗米修斯。爱若斯形容消瘦($αὐχμηρόσ$),普罗米修斯同样衰弱($προσαναινόμενον$,行 145),连皮肤也失掉颜色(行 23)。爱若斯露天睡在路边($ὑπαίθριος$, 203d),普罗米修斯一样在露天($ὑπαίθριος$,行 113),还任凭天风吹弄($αἰθέριον κίνυγμα$,行 157)。在赫耳墨斯的训斥下,普罗米修斯同样是"智术师"(行 944)。肃剧中还多次用到 $μηχανάς$ 一词,③指手段、计谋、阴谋、方法、发明。——在索福克勒斯的《厄勒克特拉》中,当女主人公认出弟弟俄瑞斯忒斯时,同样用到该词。④ 最后,埃斯库罗斯还说普罗米修斯总能找到治疗的药($φαρμακά$,行 249)。

---

① [全集注]柏拉图,《会饮》,203b。
② [译按]马太福音,8:20;路加福音,9:58:"耶稣说,狐狸有洞,天空的飞鸟有窝,人子却没有枕头的地方。"
③ [全集注]埃斯库罗斯,《普罗米修斯》,行 469。
④ [全集注]参见前文《厄勒克特拉》。

爱若斯被称为"有本事的猎手",这与阿尔特弥斯相似——但也与另一位周围有很多渔夫的人相似。普罗米修斯同样猎获了($\vartheta\eta\varrho\tilde{\omega}\mu\alpha\iota$)火种。

爱若斯还创造了最完善的调和,按毕达哥拉斯理论来理解,就是在最相悖的矛盾之间建立统———在神和贫乏之间建立统一。

> 总起来讲,凡对好的东西和幸福的欲求,统统叫做每个人身上都有的"最了不起、最诡计多端的爱欲"……有这样一种说法,她说,凡欲求自己另一半的就是在爱恋。不过,依我的说法,爱恋所欲求的既非什么一半,也非什么整体,除非这一半或整体确确实实是好的。因为,即便是自己的手足,人们要是觉得自己身上的这些部分是坏的,也宁愿砍掉。据我看,谁都不吝惜剁掉自己身上的,只把好的当自己身上的,把身上不好的当不是自己的。可以说,除了好的东西以外,人们什么都不爱……爱若斯就是欲求自己永远拥有好的东西。(205d - 206b)

这里反驳了阿里斯托芬讲的神话:人被分成两半,个个寻找自己的另一半。然而,再一次,我们必须认为,这些相互矛盾的说法全都正确。文中看似在驳斥阿里斯托芬神话的句子,其实是在揭示这个神话的真实意义。我们是不完整的存在体,被强行分成一个个残片,永在渴求补充自己的那部分。然而,与阿里斯托芬神话表面所显示的不同,这一补充自己的部分,不可能是我们的同类。这一补充部分,就是善,就是神。我们是脱离神的残片。

"除了好的东西以外,人们什么都不爱。"换言之,除神以外。我们用不着去寻求如何在自身建立对神的爱。它一直就在我们身上。它甚至是我们的存在的根本。我们若爱上了别的东西,那是出于谬误,出于某种误会。就像在街上开心地追着某个陌生人,只因为我们远远地误认做认识的朋友。出于自卫本能,我们身上的一切平庸之处在以各种形式的谎言阻止我们承认,从生命的最初到最后一刻,我们所持续爱着的,不是别的,就是真正的神。因为,一旦承认这一点,这些平庸之处也就被判了死刑。

在《王制》中,有一个谈及这个主题的最美也最有力的段落。

> 每个灵魂都追求善,为之做出各种举动。人们猜测着善确乎存在,却找不到出路,无法完全领悟善究竟是什么,也不能确立起对善的稳固信念,像对别的事物那样,因而也无从真正了解别的事物及其用处。(《王制》,卷六,505e)

柏拉图以视力比喻长存人心的对善的爱,以光明比喻善的启示。由此产生了下文这段有关灵魂转向的譬喻描述:

> [灵魂的]教育并非像某些人所宣称的那样。他们宣称,他们能把原本没有的知识灌输到灵魂里,就如把视力安置在盲人的眼里。但是,我们现在的理论表明,知识是每个灵魂天生拥有的能力,学习的器官也是如此。除非整个身体一起动,否则眼睛不可能离开黑暗转向光明。同样的,灵魂必须整个儿脱离转瞬即逝的世界,直至它有能力直视现实和现实中最明亮的东西,即我们所说的善。
>
> 这是……使灵魂转向的技艺;这是让人转向的最容易也最快速的方法。这不是在人身上创造视力;他原本就有视力。只不过,他没法正确运用,没看该看的地方,那才是应该想法解决的。(《王制》,卷七,518b – d)

柏拉图对话和古希腊肃剧中频频用到 μηχανή 一词,与救赎、救世有关。

《会饮》中称:"依我的说法,爱恋所欲求的既非什么一半,也非什么整体……除好的东西以外,人们什么都不爱。"这话意味深长,颠覆了错误的自私概念。人不自私。[1] 人不可能自私。惟有神是自私的。人只有学会把自己视为神的造物、为神所爱和拯救,才可能触及自爱的些许影子。否则,人不可能爱自己。

一般叫做自私的,并不是自爱,而是某种视角效应。人往往从自己的角度出发看事情,事态一有变更就直呼不幸;那些发生在远处的事情却根本看不见。在他们眼里,十万中国人惨遭屠杀几乎没有影响世界秩序,某个同事加了点薪,而他们没有,世界秩序就彻底坍塌了。这不是自爱,这只不过是,作为有限的存在者,人类只能把合理秩序概念运用在自我中心的周边。

一旦在自身以外选定爱欲对象,人也有可能转移自我中心。某人出于各类理由而效忠另一个他可能认识也可能不认识的人,效忠某个女人、孩子、党派、国家或集体,这并不罕见。在这类情况下,我们不能说这人是自私的。但他的视角始终没变,他犯的错误照样严重。比起自私,类似的忠诚并不显得更高贵。

为了避免视角的错误,唯一的做法是在空间以外、世界以外,也就是在神之中选定爱欲对象、转移自我中心。

在《王制》中,柏拉图运用了太阳和视力这两个重要意象,尤其在洞穴神话叙事里。这两种意象恰恰揭示了人类身上的爱欲。读者很可能误解,以为洞穴譬喻与认知有关,视力意味着心智。太阳即善。视力是与善相关的能力。在《会饮》中,柏拉图再明确不过地指出,这一能力即爱欲。[2] 柏拉图以眼睛和视力譬喻爱欲。眼睛看不见自身,这清楚表明自私的不可能性。柏拉图在洞穴譬喻中着力描绘的事物带有非真实性,与本该如此的事物无关;本该如此的事物真的存在,具有完全的真实性。这里说的却是一些作为爱欲对

---

[1] [全集注]第俄提玛的教诲:柏拉图,《会饮》,205e – 206a。
[2] [全集注]第俄提玛先证明,爱欲是拥有美和善的欲求(204e – 206a),是凭借美而获得永生的欲求(206b – 209e)。在这个前提下,她继而描绘了灵魂朝向心智的攀升(209e – 212a)。

象的事物。因此,它们只是木偶的影子。

想要理解这一点,必须回到巨兽的意象。人类社会,乃至社会内部诸种形式的集体,均如一只巨兽,那些负责饲养的人研究它的习性喜恶,并整理成条约。美德不是别的,就是这个。因为,那些教授美德的人——

> 巨兽喜欢的,他称作善,巨兽厌恶的,他称作恶,除此以外他没有评判标准。他称那些必然的东西为正义和美的,因为,他看不出,也没法告诉别人,必然的本质和善的本质差别有多么大。(《王制》,卷六,493c)

除巨兽及其护卫们所教授的美德以外,没有别的美德,除非神主动降临,向一个灵魂展示真实的善。

> 除开他们这种美德教育,现在没有,从前不曾有,将来也不会有别的美德教育。朋友,我指的是属人的教育。俗语说得好,属神的另当别论。你要知道,在当前的政治状况下,若有人的德性得救,成为它本该是的样子,那只能说是神力在保佑。(卷六,492e–493a)

除开那些注定要走出洞穴或正走在出洞穴的路上的人不算,我们所有人选定的爱欲对象,本质上全离不开社会声誉。那些看似仅仅关涉个人的欲求也一样。比如爱情;拉罗什福科说过:"不带自夸的爱情只能算康复期病人。"[1]美食酒水的乐趣,远比表面具有更深的社会性。财富、权力、晋升、奖章、各类荣誉、名望、尊敬,一概是社

---

[1] [全集注]这句箴言的作者其实不是拉罗什福科,而是尚福尔(Nicolas Chamfort):"爱情若除去自爱,所剩无几。不带自夸,则如虚弱的康复期病人,连走都走不动。"(*Maximes et pensées*,358)

会性的利益。艺术家和学者几乎全在美和真的名义下追求社会声誉。慈善、爱邻人等标签也是同一类粉饰。

社会声誉,正如这个名词所显示的,是一种纯粹的幻象,根本不存在。而在声誉的全部构成元素中,力量占九成,决定着这个世界上的一切。格林童话中"勇敢的小裁缝"①,还有不计其数的相似故事,就证明了这一点。有个小矮子一下打死七只苍蝇,就向全世界吹嘘自己"一下子打死七个"。某个遭临强敌侵略的国家推选他做将军。他从未骑过马,便在开战前夜把自己绑在马上。没想到马一路狂奔,带他进了敌营,把他吓坏了。但敌军看见有个骑兵从天而降,以为后头跟着大批兵马,纷纷溃逃。小裁缝从此成了国王的女婿。

这个童话道出再纯粹不过的真相。在这个世界上,战争最真实,也包含诸种潜在力量的冲突。因为,正如赫拉克利特所言,战争让一些人成奴隶,另一些人得自由,战争让一些人做人,另一些人成神——当然,成的是假神。② 战争是社会生活的主要动力,幻象则几乎决定了社会生活的全部成就。战争由声誉所造就。为此,魔鬼才对基督说:"这一切权柄、荣耀原是交付给我的。"③最高的、毋宁说唯一的社会价值,就是声誉。这恰如一个影子。一个谎言。

柏拉图说,投射出这个影子的,正是木偶。换言之,真实,却是人为的,被制造出来的,好比真实而自然的事物的影像。这些木偶,正是各种社会机构。守财奴自以为在金子中得到的善,其实只是幻象,是影子。相反,货币作为交换工具是一种善,但完全是一种约定的善。幻象与约定差别很大。约定具有某种真实性,却是次等、人

---

① [全集注]薇依多次引用这则童话,如见《关于爱神的散乱思考》(《全集》,IV 1,276);《隐秘爱神的几种形式》(《全集》,IV 1,323)。

② [译按]薇依共译出赫拉克利特的126条箴言(参见前文),其中第53条探讨战争,她先后译出三个版本。

③ [全集注]路加福音,4:6。上文已引过。

为的真实。金子若不被看成货币,就不具备任何价值。假设金子具有货币流通以外的用途,那么,它就只有善而没有恶,即便这种善有限而卑微。十七世纪的大多数法国人情愿为路易十四的一个微笑而死,但微笑中所含的善,只是影子。与某个君主的人格相连的善是真实的,却仅限君权体制下,是完全约定性的。货币制度、君权体制全是木偶,把影子轮番投射在洞穴的墙上。在人所建立的机制里,总能找到超自然真实的影像,柏拉图称之为木偶,也就是真实存在者的影像。不过,只有认清它们是机制,从影子上挪开目光,也就是抛开声誉,才有可能察觉这种似真性。人们总以为这很容易做到,甚至已经做到。这是因为,人往往辨认不出自己所眷恋的声誉。放弃一切声誉,如十字若望所言,犹如灵魂的赤裸。只有通过这种方式,人才能触及神。所以基督说"在暗中的父"。① 这等同为在天上的父。多么不幸,对于人类而言,秘密如此遥远,一如天国那不可接近的距离。除开少数被拣选的人,我们全在对声誉的眷念中遭到吞噬。

耶稣活着时罕有声誉。最后的晚餐以后,他更是丧失了全部声誉。门徒抛弃了他。彼得不认他。如今,伴随教会的存在、二十个世纪的基督宗教史,耶稣浑身上下裹满声誉的光环。在他活着时,不幸之中坚持做他的信徒却是多么难呵。

如今还有一个更大的困难。有了这种声誉作屏障,一个人不确定自己是不是他的信徒,也有可能为之献身。一个人从未走出洞穴,从未把目光从轮番投射在墙上的影子挪开,却未尝不能成为殉教徒。

柏拉图早就知道,真实而完美的正义必须不带声誉。基督受难的本质不在苦难,而在声誉的消亡。先知以赛亚说"[他]多受痛苦,常经忧患",② 只有对一个轻视忧患的民族而言,这些话才真正

---

① [译按]马太福音,6:6。《柏拉图对话中的神》中亦有援引。
② [全集注]以赛亚书,53:3。

有意义。但忧患将显得太不够。还得有一种刑罚的痛苦,因为,只有刑罚的正义把人割离社会,一个人才可能真正抛却对社会声誉的参与。刑罚的正义所遭受的痛苦,从根本上带有不能缩减、不可磨灭的沦落性质,为其他形式的痛苦所不具备。但必须是真正的刑罚的正义,也就是针对公共权利犯罪的正义。一个人出于国家、政治或宗教原因而效忠某种事业、集体、理想或信仰,他就算为此遭到迫害和定罪,也不会完全丧失声誉。他就算在受尽各种可怕的折磨和羞辱之后赴死,这些痛苦还是与十字架上的受难相去甚远。虽然从某方面而言,耶稣是第一个殉教徒,是后来人的导师和楷模,但从另一方面而言,他甚至不是真正意义的殉教徒。他先是像那些自认作国王的疯子般遭嘲笑,又像侵犯公共权利的罪犯般被处死。殉教徒带有某种声誉,耶稣却完全没有。何况,他也曾徒然地求父免去将临的苦难①,徒然地希冀周围人的慰藉,他的受刑,是在灵魂的极度忧惧中,而不是在喜乐中。

救赎的痛苦从根本上带有不可缩减的刑罚性质,古希腊人深谙此道。普罗米修斯的故事说得很清楚。此外还有柏拉图在《王制》中提到的义人受难的场景。

> 我们既不从不义者身上减去不正义,也不从正义者身上减去正义,而是假设他们分别达到了完全的境界……让我们假设一个义人形象,朴素而高贵,追求"善的真实,而不是善的表象",如埃斯库罗斯所说……剥光他身上的一切表象,只剩下正义……他虽然从未行不义,却必定拥有最响亮的不义声名,这样他的正义才能受到考验,他才能证明自己没有被不好的名声及其后果挫败,而是相反,始终坚忍不拔,过着看似不公、实则正义的一生。这样,当正义和不义均至极端,我们就好判别他们中谁更幸福……在这种情况下,义人遭受严刑拷打、戴着镣

---

① [译按]马可福音,14:35起;马太福音,26:36起;路加福音,22:39起。

铐、烧瞎眼睛,在受尽各种苦楚之后被钉上十字架,这时他才明白不应该追求真正的正义,而应该做到正义的表象……(卷二,360e,361b-c,361e-362a)

你可不要单单论证正义好过不正义,你还得说明,它们通过何种手段使得分别拥有它们的人成为好人或坏人。此外还得去除表象。你得剥去它们各自的真实外表,披上相反的外表,否则我们会说你称赞的不是正义而是正义的表象,你谴责的不是不义而是不义的表象,你实际在劝人不义且不要被发觉……你不仅要论证正义好过不正义,还得说明正义通过何种手段使得拥有正义的人成为好人,并且在诸神和人类面前它究竟该显现无遗还是该深藏不露。(卷二,367b-e)

义人若真的存在,会是谁呢?《王制》中另一段落做了解答。

倘若真找到何谓正义,我们应该认为,义人必须与正义本身毫无差别,在各方面等同于正义呢?还是,只要义人比其他人更接近正义本身,更多体现正义,我们就满意了呢?

他说,尽量接近我们就满意了。

可是,为了有个原型,我们先前研究了正义本身,还有义人,倘若他真的存在会是什么样;我们同样研究了不义和不义者。这是为了观察这些原型,看看每个原型是否分别表现出幸福或不幸,这样我们也好承认,在我们中,谁接近正义或不义更多一点,谁也就拥有与正义或不义相近的命运。但我们的目的并不是要证明这些原型可能实际存在……同样的,假设一个画家要画世间最美的人,并且画出了令人满意的形象,只是不能证明这样的美人确实存在,我们会因此认为他不是好画家吗?(卷五,472b-d)

对照《泰阿泰德》中的一段文字:

> ……要尽快逃离此生。逃离此生,就是尽可能与神相似……与神相似,意味着在理智的帮助下变得公正和圣洁……神在任何情况下都不会不公正,神代表最高度的正义。在人类中最公正的也就最像他……老朋友,现实中有两类人,一类神圣而幸福,另一类不敬神而不幸。他们看不到这一点。在极度愚蠢的疯狂中,他们不明白,由于行了不义,他们更像第二类人而不像前一类人。(176a – 177a)

《王制》中还有几行文字反映了这些疯子所引发的虔敬,以及真正的义人是多么罕见。

> 假如有人心悦诚服地相信正义最善,那么他将对不义者满怀宽恕;他不会恼怒他们;他知道,没有人自愿实践正义,除非少数天性疾恶如仇的人,或少数获得真知、存善去恶的人。懦弱、衰老或其他缺点使他们谴责不义,因为他们实在没有能力去行恶。(卷二,366c)

这里头呼应了"赦免他们,因为他们所做的,他们不晓得"。① 文中与坏类型相似的句子②让人想起:"我不审判他……有审判他的,就是我所讲的道要在末日里审判他。"③

有关义人的章节比任何古希腊文本更清楚显示了道成肉身的概念。《斐德若》中说到,正义的真身在天外的某处,宙斯由诸神和极乐灵魂相随,在同一处所滋养自己。④《蒂迈欧》中则提

---

① [全集注]路加福音,23:34。耶稣在十字架上的最后呼喊。
② [译按]马可福音,14:35 起;马太福音,26:36 起;路加福音,22:39 起。
③ [全集注]约翰福音,12:47 – 48;另见马太福音,7:12。
④ [全集注]柏拉图,《斐德若》,247d – e。

到,位于这同一处所的,正是世界灵魂,或[神的]独子。① 义人只是极为接近正义的人,这类人占大多数。一个人要"与正义本身毫无差别,在各方面等同于正义",②那就得等神性的正义从天上降临大地。

柏拉图很有道理地避免讨论这有可能发生。然而,我们还记得,他的神启核心是本体论实证,也就是说,他确信完美比不完美更真实,③因此,在这个问题上,我们不可能怀疑柏拉图的个人态度。

几近正义的人的原型,只能是完美的义人。几近正义的人确乎存在。他们的原型如果是真实的,那就是说存在于这个世界上的某个特定时间和特定空间。除此以外,人没有别的真实性。如果没有类似的存在,那么原型就是抽象概念。一个抽象概念可以成为真实存在者的原型和完美化身吗?

注意,柏拉图明确指出,正义本身不足以做原型。对于人类而言,正义的原型是义人。

义人无疑就是《泰阿泰德》中的那一类神圣而幸福的原型。④当柏拉图说起与这类人相似时,"相似"一语具有如今常用的含义,也就是"接近"。只不过,柏拉图的用法更精确,具体指两张比例不同的地图之间的相似性。在这两张地图之间,实际距离截然有别,但比例一致。在古希腊语中,尤其在像柏拉图这样的毕达哥拉斯门徒的文中,"相似"是一个几何术语,与比例一致、均衡相关。柏拉图说与神相似,并不是接近,因为接近无论如何是不可能的,而是均

---

① [全集注]柏拉图,《蒂迈欧》,31b,92c。

② [全集注]柏拉图,《王制》,卷五,472b。

③ [全集注]柏拉图,《王制》,卷五,504c:"不完美的事物不能成为衡量标准。"《柏拉图对话中的神》援引过这个句子。

④ [全集注]柏拉图,《泰阿泰德》,176–177a。《柏拉图对话中的神》长篇援引过相关段落。

衡。在人与神之间，只有借助中介，才可能形成均衡。作为神性的原型，完美的义人是几近正义者和神之间的中介。有关这一点，参见毕达哥拉斯定理的相关章节。

从各方面看来，《会饮》里绝对正义的爱若斯不是别的，就是《泰阿泰德》里的神圣原型、《王制》里的完美义人。

完美的义人要成为人类的模仿原型，单单化成一个凡人的肉身还不够。还得在这人身上彰显完美正义的真实性。为此，正义必须不带幻象、赤裸裸地显现在他身上，必须剥除正义之名所带来的全部光芒，放弃尊严。这个条件本身带有矛盾。就算正义显现，也必然为表象所掩饰、为声誉所包裹。假设正义没有显现，假设没有人知道义人的公正，那么后者又如何成为原型呢？

真正的正义同时为正义的表象和不义的表象所掩盖。正义要成为原型，必须剥光表象，被赤裸裸地看见，必须不带表象地显现。这是一个悖谬的结论。因此，正义在此世、在大地上毫无用处。我们无从触及正义，它的存在没有用。

我们只能触及表象，而表象与声誉无异，从属于力量王国。正义的表象就是一个给自己捞取好处的工具。获得这个工具，需得借助相当程序。正义的表象属于必然机制的一部分，在必然的本质与善的本质之间存在着无穷无尽的距离。我们的世界是必然的王国。正义的表象属于这个世界。真实的正义却不在其中。

这个难以解决的矛盾有一种超自然的解决方法，即受难。然而，这一解决方法仅适于那些完全受神恩光照的灵魂。对其他人来说，矛盾始终存在。就在耶稣如柏拉图所愿被剥光一切正义的表象时，他的门徒丝毫不知他代表完美正义。否则，在他受苦时，他们怎可能熟睡不起、逃跑乃至不认他呢？等他复活以后，荣耀抹去了他受酷刑时的声名扫地。到如今，历经二十个世纪的崇拜，我们几乎感觉不到耶稣受难中带有的沦落本质。我们只想到受苦，并且领会得很模糊，因为，想象中的苦楚总是缺少重负。我们绝不会把濒死的耶稣看成触犯公共权利的罪犯。使徒保罗写道："若基督没有复活,所信的也是枉然。"①然而,比起复活,十字架上的赴死含有某种更神圣的东西。在今天的世人面前,荣耀的基督遮蔽了不幸受难的基督。我们从而冒着一种危险,也就是以基督之名崇拜正义的表象而不是正义的真相。

总的说来,只有那个本性善的犯人②真正瞥见了柏拉图语境中的正义,也就是从某个罪犯的表象中识辨出来,完全的、赤裸裸的正义。

柏拉图进一步假定,义人非但不被世人所知,连诸神也不相认,这最终化作福音书中最辛酸不过的一句呼喊:"我的父亲,为什么离弃我?"③

柏拉图就义人受难给出的理由,有别于基督宗教中赎罪补过之说。后面这种说法更早出现在埃斯库罗斯的《普罗米修斯》。不过,两种说法之间有所关联。由于原罪引发向人类事务的转向,表象与真实之间才具有这种不可调和性,最终迫使义人以被判死刑的罪犯身份现身此世。假设我们是无辜的,表象本该像天空一样澄澈,而不是一道有待扯碎的面纱。

正因为表象的谬误,欲求虽是对善的欲求,永远等同为我们的存在本身,也永远带给我们不幸,直至我们最终实现约定。

洞穴意象以众所周知的方法描绘了这一约定的过程。

---

① [全集注]哥林多前书,15:14:"若基督没有复活,我们所传的便是枉然,你们所信的也是枉然。"

② [译按]路加福音讲到有两个犯人与耶稣同时钉上十字架。其中一个讥笑说:"你不是基督吗?可以救自己和我们吧。"另一个应声责备他说:"你既是一样受刑的,还不怕神吗?我们是应该的,因我们所受的与我们所做的相称,但这个人没有做过一件不好的事。"又说:"耶稣啊,你的国降临的时候,求你记念我!"耶稣对他说:"我实在告诉你,今日你要同我在乐园里了。"(23:39–43)按和合本。

③ [全集注]耶稣在十字架上的最后呼告。马可福音,15:34;马太福音,27:46。

《会饮》同样探讨了灵魂朝向救赎一步步攀升的状况。这一次是凭借美获得救赎。

第俄提玛首先提出如下理论,肉身的爱欲就是为了获得永生而在美中孕生的欲求。动物生命中的不可摧毁性表现在世代繁衍上。我们欲求永生;我们的欲求却往往错误地转向永生的这一物质影像。凭借某种柏拉图在此没有深入探讨的神秘关联,只有美能激发繁衍的欲求。当然是肉身的美,因为这里的繁衍也是肉身的繁衍。在少数人身上,精神的美同样能激发精神的繁衍欲求;这样,爱欲促使美德、知识和精神创作的诞生。

(注意,柏拉图在这里指明,合理的肉身之爱必须以繁衍后代为目的,这形同反驳那些指责他道德败坏的恶意中伤。)

灵魂一步步攀升,从爱慕某个人的身体的美,到爱慕世间处处呈现的身体的美,再到灵魂的美、律法与政制的美、知识的美,最终实现真正的爱欲,看见美本身。

> 以便他[有情人]会看到种种知识的美;一旦瞥见这美——这美才丰盈得很……转向美的沧海,领略它,他就会在无怨无悔的爱恋智慧中孕育出许多美好,甚至非常了不起的言辞和思想;到了这一步,随着自身不断坚实、圆满,他兴许就会瞥见某种单一的知识,这种知识所拥有的对象就是下面要说到的那种美。

> 无论谁,只要在朝向爱欲方面被培育引领到这般境地,依序正确地瞥见各种各样美的事物,在爱欲的路途上终至抵达终点,他就会突然瞥见,自如的美何等神奇……首先,这美是永在的东西,不生不灭、不增不减,既非仅仅这点儿美那点儿丑,也非这会儿美过会儿又不美,或者这样显得美那样又显得丑,或者在这里显得美,在别处又显得丑,仿佛对某些人说来显得美,对另一些人说来又显得丑。对于他来说,这美并非显得是比如一张脸、一双手或身体上某个地方的美,也不呈现为某种说辞或

者某种知识的美,不呈现为任何在某个地方的东西,比如在某个生物、在地上、天上或任何别处的东西;毋宁说,这东西[在他看来]自体自根、自存自在,永恒地与自身为一,所有别的美的东西都不过以某种方式分有其美;美的东西生生灭灭,美本身却始终如是,丝毫不会因之有所损益。(《会饮》,210c – 211b)

你可以想象,一旦一个人惊鸿一瞥,借助必不可少的精神凝视瞥见美本身,与之融为一体,[过去]那种可怜的生活还值得过下去吗?难道你不觉得,只有当[精神的眼睛]亲眼见到那仅仅对精神的眼睛才显现的美,一个人才会触及真实而非真实的影像,从而生育真实的美德而非美德的影像?[你不觉得],谁要是生育、抚养真实的美德,从而成为受神宠爱的人,不管这个人是谁,不都会是不死的吗?(211e – 212a)

要想拥有这些,对于人的天性来说,恐怕不会容易找到比爱若斯更好的帮手了。(212b)

这些文本告诉我们,那些把柏拉图思想理解为固定抽象概念的人实在大错特错。这里说的是与美的精神联姻,正因为有这一联姻,灵魂才可能真正孕生美德。此外,美不长存于任何事物之中。美不是一种属性。美是主体。美是神本身。

柏拉图对话中频繁出现一个表述:αὐτὸ καθ' αὐτὸ μεθ' αὑτοῦ,即"自体自根、自存自在,永恒地与自身为一",①很可能与三位一体相关。因为,这个表述指出了某种统一体内在的双重关系。托马斯·阿奎那不也这么定义三位一体吗?②

柏拉图说,瞥见美的人在爱欲的路途上几乎抵达终点。③ 这里头别有暗示。在洞穴神话中,瞥见太阳以前,最后看见的是月亮。

---

① [全集注]如见柏拉图,《会饮》,211b。
② [全集注]阿奎那,《神学大全》(Pars Ia, Question 28)。
③ [全集注]柏拉图,《会饮》,211b。

月亮是太阳的折射和影像。太阳既是善,月亮自然可以被视为美。① 柏拉图说瞥见美的人几乎抵达终点,也就是说,至高的美就是神之子。②

在古希腊神话中,绝对的美即属天的阿佛洛狄忒。③

顺带地说,月有圆缺,失而复现,用来象征圣子,再确切不过。同样,月也用来象征受难。我们可以从俄赛利斯神话的一些细节中获得解释。牛长有新月一般的双角,因而是俄赛利斯的化身。他的身体被分成十四块,满月与新月之间恰恰间隔十四天。④

伊希斯收集到其中的十三块,阴历中一年恰恰有十三个月份。伊希斯等同母亲神德墨特尔,也就是大地的化身。普鲁塔克曾说,俄赛利斯是世代繁衍的人类的本原,是元气之源,古人往往把元气和月亮归到一处。诺努斯(Nonnos)称扎格勒斯为头上长角的新生子,⑤他登上宙斯的王位,取得雷电王杖。提坦神们给他

---

① [译按]"满月是完美的,从第二天起,再也看不见。月亮是可以直接凝视的对象,太阳不是。月亮是走出柏拉图洞穴的人最后看见的东西,就在他被赋予能力惊鸿一瞥太阳以前。换言之,在《会饮》中,月亮代表神的美"(《全集》,VI 3,250)。

② [全集注]"世界带有某种类似神化成肉身的意味,世界的美就是一种记号"(《全集》,VI 3,126 – 127);"在神的所有属性中,只有一种化身为宇宙,化作圣言的肉身,那就是美"(K2,ms. 25)。

③ [全集注]"属天的阿佛洛狄忒从天神被隔的生殖器中孕生,她就是作为女性的圣言"(《全集》,VI 3,235 – 236)。

④ [全集注]"俄赛利斯被分成十四块,对应一个月的二十八天? 可以肯定的是,自满月以来,月亮每天丢失一块,也就是逐渐丢失完那十四块,直至完全消失。随后再一块接一块地恢复。月亮是俄赛利斯的化身"(《全集》,VI 3,235)。

⑤ [译按]扎格勒斯,狄俄尼索斯的别称。[全集注]"扎格勒斯,头上长角的新生子,在孩童时代被杀一次。随后,经过数次变身,在化身为公牛时被杀第二次。月亮之身。狄俄尼索斯同样被命名为带角的神……月是年与日之间的中介,(古人知道)年生出太阳,日生出大地,因此,月还是大地和太阳之间的中介"(《全集》,VI 3,235 – 236)。

设下陷阱。提坦神共有十二个,赫西俄德列出了他们的名字,① 比较这些名称和十二星座,不难找出好些对应。扎格勒斯变幻成多种形态,以躲避提坦神。他最后变形为公牛,又一个有角的形象。提坦神最后杀死化身为公牛的他。这个故事很方便套进月亮圆缺的框架。索福克勒斯如此称呼狄俄尼索斯:"火,星辰歌队的头领,夜音的守望人,分配者!"② 这些称呼全适用月亮,最后一个与月份有关。只需稍做努力,我们就能在日、月、年中辨认出某种与中介相关的东西。只有把阿尔特弥斯等同狄俄尼索斯,欧里庇得斯的《希波吕托斯》才解释得通。因为,希波吕托斯信奉俄耳甫斯秘教,也曾参与厄琉西斯秘教。③ 阿尔特弥斯和阿波罗的弓箭、阿波罗和赫耳墨斯的竖琴(据托名荷马颂诗的记载,赫耳墨斯一出生就发明了竖琴④)从形状上令人联想到月牙。潘神同样也长角。他的名字从词源上解释为"一切"。《克拉底鲁》中说潘神是"逻各斯"($λόγος$)。⑤ 假设所有与月亮、角(作为月亮的影像)、汁液有关的东西均象征圣言(圣子),那么,神话确乎能澄清许多东西。另一方面,有些神,比如雅典娜,也许还有赫淮斯托斯,似乎对应了圣灵。雅典娜由宙斯独立所生。赫淮斯托斯则是一次合法婚配的结果。⑥ 宙斯的其他孩子全是通奸所生。这也许象征着神与其造物结合所暗含的疯狂。这样,宙斯的孩子们即是圣言(圣子)。赫

---

① [译按]赫西俄德,《神谱》,行133-137。
② [全集注]索福克勒斯,《安提戈涅》,1145。
③ [全集注]《柏拉图对话中的神》亦提到这一点。
④ [译按]托名荷马的《赫尔墨斯颂诗》:"当第十个月停在天庭,世上便出现奇迹,迈娅生下一个孩子,满是狡黠和魅惑,赫耳墨斯偷了牛群,带来了梦,他窥探夜,看守大门。很快他就要在神和人之间展现奇观。他黎明出生,中午弹竖琴,夜里偷了弓箭手阿波罗的牛群。"(行11-18)
⑤ [译按]柏拉图,《克拉底鲁》,408b-d。
⑥ [译按]据普遍说法,赫淮斯托斯由宙斯和赫拉所生。但赫西俄德在《神谱》中说,他由赫拉独自生出(行927-929)。

斯提亚作为中心的火,[1]则是圣灵。

绝对的美与可感知事物一样,是具象的东西,通过超自然的视力,有可能被看见。在漫长的精神准备之后,灵魂达至某种启示境界,某种撕裂。"他突然瞥见美的奇观。"[2]这是在描述一种神秘主义经验。美的东西生生灭灭,只因分有美的一部分而成为美的,但美本身却丝毫不受损益。这就是一切不幸的至高慰藉。没有什么不幸能损害神。谁若能借助超自然的美这一唯一可视工具而看见绝对的美,就会把爱欲对象和自我中心放在不幸无法企及的地方。

柏拉图排定的灵魂攀升次序有可能令人困惑。他从可感知的美转入灵魂的美,或道德的美、美德的光辉。在赞叹某个确乎令人感动的行为时,法语中不会说"真好",而会说"真美"。我们关注圣徒,也是在他们身上感受到美。美德正因为是美的,才感动我们。美本身与可感知的美的相似性神秘莫测。它们的秘诀在于某种难以定义的均衡。律法与政制包含另一种均衡,类似于美德与必然相交的均衡。但我们无从猜测柏拉图真正在想什么,他究竟想像《王制》那般讨论作为灵魂的扩大化形象的譬喻性的城邦[3],还是想如《政治家》那般探讨社会关系的调和问题?无论如何,毕达哥拉斯的调和概念(矛盾统一)、有限、无限的组合,在前三种美的领略中必定占主导地位。知识的美不是别的,正是世界秩序的美。透过必然而领会的世界秩序,这里说的必然最严谨,是数学论证的材料。柏拉图因而把知识定义为纯粹应用数学。知识的美放在最后,并不让人意外。谁若以爱凝视世界秩序,总有一天会达至如下境界:突然看见别的东西,看见美的奇观。

在柏拉图所构想的道路上,只要建立真实联系的途径不是神秘体验,甚而也不是幻象,这条道路就与神无关。这与基督宗教的道

---

[1] [全集注]柏拉图,《斐德若》,246e–247e。
[2] [全集注]柏拉图,《会饮》,210e。从这里开始回到狄俄提玛的教诲。
[3] [全集注]柏拉图,《王制》,卷二,368e–369a。

路有天壤之别:长期以来,人们大谈神,却不曾对神一词的含义略有存疑。好在这个词自有分量。缺点则是真实性极低。但无论如何,差异不应否决根本的相同。

在上文援引的文本中,柏拉图仅限于讨论神与创世、人类的关系。《斐德若》中有一段文字却描述了神的完美而无穷的喜乐:

> 话说那天上最大的首领宙斯,驾一辆带翅膀的马车,行在前头,规整、照料着所有的事物;跟在他后面的,是神们和精灵们的方阵,排成十一队。唯一只有赫斯提亚留守神们的家,其余列位于十二尊神的,各依指定的次序,率领一队。……凡愿意且有能力的,都跟随他们,因为,神们的歌队中没有妒忌。每逢要赴盛会和赴宴饮,神们就陡峭地向上游到天的穹隆,直到绝顶处……那些被称为不死的灵魂们呢,在到达绝顶后,他们还要出到天外,在天穹外表停留一会儿;在那里站着的时候,他们便随天体绕行,观看天外的东西。
>
> 天外面的地方,迄今还没有哪个地上的诗人好好歌颂过,当然也绝不会有。那天外的地方其实是这样的——这事应该敢于说真实,何况这会儿正说的就是真实东西的性质。确确实实在的东西,无色、无形,也摸不着,唯有灵魂的驾驭者—理智才看得见的东西,唯有它才属于真实的认知的那类东西,正是在这天外的地方。正如一个神的心智要靠纯粹的理智和真知滋养而成,每个灵魂的心智同样如此,它出自于吸纳与其相属的东西,一旦灵魂终于见到那东西,就会喜乐无比,靠这滋养自己,享用对真实的瞥见,直到天体周行满了一圈,灵魂又被带回到原点。在周行期间,灵魂见到正义本身,见到审慎,见到认知,不是那种仍在生成变易中的认知,也非对随时随地在变换的东西——我们如今叫这些东西为"在那里的东西"——的认知,而是对真实的东西的确确实实的认知。灵魂以如此这般的方式见到了那别一番在那里的东西,并因此而振作起来,它就

又下到天体的内部,驾着马车驶回自己的家。(《斐德若》,246e－247e)

神的生命包含神针对自身的一次行为:既是凝思,又是圣餐。神永在自我滋养,永在自我凝思。这是集神一身的两种关系,即三位一体。

人类自童年起就强烈感受到巨大的不幸,这种不幸从很大程度上解释了无数人的迷失歧途,这是因为,对人类而言,凝思与滋养是区别开来的两个过程。①

> 每个属人的灵魂天生就见过那些个在那里的东西……要让个个灵魂由下面的事物回忆起那些别样的东西,却非易事……仅剩下少数灵魂还葆有足够的回忆,当这些人见到那边的事物的某些个相似物时,就惊愕得不知所措,不能自己,也搞不懂自己究竟遇到了什么,因为他们的感觉已经不清不楚了。当然,正义、明智以及灵魂所珍视的所有东西在此世的相似品都黯然无光,凭借迟钝的工具,只有极少数人得以瞧瞧这样一些映像,费劲地察看那东西所摹的原样。可是,在此之前,要看到美[本身]的光彩夺目完全可能。
>
> ……美在那些东西堆中光彩夺目;如今,我们已经下到地上来,但我们用最清澈的感官来看,发现她仍旧那么清澈无比地光辉灿烂。因为,对于我们来说,身体的所有感官唯视见最敏锐,而明智靠视觉却是看不见的;倘若睿智可以提供这样一些自己的清澈形象让我们的眼睛看得见,那它会在我们身上激发起对它何等厉害的情爱哟,其他让人爱的东西同样如此。说来说去,唯有美才有这样一种命:最为明目显眼,而且最让人去

---

① [全集注]"人类的一大不幸:我们不能同时看和吃……在超自然世界里,灵魂以'看'的方式'吃'进真相"(《全集》,VI 3,368)。

爱。(《斐德若》,249e – 250d)

柏拉图说,我们在此生看见美本身。按他的话来说,这是指人类的感官有可能领略美的理念本身、属神的美本身。但在稍后的文本中,他讲到由一个人的美貌引起内在骚动,声称这种美与美本身同名。换言之,这种美不是美本身。人的感官所能领略的神的美,就是世界的美,一如《蒂迈欧》中所呈现的那样。一个少女或少男的美,只不过与美本身同名而已。

世界的美就是神的美本身,正如某个人的身体的美就是这个人的美本身。

然而,在这个世界上,智慧、正义等等不可能直接出现在我们眼前,而只能在某个成为神的人类身上显现。

《蒂迈欧》:创世中的属神之爱

[题解]《蒂迈欧:创世中的属神之爱》(*Timée. L'amour divin dans la création*)最早收在《基督宗教预象》第三部分(又见《全集》,IV 2,162 - 179)。1941年底在马赛,薇依计划就柏拉图对话中的美这个命题做一次讲座,并重读了柏拉图的《蒂迈欧》。薇依使用的版本是1925年的A. Rivaud希法对照本。① 她重译了一些章节,并在空白处做了大量批注。直至1943年,在生命的最后时刻,薇依在伦敦始终没有停下这个工作(参阅《全集》,IV 2,461 - 476)。

凡是生成的东西,必然有一个创造者,没有创造者,就不可能有生成。造物主注视那永恒不变的存在,以此为模式创造万物,便能造出实体和美德,这样完成的作品必然完善。当他注视不断变化的东西并以此为模式,他的作品就不完善。(28a - b)

注意:这几行文字包含了一个艺术创作理论。艺术作品必须产生于某种超验灵感,否则真正的美就不存在。(这种超验的原型指真正的灵感源泉。)一件因感官或心理现象而激发灵感的艺术作品,不可能是一流作品。这一点可以经过实验证明。只有通过颠倒某种人类活动的次序,我们才有可能想象什么是创作。如今的人们把类似于钟表匠的活动当作起点,次序一经颠倒,必然荒诞不已;相

---

① [译按]*Platon. Timée*, Albert Rivaud(trad.), Collection des Universités de France,1925.

反,柏拉图选择作为起点的活动虽是人类活动,却已然带有超自然的特点。不仅如此,这种可比性还是可证明的。我们永无可能找到世界的充分可见的终末性,以证明世界和出于特定目的而制造的特定物品之间存在可比性。事实恰恰相反,这再明显不过。然而,世界和一件艺术作品之间存在可比性,这可以在世界的美的感觉中经过实验证明,因为,美是美的感觉的唯一源泉。这种证明只对那些感受到美的人有效。从未感受到美的人无疑极其稀少,这些人很可能无法达至神,不论走往哪条道路。当我们对比世界和一件艺术作品时,与艺术灵感相对应的不仅是创世行为,还有神意。换言之,在世界上,正如在一件艺术作品里,存在着不具备可显示终末的终末性。人类的一切制造过程无不是为实现特定目的而调整手段,只有艺术作品除外,不仅有手段的调整,还有明显的终末性,却无可想象有任何终末。从某种意义而言,终末不是别的,就是所有被运用的手段的总和。从某种意义而言,终末完全是超验的。宇宙和宇宙运行与此相同,世界的终末完全是超验的,而不是可显示的,因为终末就是神本身。因此,惟有艺术具有可比性。也惟有这样的比较才能激发爱。我们使用一只表,但不会去爱钟表匠,反过来,我们倾听一支完美的歌,不可能不爱写歌的人和唱歌的人。反之亦然。钟表匠制造一只表时无需被爱,而艺术创造(魔鬼附身般的创作除外,单纯属人的创作除外)不是别的,就是爱。

要找出宇宙的创造者和父亲是一件难事;即便找到了,也不可能把他展示给所有人。我们还要提一个问题:宇宙的工匠在创造宇宙时选择了哪个模式,是永恒如一的模式,还是不断变化的模式?倘若这个世界是美的,工匠是善的,那么他显然看向永恒的模式。反过来,他就是看向变化的模型。很显然,他是看向永恒的。因为,宇宙是最美的创造作品,创世主是最完善的创造者。世界就是这样依照心智理性所领会的永恒模式而形成的。(28c – 29a)

让我们说一说，为什么会有生成，创世主为什么会造出这个世界？他是善的，在任何情况下，没有什么善的东西会产生欲念。没有欲念，他就会意愿一切尽可能与自己相似。……神想要万物皆善，无一物欠缺属神自身的价值。(29d-30a)

我们可以说，这个世界是一个拥有灵魂的生命体，是一个属灵的实在，它的生成乃是神意。

我们接着还可以说，创世主按着哪一种生命体来创造这个世界。不是那些本质不完整的生命体。因为，与不完善相似，就不会是美的。有一个生命体包含所有作为个体和类别的生命体，把这些生命体当做自身的部分，世界与之最是相似。这个生命体包含了一切属灵的生命体，正如世界包含我们人类和其他一切可见的生物。它在所有属灵的生命体中最美，各方面也绝对完善。神造出了一个生命体，独一，可见，包含全部生命体，这些生命体就自然天性而言全是他的亲属……为了使它与那绝对完善的存在相似，创世主没有创造两个世界或无数个世界，而是创造了独一的天，过去、现在和未来都存在，即独一的子。(30b-31b)①

柏拉图在说世界或天时，其实从根本上是在说世界灵魂。同样，我们叫一个朋友的名字，其实心里想的是他的灵魂，而不是他的肉身。柏拉图叫做世界灵魂的存在，就是神的独子。柏拉图和福音书作者约翰一样用到"独生子"(monogenes)这个词。② 可见世界是他的肉身。这里头不存在任何泛神论观点；他不在可见世界中，正如我们的灵魂不在我们的肉身中。

柏拉图明确提到这一点。世界灵魂远远比身体广博，把身体整个儿包围起来(34b)。世界灵魂的生成在可见世界之前，在时间乃

---

① [译按]《柏拉图对话中的神》同样援引了相关段落，但译文与此处有较大差别。按法文原文译出。

② [全集注]约翰福音，1:14 和 18。

至永恒产生之前(34c)。世界灵魂命令物质世界,一如主子命令奴才。它在自身包含了神与物质本原合而为一的实质。

世界灵魂的生成以某种属灵生命或某种有生命的精神为模式。它是有位格的,是从各方面而言绝对完善的精神。它就是神。因此,有三种神的位格:父亲、独子和模式。为了理解第三种位格被称作模式的原因,必须联系《蒂迈欧》开篇的比较,也就是与艺术创造的比较。一流的艺术家采用某种超验模式,这种模式无法显示,却是灵感的超自然源泉。只要把灵感换做模式,我们就能清楚看到,这一形象与圣灵正相吻合。从最粗浅的比较形式来看,一个画家画一幅肖像,模特儿就是画家和画像之间的联系。

> 他把[世界]灵魂放在宇宙中心,使之穿越整个宇宙,又包裹宇宙的外表。他把宇宙造成一个旋转的圆球,唯一的天体,孤独而空寂,能够与自己交谈,不需要其他伙伴,满足于自知自爱。极乐的神怀着这些意图创造了宇宙。(34b)
>
> 他使[世界]灵魂在起源和德性上优先于身体,使灵魂统治和主宰,而身体顺服它。(34c)
>
> 神把这个混合体分裂成两个长条,拿这两个长条在中点交叠起来,形成一个大十字,又将每个长条环成圆圈,在交叠点的正面自相结合,同时与另一长条互相结合。他给这两个圆圈配上运动,使其沿着一条中轴线不停地自转。(36b–c)

这里说的混合体,就是世界灵魂的实体,由神性实在和物质本原所合成。

在前一段引文中,柏拉图还说,世界灵魂,或独子,是一个极乐的神,自知自爱。换言之,他在自身包含三位一体的极乐生命。但在后面的引文中,柏拉图描绘了同一个神,却是被撕裂的神。时间与空间的比例造成这种撕裂。撕裂已然是某种程度的受难。在《启示录》中,约翰也说,羔羊自创世以来就被宰割(13:9)。世界灵魂的两半相互交叉,十字标记是歪斜的,但总归是十字架。在交叠点的正面,这两半又相互结合、连接在一起,并整个儿处于永恒不变的圆周运动之中。这正是三位一体生命那永恒而极乐的行动的完美形象。

柏拉图用作譬喻的两个圆圈,一个是限定天体周日运动的赤道线,另一个限定太阳周年运动的黄道线。两个圆圈的交叉点就是春分(许多古代民族把春天而不是秋天视为一年的开始,因此不可能是秋分)。在柏拉图时代,春分点在白羊座;太阳经过这一点(月亮处于相对的点)的时期正好是复活节。我们如以阅读旧约的精神状态来阅读柏拉图,也许会从这几行文字中看出一个预言。通过这种奇妙的象征组合,柏拉图向我们揭示,在天体和日月的运转中浮现出一个同为三位一体和十字架的形象。

> 造物主在心里想好[世界]灵魂的全部构造以后,开始在其中构造有形体的宇宙,他调整两者,令它们的中心重叠在一起。他把[世界]灵魂从天体的中心扩展到边缘,把整个天体包含在内。[世界]灵魂自转着,引发了永不间断的有智慧的生命的神性起点。天体是可见的,[世界]灵魂不可见,参与正比和调和,它的生成带有依据[诸]永恒精神的完善而生成的[诸]精神的完善。(36d – 37a)

这里两次使用复数形式,①不应造成混淆。复数用法纯粹出于语法原因,与原文中的最高级有关。这并不能妨碍圣父和圣子的独一性。

我们从这段文字看出,在《斐德若》的神话中,宙斯前往天外进餐,以获得滋养,②他所"吃"的正是他的独子,③这仿佛在神身上颠

---

① [译按]指最后一句中的"[诸]永恒精神"和"[诸]精神",在薇依的解读中分别指圣父和圣子。
② [全集注]柏拉图,《斐德若》,246e – 247b。
③ [全集注]参看《柏拉图对话中的神》。

倒了一次圣餐礼的次序。极乐的灵魂们同样也"吃"这个独子。

世界灵魂参与正比和调和,这不仅仅体现为圣子的调度功能,还体现了更深刻的含义。正比与调和是同义词。正比是比例平均值在两个数字之间建立的连接,例如,3 在 1 和 9 之间形成比例:1/3 = 3/9。毕达哥拉斯派哲人把调和定义为矛盾双方的统一。第一对矛盾体就是神和造物。在这对矛盾体之间,圣子是调和,是几何平均值(在两者之间形成正比),是中介。

> 由于模式是永恒的,他也尽量把宇宙造成永恒的。不过,[模式的]本性是永不消逝,被造物不可能完全具备这样的本性。造物主决定造出一个永恒的动态形象。他设定天体秩序,同时还造出在统一中静止不变的永恒的这种动态形象。这种形象依据数字运行,也就是我们所说的时间。(37c - d)
>
> 过去和将来如同时间的不同形式,时间在依据数字运转中模仿永恒。(37e - 38a)
>
> 这就是神造时间的计划和本意。为了造出时间,他造了太阳、月亮和其他五大行星,用来限定和守护时间的数。(38c)
>
> ……他使整个天体充满光芒,使一切生命体共享数字。(39b)
>
> 我们凝视天上智慧的运行,并运用到人类智慧的运行,这两者相类似,只不过前者毫不混乱,后者混浊不堪。这样,我们受到教诲,分享到正比的固有公正性。通过模仿神的完善运行,我们得以调整、稳定自己的游离运动。(47b - c)

这样,对人类而言,圣子(圣言)是一个模仿的模式。不是道成肉身的圣言,而是化入整个宇宙的起协调作用的圣言。① 我们必须在自己身上重造世界秩序。萦绕整个中世纪的大小宇宙概念恰恰

---

① [全集注]"世上存在着某种类似神道成肉身的东西,美即是标记。起协调作用的圣言"(《全集》,Ⅵ 3,126)。

根源于此。这是一个深不可测的问题。关键在于圆周运动的象征意义。我们身上有一股向外运转的欲求,这一欲求以某个想象的未来为范畴,总是难以满足。我们必须强迫这股欲求自成循环,并把欲求的锋芒放在当下。在这方面,分享我们的年月时日的天体运行是一个模式。因为,天体的回归极有规律,未来与过去毫无分别。我们若能通过这些天体发现未来和过去的等同性,也就能在时间中感受到永恒,一旦摆脱了转向未来的欲求,我们也就摆脱了伴随这种欲求的想象,也就是谬误和谎言的唯一根源。我们分享到正比的公正性,在正比中,没有任何随意性,任何想象游戏。当然,正比一词也令人想到道成肉身。

> 还要在谈谈由必然而产生的东西。这个世界是必然和理智的产物。理智借助说服而统治必然。理智说服必然,把大多数被造物引向完善,凭着这种方式,必然为某个有智慧的说服所征服,宇宙从一开始就是这样被造出来的。(47e – 48a)

这几行文字令人想到古代中国的神灵无为概念。无独有偶,好些基督宗教文本也提到这一点,此外还有《会饮》中爱若斯不行暴力、自愿顺服的段落,①以及埃斯库罗斯的这几行诗文:

> 宙斯把他们赶入低谷,
> 希望高似塔的有死者啊,
> 但他从不用强力。
> 凡属神的,全不费力。②
> 他的大智高高在上,

---

① [全集注]柏拉图,《会饮》,196b – c。
② [全集注]薇依多次比较《道德经》中的无为概念和《会饮》中不行暴力的爱若斯,参见《全集》,VI 3,223;IV 1,323 等。

从圣位上实现万物。(《乞援人》,行 95 – 101)

神不为实现目的而对次要动机实行暴力。他凭借不可动摇的必然机制来实现目的,并且不扭曲其中的任何一个小齿轮。神的智慧在高处——正如我们所知,当它降临时,也同样不引人注目。一个现象有两个存在理由,一个是它在自然机制里的动机,另一个是它在世界的神意布局里的位置,我们决不能用其中一个理由去解释另一个理由所属的方面。

我们同样必须模仿这种世界秩序。一旦越过某种门槛,灵魂的超自然部分就会通过说服而不是暴力来支配自然部分。不是通过意愿,而是通过欲求。

> 我们必须这么认为,灵魂的最高级部分犹如一个神性存在,由神赐予每个人。我肯定,这个神性部分居住在我们身体的顶部,凭借它与天体的亲缘性,把我们提升在大地之上,我们就如一株长在天上而不是长在地上的植物。早在灵魂出生时,这个神性部分就支撑着人头,使整个身体挺直向上。(90a – b)

> [必须]始终照管好这一神性部分,保证它处在恰当的地位。(90c)

> 照管一个生命,从来只有一种方法,那就是给它恰当的营养和运动。与我们身上的神圣部分的运动相对应的,就是宇宙的思想和周期运动。人人必须遵行:仿效宇宙的和谐的周期运动,改正我们自己与败坏的变化的东西相关的大脑运转。根据原始本性的要求,做到思考的主体与对象彼此相似。这样,我们就能实现诸神造人时所安排的完美生活,无论现在还是将来。(90c – d)

柏拉图在说到宇宙的圆周运动时,不仅想到日月年岁的周期,还想到他用来把这些现象归整到自己的象征体系中的概念:同和异,也就是,同一与分歧,统一与多样,绝对与相对,纯粹的善与混淆恶的善,灵性与感性,超自然与自然。各大行星的运行轨道只与赤道平行,太阳的运行轨道则同时与赤道和黄道平行。同样,上述的各对矛盾实为同一对矛盾,每对矛盾的后项不是与前项对称,而是在形成对立的同时顺服前项。天体与太阳的运行相互结合,一切可能发生的事件全部纳入这两大运动所设定的范围,也就是天(一年接一年,一个季节接一个季节)的范围,并且不会引起任何混乱。类似的混乱不可想象。同样,最强烈的快乐与痛苦、恐惧与欲求也必须纳入灵魂转向此世的部分与转向彼世的部分之间的关系,并且不引起任何混乱。这种关系必须持续不断地为瞬间的消逝安置某种永恒的光照,无论在这些瞬间发生过何种事件。

人如一株植物,根长在天上,这个意象在《蒂迈欧》中与贞洁理论相连,①柏拉图有意遮蔽这个理论,把它分割成好几块来讨论,我不敢肯定读者真的注意到了。这株植物靠天上的水浇灌,属神的种子,播撒在人脑中。一个人若能注视并模仿世界秩序,持续训练自身的属灵部分和心智部分,那么,他脑中装的全部东西,也包括属神的种子,就会展开圆周运动,类似于天体、星辰和太阳的运转。这属神的种子,也就是柏拉图所说的居住在我们身体中的神性存在,它与我们共存,我们要服侍它。不过,一个男人或一个女人若从未运用过灵魂的最高级官能,他或她脑中的圆周运动也就混乱不堪,不得不中断。属神的种子会沿着脊柱下沉,化作肉身的欲望。

这还是人的身体里的一个独立存在,只不过如今成了恶魔般的存在,不听从理性,妄图以暴力操纵一切。柏拉图在《蒂迈欧》结尾说的就是这个。

换言之,在我们这个可悲的年代里,许多人把神的爱视为肉欲的一种升华形式,柏拉图却认为,肉欲是败坏,是神的爱的堕落。我

---

① [全集注]柏拉图,《蒂迈欧》,90c-d。

们很难解释柏拉图所提供的某些意象,不过可以肯定,在柏拉图看来,这里所说的关系不仅在理性方面属实,在生理方面同样属实。显然他认为,爱神的人的腺机理有别于他人。爱神是这种差异的原因而不是结果。

这个观点受到了古代秘教的启发。欧里庇得斯的《希波吕托斯》带有厄琉西斯秘教和俄耳甫斯秘教的明显痕迹,贞洁与爱神的关系正是这部肃剧的核心命题。①(顺带说一下,就我所知,在过去的二十个世纪里,在欧洲各国的戏剧中,没有第二部肃剧反映同样的核心命题。)

想要理解柏拉图赋予圆周运动的全部象征意义,我们必须知道,这一运动是数字和连续的完美统一。运动体从一点转到紧接着的下一点,没有中断,就像沿着直线前行。与此同时,把注意力集中在圆上的某一点,运动体经过这点的次数必然是整数。因此,圆周运动象征有限和无限的统一,正如柏拉图在《斐勒布》中所说,这是一切认知乃至普罗米修斯送给人类的礼物的关键所在。②话说回来,有限和无限的统一确乎构筑了我们的时间概念,而时间也确乎体现了星辰的圆周运动。时间是连续的,但我们以整数来计算日子和年份。这不是知识分子的某个思考命题,而与人类息息相关。只要想到最恐怖的一种刑罚是把人关在密不透光的黑牢或电灯照明的监狱里,并且不让他知道日期和时刻,我们就不难理解这一点。我们越是这么想,越能从时日的简单延续中感受一种深深的喜悦。这一思想在圣本笃时代还相当活跃。灵修的目的之一就在于更好地感受时间的圆周运动。这也是音乐的秘密。

毕达哥拉斯派哲人不说有限和无限的统一,他们的说法要美得多:限定者和被限定者的统一。限定的,就是神。神对大海说:"你

---

① [全集注]参见《柏拉图对话中的神》。
② [全集注]柏拉图,《斐勒布》,16c – 17a。

只可到这里,等等。"①被限定的,只有自外收到一种限定,才能存在。世上的万物全如此,不只是物质真实,也包括我们和他人身上的心理真实。世上只有有限的善和有限的恶。我们以为还有无限的善和无限的恶,特别是未来必须有无限的善恶,但这只是纯粹的想象。在所有人身上,包括最堕落的人,时时刻刻居住着对无限的善的欲求,这种欲求的对象只在彼世;这种无限的善的欠缺,是唯一不受限定的恶。把这个真相的认知放在灵魂中心,作为安排灵魂所有活动的依据,就是在模仿世界秩序。因为,这样一来,灵魂中不受限定的,也就是灵魂的自然部分所绝对包含的,就会收到一种限定:神既在灵魂中,又自外给予灵魂这个限定。灵魂充满各种无序的情感,欢乐和痛苦、恐惧和欲望;同样的,世上有酷暑寒冬、风暴干旱;但所有这一切必然持续地联系并顺服一种绝对不变的秩序。

从算术和几何层面思量的比例,对于如下效应很有帮助:但凡以某种方式和量有关的东西,无论物质、空间,还是一切在时间中的或有能力达到某种程度的东西,都要严格顺服必然枷锁的限定。

这些量的比例既有令人费解的排列,又含有奇妙的和谐性,这让我们明白,在理智层面上作为必然的枷锁,在更高的层面上就是美,就是对神的顺服。我们明白了这一点,也就达到了思考量的比例的目的。

我们要从灵魂深处明白一点:必然只是美的一面,另一面是善。这样,所有让人感受到必然的,强迫、苦难、悲痛、阻碍,全成为爱的附加理由。有个民间说法,一个学徒受了伤,就是这门行业进入他的身体。同样,一旦我们明白了,也就可以理解,苦难是美本身进入我们的身体。

美,就是神之子。因为,圣子是圣父的形象,而美是善的形象。

---

① [全集注]约伯书,38:11:"你只可到这里,不可越过;你狂傲的浪要到此止住。"

从约伯书的结尾,①从普罗米修斯在埃斯库罗斯的肃剧中最先说出的话,我们可以看到,在苦难与世界的美的启示之间有某种神秘联系。

> 啊,神圣的天空,快翅的风,
> 江河的流水,海波的欢笑,
> 还有你,养育万物的大地,
> 普照的太阳光轮,我呼唤你们;
> 看着我,看众神如何让一个神受苦!(《普罗米修斯》,行88-92)

当然,喜悦也是美进入我们身体的一种方式,再粗俗的喜悦,只要无害,也是如此。

柏拉图在《会饮》中指出,知识的美是通往美本身,也就是通往神的形象这条路上的最高级阶梯;②在《斐勒布》中讲到苦难和幸福的用途。参看下文。

《蒂迈欧》的中心思想:我们生活其中的这个宇宙的本质就是爱。宇宙因爱而被造,宇宙的美是神性的爱的映像和无可争议的记号,正如一件完美的雕像或一首完美的歌曲的美,就是充满艺术家(必须是真正受灵感激发的艺术家)灵魂的超自然的爱的映像。

任何雕塑家都梦想能雕刻出一件灵肉合一的作品,神实现了这个梦想。他给了他的雕像一个灵魂,这个灵魂等同于他本身。

当我们看见真正美的人(极为罕见),或听见真正美的歌声,我们不由地相信,在这可感知的美背后,还藏有一个由最纯粹的爱所造出的灵魂。

这往往是错的,类似的错误又常造成大灾难。但就宇宙而言,

---

① [全集注]约伯书,40:7-41。
② [全集注]柏拉图,《会饮》,210e-211e。

这却是对的。世界的美向我们诉说爱若斯这一世界的灵魂,一个人若有完善的美,又从不说谎,那么他的脸也能告诉我们同样的事实。

不幸的是,在很多时候,甚至在漫长的时期,我们对世界之美无动于衷。世界之美与我们自己之间隔着一道屏障:要么是某些人和他们的可悲杜撰,要么是我们自己的灵魂的丑陋。不过,我们总是能够知道世界之美的存在。我们所触到、看见和听见的,正是绝对的爱本身的肉身和声音。

再次说明,这个观点不带任何泛神论;因为,灵魂不在身体之中,灵魂超越在时空之外,它容纳、深入并从各方面包围身体,它完全区别于身体,又支配身体。我们透过可感知的美体会它,就像孩子从母亲的微笑或音调中感觉自己受宠爱。

把感知美当成少数有教养的人的特权,这是大错特错的。恰恰相反,美是唯一一种获得普遍认同的价值。民间常用美或相关字眼来赞美一个城市、国家、地区,乃至最令人意想不到的东西,比如一台机器。由于普遍低俗的趣味,人们(无论有教养与否)总是很不恰当地使用这些字眼;不过这是另外的问题。关键在于,任何心灵都能领会美这个词。

《蒂迈欧》的第二层中心思想:这个世界不仅是爱(即神本身)的镜子,也是我们必须仿效的模式。因为,人类原本是、如今要重新是神的影像。我们只有通过一种方式才能做到,那就是模仿神的独子这一思考世界秩序的完美影像。

世界秩序是人类思考和模仿的对象,只有明白这一点,我们才能理解科学的超自然目的。鉴于科学在当前的威信,它在人们心中包括几乎不识字的人心中的地位,再也没有什么问题比这更重要。科学的对象是世界秩序,包括从数学到社会学的所有分支。科学只从必然的角度审视世界秩序,严格排除各种适用范围或目的性的考虑,乃至普世秩序的概念。科学越是严密、精确、带有论证性和绝对科学性,世界秩序的神意本质越是明显。我们口称的神意的这个意图或那种安排,只是我们自己的杜撰。真正属于神意的,真正是神意本身的,只有世界秩序;世界秩序编织着所有事件,它的其中一面是必然那无情而盲目的机械性。因为,爱的明智说服一劳永逸地征服了必然。这一明智说服,就是神意。必然未经强迫就顺服爱的智慧,这种顺服就是美。美排除各种特殊目的。在一首诗中,如果我们能够解释,诗人为何在某处使用某词以制造某种效果,比如韵脚丰富、叠韵或某个意象,等等,这样的诗只能是二流诗歌。面对一首完美的诗,我们无话可说,只能赞叹每个词就在它应该在的地方。同样的道理也适用于一切纳入时间长河的存在(包括自身)、事物和事件。我们与长久不见的深爱的人重逢,他(她)对我们说话,每个话语都珍贵无比,这不是因为话语本身的意义,而是因为我们深爱的人在每个音节之间历历在场。即便我们不巧头痛得厉害,任何一点声响都令疼痛加剧,在我们心里,对方的声音还是像他(她)的在场一样珍贵无比。同样的,爱神的人无需设想从已发生的事件可能产生这样那样的善。一个已发生的事件,就是由爱的声音所发出的一个音节。

神意支配世界,正如灵感支配一件艺术作品的材料。因此,神意同样是我们的灵感源泉。以一个木匠的心智去构思一张桌子,结果没有别的,就是一张桌子。然而,作为艺术家灵感结晶的艺术作品,却是所有凝视这幅作品的人的灵感源泉。透过这件艺术作品,艺术家灵魂里的爱促使别的灵魂也生成相似的爱。透过宇宙,绝对的爱也是这么做的。

这一神意的超验观念就是《蒂迈欧》的根本教诲。这个教诲非常深刻,除了神启,我不知道还有什么方法能令它临在人类的精神。

论中古文明

从一部史诗看一种文明的终结

[题解]《从一部史诗看一种文明的终结》(*L'agonie d'une civilisation vue à travers un poème épique*)写于马赛。1943年发表在《南方杂志》的特刊《奥克精粹与地中海人》(*Génie d'oc et l'homme méditerranéen*, pp. 99 – 107)。薇依选择以十三世纪的奥克语诗歌《十字军讨伐阿尔比教徒之歌》(*Chanson de la croisade contre les Albigeois*)为例,探讨中世纪奥克文明的没落。这部诗歌近万行,讲述十字军讨伐图卢兹和阿尔比教徒前十年(1209年至1219年)的故事。一般认为有两个作者。前一部分共2750行,创作于1212年至1213年,作者图泰勒(Guillaume de Tudèle)是一名教士,十字军幕僚,多为十字军征战唱颂歌。后一部分共6810行,大约创作于1218年至1219年,出自无名氏之手。这位无名氏作者站在图卢兹伯爵雷蒙六世父子(Raymond VI)的阵营,竭力维护危难中的奥克文明。薇依使用的版本是从马赛市立图书馆借出的Eugène Martin-Chabot版(1931年)。在写给《南方杂志》主编的信中,薇依声称自己更偏爱第二部分诗文。这篇论文也主要分析第二部分。

比较《伊利亚特》①和中世纪法语史诗,我们强烈感到,某些战士的英雄行为、受苦和死亡在史诗语境中显得菲薄而冰冷。一种文

---

① [译按]从某种程度而言,本文是"《伊利亚特》,或力量之诗"的续篇。1941年1月18日,Jean Ballard在信中写道:"《伊利亚特》的续篇已送去排版。"薇依有意识地比较了荷马史诗和这部中世纪奥克语史诗。

明曾经蓬勃发展,突然遭受战争暴力的致命打击,注定永劫不复,处在最后的垂死颤动中,这也许是唯一堪称伟大的史诗主题。这是《伊利亚特》的主题。这也是中世纪以奥克语创作的某部史诗残篇的主题,这段残文成为《十字军讨伐阿尔比教徒之歌》的第二部分。图卢兹是这部史诗的中心,正如特洛亚是《伊利亚特》的中心。当然,从语言、韵律、风格、诗才方面比较这两部史诗是不可想象的;但在图卢兹的诗篇里,我们不仅感受到真正的史诗格调,也没少发现令人心碎的表述。此诗创作于战争期间,胜败未卜,作者属于被攻城市一方,种种背景表明,它不可能是与《伊利亚特》一样卓绝的诗篇,却不失为价值极高的文献。① 比较同时代其他叙事文本,我们不难证实诗中所述的真实可信,大量而详尽的细节描绘,特别是诗歌格调,一种伟大作品所特有的集激情和公正为一体的格调,也为此做出保证。

　　作为诗篇主题的文明,除本诗以外,并没有留下什么痕迹,几首南方行吟诗,②与清洁派有关的珍稀文本,③以及几座奇妙的

---

　　① [全集注]在薇依的推测下,这位无名氏奥克语诗人很可能亲身经历诗中描绘的战争,由于仓促报道战事,缺乏时间推敲,不可能达到《伊利亚特》那样的诗歌水平。话说回来,无名氏作者的诗歌技艺还是普遍受到后世肯定。据说他可能是图卢兹伯爵的近臣,亲眼见证了诗中的好些场景,包括1215年的拉特朗宗教会议。诗歌虽有"为图卢兹伯爵做政治宣传"之嫌,却不失为一份高质量的史料文献。

　　② [全集注]薇依似乎不了解图卢兹的另一个"介入式"的南方政治行吟诗流派,这里头的诗人包括 Pèire Cardenal、Guilhem Figuèira 和 Guilhem Montanhagol 等,他们在战争结束以后的几十年间试图复兴无名氏作者在《十字军之歌》中所强调的精神价值。

　　③ [全集注]薇依列出一份清洁派和摩尼教的中世纪参考文献,其中很多文献如今成为中世纪奥克社会的基础研究资料。在南方异端思想方面,薇依主要参考了当时学者 Déodat Roché 的研究成果: *Le Caharisme, son developpement dans le Midi de la France, et les croisades contre les Albigeois*, 1937, Gabelle.

教堂。① 其余的全已佚失。战争销毁了这种文明及其杰作,我们如今只有猜想它曾经的样貌。由于资料匮乏,我们只能希望重现它的精神。为此,这首诗即便提供了一副刻意美化的场景,也不失为好向导。因为,在诗人所描绘的场景中,真正说话的还是他所代表的文明的精神本身。维吉尔短短一行诗:"罗马,你当以权威统治万国",②足以和各种繁复的史料文献一样充分显示罗马文明的精神。阅读这部图卢兹诗篇,同时联想有关那个时代和那个地区的诸种见闻,再运用一点想象力,往日的样貌不难浮现在我们眼前。

这个宗教战争叙事与宗教无关,这是诗篇首先给人的深刻印象。当然,在诗中,西蒙·德·孟福尔(Simon de Montfort)和他的主教们有三四次谈及异端;③在教皇面前,主教们指责图卢兹伯爵(comte de Toulouse)和富瓦伯爵(comte de Foix)纵容异端分子,富瓦伯爵做了反驳;在每次战胜时,图卢兹人,也包括诗人本人,都会庆幸受到天主、基督、玛利亚之子、三位一体的眷顾。但我们找不到

---

① [全集注]薇依把罗曼式教堂视为奥克文明在清洁派时代唯一可见的建筑古迹。这一见解显示了她的高度的洞察力。长久以来,人们错把"朗克多尔城堡"(Château en Languedoc)当成"清洁派城堡"(Château cathare)(如Pierre & Maria Sire夫妇)。但事实上,这些堡垒大致出自法国王室建筑师之手,建成于十三世纪下半叶,目的是保卫刚刚归并法兰西的南方疆土。薇依在下文讨论卡尔卡松堡垒(Cité de Carcasonne)时澄清了当时风行的谬见。正如她在这里所言,在现存的南部景致里,只有罗曼式教堂可以见证已经消失的奥克文明。

② [全集注]维吉尔,《埃涅阿斯记》,卷6,行851(Tu regere imperio populas, Romane, memento)。

③ [全集注]薇依的分析极为恰切。《十字军之歌》确实几乎不提异端。异端有损图卢兹伯爵的声誉,无名氏作者尽可能不提;图泰勒的顾虑相对较少,但他也只在为十字军讨伐辩解时运用相关论点。薇依细读整部诗篇,在笔记中一一抄录下与异端有关的诗行。比如行30-31:"十字军摧残了众多好人,他们老实诚恳,施舍财物,播种小麦。"这里的好人,既可以指求索正义和真理的清洁派,更可以指在失落的奥克社会里没有教会派别区分的好基督徒。

任何宗教争端的影射；在这样一部生动逼真的诗篇中，我们几乎听得到整个城市的颤动，这方面的沉默只有一种解释，那就是在城邦之中、在保卫城邦的人里几乎不存在宗教纠纷。一个地方遭受如此灾难，本可以促使当地人要么憎恨清洁派教徒，把他们当成不幸的根源并加以迫害，要么出于对侵略者的憎恨而接受清洁派教义，同时把天主教徒视作叛徒。但这两种状况似乎都没有发生。这实在异乎寻常。

如今为了赞美、谴责或原谅中世纪的人们，我们情愿相信，不宽恕（偏执）是中世纪的宿命；正如特定的时代、地点均有宿命一样。和人一样，每种文明都有全部道德概念可供支配，它只是做出选择。诗中讲到，在敌城投降以后，路易九世的父亲把冷酷下令屠杀全城看成效忠神，这是他的选择。稍后，他的孙儿也做出同一选择；路易九世本人也是，①他认为铁器是对待不信教者的一种解决宗教纠纷的好工具。他们本可以做出别的选择，证据是一些南欧城市在十二世纪就做了别的选择。不宽恕占了上风，仅仅因为选择不宽恕的人的剑获胜了。这是纯粹军事的决定。与某种流传甚广的偏见相反，一个纯粹军事的决定有可能在几个漫长世纪的宽广地域里影响思潮流变；因为，力量的帝国强大无比。

欧洲从此没能恢复同等程度的精神自由，这场战争导致了它的

---

① ［全集注］薇依在此强调卡佩王朝在军事上依赖罗马教廷的传统。这种传统以路易九世（Saint Louis）为核心，在整个十三世纪不曾中断。1208－1209年，腓力二世（Philippe Auguste）没有响应教皇英诺森三世（Innocent III）派遣十字军讨伐阿尔比教徒的呼应；1219年，他的儿子路易八世（Louis VIII），也就是文中所说的"路易九世的父亲"（père de Saint Louis），在图卢兹地区发起一次十字军讨伐，"如诗中所述"洗劫了马尔芒德（Marmande）；1226年，路易八世开始讨伐奥克各郡，在他死后，摄政王后卡斯提尔的布兰琪（Blance de castille）和路易九世继续讨伐。路易九世的弟弟、安茹伯爵查理（Charles d'Anjou）在意大利效忠教皇，制服保皇派，路易九世本人则在法国统治期间发起了两次十字军东征。直至1285年，他的儿子腓力三世（Philippe III）还发起反阿拉贡（Aragon）的十字军战争。

丧失。十八、十九世纪,人们只从理论纷争中摒除了最粗浅的力量形式。提倡宽容,反而促使党派的凝滞,精神障碍取代了物质约束。图卢兹的诗歌在这个问题上保持沉默,反而向我们展示了十二世纪的奥克地区如何远离诸种理念纷争。在那里,理念不是相互撞击,而是持续在某处传播。这才是适宜才智发展的氛围;理念不为纠纷而生。灾难的暴力甚至不会在这里引发理念纠纷;天主教和清洁派非但没有建立迥异的派别,反而相互结合得那么好,就连一场前所未有的恐怖打击也不能使它们分开。但外来战争强行约束,①精神自由概念一经消亡,再也不曾复苏。

在地球上有一处地方,这种程度的精神自由可能得到珍视和繁殖,那就是地中海沿岸。任何人看地图都不难发现,地中海似乎注定要成为一个凝聚北方国度和东方传统的大熔炉;这一角色,它也许早在史前就扮演过,但有史以来它只充分扮演过一回,结果就是一种迄今依然流光溢彩的文明,那几乎是欧洲的唯一光彩,即古希腊文明。这一奇迹持续了几个世纪,从此不曾再现。二十二个世纪以前,罗马军团扼杀了希腊,罗马的统治导致地中海盆地的贫瘠;精神生活流亡到了叙利亚、犹太,随后到了波斯。罗马帝国覆灭以后,北方和东方的入侵引入一种新的生活,也在一定时期里阻碍一种文明的生成。随后,基督宗教正统权威的顾虑阻碍了东西方的精神交流。当这种顾虑消失以后,地中海只是变成一条通道,让欧洲的军队和器械前往摧毁东方的文明和传统。地中海的未来停靠在众神的膝上。在二十二个世纪里,曾经有一种地中海文明,倘若没有遭扼杀,假以时日,它本可能成就第二次奇迹,本可能达至和古希腊同等程度的精神自由和丰富多姿。

自十世纪起,欧洲已然具备一种文明发展所需的安全和稳定;

---

① [全集注]薇依用"强行约束"(imposer la contrainte)来影射罗马教廷在战败地区设立宗教法庭的行为。宗教法庭的运作基础是告密,从而彻底粉碎了社会团结,这是十字军军事讨伐没能实现的。

罗马帝国覆灭以来异乎寻常的文明交融开始取得成效。但没有哪个地方达到奥克地区的程度,地中海精粹当时似乎全部集中在这里。不宽恕的因素在意大利因教皇的存在而生,在西班牙则因与摩尔人的不断战争而生,这里却不曾存在;精神财富从各方毫无障碍地汇集而来。北方印记在这个骑士社会里颇为明显;阿拉伯影响轻易渗透与阿拉贡联系密切的地区;出于某种无可理喻的奇迹,波斯精粹在此地生根发芽,同一时期似乎还深入到古代中国。① 这可能还不是全部;在图卢兹的圣舍宁教堂,我们不也看见让人联想到埃及的雕塑头像吗?② 这一文明包含时间和空间一样遥远的联系。那时的人也许是最后一批了,古代在他们眼里还是有生命的东西。我们对清洁派所知甚少,但看来很明显,他们从某种程度上继承了古希腊的柏拉图思想和秘教崇拜理论,这一罗马以前的文明涵盖了地中海和近东;而且,也许是偶然或别的什么原因,清洁派的理论不仅在许多方面接近佛教教义、接近毕达哥拉斯和柏拉图,还让人想到从前浸润过同一片土地的德鲁伊教义。③ 当他们遭到扼杀以后,所有这些成为纯粹的学问。这个文明包容了众多迥异元素,它曾结出什么果子,它又本该结出什么果子?我们一无所知。我们连树一道砍了。但凭借现存的几件雕刻作品,我们不难想象一个美轮美奂

---

① [全集注]在 Déodat Roché 的影响下,薇依认为清洁派教义受到摩尼教影响。这种观点在今天受到普遍质疑。Déodat Roché 在《奥克精神》第 119–120 页中也确实提及摩尼教在中国的情况。

② [全集注]在圣舍宁教堂(Saint-Sernin)西面大门的罗曼式石柱上,确乎刻有一些混有外来文明特点的头像,显然受到古代神话的影响,其中有古埃及狮身人面女像。

③ [全集注]在 Déodat Roché 的启发下,薇依把清洁派理论与古代秘教、毕达哥拉斯和柏拉图哲学、佛教思想连在一起。至于德鲁伊,则与第欧根尼·拉尔修的《名哲言行录》序言有关。第欧根尼·拉尔修在列举哲学这门技艺的创造者时提到德鲁伊,并说凯尔特人和高卢人称他们做 Semnothées。"据第欧根尼·拉尔修的记载,有些古希腊人相信哲学由外国传入希腊,他们声称哲学来自波斯、巴比伦、埃及、印度和高卢的德鲁伊"(《全集》,II 3,203)。

的世界，法国南部罗曼教堂的雕刻是无与伦比的典范。

图卢兹的诗人强烈感到这一蒙受打击的文明的精神价值；他不断在诗中提及；但他似乎没有足够的表达能力，总是运用同样几个字眼。价值和平等（Prix et Parage），有时是平等和仁慈（Parage et Merci），①全指骑士价值，这些用法如今已经消失。只是，这里讲的是一座城邦，图卢兹在诗中栩栩如生，整个城市都在颤动，没有任何阶级区别。伯爵在采取行动以前征求整个城邦的意愿，li cavalier el borgez e la cuminaltatz［骑士、中产阶级和民众］，②他不对城邦下令，而是寻求支援；人人响应这一支援，工匠、商人、骑士，带着一样的喜悦而完全的忠诚。某个卡庇托尔③成员在米雷城外向反抗十字军的战士们讲话；而这些工匠、商人和城市的公民们——我们没法用中产阶级来形容他们——拼着性命想要挽救的，是喜悦和平等（Joie et Parage），是一种骑士文明。

这个地区吸收了一种常被谴责为反社会的理论，④在秩序、自由和不同阶级的团结方面却是无与伦比的典范。它采取一种联合

---

① ［全集注］正如《十字军之歌》所示，这些用语代表了奥克文明的基础价值。薇依在笔记中列举了这些词语在诗中出现的位置。正如文中所言，这些用语所表达的精神很难以现代语言传述。Parage（诗中写作 Paragte）一词源自 pair，指精神的平等。除《十字军之歌》外从未出现在别处。相比之下，prix, merci, joie（即"价值，仁慈和喜悦"，诗中写作 Pretz, mercès, jòi）同时也是南方行吟诗的常见用语，不仅代表骑士精神，还具有礼教价值。无名氏诗人还列举了十字军为摧毁传统精神而宣扬的几种价值：傲慢、无度、谎言、不忠（orgolhs e desmesura, engans e falhimens）。

② ［全集注］在中世纪南方契据中，cuminaltatz 是个常见词汇，一般指一个城市的组织起来的全体居民。这里指的是图卢兹民众军团，曾于1213年7月增援围攻十字军的图卢兹伯爵。从某种程度而言，骑士、中产阶级和民众是构成图卢兹社会的三大阶级。

③ ［译按］Capitole 本来指一个城市政治中心所在地，图卢兹至今有一个卡庇托尔广场。这里似乎转指领导机构。

④ ［译按］指阿尔比教理。

不同地方和传统的姿态,并收获了独一无二的珍贵果实,不论从社会而言,还是从思想而言。它含有一种强烈的市民情愫,在中世纪意大利也曾带来蓬勃生机;它有一种从属的观念,类似于劳伦斯在1917年的阿拉伯所见证的充满活力的观念,①类似于可能由摩尔人引入的几世纪以来浸染西班牙生活的观念。仆人与主人平等,②自愿效忠主人,他跪倒、臣服、受罚,而决不丧失尊严。从十三世纪的《熙德之歌》和十六七世纪的西班牙戏剧里,我们看得到这种观念;这种观念在西班牙成就了法国无法媲美的皇室诗歌;即便在暴力强制的从属,乃至奴役状态下,高贵的西班牙人被俘虏出卖到非洲,跪着亲吻主子的手,却不曾卑躬屈膝,只因他们这么做全出于义务而非怯弱。这种精神与市民情愫相结合,忠于自由一如忠于合法主人,这一切只有十二世纪的奥克地区才看得到。这是一种在大地上酝酿成功的城邦文明,但撇去了令意大利饱受折磨的可怕的纷争胚芽;③骑士精神弥补了市民精神所欠缺的包容。同样的,尽管在领主之间存在某些争端,但由于缺乏中央集权,一种共同情感使这些地区形成联盟。我们看到,马赛、博凯尔(Beaucaire)、亚维农(Avignon)、图卢兹、加斯科尼(Gascogne)、阿拉贡和加塔卢尼亚(Catalogne)自发地联合起来反抗西蒙·德·孟福尔。比贞德早两世纪,爱国情愫已是当时人的主要动力,当然祖国还不是法兰西;他们甚至这么称呼祖国:语言。④

---

① [全集注]参见劳伦斯,《智慧的七柱》(法语本:*les Sept Piliers de la sagesse*, Payot, 1947,页580)。

② [全集注]薇依无意中给 parage 做了个很好的定义。

③ [全集注]影射十二至十五世纪在意大利占主导地位的"城邦文明"。参见薇依的一篇文章:《十四世纪佛罗伦萨的一次无产阶级起义》(*Un soulèvement prolétarien à Florence aux XIVe siècle*, in《全集》,II 1, 334 – 350)。

④ [全集注]无名氏诗人在第153节第41行诗中写道:"你们的祖国(vostre lenguatge,或'你们的语言')将称颂你们。"语言与土地等同,这种表述方式在中世纪文献中并不罕见。

诗中最感人肺腑之处,莫过于自由的亚维农城邦主动臣服图卢兹,当时图卢兹丧失了全部土地和财富,沦落到几乎要行乞的境地。① 伯爵听说这一意向,就前往亚维农,亚维农人跪着迎接他,对他说:"整个亚维农归属您的领地——人人把自己的身体和财产交付给您。"他们含泪祈求基督赐予他权力和力量,以恢复原本继承的产业。他们列举了从此要缴纳给他的领主税;随后每个人都宣了誓,又对伯爵说:"合法而受爱戴的主人啊,不用顾虑付出和花费,我们将交出全部财富,奉献所有性命,只愿您收复失地,让我们和您死在一起。"伯爵向他们致谢,说他们的语言(祖国)将为这一举动感谢他们。一群自由人效忠主人,我们还能想象出比这更慷慨的方式吗?如此慷慨表明,骑士精神已然深入这些城邦人民心底。

在这场战争中获胜的国家则完全相反:不仅没有团结,更有地主精神与城邦精神的冲突。道德障碍分化了贵族与平民。结果便是,贵族势力一旦衰竭——事实也确乎如此——某个对骑士价值一无所知的阶级成为领导阶级;在其统治下,顺服成为一种买卖;尖锐的阶级斗争,同时还必然伴随着一种完全丧失义务情愫、仅仅出于最低级动机的顺服。只有当一种合法权威的情愫允许人做到顺服而不卑躬屈膝时,秩序才可能存在;这也许就是奥克人所说的平等(Parage)。假设他们当年战胜,谁知道欧洲的命运会有多大变化呢?贵族阶级将消失,而骑士精神不至于随之毁灭,既然奥克的工匠与商人也具备骑士精神。直至今日,我们每人每天依然在承受这次战败的恶果。

《十字军之歌》所描绘的人群,给人的主要印象是幸福。自第一场战争起,贝济耶(Béziers)全城遭到冷酷屠杀,这最初的恐怖打击对人群是怎样残酷的打击呵!这次打击令他们屈从,这就是目的所在。他们不能重新振作起来;暴行接二连三地发生。由此产生的恐慌状态对入侵者极为有利。恐怖是一把单刃武器。比起一心想

---

① [全集注]参见《十字军之歌》,第153节,第20-41行。

要摧毁和镇压的人,恐怖更能支配一心想要维持自由和幸福的人。后一种人的想象力更易受伤,战争首先是想象力的事件,在自由者反抗侵略者的战争中,总有某些令人绝望的东西。奥克人承受了一次又一次打击:整个地区被迫顺从。在伯爵本人的建议下,图卢兹曾向西蒙·德·孟福尔宣誓效忠。倘若诗人说的是真的,那么在米雷(Muret)失利之后,图卢兹人并没有想过违背誓言。战胜者本可以利用这种效忠精神,因为,在这个地区里,效忠往往与顺服相伴。然而,他们却把这些被征服的人视作敌人,这些人从前通常出于义务和尊严而顺服,如今却在恐慌和羞辱中被迫顺服。

西蒙·德·孟福尔令图卢兹人感到,尽管他们顺服,他依然视他们为敌,于是他们拿起了武器;但在承诺保护他们的主教①的敦促下,他们很快放下武器,任凭对方处置。这是个陷阱:大多数图卢兹人遭到残酷的囚禁、殴打和驱逐,有些人惨死其中。整个城邦被解除武器、剥夺一切财产、金钱、衣物和生活给养,甚至部分被夷为平地。只是,效忠的纽带尽管断裂,只需合法领主带着几名骑士进入图卢兹,就足以动员受镇压且手无寸铁的城邦人民全体起义。他们屡次战胜了拥有强大武器和显赫战绩的敌人。从绝望中激发的勇气,往往有助于迎战比自己强大的敌人。依照西蒙·德·孟福尔的说法,兔子倒追猎兔狗。在战斗中,有个女人丢出石块,杀死西蒙·德·孟福尔;随后,城邦勇敢地迎击率领庞大军队的法兰西王的儿子。诗人发出希望的呼喊,并就此搁笔。② 但这一希望只能部

---

① [全集注]指马赛的福尔盖(Folquet de Marseille),原系南方行吟诗人,后入修道院,担任托罗奈修道院院长,十字军讨伐前做了图卢兹主教,拥护十字军。

② [译按]《十字军之歌》只讲到1219年的战事,图卢兹决心迎战刚刚洗劫马尔芒德的法兰西王路易八世。这场战争的结果要等十年以后才见分晓:1229年,雷蒙七世臣服法兰西王路易九世。1233年开始设立宗教法庭。从某种程度而言,《十字军之歌》并没有真正见证奥克文明的没落,而偏重于赞颂图卢兹人民的抵抗精神(尤其后一部分)。

分得到实现。图卢兹将幸存下来,奥克地区却不能免去被征服的厄运;价值和平等必须消亡。此后很长时间里,这片土地的命运始终有如悲剧。一个半世纪以后,查理六世的叔父①像对待战败国那样残酷践踏奥克地区,导致四万人逃亡到阿拉贡。在宗教革命和反黎塞留运动中,这片土地多次遭受蹂躏。蒙莫朗西公爵在图卢兹被处死刑,②引起本地民众的极大痛苦,也标志着他们从此以后彻底顺服。但在当时,甚至更早以前,这个地区已然不再真正存在;奥克语言像文明语言一样消亡,这片土地的精神尽管也对法兰西文明发展施加过影响,但十三世纪以后,再也没有复兴属于自己的表达方式。

在此,正如在其他好些例子中一样,被摧残者的丰富、复杂和价值,与摧残的动机和机制一经对比,难免令人错愕不已。基督教会寻求宗教的统一;她把最简单的动力付诸实施,允诺为教会作战的人将被宽恕罪恶,为之献身的人则无条件获得救赎。这类许诺成为所有武装战斗的最大吸引点;一个人不管有何等残酷和背信,在此生和彼世都确保不会受惩罚,乃至获得嘉许! 在诗中,确实有些十字军战士拒绝相信这种许过诺的自动救赎,但如此清醒实在罕见,不足以造成威胁。基于教会人士所运用的刺激手段的特性,他们不得不在最残忍的层面上持续施加压力;这种压力激发十字军战士的勇气,而打击图卢兹民众的勇气。教会授权的阴谋同样是一种珍贵武器。这场战争发展下去,只能变成侵略战争。一开始很难找到愿意对卡尔卡松负责的人;最终,当时相对贫穷和默默无闻的西蒙·德·孟福尔承担起这个责任,但他显然想从中获得确实的好处,作

---

① [全集注]1938 – 1939 年间,薇依阅读了大量法国历史著作,包括《十字军之歌》、Jevenal des Ursins 的《查理六世传》(*Les Chroniques de Charles VI*)、无名氏宗教人士撰写的《查理六世的故事》(*L'Histoire de Charles VI*)和黎塞留回忆录等等。

② [全集注]蒙莫朗西公爵(Duc de Montmorency,1589 – 1632)与奥尔良公爵加斯东(Gaston d'Orléon)发动叛乱,反对大主教黎塞留。战败以后,他被判谋反路易十三,1632 年 10 月 30 日被处决。

为自己所付出代价的报偿。救赎的要挟,加上一个常人的占有欲,这就足以摧毁整个世界。在这些地区曾经活跃过的一种世界观,从此一去不复返。

看着这片土地,就算不了解它的过去,我们也能看到累累伤痕。卡尔卡松的堡垒①显然是被迫所建,一半教堂是罗曼式的,另一半明显是外来的哥特建筑,这一切均如会说话的风景。这片土地因力量而受苦。被扼杀的,永无复活的可能;但在有利环境下,长存于岁月中的虔敬有可能成就与之对等的东西。力量不能摧毁精神价值,在历史方面,再没有什么比这种老生常谈更残酷;依据这种观点,人们干脆否认那些被军事暴力抹杀的文明曾经存在过;这么做,用不着担心死人从坟墓爬出来揭穿谎言。这样,我们第二次摧残了被扼杀的东西,与军队暴力别无两样。出于虔敬,我们关注被摧毁文明的遗迹,哪怕微乎其微,以重建这种文明的精神。有些想望不曾消失,我们也不应放任其消失,即便不能有实现的希望;十二世纪奥克文明的精神恰恰呼应了这样的想望。

---

① [全集注]参看上文关于罗曼式教堂的注释。

奥克文明启示何在?

[题解]应《南方杂志》的邀请,薇依再次为特刊《奥克精粹与地中海人》撰文。《南方杂志》的初衷是特刊下卷相对薄弱,需要补充有分量的篇目,但《奥克文明启示何在?》(*En quoi consiste l'inspiration occitanienne?*)最后还是收在上卷(1943, pp. 150 – 158)。本文集中体现了薇依彼时的思考核心。从十三世纪的历史转折期,薇依探觅出西方基督宗教的一次根本转向,这次转向与现代文明利害攸关。有人说,本篇行文间不乏中世纪"异端"的语气。不过,真正值得读者关注的是,在危难的二战期间,薇依对历史做出了充满创见的审视。

为什么沉迷历史,而不展望未来?今天,我们在长久以来第一次思考历史。这是因为我们接近绝望、感觉疲倦吗?我们确乎如此;但思考历史有更好的理由。①

几世纪以来,人类奉行文明的进步。到如今,苦难几乎从我们的感性中拔除了这个观念。再没有什么能阻止我们承认,文明的进步并非建立在理性之上。人们曾相信,文明的进步与科学认知世界有关,但事实上,科学与进步相悖,真正的哲学也是如此。科学和柏拉图一起教诲世人,从完美中不可能生成不完美,②从较好中也不

---

① [译按]1999年文集版没有第一段落,按2009年全集版补全。

② [译按]柏拉图,《王制》,卷六,504c:"不完美的事物不能成为衡量标准。"薇依多次援引这句话,如见《柏拉图对话中的神》、《柏拉图的"会饮"释义》等文。

可能生成较差。① 所谓进步的观念,就是在时光中从较差逐步递进、生成较好的观念。科学显示,能量的增加只能来自于外在能源;一次从低能量向高能量的转化,必然相应地伴随有一次从高能量向低能量的等量转化。下降运动永远是上升运动的条件②。在精神方面也要遵循相似的法则。除非受到比我们更好的影响,我们不可能变得更好。

比我们更好的,不可能在未来找到。未来是空的,惟有想象充斥其中。我们所能想象的完美,带着我们自身的极限,和我们一样不完美,不会有一丝好过我们。比我们更好的,可能在当下找到,但必然与平庸、恶劣相混;我们的辨别能力又和我们自己一样不完美。过去已显示出部分得到实现的辨别。因为,正如只有永恒的才不受时间摧残,时光的稍纵流逝也足以区分永恒与否。人类的眷念和激情与辨别永恒和黑暗的能力相悖,黑暗在过去远不如在当下浓重,尤其那些从时间上不复存在、不再可能促发激情活力的过去。

最好莫过于虔敬不复存在的故国。没有人能指望复兴奥克地区。很不幸,人类过于彻底地扼杀了它。这种虔敬毫不会影响法兰西的统一,尽管有些人为此担忧。毕竟,如果真相威胁到国家,人们大概会赞同加以掩盖,但目前肯定没有这个必要。这个不复存在、值得哀叹的故国不是法兰西。我们从中获得的启示,与欧洲领土的分割无关,只与我们人类的命运有关。

欧洲之外,还有好些千年文明,带给我们无穷的精神财富。然而,接触这些文明,不在于努力领悟它们的真谛(那些专以此为己任的人除外),更在于从中获得启发,追寻我们自己的精神源泉。古希

---

① [全集注]"进步是典型的无神论观点,它否定实验的本体论证明,意味着卑贱可能生出优越"(《全集》,VI 3,122)。

② [全集注]"能量说认定,能量降低,再也不会回升……一种能量不会上升,除非有别的能量下降"(《全集》,VI 3,122)。薇依从中得出"有益于真正信仰的现代科技运用准则"。这也是本文的主要命题之一。

腊的精神使命即是欧洲的使命。它曾在十二世纪我们所身处的这片土地上培养出硕美的鲜花和果实。

罗马以前，每个古代国家各有独特的使命、独特的启示，这些启示尽管不是全部但大多数朝向某种超自然的真实。在以色列那里是神的独一性，萦绕不去，以致形成固定不变的理念。我们无从了解美索布达米亚的情形。在波斯是善恶的对峙和斗争。① 在印度是在奥义融合中神与达至完美境界的灵魂的同一。在中国是神的纯粹运作，神性的无为实为有为的充盈，神性的不在实为存在的充盈。在埃及是临在的恩善，其表述方式具有无可超越的纯粹；这尤其指灵魂在正义的一生后获得救赎，进入不死的极乐，通过领悟某位神而得救赎，这位神也曾活过、受过难、死于暴力，做了彼世的法官，灵魂的救难者。② 希腊吸收了埃及的信息，建立了自己的启示：人类的困境、神的超验、神与人的无尽距离。

希腊受尽这种距离的纠缠，总在致力于同一工作，那就是搭建桥梁。整个希腊文明就是这么形成的。希腊的秘教、哲学、绝妙的技艺（这门科学是希腊的发明，包含所有科学流派），全是神和人之间的桥梁。③ 除秘教以外，我们继承了所有这些桥梁。人类从前对希腊的建筑有更高的认识。但如今，我们以为这些建筑是用来居住的。我们不知道，这些建筑是为了让人通过；我们也不知道，一旦通过又会在另一边找到什么。

最杰出的希腊人全都怀有同一种理念，那就是神与人的中介，神朝向人的降临运动中的中介。④ 调和、均衡是希腊人的一切思

---

① ［全集注］薇依显然想到摩尼教，在她眼里与清洁派思想有相近之处。她还可能想到古代波斯的其他二元论宗教传统，比如祆教。
② ［全集注］这里的埃及神指俄赛利斯。参见《柏拉图对话中的神》。
③ ［全集注］参看《柏拉图对话中的神》开篇。
④ ［全集注］神临在、神寻找人，是薇依在同一时期的思考重点。参看《托名荷马的"德墨特尔颂诗"》等。

想、艺术、科学和生活态度的核心,而中介的理念恰恰显露其中。当罗马开始向世人挥舞武器时,希腊刚刚完成自己搭建桥梁的使命。

罗马抹杀了希腊精神生活的一切痕迹。所有被征服、沦为行省的国家皆如此。只有一个例外。与其他国家的启示相反,以色列的启示从根本上是群体性的,因而更粗俗,但也更稳固,惟独它能抵抗罗马的恐怖压制。就在这层保护下,潜伏着一丝从地中海东岸幸存下来的希腊精神。于是,经历三个荒漠般的世纪之后,正当无数世人饥渴难当,一股纯美的清泉喷涌出大地。中介的理念获得现实的充盈,完美的桥梁①就此产生,正如柏拉图曾经盼望的那样,神圣的智慧在世人眼前变得可见。② 希腊的使命化身为基督的使命,从而达到完满的境界。

这种传承关系,以及紧随而来的基督宗教的真实使命,长期被禁锢,不能向世人显现。首先因为,以色列夹在这两者中间;其次因为,时人相信世界末日的临近,但话说回来,对于传播福音而言,这种认信必不可少。再往后还因为基督宗教作为罗马帝国国教的身份。怪兽受洗了,但洗礼本身也遭到玷污。③ 所幸外邦蛮族消灭了这个怪兽,以远方的传统,注入年轻而新鲜的血液。十世纪末重新迎来稳定和安宁,拜占庭和东方的影响自由散布。罗曼文明应运而生。④ 惟独这一时代的教堂、雕塑、格利高利圣咏(mélodies grégoriennes),以及十世纪、十一世纪留存下来的有限壁画,堪与希腊艺术的宏伟和纯粹相媲美。这是真正的文艺复兴。希腊精神以基督宗教的形式复活,这恰恰是它的真相所在。

---

① [全集注]这里暗指基督。
② [全集注]柏拉图,《斐德若》,250b。
③ [全集注]罗马帝国对比启示录中的怪兽和柏拉图的社会怪兽,这一宗教史分析视角令人想到中世纪异端思想把世界的不公和无序看成恶的统治结果。
④ [全集注]薇依清楚定义了本文的主题:"罗曼文明",这一文明在十至十二世纪带来一般所说的罗曼艺术,与十三世纪的哥特艺术形成对比。

几个世纪以后,有了另一个虚假的文艺复兴,也就是我们今天所认定的文艺复兴。起初,它还具备某种平衡点,让人几乎可以预感到两种精神的统一。但很快地,它创造了人文精神,把古希腊继承给我们的桥梁当成永久的居所。人们以为,只要背离基督精神,就能回归古希腊精神,殊不知它们在同一个地方。打那以后,欧洲生活越来越匮乏精神介入,几近消亡。当前的苦难迫使人们转而厌恶发展,但当前的形势也宣告了发展的终结。人们辱骂并试图抛弃这个文艺复兴、十八世纪和大革命所制造的人文精神。只可惜,我们远没有提高自己,只不过抛弃了伴随人类的超自然使命而来的最后一个苍白而混乱的影像。

人类当下的困境扎根于这个虚假的文艺复兴。在真与假之间,究竟发生了什么?

无数罪行和谬误。最关键的罪行也许就是在我们所生活的这片土地上扼杀了奥克故国。我们知道,从好些方面来看,它是罗曼文明的中心。奥克地区灭亡,罗曼文明也就跟着消失了。①

奥克文明曾与一些千年传统保持充满活力的联系:印度、波斯、埃及、希腊,也许还有别的;我们今天不也在艰难地尝试重新认识这些传统?十三世纪切断了这一联系。但奥克文明曾向所有外来的精神流派开放。十字军再怎么不中用,起码还真正带有武士之间的影响、交流,在这种交流里,阿拉伯人的参与甚而超过了基督徒。从这个层面上看,十字军东征远远强过现代的殖民战争。自十三世纪以来,欧洲再次自我封闭,很快,他们不再跨出欧洲大陆,除非是为了侵略。总之,这里头萌发着如今所谓的我们的文明的胚芽,并且一直埋藏至文艺复兴时代。过去、外在、未来,这一切全部笼罩着基督宗教的超自然光芒。这种超自然不与世俗相混,也不会压迫、试图取缔世俗。它丝毫没有损坏世俗,反倒因此而保持自身的纯粹。

---

① [全集注]这是本文的关键段落。奥克地区是罗曼文明的中心,两者相生相息,一方不存在,另一方也跟着消亡。

它是世俗的起源和命运。

奥克地区灭亡后,哥特式的中世纪①是极权精神的一次尝试。世俗被剥夺了城邦的权利。这种比例失衡既不美好,也不公正;一种极权精神反倒就此削弱。但这里说的不是基督宗教文明,而是罗马文明,后者遭遇谋杀,过早消亡了。一想到正是教会操纵了这次谋杀,就让人感到无比心痛。但让人心痛的,有时恰是真实的。或许,在十三世纪初,基督精神面临了一次抉择,却没有选对。它选择了恶。恶结出果子,我们如今就处在恶果里。② 后悔不及,还得回归做出错误选择的前一刻。

奥克文明的启示,本质上与希腊启示一样,建立在对力量的认知之上。想要获得这种认知,必须具备超自然的勇气,其中不仅包含一切所谓的勇气,更含有远远珍贵得多的东西。懦夫却把超自然的勇气视同灵魂的弱点。认知力量,就是承认力量几乎就是世间的绝对君主,同时又带着厌恶和轻视弃绝它。这种轻视是同情的另一面,面对所有暴露在力量面前的伤口无遗的人的同情。

这种对力量的弃绝,充分体现在爱欲的概念中。奥克地区的教养之爱(amour courtois),与古希腊的爱欲是同一回事,尽管女性在两边扮演截然不同的角色,从而也遮蔽了这种相似性。古希腊人并不是因为轻视女人,才敬重男人之间的爱欲,后者在今天看来低俗无耻。古希腊人也敬重女人之间的爱欲,柏拉图的《会饮》有所印

---

① [全集注]薇依把奥克异端思想归到罗曼的基督宗教语境(含隐修生活、古代礼拜仪式、仿效使徒传教),而把十三世纪的宗教现象(如十字军、宗教法庭、鼓吹教义、托马斯主义)归给哥特式的中世纪世界。这充分显示了她的历史直觉。从很多方面看来,清洁派似乎是一种抵抗格利高里改革的宗教形式,总而言之,是一种"罗曼式的基督教义"。

② [全集注]薇依多次重申这一"迫害性社会"的观点。"极权主义的罗马帝国灭亡以后,十三世纪,在讨伐阿尔比教之后,基督教会最先在欧洲显露出极权主义的征兆……极权主义的活力就在于运用 anathema sit[逐出教门]这两个字"(《期待天主》,页61)。

证,萨福也是一例。因此,他们所看重的,不是别的,而是不可能的爱。进一步说,不是别的,而是贞洁。随着风俗带来巨大的便利,男女交际中的享乐简直不受任何阻碍,但道貌岸然的灵魂却会出于羞耻心而不敢去想希腊人自己也声称违反自然的另一种享乐。基督宗教和日耳曼风俗的纯洁性在男人和女人之间竖立起了希腊所没有的屏障,从此,男人和女人彼此成就为柏拉图式爱欲的对象。婚姻的神圣联系取代了性别的认同。在十二、三世纪,真正的行吟诗人对通奸毫无兴趣,一如萨福和苏格拉底对淫乱毫无兴趣——他们只寻求不可能的爱。如今,我们只能以教养之爱的形式来理解柏拉图式的爱欲,其实这是同一种爱。

《会饮》中有几行绝妙的文字解释了这种爱的本质:

> 最重要的在于,爱神既不会对神行不义,也不会遭受来自神的行不义,既不会遭受来自人的行不义,也不会对人行不义。因为,爱神不会凭强制力经受什么,如果爱神经受什么的话——因为强制力不碰触爱神;爱神做什么都不用强制力——任何人侍奉爱神时在任何事情上都是心甘情愿的,双方任谁一方都情投意合,"礼法即这城邦的王者们"宣布,就算正派。①

一旦服从力量的协议,就会失去尊严,不论协议的内容何在。打和被打,这是同一种污辱。钢铁的冰冷与拳头、针尖一样致人死命。但凡处在力量协议的威胁之下,均有败坏的可能。世间的万事万物全处在力量协议的威胁之下:除爱以外,别无例外。这里说的不是自然的爱,比如费德尔的爱,或阿尔诺夫②的爱,这种爱反成束缚,试图限制对方。这里说的是超自然的爱,在真实中直迎神,又重降人间,这种爱与神创世的爱合而为一,总是直接或间接地面朝神性。

---

① [全集注]柏拉图,《会饮》,96b‑c。
② [译按]阿尔诺夫(Arnolphe):拉辛《太太学堂》的主人公。

教养之爱的对象是某个人类；但这不是一种贪欲，只是一种面向被爱之人的等待，并渴求获得对方的允诺。行吟诗人用"仁慈"（mercès）①来形容这种允诺，与"恩典"（grâce）的概念极为接近。这样一种完全的爱，就是通过被爱者的对神的爱。在奥克地区，正如在古代希腊，爱人类正是人与神之间的桥梁之一。

　　罗曼艺术同样闪现着这一启示的光芒，尽管沿用罗马的形式，却决不流连权力或力量，只关注均衡——在哥特式尖顶的冲动和穹隆的高度中，反倒带有几分力量和傲慢的污点。罗曼式的教堂宛如一个围绕均衡点而悬着的天平，这个均衡点只设在真空之上，极其敏感，没有明确定位。这样的建筑才有资格存放十字架，十字架同样也是一个天平。耶稣的身体等同于世界的砝码。教堂里雕刻的不是什么大人物，也从不像在做戏，②不知道有人会盯着他们看。他们站立着，仿佛全然受着情感和建筑比例的支配。他们的稚拙毫无修饰。格利高利圣咏徐徐上升，正当你以为它要达到完满的定音时，上升的趋势突然中断，重又降落。上升运动连续不断地服从于下降运动。恩典正是这种艺术的源泉。

　　从保存完好的有限作品来看，奥克诗歌具有堪与古希腊诗歌相媲美的纯粹。古希腊诗歌以纯粹的方式表达苦难，在不带任何杂质的苦涩中，闪耀着完美的宁静光辉。有些行吟诗人的句子同样以纯粹的方式表达喜悦，并从中流露出令人扼腕的苦楚、属于有限的被造物的无可安慰的苦楚。

---

　　① ［全集注］即法语中的merci，是这里提到的爱的一大标准。行吟诗人Rraimon de Miraval生活在清洁派信徒的圈子里，他把向自己深爱的女士乞求"怜悯"（pitié）转化为从对方身上获得某种近乎超自然的"恩典"（grâce）："女士呵，只愿仁慈降临你心头……只愿你的喜悦精神充满我身"（René Nelli, *Raimond de Miraval, du jeu subtil à l'amour fou*, Verdier, 1979）。薇依这里的分析极其准确。

　　② ［全集注］罗曼雕像不像哥特艺术那样把受难的苦楚表现到极致。从这一点看来，罗曼艺术与清洁派的虔诚颇有相通之处。

> 当我看见欢快的云雀
> 在阳光里动起双翅，
> 仿佛不再认得自己，
> 全因这合乎心思的温存……①

奥克地区灭亡后，英语诗歌继承了同一种笔调。在欧洲的现代语言中，再也找不出堪与比肩的这种隐含的乐趣。

毕达哥拉斯派哲人曾说，调和或比例是矛盾双方互为对立面的统一。倘若以暴力方式迫使矛盾双方接近，或者加以混淆，那么调和将不可能存在。必须找到矛盾双方的统一基点。永远不要对自己的灵魂施暴，永远不要寻求安慰或折磨；凝思那些激发起某种情感的事物，不论它是什么，直到进入一种秘密的境界，苦与乐因纯粹而化作同一、独一之物。这就是诗歌的功能。

奥克地区的公共生活依循同一种精神，不会更不喜欢顺服。这两个矛盾体的统一，正是毕达哥拉斯学派在社会范畴里的调和理论。不过，惟有纯粹的事物才有取得调和。

公共生活的纯粹，就在于尽可能远地摒除一切与力量有关的东西，换言之，一切群体性的，一切来自于如柏拉图所说的社会怪兽的。惟有社会怪兽具有力量。它通过人群施行力量，或者把力量放在一群人或一个人身上。法律虽为自由的唯一堡垒，本身却不具备力量，只是一纸行文。与苏格拉底为之献身的希腊理想相一致的公民精神，带有完全的纯粹。一个人，不管是什么人，单单作为人来说，同样完全不具备力量。这就是个人在顺服关系中的忠诚的意义所在，骄傲没有因此而受到任何损伤。但是，一群人履行某个人（作为集体权力的占有者）的命令，无论心怀爱戴与否，都是在丧失尊

---

① ［全集注］这是《云雀》(*Lauzeta*)开篇四行诗，作者系十二世纪下半叶的利穆赞诗人 Bernat de Veradour。

严。伟大的诗人泰奥菲尔·维奥①从好些方面堪称奥克文明的真正传人,他就能充分理解对君王或主人的忠诚。相形之下,忙于统一大业的黎塞留,②在法国扼杀了一切不带巴黎风味的东西,反使上述精神消失殆尽。路易十四把某种臣服强加给他的子民,这种臣服甚至不再配得起顺服的美名。

十三世纪初,图卢兹的社会生活无疑已存弊端,正如所有时代的所有地方一样。但至少,仅以公民精神和顺服为基础的启示是纯粹的。在那些打击这种启示并大获成功的人那里,启示反倒成问题。

我们无从知晓,究竟有没有一种罗曼科学。倘若有的话,罗曼科学相对于我们的科学,将有如格利高利圣咏相对于瓦格纳。我们总是说,我们的科学最早在希腊人那里产生,希腊人却把科学视为一种神性启示的产物,目的在于引领灵魂凝思神。科学最终偏离了这个目的,原因不是科学精神、精确和严密的多余,而在于这些精神的缺失。科学就是在我们的体力、脑力组织的尺度内探索世间一切呈现为秩序的东西。仅仅在这个尺度内,因为,无论望远镜还是显微镜,无论最复杂的记数法还是任何程序,均不会超越这个尺度。③科学的对象不是别的,就是圣言(Verbe)的行动,或如古希腊人所言,是起调度作用的爱欲。只有科学,并且只有科学在最为严密的状况下,才能赋予神意的概念一种具体内容。在认知的范畴里,科

---

① [全集注]Théophile de Viau(1590 - 1626),薇依很可能在三十年代末读到维奥的作品,对他评价极高,并在1938 - 1939年写给友人的信中援引了他的好几首诗。1940年,她还说服纪德在伽里玛出版社重新出版维奥诗集。参见《全集》,II 3,213;《全集》,VI 1,274等。

② [全集注]据说某个耶稣会修士告发维奥曾赤脚走过巴黎圣母院。他在1623年死于火刑。薇依把黎塞留视为迫害维奥的主凶,并在《扎根》中长篇谈论到维奥、黎塞留和路易十四(《扎根》,95 - 96,103 - 104)。

③ [全集注]有关这一命题,参见薇依几个月之后写下的《隐秘爱神的几种形式》一文。

学除此以外别无用处。在艺术方面,它的对象是美。罗曼文明的美本当同样在科学中熠熠生光。

奥克地区出于纯粹的需求,在清洁派中找到极端的表达方式,由此引来不幸。① 清洁派信徒践行精神自由,乃至忽视教义,②这种做法不无弊端;毫无疑问,在他们之外,教会必须以一如既往的严格,像对待钻石那般完整地保存基督教义。然而,只需多一点点信念,人们本可以认为,没有必要歼灭所有清洁派信徒。

他们驱逐力量的恐怖,乃至践行起非暴力,并形成这样的教义:但凡源自力量范畴的(也就是一切肉欲的、社会性的),也必然源自恶。这确乎过火了,却未必比福音书更过火。因为,福音书也有两个再过火不过的言说。一个说到阉人,称其为天国的缘故自阉。③ 另一个是魔鬼把地上的万国指给基督看:"这一切权柄、荣华我都要给你,因为这原是交付我的,我愿意给谁就给谁。"④

自文艺复兴以来,直到我们今天,这个时代的精神得到了传播和发展,却是以超自然的方式,缺少滋养的光照,犹如一株植物在生长中缺乏叶绿素。《薄伽梵歌》把这种迷乱称为矛盾双方的迷乱,⑤

---

① [全集注]《十字军之歌》前一部分的作者图泰勒(Guillaume de Tudèle)确乎把清洁派异端思想定义为奥克文明所受灾难的直接和唯一的原因。

② [全集注]薇依本人极看重天主教教义,故而有此评说。这同时还与当时对清洁派的不完全认识有关。事实上,清洁派的神学理论包含了基督宗教的完整概念(如三位一体、各种圣事、最后晚餐等),但他们没有用"教义"(dogme)这个说法,而是把真实、拒斥谎言视为使徒道路的根本特点。

③ [译按]参见马太福音,12:11-12。耶稣说:"这话不是人都能领受的,惟独赐给谁,谁才能领受。因为有生来是阉人,也有被人阉的,并有为天国的缘故自阉的。这话谁能领受,就可以领受。"

④ [译按]语出路加福音,4:6。

⑤ [全集注]1941 年,薇依收到 Adrien Maisonneve 版的《薄伽梵歌》,并在 1942 年 2 月 23 日写给 Simone Pétrement 的信中提及此事。这里的援引与第三节第 27-29 句有关,但薇依没有采用任何译本的译文。"矛盾化一的纯净所在"影射善,依据毕达哥拉斯派哲人的理论,"永远定义为矛盾的统一"(《全集》,VI 3,135)。

如今,这种迷乱促使人们去寻找人文精神的对立面。有人通过崇拜力量、集体和社会怪兽,也有人通过回归哥特式的中世纪。前一种方法有可能找到对立面,甚至相当简便,却大有损害;后一种方法同样差强人意,更不用说完全是空想,因为,我们不可能让自己置身于纯粹由世俗价值体系构成的环境。否则,救赎将会变成达到一个矛盾合而为一的纯粹境界。

倘若十八世纪认真阅读柏拉图,人们将不会把一些纯自然的知识和学科称为启蒙(光明)。洞穴的譬喻显然揭示了,人类的自然生存处境就是黑暗,倘若没有转向从天空的另一边的某个地方降临的光明,就要在黑暗中生老病死。人文精神认为,真理、美、自由和平等具有无上的价值,这当然没错,但它却错误地相信,人没有恩典可以得到这些东西。

作为一种条件反射,罗曼文明的毁灭运动稍后带来了人文主义运动。如今,我们走到了人文主义运动的末路,我们将继续这种自发性的摆动,还是每次比上一次陷落得更深?我们不应把目光转向平衡点吗?追溯历史,只能在十二世纪以前找到这个平衡点。

我们不是要把一个遥远过去的启示生搬硬套在当下的生存处境。只要我们带着关怀和爱去凝思这个时代的美,属于这个时代自身的启示将降临到我们身上,并至少部分地阻止我们赖以呼吸的空气变得越来越粗俗。

爱弥尔·诺薇斯[1]

---

[1] [译按]Emile Novis,薇依在《南方杂志》的常用笔名。

附录

诗　歌

[题解]1968年的《诗集》一共收录了薇依的九首诗。《致一名富家少女》(*A une jeune fille riche*)是少年习作,颇有自传意味。《读在圣查理曼聚会上的诗》(*Vers lus au goûter de la Saint-Charlemagne*)写于1926年1月,时值薇依就读亨利四世中学的"高师文科预备班"。薇依自称在二十岁时写下了《闪电》(*Eclair*,1929)。1937年,她把《普罗米修斯》(*Prométhée*,1937)寄给诗人瓦莱里(Paul Valéry),并收到对方的回信。《致白日》(*A un jour*,1938)写在一年以后。最后几首诗《星辰》(*Les astres*,1941)、《大海》(*La mer*,1941－1942)、《必然》(*Nécessité*,1941－1942)和《门》(*La porte*,1941－1942)全是在马赛时期写的。从文稿中看,这些诗歌随后均做过不同程度的修改。

这些诗歌在薇依生前均未曾发表。据佩特雷蒙回忆,薇依表示过,为了保留这些不为人知的小诗,情愿舍弃自己的其余所有作品。[①]直至生命的最后时刻,在伦敦寄出的家书中,她还在牵挂这些诗,希望有机会"按写作先后顺序"一并发表。

1947年,《南方杂志》发表了《闪电》和《必然》。1962年,《门》作为开卷语收入《关于爱神的散乱思考》,并附有题铭:"尘世是关上的门。一道屏障。同时又是通道。"

---

① 参 Janine Plagnol, *Poésie et musique des sphères*, *SW et Rilke*, in *Cahier Simone Weil*, TomeXX-N° 3, septembre 1997,页194。

致一名富家少女

克吕墨涅,在时光里,我要看见从你的妩媚
一天一天生出眼泪的天赋。
你的美丽还只是一身骄傲的甲胄;
日复一日终要化作飞灰;
人们将看不见你,灿烂骄傲,
放下面具,走进木棺的夜。

命里注定你将从逝水的花季
滑向何方?何种命运?何种寒冷的悲惨
会来揪紧你的心,迫它狂喊?
没有谁会起身拯救这样的美好;
天空缄默,当有一天正在抹去
另一天散发光彩的清容和柔颜。

有一天会涂灰你的脸,有一天会折断
你哀哀忍饥的腰;一阵寒战会撕咬
你从前只知温暖的弱约身段;
有一天你会是困顿巡行的鬼魂,
在世界的监禁中,没完没了
奔跑,奔跑,把饥饿当作动力。

深夜里你像一只兽被滩涂围困,
从此上哪儿去找你贵族的纤手,
你的绮衣、额头和起着高傲褶皱的嘴唇?
水在发光。你在发抖吗?目光为何空洞?

不堪死去,且留下苍白的肉身,
一堆残枝败叶,在清晨的灰中!

工厂开门。你可会去流水线做工?
放弃你皇后般优雅的迟缓手势。
快,快点!快,快点!到了晚上,
滚吧,目光暗淡,两膝破碎,驯服
沉默;从你卑微惨白的唇只读出
在无望的努力中顺从的强硬秩序。

你可会在夜晚走进城市的喧嚣,
为几个钱,任人玷污你奴隶的肉身,
你那因饥饿变成石头的死亡的肉身?
它不会颤动,当一只手轻抚过;
躲闪和惊跳被摒除在角色之外,
眼泪是一种奢华,想要也徒然。

你却在笑。对你来说不幸只是童话。
你安然远离这些不幸姊妹的宿命,
你连看也不曾看过她们一眼。
你紧闭双眼,慷慨地施舍;
你的睡眠干净,没有忧郁的幽灵,
你的白日在高墙之内明澈地流过。

一张张纸片,比城墙还坚硬,
庇护着你。烧掉它们,你的心
将受阵阵打击,全部粉碎。
但这纸片令你窒息,遮蔽天和地,
遮蔽人和神。走出你的温室吧,

赤裸裸,在冰冻世界的风里颤抖。

读在圣查理曼聚会上的诗

(亨利四世中学,1926 年 1 月 30 日)

我听见歌唱、喧哗、呼唤和笑声;
这些看来如此欢悦的年轻人是谁?
人类的命运总在何时变得险恶?
我在他们的眼里看到哪种光芒?
有些还是孩子,另一些几近成人,
但同一种幸福在他们的额前闪耀;
他们看见什么天堂,一经命名就暗淡?
他们会想些什么,处在我们的纷乱中?
想他们将要实现的功业吗?

甜美的青春被照亮
在清晨最明澈的目光,
你一年又一年行走
直到与命运相遇。
你注视洁净的星辰,
走向无遮的未来;
你在光中行走,
目光自由,两手空空,
迎面是灿烂的拂晓
升起在城邦上空。

你迷醉在圣贤的迷醉中,
饮着洁净、纯真而明澈的空气;

你自信听见一个神的消息，
在这电光如林的寂静中；
你不爱香水和做梦，
轻视过分短暂的花儿；
你走进苏醒的和平，
踩过未受蹂躏的雪；
你在山谷只看见
太阳的自由游戏。

你出发了，顽强天真而洁净，
手中握一把双刃剑；
你自信一身甲胄的光彩
称得起这神圣的太阳；
自由，顷刻犹如神迹，
你洁净的目光是一个神谕，
告知太过忧患的前辈，
他们没有结果地自问，
星辰将何种命运预言
给这些沉默的年轻人。

原来当时的命运暗淡又悲惨；
国民的面包时有短缺；
人们厌倦了政治斗争，
已然发怒动摇，开始抱怨。
远方有国家经临的阴暗战争，
作战的士兵尚未成年；
这里的沉重忧患造就严峻的眼神，
在万般不幸中，还能想些什么呵，
这些得胜的年轻人？

也许他们看见,犹如在梦里,
我们所纪念的那个皇帝经过;
他们看见高举的手臂进袭不休,
听到比大炮更美的低沉声响。
有人挥舞着迪兰达尔和乔瓦斯,①
这两柄太阳之剑在闪电中发光,
胜利的军队不停经过,
挺身在马上,一派高傲的欢乐,
目光清澈的骑士们呵!

英雄勇敢作战,砍杀接二连三,
剑上淌着血,心灵依然洁净;
天使在天上对呼唤他的士兵微笑,
而战士作战,也更热情自信。
他们为天主和温柔的法兰西而战;
在死去的骑士身旁,扼腕前来
有天主的三名圣女,美丽的歌舞队,
美惠、信仰和纯真的希望,
为他揭去命运的面纱。

但他的同伴把他掩埋在大地下,
从此他将长眠的法兰西的温柔大地!……
随即投身作战,战争重新
发出咆哮,他们争相为他报仇。
不断有人死去;时时有人受伤,
利剑猛攻下,砍伤接二连三;

---

① [译按]英雄罗兰和查理曼大帝的剑,分别带有"坚忍"(Durandal-Durer)和"喜悦"(Joyeuse)的意思。

他们最后甚至感觉不到这伤人的剑,
前仆后继,砍杀,砍杀,心迷神醉,
直到他们的手臂开始疲倦。

那名想起查理曼大帝的英勇的年轻人
渴望轮到自己去作战、杀敌和死去;
走啊,不停地走,穿越深谷和高山,
仿效先人,没有一刻想过逃跑。
年轻沸腾的血在他灼热的血管中
蔓延;他不知道那样的时代已然过去:
一个人双手血淋淋地打另一个人,
没完没了以粉碎的头颅滋养
他那灼烧的迷醉!

年轻人再也不能在战争中
满足自己行动和杀敌的渴求;
今天的战士作战——艰巨的战斗!——
不用剑,在烂泥中,不能砍杀。
但倘若不能想望走这条路,
但倘若不能想望模仿这些战士,
他也不应悲痛,不如去倾听
从自身升起一个强于疑惑的声音,
召唤他去参加别的战斗。

时代不同了,不能再做梦
为无用的行为而徒然迷醉;
我们要加入无休止的战斗,
比民族战争更美的战斗。
我们要驯服这个世界,

用有力的双手拥抱宇宙,
我们要建立权利和繁荣的和平,
并处处烙上我们的深刻印记
在万物和命运之上!

出发吧,年轻人,在年华的炽热中,
出发吧,顽强又矫健,为了这般美丽的战斗;
凭借两大美德,耐心和勇气,
你们要战胜一切,乃至坟墓。
比起查理曼大帝,不如呼唤圣女,
她有伟大的心灵,比死亡更强大;
就像那法国人在恐惧中也呼唤她,
当他看着她,不带威胁,毫无怨言,
守护沉睡中的城市!

闪 电

愿纯净的天空为我迎面捎来
——这长云扫过的天空呵,
一阵大风,带欢乐气味的风,
愿一切从如洗的梦中诞生:

为我,生出人类的城邦,
一股清气吹散城中雾霾,
生出屋顶、脚步、呼声、百种光亮、
人类的喧嚣,消逝在时光中的一切。

生出大海和摇晃的小船、

船桨的划动和深夜的火；
生出田野、摊开的谷堆，
生出夜晚、相随的星辰。

生出灯盏和蜷曲的膝盖、
黑影、矿山弯道的拱顶；
生出一双双手、研碎的硬金属、
在机器的尖叫中被磨挫的铁器。

世界诞生了；风啊，刮吧，留下它！
但它裹在雾中重又消逝。
我更早诞生在乌云中
惨绿天空的一次撕裂。

普罗米修斯

一头孤独惊惶的兽，
肚中馋虫不住撕咬，
被迫奔走，疲倦颤抖，
为逃开饥饿而陷入死亡；
阴暗的林中求生；
夜的黑影下失明；
石缝里受要命寒冻；
偶然的拥抱才有交配；
为神所苦，受伤而嚎叫——
人类啊，若无普罗米修斯，你们不过如此。

创造和毁灭的火啊，技艺之焰！

火,夕阳余晖的子女啊!
晨光爬上太过忧伤的夜心头;
温存的家园让手牵手;耕地
也取缔燃烧的荆棘。
坚硬的金属从熔流喷溅出,
火红的铁弯曲、顺从为锤。
屋檐下的光照充实灵魂。
面包在火中如花儿般成熟。
他多爱你们呵,才会有这般美的恩赐!

他送来车轮和杠杆。何等奇观!
命运听命于脆弱的人手。
欲求远远地畏惧那操纵
杠杆的手,道路的主人。
哦,海风被一只帆征服!
哦,大地被犁开,无遮地淌血!
一盏微弱的灯侵入深渊!
铁在奔流、吞噬、夺取、伸长、研碎,
顺服而坚硬。手臂扛起战利品,
那舍得生命的沉重宇宙。

他发明了崇拜礼仪和神殿,
奇妙的圆圈,让神们驻足
远离此世;让人开始冥思——
孤独无语——命运、死亡和宇宙。
他发明了记号和语言。
有翅的词语飞过年岁、
高山与穹顶,感动人心与手臂。
灵魂悄声自语,试图了解自己。

天地和大海沉寂下来,以听见
一对好友、两个爱人低声倾诉。

最灿烂莫如数字这个恩赐。
鬼魂和精灵纷纷垂死离去。
计算的声音懂得驱散阴影。
风暴也平静而透明起来。
星辰盘踞无尽的天穹;
对船帆絮语,从无谎言。
环环相扣,岂容平白无由;
正义的天平上万物相应。
休止般的纯净歌乐升起。
时间的裹尸布时而裂开。

他把黎明成就为永恒的喜乐。
他却要服从绝不仁慈的命运。
被铁锁钉在石上;他低着头,
吊在十字架上,心间有
冰冷的苦楚如刀锋刺入。
时日、季节和世纪吞噬灵魂,
日复一日他的心神在衰竭。
他的身体被迫徒然地扭曲;
即逝的瞬间在风中传遍怨诉;
孤独而无名,他把肉身交付不幸。

致 白 日

轻雾之外,白日升起,

越过群山之巅。
世界前来驱散梦;
出现吧!永别了,精灵们!
每当惨白冰冻的晨光
深入灵魂,不意穿越
令人哀伤的样子、
每片纤草的轻颤,
只愿有一片寂静升起,
无限融入透明的沙漠!

哪颗心不碎,倘若清晨
骤然温存地来袭,
宿命的怀疑、悔恨、恐惧
悄声骚动的阴影就此湮灭?
恩典伤人心;心在滴血,
在平原面前,那里有水流过
烟迷雾霭的皱痕,
赤裸轻颤的树枝,
凌空掠过的翅膀,
微光淹没的空气。

新出的白日,露水生成的白日,
在灵魂和天宇中多么明净,
这般安详的光彩夺目呵,
宛如随处的一次爱抚,
总会再来,温存又清澈。
夜晚将以流溢的空气
布满潮湿的草场。
然而,在夜晚降临,

安静地蔓延在人群中以前,
白日哦,你要被玷污!

*

每个时刻,上升的白日哦!
从一次无声飞行中消逝,
身后留下的耻辱
由初生的瞬间收容。
到处有嘴突然张开,
在下个呼吸时暗淡。
时日和甜美的季节:
生命在昨日尚无泪
如今却惟余不安,
徒然的劳作,抑郁和监禁。

何等力量在扭伤人生,
金与铁、宿命和法则
碾碎宽广的年月,
在悄声的空间里!
每当漫不经心的唇
向受虏的人群释放
这些满载时光的字眼,
光阴就坍塌作飞灰;
晨光碰触眼皮,
背弃一个个瞬间。

为何以你的曙光刺伤
败徒的双眼,夭折的白日啊?

他们厌倦了还得看见
一次受禁的太阳隐现。
度过死亡的白日太漫长。
苦涩的拂晓要他们跟从
可怕的行进,不得蹒跚。
他们的心和膝支撑不住。
但必须挺住,去往
灵魂不肯去的地方。

无数孤寂的灵魂有无数次
向这消逝的白日致敬。
这千万个无生气的白日
是一件贱价售出的玩具。
几名玩家,受光影纠缠,
把目光投向年华的远方,
不知道白日的到来。
拂晓和夜晚只是梦呓,
倘若如剑未刺进心窝,不曾陷入
那短暂而灿烂的和平。

他们盲目地挤压和搅浑
未来,过去和现在,
无论做什么,永远不懂
在时年的饥渴里
获得一点满足。
他们在阴影中攥着拳,
自以为抓住不幸的世纪。
天宇的中轴徒然精准。
孱弱而神圣的白日,庄严的白日,

白日呵,你不为他们诞生。

哎,你为谁而诞生?
这些沮丧的年轻人,
你可愿以曙光润泽他们,
在未经耕作的田间?
他们满脸乌泥,
远离关怀的大手,
永远蜷在地上,
张着不祷告的嘴,
眼睛对光线麻木,
不再有白日里的生存。

另一些光着身沾满
路途中拂晓的露水。
他们向路上所有人家
伸出无用的双手。
一掊黄土掩埋了
被不幸腐蚀的尸骨,
土地从不曾养育他们。
另一些,只有长眠的另一些……
过去的白日禁止他们
看见你——对他们微笑的白日呵!

无力的白日,就连石头
你也不能穿烁。
一道墙夺去爱你的人;
如铅的墙沉沉压在
胸口,直到夜深。

从工厂的繁重喧嚣、
玷污肉身的交易、
恒定的监狱深处,
升起悲惨的目光。
哪一丝光线又肯照看他们?

暗淡的人群被封闭,
相连的肢体在发抖。
对于听任凌辱的命运,
对于受挫的漫长努力,
明澈的平原多么阴沉!
即便在微风的暖意中,
即便漫步在田间,
耻辱和苦涩的惊愕
照样会阻拦天和地
这光照温柔的时日。

但夜渐渐遮蔽
这充斥城邦的种族,
肉身沉重的人类,
精神昏睡在光里。
他们只因闪电发抖,
每当它要毁灭和分裂,
从天而降肆横人间。
这初生的幸福的白日,
不再有人认出它吗?
这一天行将结束。

*

含泪的闪亮的微笑，
某个寻常白日的开端，
来吧，带上我们，扬去不安，
升起、照亮、点燃、行进！
你的火焰时时在移行；
你安然焕光的翅膀飞掠
一个个惨淡的国度。
你在空气中有痕如花。
但愿有一回在缓慢的间隙，
有人注意到你的迸发！

愿拂晓以天使之唱呼唤
一颗顷刻无声而清澈的心，
带着新生的温存，
在空气中凌乱悸动。
但愿这长日是对心的约定，
永在连接真实的灵魂
和天宇的固有天平。
长日哦，心将畅饮你！
来吧，以虚空填满它，
使它与诸神齐类。

在平原上徒然暗淡
今晚的无上的光。
移行的天宇徒然
把清朗时刻卷往别处。
这属天静寂的白日

永远带给广袤的世界
一种为爱穿透的精神,
即便它时日将近,
盲目的宿命终结,
愿最后的白日来临。

海

听凭约束的海,默默顺从的海,
永远浪接浪的纷乱的海,
整个儿献给天宇,顺服的镜子;
为了夜夜替海编织新的褶纹,
远处的星辰不费力气施展大能。

清晨赶来填满整个空间,
海迎接又归还光的天赋。
一片微光倾洒在海上。
海展开在等待中,无所欲求,
随着白日生长、闪耀又熄灭。
夜的倒影不意中隐现
悬浮于水天之间的翅膀。
往下是海浪,遵照至高法则,
摇摆不定,又静若平原,
每滴水都在轮翻腾跌。

清水的神秘双臂的天平
自估分量,还有浪花和铁,
只是流浪的小舟没有证人。

船舰上方的蓝绳一路报告，
航线清楚可见，从无失误。

无边的海啊，保佑不幸的人类——
挤在你的岸边、迷失在你的荒漠！
向沉没的人倾诉，在他灭顶以前。
深入灵魂，大海哦，我们的姐妹！
请在你正义的海水里将他清洗。

必　然

寂寥天宇的周日循行
在凡人看来的沉默中，
人间张开的嘴，每小时卷进
多少哀伤和残忍的哭号；

所有的星辰舞步轻缓，
独一不变的舞，高空无声闪光，
终究没有形状、名称和节拍，
太过完美，不带一丝瑕疵；

对着悬浮的星，我们的愤怒也枉然。
平息这饥渴吧，若要让我们心碎，
一路喧嚷望乞，星的循行拖曳我们；
我们的灿烂的主宰永是胜利者。

撕碎肉身吧，纯净的点点星光！
一声不响被钉在北方极点，

赤裸的灵魂暴露全部伤口,
我们想跟从你们,直到死亡。

星 辰

燃烧的星辰,在夜里住满远方的天宇,
无声的星辰,盲然旋转,总是冰冷,
你们把冬日从我们心头拔走,
又抛给我们不曾承认的明天。
我们悲泣着,一切哭号只是徒然。
既是必然,我们手连手跟从你们,
双眼看向你们纯净而苦涩的光芒。
在你们这一族里,痛苦不算什么。
我们沉默不语,在路上蹒跚前行。
顷刻心头一亮:那是星的神圣火焰!

门

请打开那扇门呵,让我们看见果园,
喝园中冰冷的水,水中有月的踪影。
长路在燃烧,那异邦人的天敌。
我们无知地游荡,找不到一处地方。

我们想看见花儿。渴在这里临在。
我们就在门前,等待,受苦。
若有必要,也会亲手打碎这门。
我们挤啊推啊,门栏却太牢固。

惟有徒然地焦灼、等待和张望。
我们望向那门；它紧闭，不可撼动。
我们紧瞅着它，在折磨中哭泣；
我们总看见它，难堪时光的重负。

门就在眼前；想望又有何用？
不如离去，就此抛却希望。
我们永进不去，我们倦怠看见它……
从前门开，为万般沉默放行，

果园和花儿未曾如此静谧；
惟有无边的空间，承载虚和光，
瞬时历历在场，填满人的心，
清洗在尘烟中近盲的双眼。

兄妹通信

[题解]1940 年,安德烈·薇依因战时逃避军事征召的罪名被关押在鲁昂监狱。西蒙娜除定期探访哥哥之外,还写信给他,谈论数学和其他与时局无关的话题。她既想帮助哥哥散心,也想努力找回他们在童年、少年时代所建立的默契。这里的书信摘译自 1999 年的《薇依文集》(pp. 565 – 575),删略之处乃原文编者所为,信中讨论的古希腊数学、哲学、宗教等问题,与薇依同一时期的著述正相呼应。

亲爱的妹妹:

我想谈一谈对古希腊数学理论的看法,有些看法更技术性些,另一些则是一般性的。

[……]

在重述毕达哥拉斯定理时,你假定他没有做出任何论证,这让我很喜欢。

[……]

在古希腊数学里没有肃剧的痕迹,这也许因为,数学家是一些极少带有悲剧性的人(有一次,我作弄阿廷,[1]向他证明,数学不可能是一种艺术,因为没有哪个数学家最终变成疯子)。在我看来,欧多克索斯大约是古希腊历史上的第一位数学家。你再强调他与毕达哥拉斯派的渊源也没用,我不相信这有多重要。我从不认为,在雕塑或绘画方面,艺术家是基督教徒、佛教徒等等有多重要(尽管有

---

① [译按]Emil Artin(1898 – 1862),代数学家,安德烈的好友。

人会在这样那样的艺术上就此吹嘘叫卖）：这些艺术家眼里看见、手中碰到的问题早就够严重和困难的了，他们肯定不会有时间去想别的；我认为，他们想必会轻松地满足于偶然获知的一切理论；我甚至不会把宋代画派排除在外（我是想说十到十二世纪的中国画，我永远也记不住这些朝代的名称），虽然这是我唯一不确定的。总之，在数学家方面，甚至是古希腊的数学家，我坚信这个原则。当然，泰勒斯和毕达哥拉斯这类人不算在内。

你提到比例在古希腊思想史上的作用，我觉得这些想法相当吸引人，同时也很可信。在我看来，这恰恰证明，无公度概念中含有肃剧。比例，即可说的；有些关系却是不可说的（可说的，即全部数字之间的一种关系），logoï alogoï［无逻辑的逻各斯］，这个说法本身令人震惊，我很难想象，在一个本质是悲剧的时代，人们以相当高度去认识和品味焦虑，却把这般不同寻常的概念当成一个简单的科学发现，打个比方，好比 ε 和 π 的超验性。古希腊人如此绝望地迷恋比例（并且还给它起了这么不同寻常的名称），显然不是没有道理。我觉得你不太喜欢尼采（也许你是从扎拉图斯特拉开始读起，那可就错了）；但有关古希腊时代的思想，尼采的思考比任何人高明；我想你不会过于轻慢地对待诸如《悲剧的诞生》这样伟大的作品（书中有研究"前苏格拉底"哲人的格言，其实他并未在时间上追溯太远；他的前苏格拉底哲人，在希腊人那里是赫拉克里特，在现代人这里是荷尔德林）。依据这样的想法，你对比例的说法表明，希腊思想的开端存在着某种有关思想和世界之间（还有如你所说的，人和神之间）的不成比例的强烈情感，为此必须不惜任何代价地在这个深渊之上架起桥梁。古希腊人以为在数学中找到了这个桥梁（坚固而不可动摇），这不是别的，只是信念。至少有些学派确乎如此。埃斯库罗斯本人参加过厄琉西斯秘教仪式，在我看来，他的思想就很有些不同。当然，提起秘传的哲学，人们大可随心所欲地解释……印度人采取了完全不同的寻索方向：声称人类等同于神、宇宙等等，显然可以避免造桥的必要。

不过,我在寻思,对柏拉图而言(在我看来,他的对话里没有一丝焦虑的痕迹,这无疑是尼采如此恨他的缘故),是否不应去解释"不让任何人进来……",一边还平淡无奇地说数学是"一种精神体操"——这个讲法只能让我们想起一些平庸得令人反感的想法,然而,对体操有着与我们完全不同理解的古人很可能赋予它更有力的含义。这只不过是在更平常(合乎这个时代)更世俗的层面上对你的比例假说进行换位,以此作为一种净化的过程,如果你确实把它当成(如我所猜想的)一种过程,一种辅助的手段。不过,我很想了解得更确切一点:这是出于什么目的的手段? 在古希腊时代有没有神秘主义实践和练习的痕迹? 话说回来,"神秘主义"一词(我采用它的现代词义)的含糊性真是到了极点,它无所不包,从精神狂迷状态到特蕾莎修女(话说回来,我很敬仰特蕾莎修女),再到苏非派教徒和某些印度教派的规矩(我听说,这种倾向在印度并非原本就有,而是后来才有,与苏非教派大有关联),乃至在各种形式的沉思中的全神贯注。那么,"神秘主义"一词的这个含义究竟从何而来? 显然来自秘教,不过却是很晚才出现(灵知派?);自亚历山大大帝以来,欧洲人向一切来自印度的宗教流派敞开了大门。

[……]

友爱的问候。

A.

1940 年 3 月 28 日

亲爱的哥哥:

无公度概念包含两个不同的方面:首先是得数不是有理数的运算(比如 $\sqrt{2}$);其次,反过来,线段对应这些无理数的得数。我们一般会反向表现事物;我们会假设,首先得出正方形的对角线是 2 的平方根,然后再去求 2 的平方根;要么我们在求两条线段的公度时发现,公度有时并不存在。先分析这个概念的几何方面再分析算术方面,这是一种专断而全然荒谬的假设;因为,分析数字比线段早得多。古巴伦人想必也发现了，他们的代数方法只有在选择合适的已知数时才有解法——他们反过来根据解法去选择已知数。对于其他情况，他们又是怎么想的呢？我们无从知道，面对过于复杂或不可能的运算，他们是不是一筹莫展。

不过，对于毕达哥拉斯学派或前毕达哥拉斯学派，问题要清楚得多。他们既然分析了数字比例和数字之间的各种平均值，也必然会去算一个数字及其对数的几何平均值，正如他们也算出了调和平均值和算术平均值。（他们也许就是用正方形面积来解决这个问题，倍立方①问题可以为证。）一个数字及其对数的几何平均值很难是有理数。但他们把算术称作"偶数和奇数的科学"，这表明他们必定会时时思考，某个明确形成的数字究竟是偶数还是奇数。这样一来，我们可以假设，如果一个数字及其对数的平均值是整数，他们也会问这个平均值究竟是偶数还是奇数。他们可以很轻松地证明它是偶数或它是奇数；只需知道，只有偶数的平方才会是偶数，而这可以立即算出，尤其在用点来表现平方数时。因此，这种整数的平方值是永远不存在的。我们很容易还可以得出结论，分数形式的平均值也是永远不存在的。

亚里士多德②说，论证对角线有无公度是荒诞的做法。假设对角线是无公度线段，那么偶数将等于奇数。这是有关这个问题的最古老的文本。

N 的平方根不存在，这在当初想必要引起恐慌。然而，毕达哥拉斯很有可能在建立他的定理以前就知道这一点。假设事实就是

---

① ［文集注］据欧托西乌斯（Eutocius）的记载，厄拉托斯特米斯（Erasosthène）曾提及倍立方问题的起源。相传公元前五世纪，希腊德洛岛遭遇瘟疫，人们求到德尔斐神谕：要遏止瘟疫，必须把阿波罗神庙中那个正立方的祭坛加大一倍。德洛岛人把祭坛每边增大一倍，结果体积变成 8 倍，瘟疫继续蔓延。百般无奈之下，他们跑去雅典学园求教柏拉图。但事实上，倍立方问题在更早以前就已提出。

② ［文集注］亚里士多德，《分析前篇》，XXII, 41a。

这样吧；无论如何，正方形对角线的理论发现确乎令人震惊，但它带来的不是恐慌，而是喜悦。因为，首先，这是一种确实存在却无法以数字来表达的数字关系，最终通过精确的量得到定义；其次，想要掌握这种数字关系，必须进行一次比所有数字间的关系更纯粹、更不含任何观点支援的智力练习。

类似的震惊、类似的喜悦本可以引向"一切皆为数字"的公式，换言之，万物之间的关系均与数字关系相似，无一例外。没有这个解释的话，这条公式将显得愚蠢无比，因为显然一切并不全是数字。

我想事实就是这样的。无公度理论引起了巨大反响；我们从这个理论所引发的影射的数目和性质感觉得到。作为选择的范例，它被一引再引。假如人们的反应是痛苦的，我们从影射中感觉得到。但我们的感觉恰恰相反。在《美诺》①中，为了证明所有灵魂均来自"心智的天空"并能"重新回忆起来"，苏格拉底向一个童仆问起正方形的面积问题。这个问题关乎证明灵魂的神性起源的某个认知。《厄庇诺米斯》②（柏拉图伪作）中说："我们用一个奇怪的名字称呼它：几何，它是不同数字（arithmon）之间在本质（phusei）上的近似（omoiesis），这种近似因平面物体的特质（pros moiran）而变得明显；它不是人性的奇迹，而是神性的奇迹，对任何能够理解的人而言一目了然。"

在我看来，这段文字把几何定义为实数的科学。我没有见过别的相似解释。

柏拉图在讨论知识的对话《泰阿泰德》③开篇也提到无公度理论。

泰勒斯通过在平面上展示数字比例图形，为他的定理提供了直觉认知。

---

① ［文集注］柏拉图，《厄庇诺米斯》，990d。
② ［文集注］柏拉图，《美诺》，82b – 85b。
③ ［文集注］柏拉图，《泰阿泰德》，147d – 148b。

如果像我所假设的那样,毕达哥拉斯用两个相同的三角形组成一个直角三角形,由此得出黄金比例,如果他利用这个办法求出了他自己知道无法用数字求出的东西,也就是一个数字及其对数之间的平均值,那么我们大可以想象他的兴奋语调,但凡与几何尤其与无公度理论有关的东西都让人兴奋。求出数字的关系,从而预先了解尚未得出的数字的特点(偶数、奇数、平方等);求出和数字之间的关系一样精确的非数字关系;这是两件让人兴奋不已的事。

　　当然,这些假设意味着,欧几里得《几何原本》第五卷中提到的比例概念要比欧多克索斯早很多。我提到欧多克索斯的毕达哥拉斯派渊源,就是这个意思。柏拉图的哲学少了这个理论将是难以理解。欧多克索斯和他是同时代人;然而,没有什么传统或"内在显性"(在我看来)可以证明,柏拉图在一生中曾受过某个同时代人的启发。如果正方形对角线在苏格拉底时代是个争议话题,柏拉图难道还会在对话中让苏格拉底出口加以影射吗?

　　论证始于无公度理论,这反倒是我很乐意相信的。

　　值得一提的是,在缺少科学和哲学精神的人心里,柏拉图极有可能带来灾难和争议。这几乎不只是可能了。谁知道呢?论证偶数等于奇数,也许就是证明一个命题及其反命题(这是智术的基础)的无数论证例子中的范例,在公元前五世纪,这类论证猖獗一时,并直接导致雅典人的道德败坏。

　　在尼采的问题上,我们看法不同。他并不让我觉得可以轻率对待;只是让我有一种无法抑制、几乎是肉体上的反感。就连他在解释和我想法一致的东西时,也让我觉得不能容忍。我情愿在言语上相信他是个伟人,却不愿亲眼看见他;我又何必靠近那些让我难受的人事呢?不过,一个爱智慧的人有像他那样的下场,我不认为是一种成功。就算在他的状况中还有身体方面的因素吧,但不幸的人最好是多带一丝谦逊,而不是无边的傲慢。假设作为某种形式的补偿,不幸引发了傲慢,那么这种现象值得同情,却不是尊重,更谈不上仰慕。

　　尤其是,如何赞同他确实对古希腊有所理解呢?(首先,把让古希腊复苏的希望放在瓦格纳身上！……）显然他把自己描绘成狄俄尼索斯式的人物,但他若是眼光准确的话,整个希腊早就像他那样沦落了。

他在狄俄尼索斯的问题上完全弄错了——更不用提把阿波罗当成对立面,这纯粹是幻想,因为,古希腊人常在神话里混同这两个神,偶尔还似乎把他们等同起来。他忽视了希罗多德的话:狄俄尼索斯就是俄赛利斯。① 希罗多德可是很清楚自己在说什么的。自此,人必须模仿神,以挽救自己的灵魂,因为,灵魂随人一起参与了苦难和死亡,人能够也必须随灵魂一起参与完善和喜乐。和基督一模一样。

过度、宇宙的狂醉和瓦格纳根本和这些扯不上关系。

我不能接受把古希腊及其历史解释成灾难,把希腊人说成"绝望地"迷恋比例,还在人和神之间有某种不成比例的强烈情感。（希腊人可不是希伯来人！）当然,他们像所有张大眼睛的人一样,在存在的问题上持有某种痛苦的观念;但他们的痛苦有一个客体,具有相对于喜乐的意义,人正是为了喜乐而生,却因世上最残酷的束缚而丧失喜乐。他们对不幸、灾难、不均衡毫无兴趣。反过来,在众多现代人身上（尤其尼采,我认为）,由于缺乏幸福的意义而延伸出一种悲哀;他们迫切需要自我毁灭。在我看来,古希腊人完全没有焦虑。正是这一点对我来说弥足珍贵。人在抵抗焦虑时永无可能成就真诚;抵抗焦虑只能产生新的焦虑。但希腊人从一开始就有神恩。

为了回答古希腊的神秘主义问题,我们必须统一意见。有些人仅仅进入精神狂迷状态;另有些人把这类状态当成专门研究对象,加以描绘、归纳,在可能范围里做出诱发。一般说来,我们把第二种人称为神秘主义者;在我看来,正是出于这个原因,圣方济各往往不被视为神秘主义者。在这第二种情况里,神秘主义和灵知派、新柏拉图派一道出现于古希腊文明——也许如你所说,这里头还有"体操—智术"的影响。早期的古希腊人可能不会自愿进行这类研究,

---

① ［文集注］希罗多德,《历史》,11,42,144 等。

他们相信有些东西不应被明确表达出来,并把某些秘密延伸到灵魂与自身的对话之中。在我看来,他们这么做完全正确;我敬仰特蕾莎修女,倘若她没有写出什么著作的话,我会更崇拜她。① 不过,进入精神狂迷状态,并赋予这种状态极高的价值,这方面的事实倒是确凿无疑。柏拉图的对话足以为证(比如,他对爱欲的描述就极具代表性)。他在赞颂来自诸神的疯狂[mania]②时指出,狄俄尼索斯唤起秘教仪式的疯狂,如果不是精神狂迷状态,我真不知道该如何解释这个段落。在我看来,当仪式和教诲伴随着精神狂迷状态时,就是神秘主义活动。

在这一点上,我们不能把埃斯库罗斯和整个希腊思想区分开来,既然他曾参与厄琉西斯秘教仪式;因为,所有人都是这么过来的。犬儒主义哲人第欧根尼不是神秘主义者,这与他本人的哲学有关。所有人都是这样的,这恰恰是一个信号。我指的是那些算在里头的人。

在《斐勒布》③中,有一个段落非常奇特。

> 在我看来,这是神们给人类的恩赐;普罗米修斯或别的什么神在把明亮的火种从神们的住所送到人间时,也一并捎带上了这个恩赐。古人(palaioi)比我们更好,也更接近诸神,他们把这个神谕传下来给我们;他们说,人们称作永恒的万物由一和多组成,天生包含有限和无限。

(对话接下来解释,在探究一切话题时,必须先掌握占主导地位的唯一观念,再过渡到"多",也就是假定一定数量的观念,这些观点有助于修饰和决定包含在唯一观念之中的万物;这项任务完成以

---

① [译按]特蕾莎修女著有《上帝赠礼》一书(1975年)。
② [文集注]柏拉图,《斐德若》,244b。
③ [文集注]柏拉图,《斐勒布》,16c – d,17a – e。

后,只剩一个问题,就是万物的无限多样性。比如:首先是鼻音,其次是开音符、闭音符、音程等等,再次是各种读音。苏格拉底说现今的人不懂得使用这个办法。)这个段落很有毕达哥拉斯学派的特色;只是,毕达哥拉斯学派离苏格拉底太近,不可能是"古人"。对话中的古人要么是前希腊时期的住民,要么是外邦人——无疑就是古埃及人。不过,从语调来看(诸神、普罗米修斯、神谕等),这里头还带有某种宗教传播意味。显然与俄耳甫斯秘教有关,也许还因此而和秘教学说扯上关系。无论如何,我们从中可以证明(就我所知,至今还没有人提出这个观点),在毕达哥拉斯和柏拉图的理论中,我们认为最有创新的那一部分,其实有着极为古老的起源。数字就是在单一性(这是思想的特质)和某个话题中已知的无限量(apeiros)之间构成某种平均值,这个观点尤其清晰。由此勾勒而出的方向(一—多—无限)把我们所说的归纳和普及完全排除在外。值得注意的是,这种方法获得了古希腊科学的细致研究。

同样,在可见事物中,比例促使思想立即掌握复杂的多样性,倘若没有比例的协助,这种多样性将不会消失。人类的灵魂在自身单一性被剥夺的时空之中流放;一切净化手段无异于使人从时间的诸种效应中摆脱出来,这也导致了我们几乎把流放之地当成自己的家园。能够立即了解同一话题的诸种不同观点,这个事实足以令灵魂喜乐;不过,规则性和多样性必须相互配合,以使思想一边不停地迷失在多样性中,一边又不停地为规则性所挽救。然而,为了这个效果而制造的东西并不足够;思想渴望把世界想象得犹如一件艺术作品、建筑、舞蹈或音乐。做到这一点,必须在多样性中找到规则性,也就是比例。欣赏一件艺术作品,意味着必须把自己当成这件艺术作品的作者,或从某方面上成为作者;同样的,以欣赏艺术作品的方式来欣赏世界,我们也从某种程度上成为世界的创造者。由此引出了某种激情和欲望的净化,这些激情和欲望与某个小小的人身在世间的特殊处境有关,但当思想的对象是世界本身时,这些激情和欲望不再有任何意义。想要做到这一点,比例是不可缺少的;没有比例,思想与多样、复杂而易变的物质之间不可能有平衡。此外,比例本身没有任何价值,只有在运用于艺术或自然科学时才发生作用。一旦运用到艺术或自然科学,比例会促使精神摆脱欲望,趋向无欲的沉思(当然,这一切并不以文本为依据,即便是也只有极少部分)。在古希腊人眼里,尺度、平衡、比例与调和是灵魂救赎的原则,而各种欲望的目的无非就是无度。把世界想象成一种平衡,一种调和,这就像是把世界当成一面救赎的镜子。同样的,在人与人的关系之中,善就是杜绝无度;这也是正义所在(正义因而不能定义为平等)。在人与其自身的关系也是如此。"几何等式"同时作为世界的至高法则和灵魂救赎的条件,可以在《高尔吉亚》[①]中找到一段相关解释。在我看来,这些概念恰恰构成了埃斯库罗斯的肃剧的氛围。

你所说的思想和世界之间的不成比例的情感,倘若是指流放在人世的情感,那么是的,古希腊人确乎强烈地感到灵魂在流放。这种情感正是从他们那里过渡到了基督宗教。然而,这种情感不含一丝焦虑,只有苦涩。特别是——我对此深信不疑,斯多亚哲人并没有任何创新,他们只是用自己的语言重述了俄耳甫斯秘教、毕达哥拉斯、苏格拉底、柏拉图等的思想。我们可以说,对灵魂而言,这个流放之地恰恰也是它的故乡,只要它认得出来。在《奥德赛》中,奥德修斯在伊塔卡醒来却没有认出自己的故乡,也许这就是一个相应的象征吧?当然,《奥德赛》充满了各种各样的哲学象征(比如塞壬女妖等)。古希腊人比别的任何民族更具有必然的情感。这是一种苦涩的情感,但不带焦虑。

话说回来,我决不相信,十九世纪有哪个人会对古希腊有所理解。很多问题就这么被解决了。你说一个艺术家的宗教观不会影响他的艺术,我觉得这个观点很不能成立。他眼里看见、手中碰到的问题需要集中全力去应付,这点我同意。但是,我想,这些他们眼里看见、手中碰到的问题,恰恰取决于他们对世界和人生的看法。

---

① [文集注]柏拉图,《高尔吉亚》,507e – 508a。

不过,这个说法只适用于优秀的艺术家。我对剩下的那帮艺术家完全不感兴趣。举个例子,我不认为乔托的艺术与圣方济各会的教义截然无关。同样的,在科学方面,我认为不应该忽视伽利略是柏拉图主义者这个事实。总的来说,我不认为一个优秀的人会偶然接受关于人生或外界世界的观念(尽管他有可能偶然接受某个标签),我也不认为在这样的人身上,一种形式的活动会与另一种形式的活动没有任何直接关联。伟大艺术的秘密恰恰在于艺术家以双手展现了自身的宗教观。他是不是用言语表达过这些思想并不重要。

你万一想提出我没有读懂你那封写了十六页的来信,①那大可不必——我确实没读懂。不过,正如你所见,这并不妨碍我加以总结。想来你也注意到了,我写这篇总结时带着多么见鬼的熟练,我想指出,数学界中惟有费马、高斯②和你。你的比例感想必震惊了世人。但我早就知道,你会纠正某些东西。你一有灵感就再写这样的信给我吧。我非常喜欢。我认真阅读了好几遍。这些信纯粹而公正,我没有从中得出任何结论。

当你向阿尔丹阐述一种东西是不是艺术的分辨标准时,我希望蝉们不在附近。因为,蝉③会向缪斯通报谁谁犯了不敬之罪,而缪斯会惩罚这个人。她们不会宽容不尊重她们的人。

友爱的问候。

西蒙娜

---

① [文集注]安德烈在同年3月26日写了一封长信给妹妹,信中主要讨论了数字理论。这封信后来收在安德烈·薇依全集(卷一,页244-245)。西蒙娜曾写过一个摘录式的总结。

② [文集注]费马(Pierre de Fermat,1601-1665),法国数学家,对现代微积分和概率论的建立做出了贡献。高斯(Carl Friedrich Gauss,1777-1855),德国数学家,物理学家,著有《算术研究》,创立了微分几何理论。

③ [文集注]这个典故出自《斐德若》(159b-d)。

致贝尔的信

[题解]这封英文信写给薇依1938年4月在索莱姆(Solmes)结识的牛津大学学生查理·贝尔(Charles G. Bell),随后被编入1965年的哲学书信集《七十书简》。①

亲爱的朋友:

我回家以后重读了《里尔王》。我虽然越来越欣赏这部剧作,却不能理解你欣赏它的那些理由。它比我所知道的任何戏剧更接近索福克勒斯。只需稍加修改,它就是我们时代的诗歌:苦难是真实的,而不仅仅是形而上的。苦难总是形而上的;只不过,它或者只能是形而上的,或者可能通过肉身承受的痛苦和耻辱而被带返给灵魂。我称后一种情况为真正的苦难。这是基督亲身遭遇被钉在十字架上的临危,忍受鞭笞的耻辱和嘲笑,发出永恒的呼告:"我的神,为什么离弃我?"这个问题在大地上永无答案。诗歌若尝试表现痛苦或不幸,只有当这声呼告的每个字眼都发出回响时,才能算作伟大的诗歌。《伊利亚特》正是如此,当荷马说道:

> 他若只给灾难的礼物,这人将受凌辱;
> 可怕的困境在整个神圣大地上驱逐他;

---

① [译按]Richard Rees, *Seventy Letters*, London, New Yorkm Toronto, Oxford University Press, 1965。本书依据以下文集中的英法对照本译出: F. de Lussy (dir.), *Simone Weil, sagesse et grâce violent*, Bayard, 2009, 页298–305。

他处处流浪,不受人和神的待见。(卷二十四,行531-533)①

埃斯库罗斯的肃剧偶尔如此,索福克勒斯的肃剧则几乎总是如此。《里尔王》也是如此。里尔是为天地不容的人,绝望无助,饱受不幸和耻辱的折磨。他被折磨,却从不妥协,他的苦难带有某种伟大之处。索福克勒斯的主人翁们也带有这种伟大之处。肃剧的精髓甚而就隐藏在下面这些段落中:

……我真惭愧,
你有本事叫我丢却男儿气概,
让我禁不住热泪滚滚……(第一幕第四场)

啊,莫让我发疯,莫发疯,苍天!
抑制我的脾性:我不想发疯!(第一幕第五场)

苍天啊!
若你爱老人,若你的仁慈统治
赞同孝顺,若你自己也是老人,
莫再无动于衷呵……(第二幕第四场)

苍天啊!给我忍耐,我需要忍耐!
你们看见我,神啊,一个可怜的老人,
苦难和老迈,双重的折磨:
若是你们鼓动那两个女儿的心
忤逆她们的父亲,莫再愚弄我,
迫我忍气吞声;激起我高贵的愤怒吧,
莫让泪水,那妇人的武器呵,

---

① [译按]薇依本人从希腊原文翻译而成,另见《伊利亚特,或力量之诗》。

玷污我男儿的颜面!
……你们等着看我哭泣;
不,我不会哭泣,我纵然有千般理由,
也宁愿让这颗心碎成万片,
岂肯弹泪! 啊,傻瓜,我要疯了!(第二幕第四场)

啊,里根,高纳里尔!
你们那慈爱的老父把一切给了你们!
哦,再往下想可要疯了!不能再想,
真是够了。(第三幕第四场)

为何一条狗、一匹马、一只耗子尚有生命,
你却没有一丝呼吸?(第五幕第三场)

  无力感——我指的不是人格的软弱,而是极度的疲乏——在这字里行间散发出全部的苦涩。因为,这是苦涩的,世上没有比这更苦涩。然而,比起胜利和力量,这对灵魂更有益,因为这里面自有真实;真实不像在胜利和力量中那样受到幻想和谎言的毒化。打个比方,街角最卑贱的妓女也好过某个出身富贵、自以为是的女子。何况这种苦难是可耻的;灵魂想望某种未掺杂不幸、耻辱和奴役的真实,它甚至不敢去想这在此世中根本找不到。我相信我们能找到。所有活在苦难中的人们也和我一样相信,这是可能的,至少这有可能存在。为此,苦难的尊严不该被过于轻松或过多地说起;在那些没有经历过这种可能深深摧残灵魂的苦难的人嘴里,这太容易变成简单的文学。你有没有意识到,在这个世界上,有成千上万的人从出生到死去几乎总在受苦?多么不幸,他们没能学会表达自己;否则他们将说出苦难的真实。当然,他们也会默默无闻地在旋律、歌曲、传说和宗教中表达自己——而且,我认为,他们偶尔还超越了那些最伟大的天才。

有关这个话题,到此为止。毫无疑问,你有才华,——但才华本身并没有什么价值。谁能知道,也许成熟不会带来天赋?这全掌握在"诸神的膝上"。天才有别于才华,在我看来,天才的不同之处在于他把深刻的目光投向了庸常人等(也就是没有才华的人)的庸常生活,在于他自身的智慧。最美的诗歌必须能够真实表达那些不能写诗的人的生活。除此之外,只有巧妙的诗。巧妙造就智慧的贵族。天才的灵魂即是基督教义语境中的 catitas[爱德];一种对所有人类均重要的情感。至少,我是这么认为。

请原谅我不太准确的英语。

致以友爱的怀念!

西蒙娜·薇依

另:你有我的地址吗?巴黎六区奥古斯特伯爵街3号。

西蒙娜·薇依的重要性[1]

切斯拉夫·米沃什 著

薇依是法兰西对当今世界的一份珍贵献礼。这样一位作家能够出现在二十世纪,本就匪夷所思——但有些时候,恰恰是不可能发生的发生了。

薇依一生短暂。1909 年在巴黎出生,1943 年在英国去世,年三十四岁。生前未出版任何著作。二战末起,一些散文和手稿(日记、短评)相继问世,被译成多种语言。世界各地均有人推崇;然而,由于文风严峻,她的读者终究有限。我希望,本文对尚未听说她的人们有所裨益。我们这个时代大约只是表面忽视神学。几千万人在第一次世界大战中丧生。几千万人在俄国革命前后惨遭杀害或折磨。纳粹主义和第二次世界大战继而造成不计其数的牺牲者。这些事件必然给欧洲精神带来深刻的影响。依我看来,欧洲精神始终绕不过一个古老的问题——倘若不得不承认这个问题有多古老,很多人想必是要感到难堪的。事实上,有些古远的人类之谜可能长久隐蔽或隐匿,却突然重焕生机,以全新的方式再现。而与此有关的问题就是:如何为无辜者受难辩解?加缪在《鼠疫》中讨论了《约伯书》中的一个命题。既然一个孩子的一滴泪足以造成整个天平倾斜,我们要像伊凡·卡拉马佐夫那样放弃全局吗?我们应该反抗吗?反抗谁?既然神造成或容忍我们以道德标准判定的罪行,他又

---

[1] [译按]米沃什写于 1960 年的文章,这里依据法译文译出:Czeslaw Milosz,《L'importance de Simone Weil》, in Florence de Lussy(éd.), *Simone Weil, Sagesse et grâce violente*, Bayard, 2009, 页 47–63.

怎么可能存在呢？加缪否认神的存在。我们在世间孤独无依；人类的命运就是要向非人的盲目力量发出永恒的挑战，并且不会有任何鼓励的援助；也不能依靠任何形而上的基础。

然而，在神之外，莫非还存在着某个女神，她在战场和集中营穿行，深入各个牢狱，收集每滴鲜血，每声绝望的呼喊？她知道，所有呻吟的人仅仅因为不被理解而呻吟。这样一来，一切重新得到归整，组成一场浩大分娩的不可避免的阵痛，并最终获得补偿。人在人眼中成了神，即便通往这个事件的路上先要经过耶稣受难的十字架？我们的时代颤巍巍地喊出这个女神的名字；她就是历史。

科拉科夫斯基（Leszek Kolakowski），一位在华沙执教的马克思主义哲学家，曾明确指出，所有形态的现代思想，也包括马克思主义哲学，早在中世纪就得到神学家们的阐释，细心的观察者有可能透过全新的语义仪式，辨析这些古老纠纷的痕迹。比如，他指出，马克思主义者以神正论——为神正身——谈论历史。

不过，讽刺将是不合时宜的。神意的问题——或者说神意不在的问题——也可以从另外的角度来讨论。在生成之中，在正在成形的东西之中，是不是有某种内在的力量，某种吸引人性朝向高处、朝向完美的力量？人和宇宙之间是不是有某种本身作为永恒转变的协作？问题以这些术语提出，也就与晚近从历史尺度的发现相连，在从前相对静止的社会并没有这种发现。奇怪的是，基督宗教神学家们在面对这些问题时显得极其不利。他们再也不敢鼓吹从前由伯苏埃和其他传教家所传导的神意哲学，依据这种哲学，神是至高的君主，扶持好的君王，惩治坏的君王。假设这个理论确实成立——当然它肯定不成立，个人责任之谜将永无答案。至少法国神学家费萨尔神父（Père Fessard）认为，现代基督宗教思想家们的根本知识缺陷就在于，一旦涉及历史问题，他们就会接受与自己格格不入的哲学观点——无论是否有意识——他们就成了黑格尔主义者或马克思主义者。这个缺陷事实上反映了托马斯教义的一大空白。费萨尔神父指出，在托马斯·阿奎那的思想里没有任何历史尺度的感知诱因；他惟有对理性秩序和自然秩序感兴趣。"如果说历史尺度在黑格尔、马克思和许多存在哲学家的思想中起着重要作用"，费萨尔神父继续说道，"那么据好的评判者的观点来看，这种尺度在托马斯教义中是——或者不如说，似乎是——完全不存在的。"

我的引言到此为止；这直接导向薇依思想中的几个根本点。

薇依出生在一个犹太知识分子家庭。父亲是阿尔萨斯人，母亲祖上从俄国迁居法国。在她从小生长的环境里，人们尊敬知识胜过一切，薇依一生也对现代物理学和数学情有独钟。她从小掌握多种语言。除学校教授的拉丁文和古希腊文外（通晓古希腊文对她日后的发展起到决定性作用），还学习德文和英文。她没有受到任何宗教教育，早年也从不关心宗教。

在巴黎高师完成学业之后（同学中有尚是天主教徒的西蒙娜·德·波伏瓦），薇依开始教授古希腊文和哲学的短暂教师生涯。她是个出色的教师，但天性乖僻，常与上司发生冲突。她带着礼貌的讽刺对待身边的中产阶级圈子，与中产阶级所嫌恶的人们为伍，即工会知识分子和失业者。时值经济危机，她拒绝在别人挨饿时自己赚钱，只留极小部分收入，余下大部分捐给工会和工人出版组织。她在政治上支持左派，但与法国共产党从无瓜葛；她与某个名为"无产阶级革命"的奉行法国工会古老传统的小团体过从甚密。新近有好几部她的文集问世，内容涉及法国工人反抗未来、经济政治、德国纳粹主义起因等，以及关于社会机制和欧洲历史的论文。这些文章鲜少在她生前的黑暗年代发表过。

她渴望分担被压迫者的命运，并为此做出一个后果严重的决定。尽管身体状况欠佳，她在巴黎冶金工厂做了一年普通女工（1934年至1935年），体验体力劳动生活；在《工人的生存条件》中，她描述了内中的粗暴、无情、肉体和精神的痛苦——这部著作成为一份强而有力的控诉檄文。她后来承认，工厂的一年生活粉碎了她的青春,在她身上永久地烙上奴役的伤痕,无法抹去,"就如古罗马人用烧红的铁在他们最看不起的奴隶脑门上烙印一样"。

西班牙爆发内战以后,薇依前往巴塞罗那(1936年),以志愿者身份加入当时的无政府主义工团杜鲁提兵团(Colonne Durruti)。我强调无政府主义,因为正是无政府主义的乌托邦理想促使她做了这个决定。不过,出于意外事故和身体方面的原因,她不得不缩短留驻西班牙的时间。

1938年,据薇依自己的说法,她"被基督占有了"(prise par le Christ)。无论谁都没有权利把她的生平描述成一个虔诚的皈依故事:我们很了解惯常的模式——转变越彻底,自我否弃越完全,故事也越是有教化意义。然而,在薇依的情况中并不涉及什么"皈依"。她说,她先前从未想过,类似的经验——与神的个体接触——有可能发生。不过,她同时补充道,自懂事以来,她一直具有基督徒的态度。我引用她本人的话:"作为慰藉来源的宗教是真正信仰的阻碍,在这一点上,无神论是一种净化。对于我身上不是为神而存在的那部分,我必须是无神论者。在那些尚未唤醒自身的超自然部分的人中,无神论者对了,信徒错了。"

薇依在现代世界占有独一无二的位置,这归因于她在思想上完美无缺的延续性。她不像有些人在成为基督徒时一概否决自己的从前,而总在进一步发展先前已有的观点,利用新的启示加以整理。这些观点关注社会、历史、马克思主义和科学。

薇依相信,罗马天主教会是神道成肉身所揭示的真理的唯一合法守护者。她深信,基督真实地而非象征性地存在于圣体之中。她把个人献身教会视为一种巨大的幸福。但她本人放弃这种幸福。她决定不接受洗礼,始终处于教会之外,但全然忠于基督。我们可以从这个决定中辨认出两个理由。首先,她有个人使命感,想要顺服神的旨意,一生置身于"门槛"之上,与所有新异教徒为伴。其次,她反对教会对异己分子所施行的惩罚权力。

法国宣告投降以后,她在马赛生活了一段时间,1942年前往卡萨布兰卡,并从那里出发去纽约,她希望最终能在伦敦重新加入自由法国人委员会。她想为法国效力,倘若有可能就带着武器上战场。在纽约生活几个月后,她去了伦敦。1943年,她在阿斯福德疗养院去世,很可能死于营养不良,因为她严格控制进食,拒绝吃比当时敌占区德国政府拨给法国人的定量更多的食物。

这就是薇依的一生。坚决的疯狂的一生。在写给家人的最后的信中,她提及莎士比亚戏剧中的疯子们,说道:"在这个世界上,唯有这些人堕入耻辱的最底层,远远比行乞低贱,不仅没有获得社会尊重,而且在所有人眼里缺乏人类最基本的尊严,也就是理性——只有这些人有说真话的可能。其他人全在说谎。"在说到她自己时:"赞美我的'才智',目的无非在于规避如下问题:'她究竟在说真话还是假话?'我的'才智'名声,实际等同于这些疯子们的疯子标签。可我多么情愿贴着他们的标签呀!"

她在写作中直言不讳,从不关心时尚,总能直指那些如今困扰许多人的问题的中心。她说:"一个人全家惨遭杀害,本人也在集中营中长期受折磨。这与十六世纪某个在种族大决灭中唯一幸存的印第安人一样。这样的人从前若是信仰神的慈悲,现在要么不再信仰,要么必以完全不同于从前的方式来理解。"只是,这些人会怎么理解神的慈悲呢?薇依所提供的方案一点也不讨那些追崇历史女神的人们喜欢。从托马斯教义的角度看,她几乎就是异端分子。

这里必须说一说薇依如何走向基督宗教的道路。她自幼受古希腊哲学熏陶。柏拉图是她最心爱的大师,她一读再读古希腊原文的柏拉图对话。值得注意的是,在我们的时代和罗马帝国沦陷的年代之间,存在着某种充满矛盾的相似之处。而在罗马帝国沦陷的年代,柏拉图——人们偶尔也称他为"古希腊的摩西"——成为人们前往为基督教徒应许之地的向导。薇依深爱古希腊文明,她把一切古希腊哲学完全视同为基督宗教的,只有亚里士多德是个例外,被她定义为"一棵坏树上结出的坏果子"。她拒斥几乎一切犹太传统。她从没有直接接触过犹太教,也不希望有机会接触,因为,她不能原谅希伯来人的残忍,比如他们毫不留情地灭绝伽南城民。她是个奇特的左派,强烈反对道德秩序中的各种进步概念;她反对盛行一时的观点,即发生在三千年前的罪行从某种程度上可以被辩护为合理的,因为当时的人性"较不发展"。同时,她还认为,早期基督宗教带着"神圣教育"之说,是引起某种毒瘤的罪魁祸首:道德秩序中的历史进步概念。她说:"马克思主义和整个十九世纪的巨大谬误在于相信,只要直直朝前走,我们就能升到天上。"在她看来,发生在古代的罪行必须得到与今天一样严厉的审判。为此,她极端厌恶古罗马帝国——一个极权国家,几乎和希特勒主义一样可恨。她很赞同早期基督教徒把罗马称为"启示录里的怪兽"。罗马彻底摧毁了欧洲的古老文明,尽管这些文明无疑比罗马文明更高妙——因为,罗马人只是一些野蛮人,只不过,这些野蛮人再出色不过地诋毁了他们的受害者,乃至在几千年来成功歪曲了人们对罗马以前的欧洲的看法。罗马同样在基督宗教成形阶段予以诋毁。Anathema sit[逐出教门]的说法最早来自罗马人。真正的基督宗教文明只有一种,十一二世纪出现于地中海和卢瓦河之间的奥克语地区,但这种文明很快被来自北方的法兰西人摧毁,后者为了灭绝异端分子阿尔比教信徒,蔓延至整个奥克语地区。自此,我们在其他地方再也没有见到任何别的基督宗教文明。

薇依的评判充满力度,从不妥协。至少从天性而言,她本人是阿尔比教信徒,是清洁派信徒——这一点正是她的思想的关键所在。她把基督宗教的柏拉图主义推导至最为极致的结论。正是在这一方面,她和加缪具有某种隐匿的相似之处。加缪的最早作品是一篇研究奥古斯丁的大学论文。在我看来,加缪也是一个清洁派信徒,一个坚定而纯洁的人;他否认神,只是出于对某个他无法评判的神的爱。他的最后的小说《堕落》不是别的,正是一篇有关神恩——不在的神恩——的论文,当然这同时也是一个讽刺:喋喋不休的主人公克拉蒙斯(Jean-Baptiste Clamence),把耶稣的话倒着说,把"你们不要论断人,免得你们被论断",①说成"你们要论断人,免得你们被论断",这个主人公很有可能是对让—保罗·萨特的影射(我的猜想不是没有道理的)。

阿尔比教信徒起源于古老的摩尼教传统,并通过摩尼教,与保加利亚、俄罗斯等东方教会的某些宗派具有相似之处。在他们看来,神是信徒崇拜的君主,不得评判:他是一个假神,一个残忍的耶和华,一个下等的造物主,等同于黑暗之王。依据这些摩尼教传统,薇依指出,当我们背诵主祷文"愿你的国降临"时,我们其实是在祈祷世界末日的降临,只有那时黑暗之王的权力才会被废除。她又补充说,主祷文中紧接着说"愿你的旨意行在地上",这表明祈祷的人赞同此世的存在。薇依的全部哲学位于这两极之间。

在我们对善的期待和冷漠的世界之间存在着矛盾,我们周遭的世界无视任何价值,机械般地顺服无情的因果限制。各种形式的唯理主义者和进步主义者为了寻求这种矛盾的和解,把我们这个世界的善置于物质之中,更通常地还置于未来之中。黑格尔及其信徒的哲学代表了这种尝试的顶峰,他们创造了某种运动中的善的理论,这种善永在趋向历史中的更为完善的结局。薇依却是个彻底的决定论者(在这方面她与斯宾诺莎极为相似),她否决这样的解决方案,这在她看来只是弄虚作假。她反倒努力使矛盾更加尖锐。她说,通过伪装矛盾而寻求规避矛盾的人,只是懦夫。由于这种姿态,人们往往指责她过于刻板,或缺乏辩证意识。但事实上,比起那些混淆辩证法和妥协技巧的人,比起那些企图轻易和解矛盾的人,她的辩证意识也许要强得多。

当然,她的看法并不让人觉得舒适。她的思想核心有某种坚定的神让位概念:神从世界中隐退。她说:"神无一例外地把所有这些现象托付给了世界的机械论。""必然与善的距离,就是被造物和造

---

① [译按]马太福音,7:1;路加福音,6:37。

物主的距离。""必然是神的面纱。""笛卡儿意义上的理性,也就是机械论,得到人性化描述的必然,必须在一切可能的地方提出,以揭示一切不可缩减之物。""神的不在是完美的爱的最奇妙见证,正因为此,纯粹的必然,也就是明显不容于善的必然会如此美丽。"薇依不接受传统基督宗教传道士的神意说,也不接受进步主义传道士的历史神意说。这是不是意味着,我们完全任凭"重负"的摆布,发自心灵的呼喊永远不会得到回应?不是的。在宇宙的决定论中有一个例外,那就是神恩。薇依说:"矛盾是超验的手段。""不可能性是通往超自然的大门。我们惟有敲门。开门的是另一个。"不在的神,暗中的神(deux absconditus),在人世采取的行动方式是说服,是把人类从重负解放出来的神恩——只要我们不拒绝这样的恩赐。有人相信必然和善的矛盾可以在奥义标准以外得到解决,这样的人只是在用幻想自欺欺人。"必须在旷野上。因为,爱的人必须不在。""爱神,必须通过特洛亚和迦太基的毁灭去爱,毫无慰藉。爱不是慰藉,爱是启示。"

在薇依看来,社会和一切世界现象一样,顺服必然的法则。不过,如果说自然只是必然,因而是无辜的——自然完全处于善恶之外,那么社会范畴则包含具有意识的各种生命体,他们在必然的某个盟友和保护者,即黑暗之王的枷锁下受苦。她说:"魔鬼是集体的"(这就是涂尔干的神性理论)。她经常引用柏拉图对话中的一个譬喻,这很能说明她的政治立场:柏拉图把社会比做一头"巨兽"。每个公民面对这头巨兽,行使某种功能,以至于当有人问他们何为善时,他们会根据各自的功能做出回答:第一个人认为,善就是替巨兽梳毛;第二个人认为,善是替它挠痒;第三个认为,善是替它剔指甲。这样一来,人们不可能认识真正的善——在薇依看来,一切荒诞与不公正恰恰来源于此。一旦落入社会决定论的掌握之中,人只能作巨兽的盲目崇拜者。薇依反对伦理哲学的空想主义,因为,她从中看到了整个既成社会主体施加在个人身上的微妙压力的后果。同样,在她看来,新教教义不可避免地走向某种符合阶级或国家利益的约定俗成的伦理。马克思确实在寻求某种纯粹的真理；为了把人类从群体道德的各种可见和不可见的压迫中解放出来，他揭露这些束缚，暴露其运作方式。由于马克思的这个初衷，在基督徒们眼里，马克思主义比起一切空想主义哲学要珍贵许多。然而，在追求真理和正义的路上，马克思努力避开了某种谬误，却陷入另一种谬误之中——据薇依的看法，这是所有拒斥超验的人不可避免的下场，而超验恰恰是人类可能领会的善的唯一基础。马克思以革命者的新道德观反对阶级道德观，由此铺就了一条回归巨兽统治的道路。她以一条简短的格言对此作出总结："马克思主义的全部真实意义全部包含在柏拉图的巨兽学说之中，它的辩驳同样也包含其中。"

但薇依并不否定历史，她提倡一种个人的介入。她否认某种"马克思主义理论"的存在，揭露辩证唯物主义观点中的某种哲学误读：很简单，辩证唯物主义并不存在——因为，把辩证成分和唯物主义成分连在一块，必会使概念爆裂。在这样的批判前提下，她把某个不讨人喜欢的秘密公诸于世，只有不同共产主义党派的最高机构才知道这些秘密。她把阶级斗争视为最具体的现实，千年来充满历史。她从对社会决定论的思考中引申出几个与技术文明基本问题有关的结论，大致可以概括如下：原始的人受自然的敌对势力的压迫；在反抗这些势力的过程中，他渐渐争取到自由；他掌握了水、火和电的能量，并加以利用。然而，为了实现这一切，他不得不引入劳动分类和生产管理。原始社会是平均主义的，处于某种"原始共产主义"状态。在集体合作中不存在压迫；恐惧来自外界，比如社群时时受到野兽、自然灾害或其他人类社群的威胁。等到人类能够更好地支配环境以后，社群内部出现分化，一方是统治者，另一方是被统治者。随着社群活动范围的逐渐增大，人对人的压迫也日趋严重，这似乎成了必然的代价。面对自然，一个技术文明的成员就像是一个神——但与此同时他却是社会的奴隶。人统治人的至高制裁是死刑——通过判决和枪支，或通过饥饿。人类集体功能自行得到解除了。"但就个人而言,继这种集体功能以后,就是从前由自然施行的压迫功能。"①

换作今天,薇依大可在许多新例证上展开她的社会学分析。人们常说,落后国家只有采取极权体制才有可能实现工业化。比如今天的现实,本可以为薇依提供丰富的思考资源。

二十世纪根本的社会政治问题可以归结为如下问题:社会所实现的解放是否有可能传达到个人?在这一点上,薇依是悲观的。在她看来,统治者和被统治者之间的斗争没有终结。倘若未受限制,统治群体永远不会放弃特权。为了镇压平民暴动,生产组织出于天性使然,错误地孕育了新的主人,随之而来的是新旗帜和新名目下的斗争。赫拉克里特早就说过:斗争是神和人之母。

不过,这并不意味着,我们可以否定历史,只在历史中看到永恒的回归或无谓的景象。不论愿意与否,我们都介入在历史之中。我们必须在天平上施展行动的力量,支持被压迫的一方,竭力遏止统治者的专制力量。我们不能心存幻想:hybris,过度,就会受到不可抗拒的必然法则所固有的命运的惩罚。

在我看来,在人类的共同弱点这一视角上,薇依的重要意义必须得到重估。我们的思考不肯到达她的苦涩结论。我们甚至还想规避这些结论。薇依的生平和写作(传统、严肃、简洁)体现出某种正直,足以在我们内心促发不无裨益的羞耻感。为什么她会受到今天众多知识分子的追捧呢?我的推测是,如果说我们处于神学的年代,那么这个年代同时也具有善恶二元论的倾向。现代文学充分表达了面对世界的狂怒,在人们眼里,这个世界不再是从前那个智慧的钟表匠的完美杰作。这种文学的幽默(想想贝克特、尤奈斯库、热内)——倘若这真是一种幽默的话——是朝世界扔过去的一串冷笑。波拉尼(Michael Polanyi)教授新近发表了一篇论文,文中指出,

---

① [原版注]引自《论自由与社会压迫的起因》,略有出入。参见《薇依全集》,II 2,页67。

晚近几十年最典型的特点不是道德的放纵,反而是某种狂热的道德主义,同时在荒诞派文学和诸种革命运动中得到发泄。人们制造政治谋杀,借口却是人类对自然的粗暴秩序的胜利。然而,人们对历史的神奇好处的信仰,却也遭到同一信仰的主要成果的威胁:工业化。即便是在东欧国家,人们越来越清楚地看到,冰箱和电视,乃至发射到月球上的火箭,都不能把人变成神。从前社群的冲突如今转化为新的争端,也许更加严重。

1958年,我以波兰语翻译了薇依的文集。我并不想把自己标榜为她的思想的信奉者。在译本前言里,我坦承自己是个过于肉欲和沉重的信徒,无法模仿阿里乌斯派信徒的文风。薇依是个阿里乌斯派信徒。我的目的很实用,我相信这与薇依对其作品用途的期待正相符合。几年前,在她的父母家里,我曾度过无数下午时光。那是一套面朝卢森堡公园的公寓。她的书桌上依然沾着当年的墨水。我和她母亲交谈,那是一位非凡的女性,当时已八十多岁。加缪获得诺贝尔文学奖的那天,为了避开新闻摄影师和记者们的围攻,也曾躲到这儿。我已经说了,我的目的很实用。我非常惋惜地看到,今天的波兰分化成两个阵营:教权主义和反教权主义,天主教民族主义和马克思主义——当然,撇开那些满足于在莫斯科后头跟风的官僚们不谈。在异端的马克思主义分子(我想不出更好的名目,只能这么称呼他们)和非民族主义的天主教徒之间存在着太多共同之处——至少他们的利益一致,对此我充满质疑。薇依揭露了,这种宗教形式只不过是社会或民族的因循守旧。她还抨击所谓的进步主义分子们的浅薄。因此,在准备这本波兰版文集时,我也许还带着某种报复的心态。不过,在神学争执中——波兰就是如此,尤其在高中和大学——,任何武器都是好的,可以让对手闭嘴,同时表明,在作为民族宗教的基督宗教和作为官方意识形态的马克思主义之外,我们还有别的选择。

今天的世界因为宗教危机而支离破碎,其严重程度远远超过表面的想象。基于某种自我防卫的本能,在精神寻索中无功而返的人常常在绝望之中拒斥天主教作家,因为这些作家令人恼怒地声称自己掌握真理。但在薇依的读者里,不仅有天主教徒和新教徒,还有无神论者和不可知论者。她给信者和不信者的生活带来新的激情起因,让他们知道,他们彼此的观点分歧是多么虚假;因为,很多基督教徒其实是无神论者,而很多无神论者的内心却是基督教徒。薇依的真正使命也许就在于此。她的智慧,她的冷峻文风表明了她对人类苦难抱有多么强烈的关注。正如她本人所言,"绝对未经混杂的关怀,即是祈祷"。

图书在版编目（CIP）数据

柏拉图对话中的神：薇依论古希腊文学/（法）西蒙娜·薇依著；吴雅凌译.--北京：华夏出版社，2017.8（2025.4 重印）
（西方传统：经典与解释）
ISBN 978-7-5080-9190-7

Ⅰ.①柏… Ⅱ.①西… ②吴… Ⅲ.①古代文学史－文学史研究－古希腊 Ⅳ.①I545.092

中国版本图书馆 CIP 数据核字(2017)第 095548 号

柏拉图对话中的神——薇依论古希腊文学

作　　者	[法]西蒙娜·薇依
译　　者	吴雅凌
责任编辑	陈希米
责任印制	刘　洋
出版发行	华夏出版社有限公司
经　　销	新华书店
印　　刷	北京汇林印务有限公司
装　　订	北京汇林印务有限公司
版　　次	2017 年 8 月北京第 1 版 2025 年 4 月北京第 4 次印刷
开　　本	880×1230　1/32
印　　张	11.5
字　　数	300 千字
定　　价	69.00 元

华夏出版社有限公司
地址：北京市东直门外香河园北里 4 号　　邮编：100028
网址：www.hxph.com.cn　　电话：(010)64663331(转)
若发现本版图书有印装质量问题，请与我社营销中心联系调换。

西方传统：经典与解释
Classici et Commentarii
HERMES
刘小枫◎主编

古今丛编

迷宫的线团　[英]弗朗西斯·培根 著
伊菲革涅亚　吴雅凌 编译
欧洲中世纪诗学选译　宋旭红 编译
克尔凯郭尔　[美]江思图 著
货币哲学　[德]西美尔 著
孟德斯鸠的自由主义哲学　[美]潘戈 著
莫尔及其乌托邦　[德]考茨基 著
试论古今革命　[法]夏多布里昂 著
但丁：皈依的诗学　[美]弗里切罗 著
在西方的目光下　[英]康拉德 著
大学与博雅教育　董成龙 编
探究哲学与信仰　[美]郝岚 著
民主的本性　[法]马南 著
梅尔维尔的政治哲学　李小均 编/译
席勒美学的哲学背景　[美]维塞尔 著
果戈里与鬼　[俄]梅列日科夫斯基 著
自传性反思　[美]沃格林 著
黑格尔与普世秩序　[美]希克斯 等著
新的方式与制度　[美]曼斯菲尔德 著
科耶夫的新拉丁帝国　[法]科耶夫 等著
《利维坦》附录　[英]霍布斯 著
或此或彼（上、下）　[丹麦]基尔克果 著
海德格尔式的现代神学　刘小枫 选编
双重束缚　[法]基拉尔 著
古今之争中的核心问题　[德]迈尔 著
论永恒的智慧　[德]苏索 著
宗教经验种种　[美]詹姆斯 著
尼采反卢梭　[美]凯斯·安塞尔-皮尔逊 著
舍勒思想评述　[美]弗林斯 著

诗与哲学之争　[美]罗森 著
神圣与世俗　[罗]伊利亚德 著
但丁的圣约书　[美]霍金斯 著

古典学丛编

伊壁鸠鲁主义的政治哲学
[意]詹姆斯·尼古拉斯 著
迷狂与真实之间　[美]哈利威尔 著
品达《皮托凯歌》通释　[英]伯顿 著
俄耳甫斯祷歌　吴雅凌 译注
荷马笔下的诸神与人类德行　[美]阿伦斯多夫 著
赫西俄德的宇宙　[美]珍妮·施特劳斯·克莱 著
论王政　[古罗马]金嘴狄翁 著
论希罗多德　[苏]卢里叶 著
探究希腊人的灵魂　[美]戴维斯 著
尤利安文选　马勇 编/译
论月面　[古罗马]普鲁塔克 著
雅典谐剧与逻各斯　[美]奥里根 著
菜园哲人伊壁鸠鲁　罗晓颖 选编
劳作与时日（笺注本）　[古希腊]赫西俄德 著
神谱（笺注本）　[古希腊]赫西俄德 著
赫西俄德：神话之艺　[法]居代·德拉孔波 编
希腊古风时期的真理大师　[法]德蒂安 著
古罗马的教育　[英]葛怀恩 著
古典学与现代性　刘小枫 编
表演文化与雅典民主政制
[英]戈尔德希尔、奥斯本 编
西方古典文献学发凡　刘小枫 编
古典语文学常谈　[德]克拉夫特 著
古希腊文学常谈　[英]多佛 等著
撒路斯特与政治史学　刘小枫 编
希罗多德的王霸之辨　吴小锋 编/译
第二代智术师　[英]安德森 著
英雄诗系笺释　[古希腊]荷马 著
统治的热望　[美]福特 著
论埃及神学与哲学　[古希腊]普鲁塔克 著
凯撒的剑与笔　李世祥 编/译

修昔底德笔下的人性 [美]欧文 著
修昔底德笔下的演说 [美]斯塔特 著
古希腊政治理论 [美]格雷纳 著
赫拉克勒斯之盾笺释 罗逍然 译笺
《埃涅阿斯纪》章义 王承教 选编
维吉尔的帝国 [美]阿德勒 著
塔西佗的政治史学 曾维术 编
幽暗的诱惑 [美]汉密尔顿 著

古希腊诗歌丛编
古希腊早期诉歌诗人 [英]鲍勒 著
诗歌与城邦 [美]费拉格、纳吉 主编
阿尔戈英雄纪（上、下）
[古希腊]阿波罗尼俄斯 著
俄耳甫斯教辑语 吴雅凌 编译

古希腊肃剧注疏
欧里庇得斯及其对雅典人的教诲
[美]格里高利 著
欧里庇得斯与智术师 [加]科纳彻 著
欧里庇得斯的现代性 [法]德·罗米伊 著
自由与僭越 罗峰 编译
希腊肃剧与政治哲学 [美]阿伦斯多夫 著

古希腊礼法研究
宙斯的正义 [英]劳埃德-琼斯 著
希腊人的正义观 [英]哈夫洛克 著

廊下派集
剑桥廊下派指南 [加]英伍德 编
廊下派的苏格拉底 程志敏 徐健 选编
廊下派的神和宇宙 [墨]里卡多·萨勒斯 编
廊下派的城邦观 [英]斯科菲尔德 著

希伯莱圣经历代注疏
希腊化世界中的犹太人 [英]威廉逊 著
第一亚当和第二亚当 [德]朋霍费尔 著

新约历代经解
属灵的寓意 [古罗马]俄里根 著

基督教与古典传统
保罗与马克安 [德]文森 著
加尔文与现代政治的基础 [美]汉考克 著
无执之道 [德]文森 著
恐惧与战栗 [丹麦]基尔克果 著
托尔斯泰与陀思妥耶夫斯基
[俄]梅列日科夫斯基 著
论宗教大法官的传说 [俄]罗赞诺夫 著
海德格尔与有限性思想（重订版）
刘小枫 选编
上帝国的信息 [德]拉加茨 著
基督教理论与现代 [德]特洛尔奇 著
亚历山大的克雷芒 [意]塞尔瓦托·利拉 著
中世纪的心灵之旅 [意]圣·波纳文图拉 著

德意志古典传统丛编
论德意志文学及其他 [德]弗里德里希二世 著
卢琴德 [德]弗里德里希·施勒格尔 著
黑格尔论自我意识 [美]皮平 著
克劳塞维茨论现代战争 [澳]休·史密斯 著
《浮士德》发微 谷裕 选编
尼伯龙人 [德]黑贝尔 著
论荷尔德林 [德]沃尔夫冈·宾德尔 著
彭忒西勒亚 [德]克莱斯特 著
穆佐书简 [奥]里尔克 著
纪念苏格拉底——哈曼文选 刘新利 选编
夜颂中的革命和宗教 [德]诺瓦利斯 著
大革命与诗化小说 [德]诺瓦利斯 著
黑格尔的观念论 [美]皮平 著
浪漫派风格——施勒格尔批评文集 [德]施勒格尔 著

巴洛克戏剧丛编
克里奥帕特拉 [德]罗恩施坦 著
君士坦丁大帝 [德]阿旺西尼 著
被弑的国王 [德]格吕菲乌斯 著

美国宪政与古典传统
美国1787年宪法讲疏 [美]阿纳斯塔普罗 著

启蒙研究丛编

动物哲学 [法]拉马克 著

赫尔德的社会政治思想 [加]巴纳德 著

论古今学问 [英]坦普尔 著

历史主义与民族精神 冯庆 编

浪漫的律令 [美]拜泽尔 著

现实与理性 [法]科维纲 著

论古人的智慧 [英]培根 著

托兰德与激进启蒙 刘小枫 编

图书馆里的古今之战 [英]斯威夫特 著

政治史学丛编

布克哈特书信选 [瑞士]雅各布·布克哈特 著

启蒙叙事 [英]欧布里恩 著

历史分期与主权 [美]凯瑟琳·戴维斯 著

驳马基雅维利 [普鲁士]弗里德里希二世 著

现代欧洲的基础 [英]赖希 著

克服历史主义 [德]特洛尔奇 等著

胡克与英国保守主义 姚啸宇 编

古希腊传记的嬗变 [意]莫米利亚诺 著

伊丽莎白时代的世界图景 [英]蒂利亚德 著

西方古代的天下观 刘小枫 编

从普遍历史到历史主义 刘小枫 编

自然科学史与玫瑰 [法]雷比瑟 著

地缘政治学丛编

地缘政治学的黄昏 [美]汉斯·魏格特 著

大地法的地理学 [英]斯蒂芬·莱格 编

地缘政治学的起源与拉采尔 [希]斯托杨诺斯 著

施米特的国际政治思想 [英]欧迪瑟乌斯/佩蒂托 编

克劳塞维茨之谜 [英]赫伯格-罗特 著

太平洋地缘政治学 [德]卡尔·豪斯霍弗 著

荷马注疏集

不为人知的奥德修斯 [美]诺特维克 著

模仿荷马 [美]丹尼斯·麦克唐纳 著

阿里斯托芬集

《阿卡奈人》笺释 [古希腊]阿里斯托芬 著

色诺芬注疏集

居鲁士的教育 [古希腊]色诺芬 著

色诺芬的《会饮》 [古希腊]色诺芬 著

柏拉图注疏集

《苏格拉底的申辩》集注 程志敏 辑译

挑战戈尔戈 李致远 选编

论柏拉图《高尔吉亚》的统一性 [美]斯托弗 著

立法与德性——柏拉图《法义》发微 林志猛 编

柏拉图的灵魂学 [加]罗宾逊 著

柏拉图书简 彭磊 译注

克力同章句 程志敏 郑兴凤 撰

哲学的奥德赛——《王制》引论 [美]郝兰 著

爱欲与启蒙的迷醉 [美]贝尔格 著

为哲学的写作技艺一辩 [美]伯格 著

柏拉图式的迷宫——《斐多》义疏 [美]伯格 著

苏格拉底与希琵阿斯 王江涛 编译

理想国 [古希腊]柏拉图 著

谁来教育老师 刘小枫 编

立法者的神学 林志猛 编

柏拉图对话中的神 [法]薇依 著

厄庇诺米斯 [古希腊]柏拉图 著

智慧与幸福 程志敏 选编

论柏拉图对话 [德]施莱尔马赫 著

柏拉图《美诺》疏证 [美]克莱因 著

政治哲学的悖论 [美]郝岚 著

神话诗人柏拉图 张文涛 选编

阿尔喀比亚德 [古希腊]柏拉图 著

叙拉古的雅典异乡人 彭磊 选编

阿威罗伊论《王制》 [阿拉伯]阿威罗伊 著

《王制》要义 刘小枫 选编

柏拉图的《会饮》 [古希腊]柏拉图 等著

苏格拉底的申辩（修订版） [古希腊]柏拉图 著

苏格拉底与政治共同体 [美]尼柯尔斯 著

政制与美德——柏拉图《法义》疏解 [美]潘戈 著
《法义》导读 [法]卡斯代尔·布舒奇 著
论真理的本质 [德]海德格尔 著
哲人的无知 [德]费勃 著
米诺斯 [古希腊]柏拉图 著
情敌 [古希腊]柏拉图 著

亚里士多德注疏集
亚里士多德论政体 崔嵬、程志敏 编
《诗术》译笺与通绎 陈明珠 撰
亚里士多德《政治学》中的教诲 [美]潘戈 著
品格的技艺 [美]加佛 著
亚里士多德哲学的基本概念 [德]海德格尔 著
《政治学》疏证 [意]托马斯·阿奎那 著
尼各马可伦理学义疏 [美]罗娜·伯格 著
哲学之诗 [美]戴维斯 著
对亚里士多德的现象学解释 [德]海德格尔 著
城邦与自然——亚里士多德与现代性 刘小枫 编
论诗术中篇义疏 [阿拉伯]阿威罗伊 著
哲学的政治 [美]戴维斯 著

普鲁塔克集
普鲁塔克的《对比列传》 [英]达夫 著
普鲁塔克的实践伦理学 [比利时]胡芙 著

阿尔法拉比集
政治制度与政治箴言 阿尔法拉比 著

马基雅维利集
解读马基雅维利 [美]麦考米克 著
君主及其战争技艺 娄林 选编

莎士比亚绎读
哲人与王者 [加]克雷格 著
莎士比亚的罗马 [美]坎托 著
莎士比亚的政治智慧 [美]伯恩斯 著
脱节的时代 [匈]阿格尼斯·赫勒 著
莎士比亚的历史剧 [英]蒂利亚德 著
莎士比亚戏剧与政治哲学 彭磊 选编

莎士比亚的政治盛典 [美]阿鲁里斯/苏利文 编
丹麦王子与马基雅维利 罗峰 选编

洛克集
洛克现代性政治学之根 [加]金·I.帕克 著
上帝、洛克与平等 [美]沃尔德伦 著

卢梭集
致博蒙书 [法]卢梭 著
政治制度论 [法]卢梭 著
哲学的自传 [美]戴维斯 著
文学与道德杂篇 [法]卢梭 著
设计论证 [美]吉尔丁 著
卢梭的自然状态 [美]普拉特纳 等著
卢梭的榜样人生 [美]凯利 著

莱辛注疏集
汉堡剧评 [德]莱辛 著
关于悲剧的通信 [德]莱辛 著
智者纳坦（研究版） [德]莱辛 等著
启蒙运动的内在问题 [美]维塞尔 著
莱辛剧作七种 [德]莱辛 著
历史与启示——莱辛神学文选 [德]莱辛 著
论人类的教育 [德]莱辛 著

尼采注疏集
尼采引论 [德]施特格迈尔 著
尼采与基督教 刘小枫 编
尼采眼中的苏格拉底 [美]丹豪瑟 著
动物与超人之间的绳索 [德]A.彼珀 著

施特劳斯集
论法拉比与迈蒙尼德
苏格拉底与阿里斯托芬
论僭政（重订本） [美]施特劳斯 [法]科耶夫 著
苏格拉底问题与现代性（第三版）
犹太哲人与启蒙（增订本）
霍布斯的宗教批判
斯宾诺莎的宗教批判

门德尔松与莱辛

哲学与律法——论迈蒙尼德及其先驱

迫害与写作艺术

柏拉图式政治哲学研究

论柏拉图的《会饮》

柏拉图《法义》的论辩与情节

什么是政治哲学

古典政治理性主义的重生（重订本）

回归古典政治哲学——施特劳斯通信集

＊＊＊

哲学、历史与僭政　[美]伯恩斯、弗罗斯特 编

追忆施特劳斯　张培均 编

施特劳斯学述　[德]考夫曼 著

论源初遗忘　[美]维克利 著

阅读施特劳斯　[美]斯密什 著

施特劳斯与流亡政治学　[美]谢帕德 著

驯服欲望　[法]科耶夫 等著

施特劳斯讲学录

维柯讲疏

苏格拉底与居鲁士

追求高贵的修辞术
　　——柏拉图《高尔吉亚》讲疏（1957）

斯宾诺莎的政治哲学

施米特集

施米特与国际战略　[德]埃里希·瓦德 著

宪法专政　[美]罗斯托 著

施米特对自由主义的批判　[美]约翰·麦考米克 著

伯纳德特集

古典诗学之路（第二版）　[美]伯格 编

弓与琴（第三版）　[美]伯纳德特 著

神圣的罪业　[美]伯纳德特 著

布鲁姆集

伊索克拉底的政治哲学

巨人与侏儒（1960-1990）

人应该如何生活——柏拉图《王制》释义

爱的设计——卢梭与浪漫派

爱的戏剧——莎士比亚与自然

爱的阶梯——柏拉图的《会饮》

沃格林集

自传体反思录

朗佩特集

哲学与哲学之诗

尼采与现时代

尼采的使命

哲学如何成为苏格拉底式的

施特劳斯的持久重要性

迈尔集

施米特的教训

何为尼采的扎拉图斯特拉

政治哲学与启示宗教的挑战

隐匿的对话

论哲学生活的幸福

大学素质教育读本

古典诗文绎读 西学卷·古代编（上、下）

古典诗文绎读 西学卷·现代编（上、下）